玉龙◎著

WU REN HE CAI

无人喝彩

江西高校出版社
JIANGXI UNIVERSITIES AND COLLEGES PRESS

图书在版编目(CIP)数据

无人喝彩/陈玉龙著. --南昌:江西高校出版社,2020.10(2022.2重印)

ISBN 978-7-5493-8182-1

Ⅰ. ①无… Ⅱ. ①陈… Ⅲ. ①短篇小说—小说集—中国—当代 Ⅳ. ①I247.7

中国版本图书馆CIP数据核字(2020)第203225号

出版发行	江西高校出版社
社　　址	江西省南昌市洪都北大道96号
总编室电话	(0791)88504319
销售电话	(0791)88522516
网　　址	www.juacp.com
印　　刷	天津画中画印刷有限公司
经　　销	全国新华书店
开　　本	700mm×1000mm　1/16
印　　张	15.5
字　　数	221千字
版　　次	2020年10月第1版 2022年2月第2次印刷
书　　号	ISBN 978-7-5493-8182-1
定　　价	58.00元

赣版权登字-07-2020-1119

目录

CONTENTS

文 词 戏

外婆打电话来的时候,我正在酒店里与几个狐朋狗友喝酒,嘈杂的声音掩盖了外婆那边微微的喘气。外婆患有哮喘病,冬天尤其严重,在电话声中我依然可以感觉到她话语中的喘息。其实,外婆打电话给我,也没有什么重要的事情,这个双休日村里演戏,她叫我带老婆孩子一起回乡下看戏。许是喝了酒的缘故,我大声地对外婆说:"现在城里的戏都没有谁去看,村里的戏有什么看头呀。"耳边半天沉默无语,我倏然感觉到,外婆是不是生气了? 小时候我是在乡下的外婆身边长大的,村戏是他们生活中的一种娱乐方式,我这样瞧不起村戏是不是瞧不起外婆了? 我立马对外婆说:"外婆,我是说孩子可能看不懂戏,但我一定会带他们回去的。外婆,有什么好吃的东西留给我们吗?"这才听见外婆在电话那头笑了一声,道:"你还是那么嘴馋。"

林子走过来一把把我的手机抢下来,说:"啰唆什么呀,是不是想躲开这盅酒?"我一拳打在他的肩上,再去接外婆的电话,那边已挂了。林子傻愣愣地望着我,问:"哪个打来的,很重要吗?"我白了林子一眼,才对他说:"我外婆打来的,叫我双休日去乡下看戏。"旁边哥们几个一听这话,一下子把酒都喷了,笑得前仰后合,林子还我一拳道:"这么个破事,你还真去啊? 双休日不是早就定了搓麻将吗? 房间都订好了,你可不能缺席呵。来,喝一杯!"

那晚我醉得一塌糊涂。

喝酒误事,这句话妻子老是在我耳边唠叨,我从没感觉到它的分量,但在几天后的双休日到来时我才真正意识到了事情的严重性,我竟把外婆打电话叫我们回乡下看戏的事给忘了。

那天是个大晴天,吃过早饭儿子跟着妻子逛商场去了,林子这时打来了电话,说:"你没回乡下去吧,我早把房间订好了,立马过来吧,老地方。"一句话提醒了我,我这才记起外婆那天打来的电话。

看来,临时也只有我一人回乡下了,外婆那边是不能失信的。我匆忙给妻子打了个电话,妻子嗔怪了一下,没有多说。倒是儿子想跟我一起回乡下,由于事先未征得妻子的同意,被她拒绝了。也好,一个人倒清静些,反正妻子与儿子都看不懂乡下的戏,去了,反而会给外婆添乱。

到外婆家要坐几个小时的公共汽车,我本以为车子很挤,没想到稀稀拉拉的没几个人。人少,车颠得厉害,清冷的风从窗缝隙间钻进来,车上的人都把脑袋往棉衣里缩,好像要钻到车子底下去似的。这时,司机放起了流行歌曲,气氛才有所改变,我刚冷下去的心情被激发得热起来,我想,既然决定去外婆家看戏,那么自己一定要先有个愉悦的心情,这样才能保持一种近乎虔诚的热情,才能走进外婆的文词戏中。

对文词戏情有独钟的不仅是外婆,她那个村子的人都是狂热分子,而且方圆百里的村庄都沉浸于这种自娱自乐中。每逢喜事或者节日,村里总要演上几天几晚方才尽兴。没有喜事和节日的时候也演,比如现在,正是冬闲季节,不演上几场戏他们便感到生活无滋无味,那么整个冬季也就失去了生命力。

到达村庄的时候正是中午时分,冬日里的太阳照射在墙根下晒太阳的老人们身上,让我的心头也感觉到一丝温热。奇怪的是外婆竟不在家,在我的记忆中,外婆一般在这个时候应该出现在屋中,听见我的声音,早该出屋来迎我。屋里只有二舅独自一人在桌旁吃饭。二舅见了我,忙放下饭碗,接下我身上的背包,问我吃饭了没有。我并没有回答二舅的问话,而是急着问:"外婆呢?"二舅摇头一笑道:"她呀,正忙着呢,别管她,先吃饭吧。"我这才放下心来,问外婆在忙什么呢,总不是忙着晚上演戏的事吧。没想到二舅哈哈一笑道:"正让你说着了,她正忙着那事哩。"

"剧团里有那么多人,要她这个老太婆掺和什么呀?"我接过二舅盛来的饭,不解地说。

二舅叹了口气道:"剧团现在哪有什么人,年轻的都到外面打工去了,还不是满生几个老角在支撑着。女角更少了,小娥这两天感冒,这不,你外婆她就亲自出马了。"

外婆演戏?我几乎惊得把饭碗跌落了。外婆如今也有七十多岁了吧,她能演能唱能跳?在我的记忆中,外婆从没演过文词戏,她和其他村民一样,日出而作,日落而息。而不同于村里其他女人的是,她回到家就板着一张脸不太说话。外公非常怕她,家务事总是外公一个人干,这在农村,是很少见的。只有村里或者外村演文词戏的时候,我才见外婆开心地笑过。我总以为外婆是一个呆板的人,没想她还有天真烂漫的一面,这么一大把年纪了,还去演文词戏。由此我猜想,外婆村庄上的剧团后继无人,只是让外婆上台去凑个数罢了。

二舅欲言又止,低头喊我吃饭。草草吃了一碗,我要去戏台看外婆。

村里有个祠堂,虽有些破旧,却是全村人最神秘、最敬仰的地方。祭祀、重大事情的商议,以及红白喜事的操办都是在这里举行的。剧团的服装道具就放在祠堂的厢房里,演员的化妆呀,穿戴呀全在这里准备。戏台就在祠堂门口左侧,是个自建的土台,四旁有柱子,遇上雨天还可以在上面搭油篷布。戏台前面是一个大大的场子,可容纳千人。我径直走进去,厢房里果然有许多人在那儿忙碌着,我一下子就看到了外婆的背影,她正在整理着一件艳丽的戏袍。外婆那聚精会神的劲儿,把我到嘴边的喊声噎住了。倒是旁边的几个人看到了我,他们停下手中的活儿,把外婆拉转身说:"你看看谁来了?"我这才大喊一声:"外婆!"外婆见到我,便露出轻松的笑意。她走出厢房,看看我身后,有些失望地问:"你一个人来的?"我连忙给外婆解释,外婆叹了口气道:"我知道,他们是不想来,村里的戏是比不过城里的,可他们就不能来为俺助助兴?"我知道给外婆怎样解释都是没用的,要早知道外婆亲自出马演戏,说什么也要把妻子和儿子拉来。

"外婆,你什么时候学会演戏了?"我笑着问外婆。外婆还没发话,旁边的满生抢先回答了:"你外婆演戏还要学呀,你小子还没出世时,她就是我们方圆百里的名角儿了,她这叫重出江湖。"

满生是剧团的团长,他的年纪和外婆差不多,满头白发,但挺精神,他说的话可不是戏言。我疑惑地看着外婆,外婆的神情一下子变得复杂起来,她抬起头望着天空,仿佛在追忆那逝水流年。我没有惊动她,直到外婆收回目光,我才开玩笑地说:"外婆真是深藏不露,你怎么不告诉我这些光荣的历史呀,小时候也好让我在伙伴们跟前显摆显摆。"外婆不理会我,而是白了满生一眼道:"这辈子我是不会原谅你的。"满生并不生气,而是笑着对外婆说:"你这句话我的耳朵都听出茧来了,下辈子我还你总可以了吧。"我不明白他们说的话,他们之间到底有什么恩怨会让外婆记恨一辈子?

一切由不得我去多想,再说老辈人的恩怨也不是我们这些后代人所能理解的。外婆很快恢复常态,她问了我一些家事,然后又进厢房里工作。我问外婆吃过饭没有,外婆指了指旁边的一个纸盒,我一看,原来是一桶方便面。

为了不打扰外婆工作,我走出祠堂,随便在村里转了转。村子不大,年纪大些的人都认得我,说些我小时候的糗事,害得我都不好意思,索性回到外婆家。外公三年前就去世了,二舅早到地里忙活去了。二舅是个闲不住的人,每天风里来雨里去,十分辛苦。他的儿子考上大学分在了外地,后来又找了个外地的媳妇,去年生了个孙子,二舅母便高高兴兴地带孙子去了,留下二舅在家种田。大舅很不幸,十年前在南方打工,失足从工地上的脚手架上摔了下来……白发人送黑发人,外婆悲痛万分,大舅母也被折磨得精神失常,前几年被在南方打工的女儿接去调养,听说现在已恢复过来。可以说,外婆过得不容易,只有这几年才顺畅一些。现在城里的老人也都到公园里练练剑打打拳什么的,那么外婆重出江湖唱唱戏也是理所当然。只是,外婆这把年纪唱戏能唱得好吗,能有人看吗?

小村的夜晚是伴着喜庆一起降临的,如果不是身临其境的话,我是不会相信如今还有那么多热爱戏曲的村民。这种狂热与城里的年轻人不同,打一个比喻,城里人的狂热就像六月天的暴风雨,来得快去得也快。而他们的狂热宛若冬日里的大雪,虽来势猛烈,却慢慢溶化,慢慢渗入土地。场地上已挤进了许多人,戏台上早就亮起了两只大灯泡,我没有去找外婆,我知道这个时候是不能去打扰外婆的。阔别几十年的戏台,是否能让外婆找到以前的感觉呢?说实话,我非常为她担心。

戏台下还来了许多卖小零食的摊贩,四里八乡的村民们都早早赶来,气氛很热闹。来看戏的人中,大都是中老年人,尤其是妇女居多。也真难为他们了,他们早早吃晚饭,早早喂好猪食,早早安顿好孩子,一步步从乡道上赶来,为的就是看一场文词戏,或者说看一场我外婆和满生他们演的戏。如果我把这些讲给林子他们听,他们肯定又要笑掉大牙了,他们甚至会说这还是二十一世纪的今天吗,莫不是老兄穿越到二十世纪六七十年代去了?

戏还没有开演,我在场地上胡乱挤着,偌大的场地上竟然站满了人,这真有点出乎意料,也更让我为外婆担心了。即使外婆真如满生所说的那样曾经名噪一时,可时隔久远,外婆的演技不生疏吗?村民们还能接受她吗?

终于熬到了开场，只听得锣鼓密集地响起来，把台下人们的精神和目光都吸引到台上。果然，锣鼓一响，大家都抬头盯着台上，虽然目前还只是台右侧的几个乐队的人在那儿打锣鼓，但他们生怕错过了每一个情节，都不敢旁视。前边的人都是坐着的，后边的才站着，他们看上去很有秩序，连卖小零食的小贩们也不敢吆喝，小小的土台上倏然显得神圣起来。

锣鼓一停，好戏开场。先上台的是一男一女，演了一个风趣幽默的小折子戏，台下笑得前仰后合，把场下的气氛搞浓了。接着才是正戏，叫作《平贵别窑》，说的是薛平贵和王宝钏的故事。

外婆一出场，确实把我惊得目瞪口呆，如果不是事先知道是外婆演这个角色，我也许根本就认不出来。台上哪有一个七十多岁老人的踪影，完完全全是一个年轻的女人在轻移莲步，与郎君依依惜别。外婆一开腔，台下爆发出热烈的掌声。

“夫君此去西凉界，王宝钏我泪洒满胸怀……”

我小时候听过文词戏，也听过《平贵别窑》这场戏，可当我现在听到外婆的唱腔时，还是被震住了。平常外婆总是不住地咳嗽，现在上了戏台，连那喘气声都没有了，文词戏真有这么神奇的功效？

文词戏是种地方戏，据说起源于当地的山歌情调，唱腔优美凄冷，以二胡伴奏，越发显出缠绵悱恻。外婆的唱腔音色清纯委婉，凄苦时如泣如诉，欢欣时似山涧之流水，果有一种山歌小调的韵味在里面。唱到高潮处，我身旁的一位老人忘情地高举双手鼓起掌来，接着，大家都鼓起了掌。我注意到老人异常兴奋，有时还会跟着曲调轻声哼唱起来。这才是一个真正的票友，我突然对这个老人来了兴趣，便跟他交谈起来，得知他是一个人从外村来的，而且他们那个村子离这里有十里之遥。我不敢想象，一个老人孤身一人来这么个小村看戏，究竟是什么力量把他拉到这儿来呢？文词戏真有这么大的魅力？

然而，老人说出的一句话，差点让我笑出了声。

老人说：“我是专门来看胡小燕唱戏的。”

胡小燕就是我外婆，没想到外婆还有这么一个铁杆粉丝，我真为她感到高兴。同时，我也更相信满生所说的话，外婆曾经红过。

老人看样子很了解我外婆，我想与他拉呱拉呱，了解一些外婆过去的事情。

因为外婆的那段光彩历史从没在我面前提起过，或许是她那时认为我太小，不懂得这些事情，或许是她那时没有心情去谈论这些。她与外公总是在磕磕碰碰中过日子，等我长大了，就飞走了，逢年过节回来一次，也是匆匆忙忙。我太不了解外婆了，以前我还认为自己从小在外婆身边长大，对她最了解。现在看来，那完全是自己的表面看法，外婆的内心深处一定深不可测，要不她怎么能忍受这么多年而不演文词戏？

老人把我打量了一会儿，说："现在的年轻人对文词戏都不感兴趣了，你倒是个例外。"

一提到外婆的名字，老人的眼前一亮，他说："几十年过去了，她的形象没有变。"

我知道，老人是说舞台上的形象，现实中的外婆肯定是变化很大的了，十八岁的姑娘与七十岁的老人是有天壤之别的，但我想外婆年轻时应该很漂亮，岁月的痕迹可以改变现实中的外婆，可舞台上的外婆却永葆了她的青春。

对于一个年轻人与他谈论文词戏和演戏的胡小燕，老人显得很激动。当他知道胡小燕就是我外婆时，老人仿佛遇到了知音。他说，为了使我更加了解文词戏，要给我讲一个故事。

五十多年前，他们这儿的乡村曾活跃着很多文词戏团，都是各村自发组织起来的。而其中最有名的有两个，分别属于两个不同的村庄。而这两个戏团的名望是因为出了两个角儿，巧的是一个团出的是男角，另一个团出的是女角。有一年县里举行汇报演出，公社领导一合计，把两个团合并在一起组了一个演出团，在县里演了三天三夜，尤其是男角和女角配合得非常好，声情并茂，珠联璧合，一下子轰动了整个县城。

那时，男角儿和女角儿都是二十岁左右的年轻人，在那场演出中，他们建立了深厚的感情，恋爱了。本来这是件很正常的事情，但后来的发展却是他们完全没有料到的，也改变了他们的人生。

有人要棒打鸳鸯，极力阻止他们的恋情，而这个人竟然是女角的戏团团长。团长的理由很简单，如果女角儿一旦嫁给男角儿，那么他们的戏团失去了台柱，就没有了竞争力，对方的戏团如虎添翼，他们的戏团将暗淡无光。当然，团长的反对不是公开的，而是暗地里的行动。有时，暗地里的行动比公开的表态更可怕也更具有杀伤力。

他们抗争过,甚至想到了私奔和殉情,可到底还是没有勇气走出那一步,终究难敌整个戏团或者说他们那个村庄全体村民的力量。他们的爱情就像他们戏台上演的许多苦情戏一样,所不同的是戏台上的男女最终都有一个美好的结局,而他们的爱情却夭折了。挥泪一别,肝肠寸断。

那个团长索性一不做二不休,一年后经多方撮合、百般做工作,在本村给女角找了一个老实憨厚的后生,让她嫁给了他。团长认为从此再也不怕别人抢走他们的女角儿了,他们村的戏团在方圆百里仍然可以响当当地走出去。

然而,团长的苦心没有换来预期的回报,女角儿自从嫁给本村的后生后,再也不愿上台演戏,而这罢演一罢就是五十多年。

老人一讲完,竟然泪流满面。不用猜我已知道,这个老人就是当年那个男角儿,也就是外婆的初恋情人呵。如果不是老人亲自讲给我听,我一定会认为这是个故事。我现在才理解了外婆为什么总是同外公磕磕碰碰地生活,为什么从不向我提起文词戏,为什么把她这段经历隐藏得那么深,为什么对满生说恨他一辈子的话。

戏台上的外婆坐在寒窑前思念着夫君,盼望着夫君早日归来:"王宝钏苦守寒窑十八载,音信全无叫我好担忧,问一声我夫君莫非变了心……"

外婆的演唱声情并茂,我看见台下有许多老太太在抹眼泪。我身边的老人对我说:"年轻人,你外婆的声音真的没变,还是当年的胡小燕。"

此时我没有心情去看戏,我为外婆那逝去的青春忧伤不已。我突然烦躁起来,恨不得把满生揪出来痛打一顿方解心头之恨。我悄悄地走出戏场,丝丝寒气袭来,我才感觉到夜已深了,头发上早洒满露水。回头一望不远处的戏场,那儿还在热火朝天地演出,黑压压的人群根本没有时间理会深夜的寒露,眼里只有那神圣的土台,以及心中虔诚的文词戏。

寒风一吹,我发热的头脑终于冷静下来,一个念头在脑海中一闪,我在黑暗中得意地一笑,走向戏场。

这时,戏已散场,我去寻找那个老人,混乱的人群中是无法找到的。我想,他肯定去了后台,去见我外婆了。

外婆已回到祠堂里的厢房里卸装,我首先给外婆鼓起了掌,祝贺她演出成功。外婆露出笑脸，卸了妆的外婆已不再是王宝钏，一笑就是几条皱纹，还轻咳了两声。我东瞧西看，满生问我找什么，我没好气地说："你不懂。"外婆打了我一下道："这孩子，怎么能这样说话？"满生他们几个也都停下卸妆，有些诧异地看着我。我问外婆，刚才有没有一个老头来过。外婆不明白地望着我问："哪有什么老头呀，老头来做什么？"

我失望地坐在戏箱上，我对满生说："刚才戏台下有个老头，他走十多里山路来看我外婆演出，你说他还能是谁？"满生还是满脸不解地望着我。没有过那种经历的人不会有那种刻骨铭心的记忆，在他的记忆中，外婆的初恋情人早就烟消云散了，胡小燕终归还是我外公的妻子，平凡地生活在小村里，生活在他们的身边，直至老去。

外婆这时脱口而出："刘清泉来过了？"

我这才知道那个老人叫刘清泉，同时也证实了老人的故事是真实可信的，不是他的自吹。满生一把将我紧紧抓住，问："真的有个高高个子的老头来过啦？"我仍不理会满生，而是扶住外婆颤抖的身子，在她耳边说："他把一切都告诉我了，外婆，你好傻呀！"外婆明亮起来的目光很快暗淡下去，她跌坐在戏箱上，喃喃自语："难得他来看我演戏了，那么远的路，他一个人……"

搀扶着外婆回到家已是下半夜了，二舅还没睡，在等着我们。那天晚上我跟外婆睡，就像小时候我睡在外婆怀里一样。外婆显得很兴奋，对于那段逝去的青春岁月，外婆并不回避。外婆说："你现在长大了，应该懂得我那时的选择。"我不想与外婆争辩什么，况且争辩的结果已没有实际意义，流逝的东西就像归进大海的水，是不可能回头的。我要考虑的是另外一个还在心中酝酿的问题，我要做一件对外婆和刘清泉有实际意义的事情。夜太深了，要让外婆休息，我准备等天明再对外婆说。

我做了个梦，跌进了一个很深的洞穴，我伸手呼救，有一只手紧抓住我的手，把我拼命往上拉。醒来时，见外婆站在身边拉着我的手说："快起来吃早饭了，看看，太阳都晒屁股了。"

吃过早饭，我把昨晚策划的方案向外婆公布了，我想外婆听了这个方案一定会高兴起来。没想到外婆的反应却是沉默，接着是摇头否定。我问外婆："为什么不答应呢？人家王宝钏苦守寒窑也只有十八年，可你们却是五十多年了，难道就不能有一个美好的结局?”外婆还是摇头,说:“你不懂的。”没办法,我只好去找满生,本来,这个计划中也是需要得到满生的协助。

其实我的方案是可行的,并没有什么特别出格的事情,只不过是要让五十多年前的伙伴重新合作,让他们演一出当年没有演完的戏。这无论对外婆还是刘清泉来说,都是一件值得欣慰且有纪念意义的事情,也是一件轰动乡里的新闻。它将把外婆的演戏生涯与人生推进到一个辉煌的时刻,给他们美好的初恋画上一个完美的句号。这个方案的落实,首先必须要征得外婆的许可,然后去找满生的协助,一同去找刘清泉。刘清泉肯定是会同意的,从昨晚他夜走十多里山路来看外婆演出就看出他心中依然有外婆。等这一切谈妥后,我打电话把县里的几位哥们请来,让他们精心摄像,制作成光碟让外婆永久珍藏。

满生听到我这个计划后,一拍大腿说:“好,这事还真就你这样的年轻人才可以想出来。你外婆的工作我去做。”也许,这些年来,满生一直对外婆心有愧疚,如今借这个顺水人情去做成这件事,也是对他们过去的一种补偿,他理所当然要去做好这件事。

我没进屋,满生在里面给外婆说了十多分钟,就把思想工作做通了,我猜想外婆起初以为我是在和她开玩笑,看到满生来了才知道我真的想办成这事。外婆竟然像个害臊的小姑娘似的出来对我和满生说:“人家要是不同意,切不可为难人家。”我满不在乎地说:“我保证人家会同意的,昨晚我跟他聊了那么久,可以看得出,他心里还是有外婆的。”外婆嗔怪道:“你瞎说什么哩,人家有家室的,小心别人撕你的嘴。”

事不宜迟,我在村里借了个摩托车,带着满生上路了。对于刘清泉的村庄,满生是熟悉的。一路上满生一直对我说着外婆过去的事情,对他当初做出那样的举动充满悔意,特别是看到我外婆和外公整日打打闹闹过日子,心中的滋味更是不好受。这些年村民的日子好了,对文词戏的渴求也强了,尽管许多年轻的角儿都到外面打工去了,但他还是组织了演出,还特地说服了我的外婆,让她事隔五十多年后再次出现在乡村的舞台上。从个人感情上来说,他对外婆的伤害无法弥补,但从当时剧团命运的出发,满生说他认为自己没有错。

半个小时后,我们来到一个村庄,满生也不知道刘清泉住哪里,好在村庄不大,我们很快就来到了刘清泉的屋前。这是一幢二层楼房,有一个小院子,看样子日子过得不错。推开院门，屋里走出一个老妇，她听说我们是找刘清泉的，脸色一下子变得阴沉，说："病了。"

怎么会呢，昨晚不是好好地在看戏吗？她肯定就是刘清泉的老婆，她又不知道我们的来意，不会骗我们吧？

倒是满生会说话，他说自己是刘清泉多年的朋友，今天路过这里，想来看看。

她的脸色还是阴沉沉的，她说："昨晚也不知是到哪儿疯去了，半夜回来摔坏了腿，还中了风寒，今天又是烧又是冷，正躺在床上哩。"说着，她把我们带进房间。刘清泉一见我们，猛地想坐起来，可身子骨不管用，又躺下了。我真没想到，昨晚他还那么有劲地为我外婆鼓掌，今天却躺在床上起不了身，人一到年纪，真是身不由己呵。趁着她去给我们倒茶之机，我想了想，还是把自己的计划说了出来。虽然明知道现在是不可能实现的，但既然来了，我总要把事情说个明白，也好让他明白我的这番苦心，说不定下次还有机会。床上的刘清泉这时伸出手来，紧紧握着我的手，没有说出话来。从他的动作中，我完全理解了他的意思，也看出了他对此深深的渴望，也更坚定了我的信心。

刘清泉病得这么重，我们也不好多打扰。走时，我把自己的手机号码留给了他，希望他病好后能践行我这个计划。

回来的路上，满生很失望，我也有些心灰。回到外婆家，把情况对她一说，外婆表面好像并没有露出什么，可内心肯定是不平静了。从她的动作和言语来看，她竟然有些焦躁和魂不守舍的样子，这是我很少看到外婆的一面。因而，我在心头暗忖，自己是不是做错了？把外婆平静的生活一下搅得浪花飞溅，对她的未来是好是坏？

更严重的后果是，今天晚上本来外婆还有一场演出，可她竟然罢演了。满生满脸怨气地看着我，我也无言以对。如果不是刘清泉生病，今天晚上就是他们合演一台戏了，按照原计划，今天晚上外婆和满生同演一场《楼台会》，现在外婆罢演，满生只好又去求还在养病的小娥了。

那晚也不知小村演没演戏，因为我下午就回了县城。坐在回城的车上，我还在想，难道是我搅乱了小村的一台戏吗？

大概是一个月后吧，我正在单位开会，忽接到一个陌生男人的电话，那人说他叫刘小军,是刘清泉的孙子,他爷爷住在县医院的五号病房,有话跟我说。

我请了个假,匆匆赶到病房。此时,我见到的老人形象与一个月前见到的相去甚远,微弱的声音里隐隐约约可以听出一些意思。原来他还在想着我的策划,我终于明白了他的想法,他想在病房里完成我这个策划,完成他最后的心愿。说实话,一开始,我以为老人是在说胡话。当我看到老人的目光时,我的心颤抖了,我看到他眼中那一丝亮光竟然全照在我的脸上,我点了点头,握住了他的手。

告别老人,我把刘小军约了出来。我们来到一个茶座,在那如水的音乐声中,我把外婆和他爷爷之间的故事复述了一遍。刘小军说他早就知道了这个故事,他爷爷给他讲了很多遍。听医生说,他爷爷在世的日子很少了,已快到弥留之际,对于我的这个策划,他觉得大胆而又新鲜。对他爷爷来说,没有什么比离开这个世界前与初恋情人同演一出戏更有意义了。我们两个年轻人商定,那边家人的工作由刘小军去做,外婆这边肯定就交给我了。

第二天,我专门叫来林子给我找了一部车子,由林子驾驶,直奔乡下。我还没有想好如何去做外婆的工作,是先骗她来县城然后再做打算,还是先向她挑明?

外婆对我专门开车来接她去县城很惊讶,她不安地问是不是我家里有什么事情。林子连忙说:“外婆,怎么会呢,陈哥只是接你去县城玩几天,轻松轻松。”外婆盯着我,问到底发生了什么事,否则就不上车。事已至此,我觉得应该告诉外婆真相,如果她还是不想去,我只有去找满生来做工作。

出乎意料的是外婆听完我的话,默然无语了一阵,然后才说:“什么唱不唱戏的,我去看他最后一眼吧。”然后,她主动坐上了我的车。一路上外婆没有言语,看得出她其实还是在乎刘清泉的。车子一到家,外婆就开口问刘清泉住院的地方,要赶过去。我把外婆接进屋,要她吃过饭再去。此时还只有十一点钟,妻子还没下班,儿子也没放学,我先给刘小军打了电话,然后出门买菜。外婆许久没进城来我家了,得买几样外婆喜欢吃的东西。走时,我调到戏曲频道,让外婆看电视。

二十分钟后,我回到家一看,外婆不在了。四处一喊,哪有外婆的身影?莫非……我立即打电话把林子的车子叫来,让他送我去医院。

外婆很少来县城，大街上车来车往的，要是一不小心，那我可就铸成大错了。

事后我才了解到，外婆是打出租车来医院的，外婆是个很聪明的人。

我和林子赶到医院，还未进五号病房，就听到了外婆那清脆婉约的唱腔。我不敢惊动他们，就站在门口观看这场离奇而又珍贵的演出。刘小军同样站在房门外，他身边站着老人的亲属，就连几个护士也都停在那儿出神地聆听。

胡小燕唱："王宝钏守寒窑一十八载，今日与夫君相会莫不是在梦中……"

刘清泉唱："水流千里终要归大海，薛平贵千里征战心挂在寒窑……"

刘清泉半躺在床头，脸色绯红，声音洪亮，根本不像个病人。林子在我耳边悄悄说："那是回光返照。"我回头怒目而视，林子赶紧打了自己一个嘴巴。

渐渐地，刘清泉的脸色由红转白，声音也小了下去，咿咿呀呀谁也听不清在唱什么。

外婆凄婉的唱词戛然而止，忽然大声哭出："我的夫君呀！"

在场所有人都听得出，外婆哭喊出的仍然是一句文词戏腔。

（原载《厦门文学》2010 年第 7 期）

走　失

朱满宝从镇上回来，心头充满喜悦。盛夏的田野像个丰满的女人，到处都是成熟的味道，朱满宝曾经喜欢这种味道。

大毛佝偻着腰从一条道上过来，朱满宝把他喊住了。朱满宝说："毛哥，晚上镇上演戏哩，你去看不？"大毛想努力把腰伸直，反而更低了下去，自言自语道："这腰看来是不中用了。"朱满宝把话又说了一遍，大毛苦笑了一下，说："你倒会寻快活，我可比不得你，走不走得还要孙子同意才行。"他说罢，到田野里去了。朱满宝还要说些什么，可那人的背影越来越远，朱满宝便啐了一口唾沫，骂道："死不开窍的脑筋，就只晓得变牛做马。"

朱满宝心头的喜悦得不到宣泄，憋得很难受。在村头，他看到秋菊正在哄着哭闹的孙女，便从口袋里拿出一颗糖果给了小女孩，哭声立马住了。秋菊说："满宝，你又去镇上啦，还是你清闲呢，好想得开哩。"朱满宝说："想不想得开是你自讨的，儿孙自有儿孙福，你是瞎操心。"秋菊的脸色难看了，秋菊不理朱满宝，抱着孙女就走。朱满宝这才想起他还有重要的话没有说，就喊："晚上镇上演戏哩，去看不？"秋菊回过头来说："我在家里看电视，多省心。"

村子不大，只有十多户人家，尽管朱满宝把镇上演戏的消息一再传播，可没有哪个人响应。这年头，年轻人都到外面打工去了，家里的老人又要种田地，又要照顾孩子，哪有什么心思去镇上看什么戏。一到晚上，老人不是窝在家里看电视，就是早早地上了床。朱满宝却是个例外，朱满宝的儿子都在外地买了房，老伴也跟去城里带孙子了。他先前倒也种了田，可后来儿子不让他种，每月都有汇款来，让他在家享清福。

说是享清福，倒真是清静。一个人在家，寡味得很，电视里的广告太多，特别是县电视台，广告又长又唠叨，朱满宝只得换台。可省台也是广告，反反复复播几次，好像看电视的不是视力不好就是听力不好。只得又换台，还好，中央台没有广告，正在播体育新闻，许多人在抢一个球。朱满宝看不懂，索性把电视关了。

夏天的下午燥热得很,电扇也好像是个摆设,没起到多大的作用。朱满宝又想到晚上的看戏上来,想在村里找个伴儿同去,一个人太孤单了。对于戏曲,朱满宝有种特殊的爱好,当然这要追溯到几十年前,那时大队要成立文工团,朱满宝被选上了,那时他可是个红角儿,不但在全大队的各个生产队巡回演出,还要出大队出公社做交流演出。后来文工团解散,朱满宝重新回到生产队,失落了好一阵子才调整过来。

镇上好久没演过戏了,这么一个好机会,村里愣是没人感兴趣,朱满宝可有点儿失望了。

午后的乡村,村民大都在睡午觉,很是沉寂,只有蝉不知疲倦地嘶叫着。狗儿躺在树荫下伸长着舌头,朱满宝经过时,它也懒得望一眼。经过刘梅花屋前时,朱满宝犹豫了一下。朱满宝是很少到刘梅花屋里去的,倒并不是他们之间有什么仇恨,也不是刘梅花这个人难说话,内中的缘由虽成为历史,但给现实生活中的人还是带来很大的影响。

总之,这一切还是和戏曲有关。

村内几乎没有其他人走动,朱满宝四处张望了一下,便在心中骂自己:又不是去做贼,鬼鬼祟祟成何体统呢?这样一想,他便推开院门走了进去。

屋内的吊扇呼啦啦地响着,竹床上躺着一老一小两个人。小孩子的嘴上还叼着一只奶瓶,肚子上盖着一块毛巾。女人也是仰面躺着,上身竟然裸露着,两只干瘪的奶子像两个成熟了的丝瓜一样吊在胸前。朱满宝的脸有点发烫,身上顿时大汗淋漓。他立即转身,许是他动作太大,把竹床上的女人惊醒了。一坐起,瞧见了正在往外走的朱满宝,女人的眼中闪过一丝慌乱,急忙抓起身边的短褂子穿上,喊道:“满宝叔,有事呀?”朱满宝年纪和女人差不多,但辈分大,女人应喊他叔。朱满宝不得不回头,连说:“没事,没事。”女人这时已来到门口,说:“没事你来这儿做什么,想偷看呀?”女人这么一说,倒把朱满宝给逗笑了,说:“一把老骨头,哪个愿看哩,四十年前倒差不多。”一来二去,刚才尴尬的气氛就烟消云散了。女人轻声说:“外面太阳毒,进屋坐坐吧。”朱满宝嘴里说着“不啦不啦”,身子却慢慢地飘了进屋。女人给朱满宝倒了一杯茶,朱满宝接过来“咕噜”一口喝干了。女人说:“看你这么渴,大中午的也不休息,干什么去了?”朱满宝咂巴一下嘴说:“哪有做什么事,这天,太热了。”尽管朱满宝心里早想把那个喜悦之事告诉女人,但表面上还是磨磨蹭蹭不说出来。女人的男人走了三年了，这几年女人苍老了许多，儿子儿媳都在外打工，丢下几亩责任田和一个三岁的孩子给女人。女人要侍弄田地，又要带孩子做家务，累得够呛。

现在正是村民劳作的空隙之机，稻谷还未开始收割，棉花也还没有采摘，所以，朱满宝还是把镇上演戏的消息告诉了刘梅花。女人的感觉果然不同，双眼一下子放出光来，朱满宝像是穿越时空一般，看到了几十年前那个叫刘梅花的女子的某些表情。可这样的情绪转瞬即逝，刘梅花很快又回到现实中来，她摇了摇头说："去不了啦，孩子拖累着。"

这个时候，朱满宝说了一句话："把孩子也带去吧。"刘梅花惊讶地望着朱满宝，说："怎么可以？"朱满宝反问她："怎么就不可以呢？我们两个人看不住一个孩子？"

"村里没有其他人去？"刘梅花的表情有些迟疑。朱满宝说："我再邀邀，看看有没有人同去。"

朱满宝走出门时，女人还是没有答应，但也没有回绝。

这时，村里开始有人出工了。他们见了朱满宝，露出的神色说不出是嫉妒还是鄙夷。朱满宝也懒得再理他们，进屋去了。屋里有些闷热，电扇的风一点儿也不管用，刚才在太阳底下走了一遭，身上的汗还黏在身上，朱满宝只好走出屋来，来到村后的那个树林，靠在一棵大树底下半躺着。树林里有风，很阴凉，朱满宝就在那里打了一个盹，一觉醒来，太阳已西斜了。

手机这时响了，是儿子打来的。并没有什么事，只不过是几句问候，这多少给朱满宝寂寞的心里添了一丝温暖。老伴和儿媳妇从没打过一个电话给他，朱满宝虽有怨言，但不好表露出来。毕竟儿媳妇是外地人，老伴也不是年轻人啦，况且他们年轻时也很少说上几句话，现在分开了，更没有话说了。

当阳光变得微弱时，朱满宝早早地做晚饭了。一个人的饭做起来很快，他不用柴灶，用的是煤气，既干净又快捷。朱满宝正蹲在屋里吃饭，忽觉门里一暗，进来一个人，一看，却是刘梅花。刘梅花的脸上不知是热的还是什么原因，红通通的。她问朱满宝是不是真的愿意帮她带小毛，朱满宝点了点头。刘梅花说："那就跟你同去啦，你要等我，我还没做饭呢。"朱满宝看到刘梅花的眼神里又出现了那种激情，这让他很感动，也感觉到一种说不出的东西在身体内慢慢生长出来。这是一种久违的东西，早已失落在几十年前的舞台上，现在要想找出来，恐怕只是幻想吧。

四十年前，朱满宝与刘梅花同在一个舞台上演出，那时两人都是未婚男女，如果不是因为后来剧团突然解散，两人的关系就会更进一步，两个人的人生也就是另外一个样子了。正是因为这层关系，刘梅花嫁到这个村庄来，刘梅花的男人更是像防贼似的监视着他们的行动，生怕两人重燃爱火，再续前缘。其实，一切都只是那个男人的猜忌，双方都已成家，过去的一切就像流走的水，再也不会回头了。不过，这样一来，两人平常也很少说话，见面也只是点点头而已。

女人走时回头对他说："你等我啊！"女人说这话时竟然像个女孩子似的莞尔一笑。这一笑，让朱满宝潜伏在心底的激情喜滋滋地冒了出来。

吃过晚饭的朱满宝没有立即走出屋门，外面还有光亮，村里还有人走动。毕竟许多年没和刘梅花同走在一起了，不让黑夜做掩护，朱满宝怕自己没这个胆量。这也并不是他心头有什么不可告人的目的，许多年过去了，当年的激情早已被岁月挤压得没有一点儿气息，现实中的生活让他也不再有什么非分之想。只不过是生活中的寂寥被某个火种点亮了一下，他想借这个光亮去改变一下古板而恒久不变的生活，足够让他在未来的许多日子里慢慢品味，仅此而已。

村里全黑下来，朱满宝拿着手电来到刘梅花的屋前。没有多少话说，朱满宝驮起三岁的小毛，小毛嘴里不住叫着"奶奶，奶奶"。刘梅花一边关门一边对孙子说："公公背你好舒服，小毛乖乖。"女人走过来时，一阵凉风让朱满宝感到清爽，同时他还闻到了一种淡淡的脂粉香气。有一只狗在村头吠着，被朱满宝一脚踢开后又摇着尾巴跟着他们走了好一阵子，才悻悻地回头。

到镇上的路程不远也不近，四五里路。星光出来了，模糊的山影像个巨大的老人端坐在那里，仿佛只要它一伸手，就会把朱满宝他们挡回村子，并给他们一掌，让他们晕眩半生。田野里的青蛙东一只西一只，叫得不是很积极，没有一点儿气势。若是先前，早已是蛙声如鼓，可以震慑几里地。上了大路，星星点点有人走动，他们也是去镇上看戏的，朱满宝加入了他们的队伍，心里轻松下来。

戏已经开演了，但朱满宝和刘梅花两人一眼就看出了是在演《牛郎织女》，这是个家喻户晓的故事了，但台下的观众们看得有滋有味，评头品足，场面很热闹。因是露天演出，四周挤满了卖小吃的摊贩。小毛一眼就瞧见了卖油条的，朱满宝过去买了几根，刘梅花要拿钱，朱满宝笑道："今天是我请你来的，你想吃什么，都由我来付账。"刘梅花也笑着说："今晚你变大方了。"

台下看戏的人还真多，热气哈得戏场上方的天空雾蒙蒙的。他们挤在人群之中，跟着台下的观众一起议论。他们的经历还可以让他们有资格对台上的演员说点什么，有时刘梅花会突然一笑，朱满宝问她笑什么，刘梅花好半天才回答，说她想起了四十年前的演出。提起四十年前，两人的话题更多了，反倒把台上的演出给忽略了。如果不发生后来的事，那么这场戏会给朱满宝今后枯燥的生活带来很多有趣的回味。可事情总有意外发生，无法预料。

小毛看不懂台上的演出，大概是在朱满宝肩膀上坐烦了，要下来。下来就下来吧，也没有什么问题。这时，刘梅花挤出人群去方便，小毛也要跟着去，被刘梅花拉了回来，交给了朱满宝。身边没有了刘梅花，朱满宝没有谈话的对象，便把精力放在了舞台上。正好这时有人往他身边挤，他伸出手去拉小毛的手，却捞了个空。“小毛，小毛。”他四处喊。声音淹没在一片噪声中。

小毛就是这样走失的，没有半点预兆，朱满宝也没有半点心理准备。

戏是肯定看不下去了，朱满宝带着刘梅花在人群中不住嘶喊着，一直喊到演出结束，小毛依然没有出现。两人走在空旷的镇街上，刘梅花一把抓住朱满宝的臂膀，五条血痕清晰地在月光下的夜空中闪现。刘梅花发疯似的对他喊叫：“都是你不好，你赔我孙子来！”

朱满宝蹲在地上，不住地捶打着自己的头。刘梅花撕打完朱满宝后，伸出手来说：“拿手机给我，我要打个电话。”朱满宝木然地把手机拿了出来，刘梅花打通了在外儿子的电话。当刘梅花把小毛走失的消息告诉他时，朱满宝听到手机里传来的是刘梅花儿子的怒吼声。怒吼一阵后，那边问：“报警了吗？”刘梅花一愣，说：“没。”那边又骂开了。朱满宝这时也跳了起来：“对，我们赶紧报警，打110！”

已是夜半了，朱满宝和刘梅花被镇上派出所的李所长叫了去。做完了笔录，李所长有些无奈地说：“你们两口子怎么连个孩子都看不住。”朱满宝本想说自己不是小毛的爷爷，可还是忍住了，刘梅花则反反复复地问李所长明天能不能帮她找寻。

那天晚上，朱满宝和刘梅花都没有回村。混浊的月光下，两个人像游魂似的在镇街周围飘荡，嘶哑的喊叫声在夏天的晚上被那青蛙的叫声吞没，没有引起人们多大的注意。他们幻想上天能给他们一个惊喜，结束这场因他们内心骚动而带给他们的惩罚。

老天爷，结束这场玩笑吧，我们再也不敢了！

两个白发老人跪在露水浸洇的大地上不住地叩头。

两天后的中午,朱满宝正在屋中打盹,屋门被一脚踢开了,一对怒气冲冲的夫妇出现在他的面前。朱满宝当然认识,他们就是刘梅花的儿子和媳妇。他们的到来,是朱满宝意料之中的,朱满宝起身让座,并想点根烟给那男人,男人一把打掉朱满宝递过来的烟,恶狠狠地骂道:“你这个老家伙,你还有脸活在世上,还不如一头撞死算了。”女的将一把鼻涕往朱满宝脸上一摔,扑上去在他的脸上抓了几道血痕,口里不住喊:“你赔我儿子来,你赔我儿子来!”

他们发泄这一切时,朱满宝没有反抗,也没有能力反抗。男的走时丢下一句话:“我儿子找不到的话,除非你拿出一百万来,否则你休想自在过下去。”

这两天来,朱满宝是在担惊受怕中度过的。现在好了,他们总算出现了,该来的总算来了,朱满宝反倒坦然了。看着手臂上的伤痕,朱满宝没有半点痛苦,如果没有这伤痕他会更痛苦。现在脸上又添了伤痕,朱满宝感到一种被侮辱的痛苦,可这种痛苦能找人去诉说吗?那是万万不能的。

入夜,朱满宝把自己关在黑暗的屋子里,一丝幽怨的哭声传来,把朱满宝弄得更加心烦意乱。他把手机拿出来按出了那几个熟悉的数字,想想又清除了。这样反复了多次,还是拿不定主意打不打这个电话。最后,他干脆把手机丢在桌上,不去看那个东西。偏偏这时手机响了,铃声非常刺耳,由不得朱满宝有什么犹豫了。号码正是他刚才想拨的那几个数字,一接通竟然不是儿子的声音,却是从未给他打过电话的老伴。

老伴在那边知道了村里发生的一切,甚至连未发生过的事情她也想当然地认为发生了。一方面可能是她的臆测,另一方面是刘梅花儿子转述的后果。老伴要把这些年来她和朱满宝无法交流的语言全都发泄出来,比先前在家里还多了一分恶毒。儿子的话要婉转些,儿子说:“爸,你在家寂寞可以来我这儿呀,都一大把年纪了弄出这事多不好。你也太大意了,还把人家的孩子弄丢了,你叫我们做儿女的如何说话呀?建荣给我打电话了,说要是找不到孩子,要打官司找我们赔偿损失,你说叫我怎么办?”儿媳的话很直白,她说:“爸,你一人做事一人当,不要连累我们,你去给建荣多说些好话,谁叫你做出那样的事,一把年纪了,害得我们也脸上无光。”

朱满宝接完电话更加懵懂了。我真的做错了什么,真的成老流氓了吗?丢掉孩子是自己大意了,可我与刘梅花之间并没有发生什么呀,也从未期待会发生什么呀。丢孩子的责任我可以担，尽管担当不起。担当不起也要担呀，有什么办法呢？

幽幽的哭声还在继续，牵引着朱满宝走出屋门。

哭声肯定是从刘梅花家里传出来的，这点朱满宝心里清楚。后来哭声停住了，他不知不觉地来到那个屋前时，猛然看到骇人的一幕：不好，刘梅花正要在房中系绳上吊。朱满宝不顾一切地踢开她的屋门，大声喊："建荣，快去救你妈！"

刘梅花救下来了，但朱满宝不敢离开那里，他怕自己一离开刘梅花做出傻事没人知道。世上没后悔药吃，他不能丢掉一个孩子，再夺去一条性命，那样，他就是到了地狱也永世不得超生。窗户里面黑黑的，看不到什么，他把耳朵贴在墙壁上，里面的每一丝动静都让他心惊肉跳。

第二天早上，刘梅花第一个发现了睡在墙根下的朱满宝。刘梅花一把抓住他，似乎抓到了一个依靠。

寻人启事在电视台播了，在报纸上登了，孩子还是没有消息。建荣像个困兽似的在家里摔东西。建荣的媳妇到朱满宝家里去骂，要他赔儿子。这样闹了几天，派出所没有消息，估计小毛是被人贩子拐走了，如果是走失的，乡镇上不过那么大的范围，找到孩子不成问题。

终于在一个阴沉沉的天气里，建荣夫妇走了，仍旧回到先前打工的地方。他们待在家里也没用，派出所的李所长也告诉他们，案已立了，一有消息会及时通知他们。两人走时对朱满宝丢下一句话：找不到孩子，咱们年底回来算总账。

朱满宝的生活更不好过了，老伴过不了几日便打电话骂他一顿，村里人见了他像见着了老虎似的都远远地走开，背后的话当然更多了，什么饱暖思淫欲，什么无事生非，什么流氓成性，什么重续旧情，等等。反正，朱满宝是一个老不正经的人，害得人家刘梅花的儿子媳妇丢了儿子。对于刘梅花，村民同样瞧不起，没有人同情她，也没有人去安慰她。刘梅花把自己关在屋里，地也荒芜了。

这日，朱满宝去派出所问消息，李所长说："老朱，你又来了，有消息我会告诉你的。"朱满宝说："李所长，等你的消息要到何年何月呀？"李所长耐心地说："老朱，你不要急，我们也在加派人手，可人海茫茫你总要给我们点时间吧。"朱满宝说："李所长，我能不急吗？要不你提供点线索，我们自己也去寻。"李所长说："你们如果真要去寻，我倒可以提供几个地点，那些地方曾经解救过被拐卖的儿童。”说着，李所长写了几个地名在纸上，给了朱满宝。

走在乡村土路的阳光下，朱满宝把那张纸条看了又看，然后小心地折好，放进了口袋。

晚上，朱满宝轻轻推开了刘梅花的屋门。昏暗的灯光下，刘梅花木然地看着朱满宝，说：“来了，坐吧。”对于村民对他们的议论，刘梅花现在觉得无所谓了，一切她都觉得无所谓了。孩子才是最重要的，失去了孩子，不光是儿子失去了生活的信心，她也失去了对未来的希望。她一把老骨头、贱骨头，对谁都不重要了。

朱满宝神色凝重地说：“今晚来，我是想说关于孩子的事情。”提到孩子，刘梅花的眼中闪过一丝亮光。朱满宝说：“孩子的丢失我有重要的责任，所以，我打算到外面去寻找。一是来向你说明，二是想拿几张孩子的照片，寻找时有个帮助。”

刘梅花急忙到房里找来一沓孩子的照片，朱满宝拣了几张。他看了刘梅花一眼，发现这个女人的精神比刚才好了许多。他本来还想说些什么安慰的话，可到底还是说不出来，其实，说出来也没有多大的意义，只有自己的行动才能让女人看到希望，才能使她精神起来。这一刻，朱满宝心头为自己的这个决定而感到自豪。走出门时，刘梅花问：“你一个人出去?”朱满宝点了点头，说：“我行!”

让朱满宝万万没想到的是，后半夜，他的屋门竟然被刘梅花敲开了。明亮的电灯下，朱满宝看到刘梅花的神情很激奋，刘梅花劈头盖脸就是一句：我跟你同去!

朱满宝一下子紧紧抓住刘梅花，连声说：“好，我们同去寻找，就是找到天涯海角也要把小毛找到!”

那天晚上，朱满宝的屋里没有熄灯，在村里显得异常耀眼。

三天后，村里的人们才发现朱满宝和刘梅花的屋门紧锁，两人不见踪影。有人看见两人从乡村的小路走上了公路，难道他们两人也走失了？十多天后，两人还没有回来，村民们这才关心起他们来，有人分别给两位老人的儿子媳妇打电话，得到的回答是他们都没见着两位老人。朱满宝的老伴得知这个消息后的回答是：“老不死的又犯老毛病了，那把老骨头死在外头我也不管了。”说完这句话，她竟哭了起来。

一年后，建荣的儿子还真找着了。据派出所的李所长讲，是两位老人打电话给他们报的案并提供了详细的情况。他们顺利解救孩子后，想找那两位老人，竟然没找着。

那两位老人是不是朱满宝和刘梅花？没有人去关注。

朱满宝和刘梅花从乡村的小路上走失在茫茫人海中，他们没有和家人取得联系，也再没有回到小村来。朱满宝的屋门一直锁着，儿子媳妇在城里买了房，他们也懒得回小村了。

那年年关，建荣和媳妇带着小毛回到老屋时，发现屋门的锁锈死了，他们便找来铁锤砸开了。小毛一进屋，便问："奶奶呢？奶奶！"

孩子的记性真好，一年多了，他还记得有个奶奶。

（原载《草原》2012 年第 5 期）

留守少妇

静有些吃惊,没想到丈夫勇这么快就来到了身边。在信中,勇是说过年才回来的。勇已有两年没回家过年,现在只是初秋,离过年还有好几个月呢。静想问勇发生了什么事,但被勇火热的吻堵住了。静还想说勇你回来了该看看孩子一眼呀,但她同样无法说出。勇不由分说地压在静的身上,静很幸福地呻吟起来,静已快三年没有这种感受了。

"静——静!"静感觉勇在喘息中呼唤着她的名字。

睁开眼睛,静就看到民办教师良站在窗外喊她。外面的日头白晃晃的,村子里吠声人语,一片喧腾,一切都是那么真真实实。静的脸上一阵燥热,掀开身上的毛毯,爬下床说:"良,是你喊我?看我迷糊地睡着了,这个鬼天,人真容易犯困。"

良从窗外伸出一只手,手上有一封信和一张汇款单,良说:"静,这是你的信和汇款单,勇寄来的。"静接过来,看着良被太阳晒得红通通的脸说:"良,你进屋歇会儿吧,喝口茶。"良说:"不啦,我要去上课呢。"静说:"你等会儿,我给你一样东西。"静说着从抽屉里翻出一支崭新的钢笔递给良,说:"麻烦你三年了,实在过意不去,我知道,给别的东西你也不要,这支钢笔,送给你写字吧。"良站在窗外愣了一会儿,才双手接过来说:"谢谢你。"静看到良将那支钢笔插在上衣口袋里,口袋里还有支钢笔,却缠着胶布。

看着良转身远去的背影,静的心里忽然空落落的,不知为何刚才在睡梦中的那种感觉像气泡似的一点一滴地冒出来。她撕开信封,一张薄薄的纸便滑落在手中。丈夫的信永远都是那么简单,几乎是千篇一律的:"身体好吗?""汇款收到了没有?""我在这儿很好。""今年一定回家过年。"过去的两年勇也是这么写的,说回家过年,可临近过年时又来信说春节期间工资高且又为了明年的工作考虑而不回家。勇在南方的一个特区打工,村里同去的有好几个人,他们过年都会回家,但他们没有勇挣的钱多。据说勇在那边混得很不错,从每月的汇款单上就能体现出来。信和汇款单由邮递员送到村委会,再由各村小学生或老师带回来。静的邮件都是良带来,良与静是中学时代的同学,后来良当上了民办老师,而静也嫁到了这个村子。如今,静的儿子都已六岁了,可良到目前还是单身一人。良的长相并不差,起码在静的眼里是相当英俊的,可婚姻就是阴差阳错或高低不就没有成功。作为老同学,静在这方面没少为良出过力。

静觉得身上燥热难耐,便走出门。下午三四点钟的光景,初秋的太阳已失去了炽热,村子里空荡荡的。近年来,村里的青壮年都打工去了,剩下一些老幼妇孺侍弄着责任田,他们并不希望有很大的收成,只要能完成上缴提留、能保住吃喝就满足了。其实,即使你累死累活日夜苦干,责任田里的庄稼赶不上打工的价值,现在化肥农药一涨再涨,能够保本就算不错了。静家的责任田转包给了别人,每年不定期要倒贴上几百元钱。当静悠闲地走出村子走向田野的时候,在庄稼地里干活的村民们并没有多少嫉妒。

静是很悠闲的,地里的活不用干,家务活也很少,她的日子就这样悠闲地度过。

田野里有风拂过,青翠的晚稻在风中波浪般地涌动,白雪般的棉花在阳光里含笑开放。静忽然想起一个蹩脚的比喻,脸腾地一下红了起来。

静常常在心里责怪自己,因为她每当看到一个东西或一件事物,她都不由得想到那方面的事,也许,这是她思念丈夫太深的缘故。人常说,女人三十如狼四十似虎。她是三十岁的人了,丈夫已快三年不在身边,有这种渴望也是正常的,但她不能干对不起丈夫的事情。每当看到独身的良时,她的这种渴求就更为强烈,尤其是晚上看完电视后,儿子早已酣然入睡,宽大的席梦思床空落落的,心中的那份情愫无法排解。这种时候,静就邪恶地想,要是良在我身边就好了,良会安慰人,良很温柔,良的抚摸一定能使人快乐。这样一想,静就真的觉得良在她身边,抚摸着她,亲吻着她,就觉得身子火辣辣起来。及至白天见了良,静的心里就有种罪恶感,好像真的做了对不起丈夫的事。这种矛盾的心情时不时地折磨着她,使静感到有一种危险存在,将要发生什么事。静期待着又害怕那件事情发生。她的肉体与精神在进行着一场大辩论,胜负难料。

夜里,一缕月光从窗外泻了进来,静怎么也睡不着。村民都关了电视,午夜了,村子里再也没有任何声音。静拉开了电灯,爬下了床。儿子被惊醒了,问妈妈开灯做什么。静在儿子的脸上亲了一口说:"妈要给爸写信呢,你睡吧,明天早上要上学。"静坐在书桌前,摊开一本稿纸,写下了"勇,你好吗"几个字,而后却写不下去,停住笔。但很快,静又沙沙地写起来。静在学校时作文是获过奖的,她将心中的苦闷一股脑儿倒出,变成方块字出现在稿纸上,如行云流水,一下子写了十几页稿纸。完成后,静又默读了一遍,自己都被感动得哭了,心里许久平静不下来,直到鸡鸣才睡去,一觉睡到天亮。

只是天亮后,静再将桌上的信看了一遍,不禁面红耳赤,暗骂自己低贱,怎么能写出这样的文字来。一把火,她把那十几页稿纸烧了。她再次坐在书桌前写信,枯枯燥燥挤牙膏似的写了薄薄的一张纸,装进信封,黏好。她又找出自己的身份证,连同那张汇款单一起拿着走了出去。

静是去找良。良经常去镇上,静想让良去镇上时给她寄走这封信,顺便把汇款领回来。

静走进良屋里,良正在帮梅写信。

梅是去年结婚的,丈夫也去了特区打工,她不认得字,每封信都是请良代笔。全村写信请良代笔的人很多,良对每个人都客气答应,写完,再念给他们听。村民们都说,良写的信确实好。

梅看见了静,忙说:"静姐,你也来了。"良这时抬起头,停下手中的笔。静发现良手中握的正是她昨天送给他的那支钢笔,静的心里就觉如潺潺流水淌过。良说:"静,你坐吧,等我给梅把这封信写完。"静拢了拢散发说:"良,你慢慢写吧,我反正没事。"静坐下后转脸向梅:"你丈夫又来了信,还寄了钱吧?"梅很幸福地说:"嗯,他说回家过年呢。"

屋里的光线很暗,良的屋是幢老屋,有些破败。良的爸妈干农活去了,屋里显得空旷起来。静这时发现梅比先前丰满了许多。梅在结婚前第一次来到村子里的时候,静见梅是很瘦弱的,没想到结婚后起了这么大的变化,人也变得妩媚了许多。静这时就想自己是不是变老了或者变丰韵了?有了这样的想法,静就觉得这么美好的时光给虚度了,就有一种很强烈的欲望。良的笔在沙沙地响着,静虽然表面上同梅左一句右一句搭讪着,可心里却在想:良难道就不觉得孤单吗?

终于熬到良给梅写完了信,梅高兴地捧着信走出了门。静这才拿出身边的信和汇款单对良说:"良,你什么时候去镇上?麻烦帮我把这封信捎去,再给我把汇款领来。"良笑着说:"正好明天我要去镇上寄封信,不麻烦的。"他说着接过静递过来的身份证和汇款单。静在触到良的手时感觉到一种很特别的东西,不由紧紧地握住了。良的脸腾地一红,静看见良的身子在颤抖。静只知道自己的身子在旋转飞腾,那种渴望已久的潮水在她的全身涌动,静的双眼开始迷蒙起来。

这时门外传来梅的声音,静和良都吓了一跳。良急忙抽出被静紧握的手,掩饰地抚平那弄皱的信。梅说:“俺还忘了一件事,良你给加上吧,告诉他,说他的妹妹生了个儿子。”良急忙拆开信封,拿起笔来给加上了。静这时忽地一笑说:“梅,你什么时候生个儿子呀?”梅羞涩地说:“静姐,不跟你说。”

静跟梅同走出良的屋门,良愣愣地站在屋中,从地上捡起那张身份证,上面的静正甜甜地对他笑呢。

走到梅的屋门前,梅说:“静姐,到屋里坐坐吧。”静本想拒绝的,可却忽然改变了主意,说:“反正没多大事,那就坐坐吧。”梅的屋是楼房,可还只建了一层,大概明年可以建起来。梅的丈夫是去年外出打工的,不像静的丈夫勇,勇已打了三年工,去年建起了一幢二层楼房。勇自己没回来,建房都是由勇的父母承担下来的。他的父母年纪不大,同勇早分了家,与勇的弟弟在一起,住在老屋。静带着儿子住在那幢二层楼房里,村里人十分羡慕。

一进梅的屋里,静就觉得有股热浪袭来。梅不好意思地说屋里太热了,等明年将第二层建起来就不那么热了。梅急着给静开了电扇。梅暂还没生孩子,房内的一切还像结婚时那么齐整。静第一眼看见的不是别的而是那张孤零零的大席梦思床。静的思维牵着她又朝那方面想,梅晚上怎么过呢?静这样想不由吓了一跳,她轻轻捶了一下自己的脑袋。梅说:“这屋子是太热了,静姐不舒服吧?”静说:“是热了点,不过,现在天气也要慢慢变凉了。”梅给静倒了一杯茶,而后坐在静的对面。

梅和静这两个独守空房的女子就在这初秋的日子里唧唧哝哝说了许多悄悄话,这使静心里舒畅了许多。梅在情感方面其实也与她一样渴求,只不过有点儿含蓄,没她那么强烈罢了。

回到家,儿子已放了学,吵嚷着要吃饭。静风风火火地下厨房,一边安慰着儿子一边淘米做饭。看到儿子天真可爱的样子,静自然而然地想到了丈夫,便对上午在良家的那番举动而深感内疚。不管怎么说,丈夫在外辛苦毕竟是为了这个家啊。

下午天阴了下来,夜里下起了小雨。因为白天的那个事,静看不下去电视,早早地上了床。秋雨打着窗棂滴滴答答地响,静没有丝毫睡意。儿子的鼾声如雷,极像丈夫勇的模样。静又爬起来,站在窗前。窗外漆黑一片,细雨点不时打到她脸上,显出秋夜的冰凉。静觉得那苍穹里有一个人向她走来,开头她以为是勇,后来却觉得是良。静知道这是心理作用的缘故,在心里感叹道:在这么一个雨夜,要是真有那么个人走来真好。只有在晚上独处时,静才敢这么大胆、肆无忌惮地想象。静万万没想到她这样想象的时候真的就有一个人朝她走来,静以为是幻觉,使劲揉了揉眼睛。确确实实,一个人就站在她的窗前。

这个人就是良。

静惊诧地问:"良,你怎么来了?"

"睡不着。"良的声音很轻,他没打伞,头发已是湿漉漉的一片。

"良,进屋坐吧。"这句话在静的嘴边打了几个来回,但静还是不敢说出来。她知道,一旦说出来将意味着一个重大的事情发生,静毕竟还是个传统的女人。

良的手忽然伸了进来,一下子握住了静的手。静本能地一缩,但还是被抓住了。静感到那种憋了很久的东西在蠢蠢欲动,湿润的肌肤似乎要在良那滚烫的掌心里融化了,静在心里绝望地喊了一声:谁来救我?

良颤着声说:"静,我爱你!"

静在迷幻中打了一个激灵。我爱你,这句话是谁说的,新婚之夜勇不是反反复复说过这句话吗?这是勇说的,怎么变成了良的声音?那晚勇反反复复地说这句话时,她也以同样的方式、同样的语言回答了勇。我爱你,这句话也是她对勇说的呀。静猛然推开了良的手,痛苦地说:"良,你回去吧。"

良问为什么。

静说:"因为早有人向我表白了,他比你先到。"

良说:"静,你不后悔吗?"

静说:"良,你不要多说了,我害怕。你回去吧,别淋坏了身子。"

黑暗中响起了沉重的脚步声,那声音渐渐远去。雨点扑面而来,打湿了静的秀发。

第二天雨停了,太阳反而格外毒辣。静坐在家里看电视,没有出门。下午,良给静送来了汇兑的钱。良的脑袋耷拉着,给了钱就要走,被静喊住了。静说:"良,昨天的事希望你不要往心里去,就当是一场梦,好吗?我们还是同学、好朋友。"良说没有什么,就当一切都没发生,什么事都要讲缘分的。良走出了几步又转回身来，将静的身份证给了她，说："看我，忘了给你。"

静的心里乱乱的，等良走后，她坐了一会儿走出了门，向梅的家里走去。

梅的公婆也在，因下了雨，田地的活儿不好干。梅见了静，很高兴地说："静姐，你来了正好，我一个人正坐得闷死了呢。"静说："这么个天，人是烦闷的，不如我们在一起说说话儿解闷。"梅的婆婆这时端来一碟花生米，静站起来说太客气了。梅的婆婆笑笑道："家里产的东西，有就吃呗。"梅开了电视，播的是足球比赛。虽然梅和静都不喜欢这个节目，但仍将电视开着，只不过是将声音调小了点。女人在一起总会有说不完的话题，有时两人互相嗔怒，有时又会咯咯地笑起来。

静忽然笑着说："梅，我看你晚上也怪孤单的，不如俺姐儿俩在一块儿如何？你房子又热，不如到我家去，这样倒热闹了许多。"梅一时不知如何回答才好，因为她从未想过这样的问题。她说："不知爸妈高不高兴？"静说："这不要紧，只要你同意了，我去跟他们说。"静见梅犹豫不决，便说："要是你住不惯就回来嘛，又不是好远的地方。"梅想了想答应了，对门外努了努嘴。静立即站起来说："我去说，保证他们会同意的。"果然，不一会儿静便兴奋地走进梅的房说："他们很高兴地答应了，梅，今晚就过去，哎，到我家吃晚饭。"

梅的情绪被静煽动起来，说："好，今晚就尝尝你的手艺。"

静的心情很好，梅帮着她弄了一桌很丰盛的晚餐。静先打发儿子吃了，而后她与梅面对面地坐着。静说去拿两瓶啤酒来，梅说："又不是老爷们，喝什么酒呀。"静甜甜地一笑："这你不懂，喝酒可以活跃气氛，又不多喝。"村里有小店，静很快买了两瓶啤酒回来，对梅说："一人一瓶。"梅说："我不行，你多喝点。"静说："喝不下去时再说。"

静和梅两人就那么吃喝着，连她们自己都有些不相信这是真的。如果不是静的牵头，梅是不敢想象的。幸好是晚上，屋里又没其他人，她们将大门闩上了，要不让村民看到两个独守空房的女人坐在这里喝酒，那将是一大新闻呢。梅的那一瓶果然没喝完，静喝得兴奋，接过来替梅干了。梅喝得燥热，将外面的长褂脱下，只穿着白背心。静看到梅那两只丰满的奶子，不由赞叹道：真丰满好看。静觉得更难受了，干脆脱下长裤，只穿着那条三角短裤，上身穿的是无袖汗衫。静说："要不是我儿子在房里，我们干脆不穿衣服算了，那样真舒服。"梅害羞地说："我可不敢。"

静的儿子在房里说："妈，作业做完了。"静说："你早点睡吧。"静说过这话似乎又想起什么，撇下梅走进房中，对儿子说："今晚你睡小床吧。"静的房里有两张床，先前丈夫在家的时候，儿子睡小床，后来丈夫出去打工了，儿子跟着她睡大床，天热时再分开睡。静的儿子非常听话，他一声不响地爬上了那个小床，说："妈妈关灯吧。"静不由在儿子脸上亲了一口说："小宝真乖。"

收拾完碗筷已是八点多钟，两人又洗了身子，才坐在吊扇底下看电视。电视里的正片早开了场，好在是部节奏很慢的连续剧，漏看一点也不要紧。静的这间屋子里好久没有这种气氛了。梅披散着长发坐在她的身边，使静想到三年前丈夫勇也曾这么陪着她看电视，静好像又回到从前那种温馨的生活中，这是她渴望已久的。静多次有过写信让勇回到她身边来不要挣什么钱的念头，但仅仅只是念头而已，她是绝不敢写这信的，连这方面的一点含糊意思都不敢在信中表达。人是生活在社会中的，哪能光顾着自己情感的需要呢？有时静想，要是在城市就好了，就不会觉得寂寞了，那里有舞厅，有卡拉 OK，有许多供人玩乐的去处。而在这样一个闭塞的小村，她只有孤零零地与电视为伴了。她庆幸小村通了电，有了电视机。一个丈夫不在家的女人无论白天还是晚上总是被人注视着，她与良的接触村里已有议论了，只是还没有到那种让人确信、让人咒骂的程度。静知道，如果她与良再那样下去，即使俩人是清白的，但他们在村民的眼里也不会清白了。正因为这样，静才觉得危险正一步一步地朝她逼近。

现在好了，因为有了梅。

看完电视，俩人又说了一会儿话，才上床睡去。

静是被梅推醒的。梅说："静姐，你的腿压在了我身上。"静在黑暗中有些不好意思地笑了笑，将腿挪开了。静与勇睡在一起的时候，她的腿总是喜欢搁在勇的身上，后来勇去打工了，静有几次还搁在了儿子的身上，弄得儿子时常嚷嚷着要回到他的小床上睡。梅仍沉沉地睡去，静却再也睡不着。

窗外又泻进了一缕月光，因是下弦月，很淡，很朦胧。梅竟打起了鼾。静开始听到时想笑，在静的意识中，大概只有男人才打鼾，女人怎么也会呢？后来静却笑不出来，这鼾声就像她久违的那种夫妻生活一样，把她带回到那种意境中去了。勇也喜欢打鼾，现在静想来简直跟梅打的一样，那难以忘怀的熟悉的一切使静的情欲里奔涌着一股潮流。静的手不由得朝梅的身子摸去。

梅的身子确实很丰满，静没想到梅的大腿上竟还生长着许多粗粗的汗毛。

静的情绪被这一惊异弄得激奋难耐,她不由抓住了梅。梅被一种异样的感觉弄醒,握住了静的手,一下子坐起来说:“静姐别摸,痒死了。”静把梅拉回身边,反而揉得更快了,说:“让你痒让你痒。”静这时忽然停住手,兴奋地说:“梅,你真好。”她一下子抱住了梅。梅惊慌地说:“静姐,别开玩笑了。”静喘着粗气说:“梅,姐不是跟你开玩笑。”梅感觉到静的身子热得发烫。梅的手被静的手牵引着,像一只小鸟飞来飞去,终于歇在一个暖融融的巢穴。

梅和静成了最要好的朋友,好得连村民都有些羡慕。

有一天,良又给静送了一封信和汇款单,这次良不是站在窗外,而是在静的屋中。梅也在那儿,静接过东西对要走出门的良说:“歇一会儿吧,喝口茶。”良说不了,却没有走的意思,好像脚下被什么东西黏住了。良终于回过头来说:“静,我要结婚了。”静高兴地说:“良,祝贺你。”梅也说:“祝贺你,良老师。本来你早该结婚的。”看着良远去的背影,静的心里很平静。

离过年的日子越来越近了,梅对静说:“快过年了,他也要回家了。”梅的神情有些复杂。静淡淡一笑,说:“他来了,你就回去嘛,我能跟他争吗?”静说出这话觉得不妥,又说:“勇也说要回家过年呢,他年年信上这么说,谁晓得他来不来?”

腊月二十四,勇真的回家过年来了,梅的丈夫也来了。

静见到勇,觉得有些陌生。毕竟三年了,再说各自在生理上和心理上都发生了一些变化。勇长胖了许多。勇趁着儿子跟着伙伴外面玩的机会迫不及待地拥抱住静,静真想在他怀抱中哭一场。但静没有,静很快挣脱开勇的怀抱,说:“还没吃饭吧,我给你做饭去。”

静不知为什么害怕夜晚的到来。整个村子有了一种过年的气氛,大人小孩都那么喜气洋洋,夜晚并不因静的害怕而推迟降临。勇打发儿子睡上了小床,静一个人坐在电视机旁,不想勇过去啪的一声关掉了电视机。勇意味深长地说:“静,今晚早点休息吧。”这是静久违了的语言,先前她听到这话后便会柔情地说好,可是今晚静却对这话产生了隔阂。不管怎样,静毕竟还是勇的妻子,阔别三年,夫妻好不容易相聚,静还是听话地上了床。可就在这时,静忽然想到了梅,一丝伤感弥散开来。当勇紧紧地搂着她喘着粗气说“静,我好想你”时,静却违心地说:“勇,你休息吧,今晚我身子不干净。”说出这句话,静心里就像有把刀子划过,她觉得非常对不起勇。

黑暗中的勇渐渐睡去，发出了鼾声。静想梅此时在干什么呢？这样一想，静就很想见到梅，就对梅的丈夫怨恨起来。

静终于睡着了，梦见自己变成一只鸟，飞呀飞呀，终于飞进了一片林子。这时她看到了梅，梅也变成了一只鸟。梅说："静姐，我找不到自己的巢了。"静说："我也找不到呀。"于是她们又开始飞，前边又有一片林子，可她们飞呀飞呀始终飞不到……

勇在清早起床时发现静泪流满面。勇吃惊地问："静，你这是怎么啦？"

静一下子扑进勇的怀里大哭起来："勇，你好狠心呵，为什么一走就是三年呢？"

这时，良敲开了屋门，良手中拿着一沓印着鲜红喜字的请柬，拿出一张递给勇，说："欢迎你们光临呵。"

静的目光散乱，她想说："勇，你明年不要出去吧。"可是，她说不出口，她知道，新年一过，勇又要背着行李南下。静只有在心里诅咒那个充满阳光和诱惑的城市。

（原载《佛山文艺》1996 年 2 期下）

有空来坐坐

英子是先想到这个名字然后才开这个店的，这很有点按图索骥的意思。英子的想法浪漫而古怪。其实，英子一直是个生活拘谨的女孩，尽管此前的一些作为在小镇人们的眼光里有些放荡不羁。

产生这样的想法是在一个深秋的夜晚。深秋是伤感的季节，尤其是在这样一个寒风瑟瑟的深夜，独坐窗前的英子此刻空虚而颓废，内心深处的情感像阴雨天病人的伤口那样隐隐发痛。这时，电视里的那个"午夜相伴"节目里正播着姜育恒的那首老歌，英子的心便怦然一动，骤然产生了一种欲望。《有空来坐坐》，真好。英子的目光穿越夜空，飞到一个近在咫尺却远在天涯的地方，飞到一个高高瘦瘦的男人身边。有空来坐坐？无人回答。英子就坐在那个凄清的房里不住念叨着这句话，热泪扑簌簌地掉下来。

生活中有许多美好，同时也会有伤感。英子也不例外。所以英子才突然有了这样的决定。

店面并不在小镇的繁华地段，原是一家废弃的仓库。我们很难想象一个充满刺鼻怪味的肮脏场地能被英子那双灵巧的小手布置成了一个高雅浪漫的音乐茶座。正是由于原仓库的空旷，才使得生活在日益狭隘的空间里的人们感到一种自由和轻松，也正是因了它的高雅清静，才使得外来的或本镇的客人不得不对小镇刮目相看或者引起自豪。

据说有许多人帮英子取了许多高雅浪漫或者洋化的名字，都被她婉言谢绝。直到开张那天，英子才把那块自己亲手书写好的五个字给挂了出来，英子是中文系毕业的，原本书法不错，这几个字被她纤细的小手书出，果然是风韵不凡，那几个要帮英子取名字的朋友都给怔住了，当然并不是英子书写的字，而是那个店名：有空来坐坐，听着就叫人生出许多感慨，看着就叫人产生进去坐坐的欲望。有空来坐坐，真好。大家噼噼啪啪地鼓起了掌，也有人为之暗暗流泪。

开张那天，英子没请任何一位客人，包括自己熟悉的或陌生的朋友，甚至连挂鞭炮都没有放，只在小镇上不很显眼的地方贴了一张启事。英子是个不喜欢张扬的女孩，况且她的故事曾被小镇的人们传扬了许久。为什么要开这样一个店呢？英子不知道，英子只觉得自那夜有了这样的想法，开店的念头就强烈地占据着她的思想，支配着她的行动，她抛开了做生意的本义，并没打算去赚钱。钱是什么东西？钱并不是万能的，在这个世界上，有许多东西是钱买不来的。

那天英子去单位申请挂编时，领导认真地看了她半天，同事也像看大熊猫似的围着她，觉得不可思议。领导说："你要慎重考虑呵。"英子说："我已经慎重考虑了。"最后领导没有为难她，在申请上签了字。走出单位那个大院拐进另一条小道时，一个高高瘦瘦的男人拦住了她。

"这是何苦呢？"男人的目光不敢看英子，嗫嚅着说出这样一句话。

"我高兴，我愿意。"英子却把目光罩在男人身上，声音虽冷，却有点儿颤抖。

男人还要说什么，见不远处走来了几个人，便急忙拐上了另一条小道，英子也低头走开了。

生意开始时有点冷淡，这是意料之中的事。英子坐在柔和灯光的吧台里安详地看着偶尔进来的男女，听着四周如水的音乐，感到很满足。英子并不奢望她的店能红火起来，如果是那样，才真有点不可思议。小镇繁华街道上有两家热闹的歌舞厅，还有几家暧昧色彩极浓的发廊，这才是小镇人们夜生活的中心。"有空来坐坐"是个很纯粹的音乐茶座，里面的桌子没有用什么装饰来隔开，但相互间的距离拉得很大，听听音乐，坐下喝一壶茶或者咖啡饮料什么的都可以，简单轻松而自在。整个布置却是用了心的，无论从四壁装饰及色彩，还是大小变换的灯光，都给人一种似梦似幻的感觉。灯光有多种色彩，根据音乐的转换而变化。反正，抛弃了现代人的浮躁，给人一种平和清淡，有空来坐坐，没有空你当然可以不进来。

不可否认，英子每晚的目光中都有一种企盼，希望那个熟悉的身影出现。可是没有，英子的心不免有点空落落的，不过，还谈不上失望。因为英子本来就不抱什么希望。英子尝试着过一种平静的生活，现在看来，英子的心还是不平静的，有些事，恐怕是永远无法平静的。

有几个常来的客人，英子都很熟悉。小镇就这么大，英子挂编前供职于这个镇的政府机关，原本就认识许多人，也听到过许多人的故事。来她这儿的人主要还是一些单位上的，间或也有外来的高雅清淡之士。一个叫景的中年男人，几乎天天要到这儿来坐坐。他是一位机关干部。景胡子拉碴，显出老相来。英子知道景与他妻子关系很不好，妻子是个很泼辣、很风流的女人，曾跟人私奔过一回。英子不明白他们为什么不离婚，景一直生活在沉闷中，老是低着头，从不敢去碰英子的目光。景那时就是一个可怜的男人，而英子那时还是一个爱笑爱玩的天真女孩。现在这个叫景的中年男人每次进来时总要向英子投去一瞥，英子猜不透里面的内容，感激、深情抑或爱恋？似乎都说不上。

再就是一对老年夫妇。他们是中学的教师，退休不久。据说那个男教师桃李满天下，学生大多有出息，从政的官至省厅级，从商的腰缠百千万，就连在乡镇的也成了农民企业家。两位老人总是很安静地坐在最里面，喝着茶（他们不喝咖啡），听着音乐，间或轻声交谈几句。男老师脸上带着微笑，女老师有时还娇嗔地把手压在男老师的手背上，那个恩爱的样子，使英子感叹唏嘘。其实，这两位教师的家庭生活并不怎么样，儿媳妇经常在小镇的街道上叫骂，样子极凶。儿子也是教师，儿子的腰整日佝偻着，英子想大概是常给媳妇赔不是的缘故。他们进来时，英子总要给他们投去一个微笑。

还有一个常客英子却不认识，估计是哪个单位分配来不久的新人。小伙子总是哭丧着脸，他喝咖啡不是慢慢地啜，而是白开水似的猛喝，英子总要给他多添几杯。有一次，英子给他添咖啡时，竟然发现小伙子脸上流了泪。英子就想小伙子一定是失恋了，要不不会这么痛苦。小伙子的失恋又勾起了英子那段甜蜜而痛苦的回忆，英子便黯然神伤。

生意清淡而有秩序，但有时也会惹出一些小麻烦来。

那晚十点来钟吧，十点钟不算晚，英子的店是十二点打烊。一个大腹便便的男人醉醺醺地来到“有空来坐坐”。大概是从舞场回来，脸上还残留着放荡后的兴奋，男人一进去就打破了往日的平静，他大声嚷嚷：“小姐，小姐，给我找个伴儿来。”英子礼貌地走到男人身边说：“先生，这儿是音乐茶座，没有人陪的。”男人哈哈大笑起来：“什么东西，装模作样，你开这个不就是给我们找乐子的！”英子没想到男人这么粗鄙，喉咙里的话一句也发不出来。这时，那个叫景的男人走近胖男人，一把抓住他往外拖。胖男人一拳打在景的脸上，景的鼻血糊满了脸。退休教师和失恋的小伙子还有其他两个人都走了过来，指责胖男人的不是。胖男人自知理亏，但嘴里仍强硬地喊：“你们凭什么赶我出去。”景接过英子递过来的纸巾把鼻血擦了。景把男人拖出门外，指着那块亮着荧光的招牌说：

“你仔细看看这是什么地方?”男人嘟囔道:“有空来坐坐,什么意思,就坐坐? 我还从没见过这样一个地方。”

男人这一闹,把气氛都弄没了。人们陆续地走了出来,英子也早早打烊。英子感激地目送景,但景没有回头。初冬了,夜晚已有很深的寒意。天上的星星异常繁密,想给人间多点温暖吧。

后来景来时,英子对景投过来的目光报之以微笑,觉得这个男子虽然胡子拉碴的显老,但还是英俊的。英子虽对景很感激,但不敢对景做出什么表示,怕引起景的误会。景是一个很危险的男人,一旦相碰,会发生震惊小镇的大爆炸,人不可能犯同样的错误,英子已犯了一次,不能重蹈覆辙。

英子不希望和景之间发生什么故事。

事实上他们之间的故事已经开始,只不过没有朝另一个轨道上发展罢了。

接连几个晚上景都没有来,英子坐在吧台里望着景常坐的那个位置,心里有种莫名其妙的牵挂。如果不是出差的话,就是出事了。景是个危险的男人,正处于容易出事的阶段。英子有时又想,景应该出点事才好,这样或许才是种解脱。

景果然出了点事,但不是英子所想象的或者期望的那一种,只是与老婆之间发生了一次不大不小的战争,这好像是属于正常的范畴,不是什么意外。景再次进来的时候,脸上有明显的抓痕。景的头低得更下了。那晚上的人多点,英子起初无暇顾及景的异样,比如躁动不安,比如抽烟,等等。景在这里是很少抽烟的,大多数人很少让这样一种澄清的空气中掺进刺鼻的烟气,但那晚景破了例。

人们陆续走出来时,景还在那儿坐着。英子看了一下钟,十二点差五分,英子这才觉出景的异常。十二点到了,景坐在那儿还没有走的意思。英子走到景的面前,说:“很晚了。”景抬起头,英子这才看清了景脸上的伤痕,心里一阵颤动。景站起身,可又颓然地坐下了,说:“今晚回不去了。”英子问为什么,景说:“我的钥匙被她搜了去,喊不开门的。”英子为难地看着景,觉得这个男人真是可怜透了。景又缓慢地站起来,一步一步地挪到门外。就在英子要关上门时,景突然鼓起勇气说:“能不能陪我走走?”景的目光中没有半点邪念,他可怜巴巴地站在门外清冷的月光中。英子想,她此刻哪怕有一千个理由,也不好拒绝景。事实上,她自已此刻也想到外面的月光中走走,或者找个人聊聊。

冬夜的天空，高远清淡，下弦月残缺的脸儿可怜兮兮的样子，总叫人生出无限的伤感。四周静极了，他们的脚步声在午夜里异常清晰。门外是一条土路，在月光下像是一条缓缓流动的小溪，也许正像英子此刻的心情。要流到什么地方去呢？她不知道。但她想，总有该去的地方吧。

英子没料到景其实是一个很健谈的男人，而且谈吐不俗。景的谈话没有顾忌，在心里他早就把英子当成了朋友，他很自然地谈到了他的失败的婚姻。景说他的婚姻一开始便注定要失败的。英子问他为何还要娶她，景毫不隐瞒地说，老婆曾是他单位头儿的女儿，那时他还是单位的临时工。可以说，他们的婚姻从一开始便带有这样的功利目的，当然他现在得独自品尝这颗苦果了。英子问："你们现在为什么还不离婚呢？况且她对你已经不忠。"景苦涩地一笑，说："谈何容易。"他做过努力，但失败了。妻子虽然不忠，但她并不愿意离婚，还有孩子什么的，所以，他目前只有这么尴尬地和妻子生活在一起。景谈这些时已没有多少冲动，仿佛在讲着另一个人的故事。也许，他已麻木迟钝了。景谈了很多，英子基本上作为一名听众而存在。英子想，景已经憋闷了很久，他早应该找个倾诉的对象。可惜，自己并不适合。

"他前几天跟老婆干了一仗，头都打破了。你知道吗？"景忽然转到了另一个话题。

"谁啊？"英子的思想还没转过弯来，不明白地问了一句。

"新呵，你难道忘记了？"景转头看着英子，英子一时怔住了。

对于英子的过去，景当然很清楚。他所提到的那个叫新的男人，英子怎么会忘记呢？

"是他害了你。不过，他也怪可怜的。也许天下男人都是一个命运。"

"伤得重不重呢？"

"哦，你是指他的伤，不要紧的。我昨天看到他，他还向我打听你的情况，我看得出，他依然还爱着你。"

英子没有作声。她身上有些冷，头发被露水打湿了。

"生活在这个虚伪世俗的世界上，有个人爱或者爱个人也是幸福的。有时我真羡慕嫉妒他，他真幸福。"

英子停住，倏然没了走下去的心情。英子很想哭，无所顾忌地哭一场。

景很知趣，他说："很晚了，回去吧。"

回来的路上他们都没有说话。在英子的门口,他们都停住了。很快,景又开始往前走,英子问:“你要去哪儿?”景说:“我也不知道,反正,今晚是有家不能回了。”英子没有再说话,英子害怕他们之间有什么故事发生,英子就站在店门口目送着那个飘忽的影子渐渐地消失。

月光真好,只是太清冷了点。英子站在月光下这样自语了一句,却没有哭出来。

英子每晚的目光中似乎又多了一分焦虑,景可以看得出来。景再也没有同英子扯那个叫新的男人的事,景的心里太苦太孤寂了,自己的苦果还咀嚼不完,哪还有心情去与别人分嚼另一颗苦果呢?退休教师有好几天没来了,那个失恋的小伙子依然那样神情恍惚,有几次他竟然趴在桌上睡着了。现在的人真是太脆弱了,一个好端端的小伙子竟被失恋折磨成这样,如果那个离他而去的恋人看到如此景况会做何感想呢?英子坐在吧台里总会胡思乱想着这样的事。有空来坐坐,英子本来是想让操劳一天的人们或者心灵受到创伤的人们有个轻松或者抚慰自己的地方,让精神得到一种更好的洗礼。没想到自己却反而越来越躁动不安,英子不敢朝那方面多想,她在心里逼迫着自己,把记忆中的一切像黑板上的粉笔字一样抹掉。

可记忆不是一块黑板,情感更不是那粉笔字,不是说抹去就能抹去的。

有一天,英子在小镇上碰到那个女退休教师,才知晓男老师病了。女老师愁眉苦脸,英子也只能陪着说了几句安慰的话。人生苦短,不但要经历许多坎坷,还要经历病痛,生命真是有点脆弱。英子不由得发出这样的感叹。

季节转换很快,当小镇上的树枝上冒出一点点绿芽时,英子才知道春天已在不知不觉中走来了。在过去的季节里,“有空来坐坐”曾发生过两起骚乱事件,都被英子平定了。英子自己也惊奇自己怎么变得这么冷静。年下在外打工的青年男女都回到了家乡,把在外积蓄了一年的金钱和激情都带来了,小镇也似乎一下子变得狭小起来。那些日子,“有空来坐坐”夜夜爆满,成双成对的男女在舞厅泡腻之后便来到这儿寻找爱的感觉,他们的素质有高有低,情趣也各有不同。两次骚乱都是他们争风吃醋酿成的。英子坐在吧台里像观赏动画片似的对待着这两次骚乱,尽管她为此蒙受了很大的损失,但她却并不在意。这样的火爆场面没有维持多久,后来春节一过,打工大军一走,一切又恢复如初。

这才是一种真实的生活呵,这才是英子所期望的场景。

那对退休教师夫妇再没有踏进“有空来坐坐”,据说那个男教师得的病很棘手,他住进了县医院,余生将要在医院或者床上度过。英子再次在镇街上与女教师相遇时,女教师已显出憔悴了,女教师那形单影只的样子,不由得让英子想起孤雁或者同林鸟之类的比喻来。

那个叫新的男人是在一个下雨的晚上出现在“有空来坐坐”的,英子渴求的目光与那目光一相碰,就碰出了一串串泪花。新没有在吧台停留,急急走到最里面的一个位子上坐下来。他没有喝茶,也没有啜咖啡,只掏出一支烟来抽,显然对这里还有点不太适应。里面的人不多,景也在,景不时转过身子去看新,心里有一种说不出的滋味翻涌而出。景早早地离开了,景知道,今晚会有一个故事发生,不,应该是一个故事的延续。景走时对英子投去深情的一瞥,遗憾的是英子竟然没有察觉到。

外面的雨下得细缓,与室内的音乐十分融洽。英子依然坐在吧台那柔和的灯光里,不敢把目光投向那个角落,但心里已在千百次呼唤着那个名字。许是下雨的缘故,人们比往日走得早一点,当空荡荡的大厅里只剩下新这样一位特殊的客人时,英子再也忍受不住,朝那个角落走去。

“今天有空?”英子这句话包含着许多内容。她知道,自他们的故事发生后,新的老婆就像一个影子紧随着他。

“她回娘家了。”新依然是那么嚅嚅了一句,站起了身。新没敢看英子,而是环顾了一下四周,问:“生意还好吧?”英子说:“你以为我在做生意吗?”新沉默了一会儿没有作声,后来勇敢地抬起头,紧紧盯着英子看。新说:“这些日子,过得可好?”

“好得很!”英子赌气地说出这句话后,委屈的泪水终于还是掉了下来。新一下子抱紧了英子,新说:“英子,我对不起你,恨我吧。”英子说:“当然恨,恨死你了。”英子说这话时用手去抚摸新的头,触到了额角的一块小小的疤痕。英子的手没有离开,不住地抚摸着。新把英子脸上的泪吻干,说:“这是我与她之间的战争纪念。”英子说:“我知道,你的日子比我更难过。”

他们拥抱长吻在这样一个初春的雨夜里。

后来,英子说夜深了,新有点惶惑而又热烈地望着她。英子说:有空来坐坐。

新的脸上看不出什么表情,新像个疟疾病人似的颤抖着脚步向门外移去。他没有撑开雨伞,冰凉的雨水很快打湿了他的头发。英子这时猛然冲上前去,英子的头无力地靠在新的背上,双手紧紧地抱住了新。

雨在噝噝地下着,冰凉了他们的头发和衣服,但两颗心在发烫。

春天的雨一下就是好几天。春雨细无声,滋润着刚从冬季苏醒过来的一切生命,把英子的心也滋润出一片绿来。

有一天,那个叫景的男人对英子说:"谢谢你给我这段时光。"英子听出他话中有话,问发生了什么事。景说:"这是最后一次,明天的这个时候会在他乡的天空下了。"

景无法忍受现在的这种生活,挂编南下打工。

英子对景的这个决定一点也不奇怪,英子说:"早该这样了,祝你一路顺风。"景说了声谢谢,走向了黑暗的小镇街道。明天,迎接他的将是另一种生活,景的生活应该是充满光明吧。

其间,那个失恋的年轻人也很久没来过,直到有一天他挽着一个艳丽的女孩走进"有空来坐坐"大门时,英子才知道他又恋爱了。恋爱的感觉就是不同,小伙子精神抖擞,潇洒自如。

夏天来临的时候,那个叫新的高高瘦瘦的男人轻轻松松地走到了英子面前。以后的每天,新都会如期而至。

英子的目光不再向门外探寻什么,有时,她甚至会走出吧台坐在高高瘦瘦的新对面品咖啡。

"朋友,你是否还寂寞,有什么伤心的话还没有说?请你有空来坐坐。"

这是姜育恒的忧伤,但英子依然喜欢。

有空来坐坐,真好!

英子坐在新对面常这样想。

(原载《星火》1999 年第 5 期)

伴你到永远

那天中午我与叶小眉正在沙发上休息,外面响起了该死的敲门声。我们没予理睬。我想,也许是隔壁的老王。叶小眉是个过于兴奋的女孩,有时大喊大叫弄得惊天动地,好像要让全世界的人都来分享她的快乐。每次她都要把电话线拔掉,以便全身心投入。这也是我喜欢她的原因之一,只是苦了隔壁的老王。老王是个鳏居多年的瘦小男人,看上去蔫巴巴的没一点生气,大概是缺少女人滋润的缘故吧。有一次老王正儿八经地找到我,吞吞吐吐了半天才把他的意思含蓄地表达出来,而且脸还红了。这种红出现在一个五十多岁的男人脸上有点可怕。我当时的态度不太友好,我说:"你找错了人吧,应该找叶小眉。"老王的红脸便转黑,气呼呼地走了,老王生气时的步子很快,也有力度。我想,这才像个男人样。不过,事后我把老王的话一掂量,觉得老王的这种想法也是有道理的,我们于是把相处的时间调整在白天,免得影响了老王的睡眠。邻里关系不好是小事儿,影响了老王的身体和心理健康可是大问题。

敲门声没有停歇下来的意思,看来,老王今天是忍无可忍了。我准备停下来,叶小眉却紧抓住不放,说:"管他老王老李,难道他们敢私闯民宅?"

"老兄你快点行不行,我有急事找你。"

是马志的声音。马志是我的朋友,一般在这个时候是不登我的门的,除非有急事。

叶小眉的激情像潮水般退了下去,我们只好草草收场。

叶小眉上洗手间的时候我打开了门,马志满身雾水地坐在了我刚才与叶小眉躺过的沙发上。这家伙太胖了,还没进入夏天,就这么热气腾腾。我问发生了什么事,马志伸出肥厚的手掌说:"先给我一杯茶。"我给他倒了一杯茶,顺便也给自己倒了一杯。马志问:"叶小眉呢,我刚才好像听到她的声音。"我指了指洗手间,问:"你有要紧的事找她?"马志摇晃着头说:"找她干什么,我是专程来告诉你的,兰洁出事了!"

这时叶小眉从洗手间走了出来,靠在我身边坐下,问:"谁出了什么重要的事,敢劳驾你这个大忙人赶来?”

马志一点也不计较或者说不在乎叶小眉语气中的不友好,说:“兰洁出了车祸,正在医院抢救。”他说完这话,咕噜一下把手上的那杯茶干了。

我大吃一惊,心口疼痛了一下。叶小眉问我:“兰洁是谁? 这么重要!”我说:“兰洁就是兰洁,当然重要。”

我立即跟着马志出门,叶小眉也要陪着同去,没办法,只好由着她。我们搭了一辆出租车,一路上都没有说话,叶小眉挺困惑地看着我和马志。我想,我们那时脸上的表情一定非常严肃,要不叶小眉是忍受不了那种沉寂的。叶小眉不了解我的过去,她是一个挺现代的女孩。

兰洁曾一度成为我和马志的共同恋人,那时我们上演过一出激动人心的三角恋爱故事,也许小城爱收集桃色新闻的人们还记忆犹新。我和马志为争夺兰洁动过拳脚,甚至刀子,眼看着要决出胜负,不料半路杀出一位高手,轻而易举地摘走了我们的胜利果实。我和马志相逢一笑泯恩仇,由情敌变为朋友。记得那天晚上我和马志傻坐在兰洁家的水泥台阶上,刺骨的寒风犹如一把把刀子剐着我们的肉,我们还是那样傻等着,傻等着能见兰洁最后一面,因为她要跟着夫君离开小城去南方的一个特区。

我们那时真的很单纯。

兰洁挽着一个风流倜傥的男人出现在我们面前时,我与马志几乎异口同声地喊道:“兰洁,祝你一路顺风!”借着屋内漏出的灯光,我见兰洁的双眼一下子湿润了,她显然被我们这种痴情所感动,她弯下腰在我俩的脸上各亲吻了一下,我感到,兰洁的唇很冰凉。兰洁温厚地对我们笑笑说:“你们真是傻孩子!”他们居高临下地从我们面前走过,马志突然伸腿朝那个男人使了个绊,男人没摔倒,只歪了一下身子,因为有兰洁给支撑着。男人回头恶狠狠地盯了我们一眼,兰洁依旧温厚地笑着,说:“你们真是傻孩子!”

坐在沉闷的出租车里,我不能不去想兰洁的故事。不知马志是不是也记起了那个夜晚。那个夜晚我们冷得厉害,便走进了一家酒店喝得烂醉如泥,是酒店的招待员叶小眉把我们安置在她的房间才使我们不至于醉卧街头。第二天我才看清了叶小眉的容颜,她长得挺不错的。

我们走进医院时,兰洁的手术刚刚做完,如果不是事先知道的话,我绝对不相信那个头上手上缠着绷带、鼻孔里插着氧气管的人是兰洁。兰洁是一个非常漂亮的女人,如果她自己能看到自己的这个样子的话,她会伤心恸哭的。我想,如果不是叶小眉在身边,我也会大哭一场。我这个人太容易被感动,心地太善良了,叶小眉总戏谑我若是到一个慈善机构任职准能发挥我的才能。

兰洁的身边没有其他人,只有一个干瘦的老太婆在抹眼泪。我想,她就是兰洁的养母了。兰洁是个孤儿,是这个好心的孤身女人收留了她。在过去与兰洁的交往中,兰洁是从不让我们进她家的,所以我没有见过这位伟大的母亲。进进出出的护士小姐冷漠地在我们面前走过,病房里特有的气味总叫人心里不舒服。叶小眉紧紧抓住我的臂膀,她的身子在颤抖。她在害怕。我后悔不该让她同来,这样的场合对一个天真活泼的女孩来说是有点残酷了。马志很有人情味地安慰了一番老人,老人的双眼很陌生地望着我们。我怕她误会,以为我们是肇事的司机,忙说我们都是兰洁过去最要好的朋友。老人有点激动,一只手拉着我,另一只手拉过马志,嗫嚅了半天才说:"这孩子命苦哇。"

我和马志向医生询问情况,医生问我们哪个是她的丈夫,我们说都不是。医生问:"她丈夫呢?"马志回答道:"她没有丈夫,离婚了。"医生叹了口气,我觉得他很有人情味。医生说:"从手术情况看,不是很理想。其他地方和外伤很快就会痊愈,重要的是头部,如果这三天之内不能醒来的话,可能就会永远昏迷下去,也就是说成为一个植物人。"

这是个可怕的现实,不管你是否愿意接受。人有时显得那么无奈,医生毕竟只是医生不能起死回生。我在心里不停地祷告,虽然我不是个虔诚的教徒,但我此刻是诚心诚意的。

走出医院的大门,紧挽着我的叶小眉长长地吁了口气,说:"那个兰洁真是可怜。"我没有说话,语言无法表达我此刻的心情。马志说:"兰洁的命苦,自古红颜多薄命。"

三天后,兰洁没有醒来,也就是说,兰洁成了一个靠营养液生存的植物人。

进入夏天了,街上的女人穿着轻薄的纱裙向男人展示着女性的魅力,小城的一切并不因为一个沉睡的兰洁而有什么改变。但我的生活确是因兰洁而有了变化,我把双休日都牺牲在兰洁身上,对此叶小眉很有意见。我找来一大堆有关这方面的资料,根据有关资料介绍,说若是亲人或者恋人长期相伴相守,用他们曾经的恋爱故事或者喜欢的音乐适当刺激,也许会有奇迹发生。这样的事例在电视剧中有过，我想，艺术也是来源于生活的，我当然不会放弃哪怕是万分之一的希望。马志也隔三岔五来看兰洁，但他也只是匆匆而过。马志是一个有家室的人，有许多不便之处。这些日子来，我的心理上也发生了变化，也许我的精力太集中于兰洁身上，以致叶小眉要与我相伴相守时却没有激情。叶小眉有一次竟哭了，说我不再爱她了。其实，我的心里也很愧疚。

天气一天天地变热，兰洁的身子要保持清洁，否则会生疮。老人家手脚不灵活，也没有力气，给兰洁净身子换衣的任务就由我来完成了。第一次给兰洁擦身子的时候，我不敢睁开眼睛，以前我虽然恋着她，但那时是非常纯洁的，我从未见过她赤裸的身子。我很小心地擦拭着她身子的每一个地方，生怕弄痛了她。我想，她是有感应的。后来我做这一切时很自然，心中也很坦荡。有时叶小眉要跟我同来，我没有答应，叶小眉当时就生气地跑了。我觉得，如若叶小眉在我身边陪伴兰洁，我的感觉将不是真实的，那么我对兰洁的情感也就是虚伪的，当然就无法使沉睡中的兰洁苏醒。那样，我所做的一切努力都是白费的。叶小眉是个任性的女孩，也许现在的女孩都是这样，热情有余而温柔不足。

那天，窗外下着细雨，我给兰洁放了一首叫作《一支小雨伞》的歌曲。这首歌是多年前流行的，那时兰洁非常喜欢听。

兰洁，你还记得那个下雨天吗？还记得我们俩共着一把小雨伞吗？你温暖的身子紧靠着我的肩膀，被风刮起的长发不时飘在我的脸颊上，我是感到多么幸福啊。就是在那个晚上，我给你写了第一封情书。还记得吗，当第二天我把情书夹在书本中交给你时，我的脸儿红了，心儿狂跳了，我只好尴尬地逃走。我在日夜等待着你的回信，可我很失望。你没有给我回信，你为什么不给我回信呢，是不是生我的气了？

外面的雨还在下着，我脸上的泪水却涌了出来。兰洁呀，你知不知道我那时是多么伤心啊，你知不知道我那时是多么爱你呀。后来，我又给你写了第二封情书……

这时，兰洁的养母进来说："小陈，外面有个姑娘找你。"我赶紧擦干脸上的泪，见是叶小眉。叶小眉撑着一把花雨伞，说："天下雨了，我来接你。"我的心里涌动着一种情绪，我把叶小眉让进屋来。叶小眉紧紧地盯着床上的兰洁，对我说："找把梳子来。"我这才注意到兰洁的头发确实很乱，我和她养母都忽略了。叶小眉给兰洁梳了一个好看的发型，从自己头上取下一个发夹别在兰洁的头发上。叶小眉说:“兰洁真是个漂亮的女人。”在叶小眉给兰洁梳头的过程中,我是实实在在地被她感动了。

和叶小眉紧拥着走在大街上,雨还在下,伞却太小,叶小眉把伞偏向了我,自己的半边身子却被打湿了。我第一次感觉到,这个女孩不是不懂得温柔。

进门后叶小眉要亲热,我委婉地拒绝了。刚从兰洁那儿来,我无法适应,我不是个虚伪的男人,不会逢场作戏。叶小眉这次又哭了,叶小眉哭的样子动情又可怜,像一只叫人疼爱的小猫咪。我只好搂过她,把她脸上的泪给吻干了,叶小眉这才破涕为笑,动手解我的衣扣。

兰洁一去特区就是五年,五年后的兰洁独自回到小城时已是一个离了婚的女人。五年后第一次见到兰洁是在那个黄昏,当时叶小眉正挽着我的手在小城的无名湖畔散步。我是听到有人喊我的名字时回头才认出了她,没想到五年不见,兰洁依旧光彩照人。我当时克制着自己的冲动,我们还礼节性地握了握手。她只对叶小眉笑了一下,算是打过招呼。我没有互相介绍她们认识,当时的情况太突然,我太没思想准备显得手足无措,可见我这个人是多么没有经验。我们就那样告别,没有回头看对方一眼,我没有那个勇气。叶小眉问她是我的什么人,我淡淡地说:“过去的一个朋友,五年不见,在南方发了。”叶小眉很轻蔑地说:“有几分姿色、有几个臭钱有什么了不起。”叶小眉没发觉我的脸色在变青。回到家我急着给马志打了个电话,马志在电话中说昨天就见过兰洁,而且知道她离了婚是独自一人回小城的。马志的语气没有我想象的那样激动,想必是他妻子在身边不得不加以掩饰吧。

再次见到兰洁是在三天后,她设了一个饭局,在一家豪华的大酒店里,就我们三个人。我们那天喝了很多酒,兰洁以前是不喝酒的,没想到她比我们还会喝,由此我猜想兰洁在那边的生活一定不痛快,离婚就是证明。兰洁只字不提她在那边的生活,也绝口不谈我们的过去,只是偶尔谈谈我们现在的生活。我们说话少而喝酒多,兰洁有心事,有什么话想对我们说又不说出来。我们的这次聚会,没有什么实质性的内容,或者是兰洁把她的心事隐藏得太深,我们无法猜透。我和马志都喝了很多,兰洁却很清醒,走出门时她为我们叫了出租车,还对我们说了一句话。

事后回想起那句话,我们的记忆都有点模糊不清了,好像是日后还要麻烦我们之类的话，莫非这是一句谶语？一个礼拜后，兰洁就出了车祸，她要对我们说的话或者想要说的话都将成为一个永远的谜。

有一天我忽然发现兰洁的眼睛似乎眨动了一下，我欣喜若狂，我轻轻地呼唤：兰洁！兰洁！虽然兰洁仍是一如既往地沉睡着，但我想兰洁一定会听到我的呼唤。这么多天来，兰洁的眼睛总算眨动了一下，我那天特地赶到马志的家。马志的老婆很客气地接待了我。我把兰洁的情形告诉了马志，马志始是惊喜，而后窘迫地低下了头，我知道他在为没有照顾兰洁而难过。在马志低下头的那一刻，我发现他已生出了些许白发。马志太辛苦了，妻子没有工作，家庭的重担由他一人承担，这些年来辛勤操劳，他已开始衰老了。我站起来握了一下马志的手，马志有些受宠若惊地望着我，我又拍了拍他的肩膀，说："兄弟，抬起头吧，这个家需要你。"马志送我出了门，对我说："有句话，我还是要说出来。我照顾不了兰洁，兄弟你受累了。我觉得兰洁需要你更多的关爱，我是没有这样的资格了，如果你还真心爱她的话，你就该全身心地投入，或许这样真能唤醒她沉睡的灵魂。现在已经出现了胜利的曙光，你不能放弃，兄弟！"

马志的话似一道闪电，是呀，兰洁的眼睛可以眨动一次，也就有第二次、第三次甚至更多的可能，说明多日来的照护没有白费或者起到了一定的作用，我难道不应该做出更大的努力吗？

那天晚上我与叶小眉严肃地谈了一次话，我说我已决定要住到兰洁的家里，我要用我的真情去唤醒她的灵魂。叶小眉看一个怪物似的看着我，说："你疯了吗？你还要不要将来，你知道这样做对我伤害有多深吗？"

我知道这样做会伤害叶小眉。为了一个未知的女人而失去另一个爱你的女人，这样到底值不值？我不知道自己为什么对兰洁那么牵挂，那么强烈地渴望着她的苏醒。也许，这只能用一个爱字来解释，爱得太深了。我承认叶小眉为我付出了很多，但我总觉得我们之间缺少一种内在的东西。我与叶小眉之间准确地说只是一种性爱关系，离开了性，恐怕就没有什么实质性的内容了。叶小眉是个感情直露的女孩，这样的女孩很容易交往，她们拿得起也可以放得下。

我把自己推向了一条危险的跑道，但我无法停止自己的脚步。

第二年春天，叶小眉正式跟我分了手。叶小眉这样的女孩很惹人爱，但我在心里一直没有跟她结婚的打算，分手是必然，只不过是时间上的问题。叶小眉是个很开朗的女孩,所以我们都没有多少痛苦,那天我们还在一家舞厅度过了最后一夜,各自为对方点唱了一首祝福的歌。

正像叶小眉说的,我是有点疯了,因而我走在大街上总有些人投来一些异样的目光。好在我的父母在偏僻的乡下,他们并不知道我这个不争气的儿子所做的一切。我知道我的故事正在成为街头巷尾的谈资,且有着多种不同的版本,反正主题不外乎爱情或者阴谋。甚至有一家晚报的记者找到我要对我进行采访,我断然拒绝了。我不想任何外来的东西介入我和兰洁的世界,起码在兰洁未醒来之前我不想那样。

当我依偎着兰洁睡下的时候,我总要认真地看看兰洁的脸,哪怕她的眼睛再眨一下或者嘴唇动一下也是对我莫大的鼓舞。每天我都要给兰洁放一些她先前喜欢听的音乐,给她讲我们曾经的爱情故事。有时,我自己都被感动得泪流满面,当我用模糊的双眼再看兰洁的脸时,我惊喜地发现她的眼角也有泪水。我坚信那不是我脸上淌下来的,那是兰洁流出的泪。兰洁,你真的听见了啊,你真的有了感觉啊。

我常常做着兰洁醒来的梦,兰洁,这是不是一种先兆呢?什么时候奇迹能够发生?

我没想到奇迹会这么快发生。

若干个日子后,当我醒来再看兰洁时,我发现兰洁竟然睁开了眼睛,睁开眼睛的兰洁一下子光芒四射起来。我紧紧地搂住兰洁,我说:“兰洁,你终于醒来了。”兰洁没有说话,也许暂时她还说不出话来。兰洁只用她那双眼睛紧紧地盯着我,我也以同样的方式望着她。我们就这样以目光来交流。我把这个喜讯告诉了马志,马志冒着被妻子猜疑的危险,连夜赶了过来。这家伙还不知从哪里弄来一束鲜艳的玫瑰花,兰洁的双眼就在我俩之间顾盼。马志不敢久留,走时紧紧握着我的手说:“祝贺你,老兄,你救了兰洁。”

接连几天,我都没有去上班,向单位请了假,我要好好陪着苏醒过来的兰洁。

兰洁的情形一天好似一天,连被我请来诊视的医生也不得不感叹这是个奇迹。兰洁开口说话的那天是个阳光灿烂的日子,连绵不绝的阴雨使得这个小城的人们感到潮湿、压抑,难得有这么好的天气和阳光,我把房间所有的窗户都打开，有束阳光正好投射在兰洁的脸上。兰洁就是在这个时候说话的，虽很轻微，但于我来说不亚于落入金盘的珠子般清脆。兰洁的第一句话是对窗外的阳光说的，兰洁说：阳光真好！我的目光停留在兰洁那苍白的唇上，她的唇还在一张一翕。兰洁这时将目光投向我，我们的目光交织在一起。兰洁接着说了第二句话，那是对我说的：今生今世，我会报答你的。我俯下身轻吻着兰洁，说："兰洁，你终于挺过来了。"一滴泪水啪地掉在兰洁的脸上，我哭了，此时此刻，我不能不哭。

正如我所盼望的那样，兰洁很快就站了起来，虽然身子还很虚弱，我搀扶着她走在小城每个认识她的人面前，感到无比的幸福。其间，马志又来过几次，有一次还带了他的宝贝儿子，兰洁不住地亲吻着小家伙胖嘟嘟的脸蛋，胸中有万般感慨。没想到的是，叶小眉也来看望兰洁，叶小眉的身边有一位很有风度的小伙子，叶小眉依然是那副爽快的样子，她对我和身边的小伙子说："你们都到外边坐一会儿，我要和兰洁姐谈几句私房话。"我拿眼睛狠狠地盯了她一下，说："兰洁还是个病人，不要刺激她。"叶小眉说："你放心，我决不会乱说。"

大约十分钟时间，叶小眉走了出来，向我告辞。我留意兰洁的神情，还好，没有什么异样。兰洁半躺在床边，示意我过去，她把头紧靠在我的胸前，说："叶小眉把什么都告诉了我，你这个傻瓜！"

我与兰洁的故事很快被记者写成感人的通讯发在市报上，上面还有我们的照片。一时间，我们就成了新闻人物，市电视台还特意拍了一部专题片。

我挽着兰洁走在小城的大街上，许多人认出了我们，对我们点头微笑。

一阵狂风吹开了玻璃窗，接着一声霹雳把我惊醒。外面又下雨了，我爬起来关上窗户，这个梦实在太长了，以至醒来后还有点神思恍惚。身边的兰洁早已走出了梦境，依然关闭着她的心灵之窗。奇迹什么时候出现，五年？十年？还是二十年？雨越下越大，小城的一切都笼罩在那场疾风骤雨中。

一年的时间又过去了，兰洁依然没有醒来。有一天我在大街上碰见了叶小眉，她的自行车前座上坐着一个天真可爱的小女孩。叶小眉说："你这个大傻瓜！"

终于有一天，兰洁的养母死了，我把兰洁带回了我的家。兰洁好像没有什么特别的东西，只有一个精致的密码箱。也许，这里面藏着她的秘密，但我从未有过打开它的念头。兰洁的秘密应该属于她,除非得到她的认可。兰洁的家从此被一把大锁给锁住了。搬回来的那天,隔壁的老王破例到我家来串门,后来,老王经常来,我们几乎成了朋友,遇上出差什么的,我可以把兰洁托付给老王照顾,老王也很尽心尽责。马志除了偶尔打个电话来,很少来看望兰洁了,因为马志离开了这个小城,去了沿海的一个城市谋生。

我独守着兰洁那没有热情的生命,我害怕我的激情会消退。我有时想,自己当初的选择是否正确,对一个健康的男人来说是否有点不正常?

我是个疯子。小城的人们都这么说。

又过去了一年,兰洁还是没有醒来。这一年之中发生了一件对我有影响的事,那就是叶小眉的离婚。离婚后的叶小眉找到我,我们紧紧地搂抱在一起。叶小眉说:“你这个大傻瓜,除了我,小城没有一个人敢爱你。”我们搂抱着就哭了,哭过之后,我们相依相拥。几年的相隔,我们都有点陌生了,而最大的变化莫过于叶小眉没有像先前那般大喊大叫,她只是不住地轻声呼唤着我的名字。

叶小眉问我:“你到底要兰洁还是要我?”我不假思索地回答:“都不想放弃!”

叶小眉躺在我怀里叹了口气说:“也罢,就依了你,兰洁姐也是太可怜了。”

几年的沧桑,叶小眉是变成熟了还是变世俗了?

有一天,有一位中年男子找到我们,问兰洁是不是在我这儿。当我回答后,那个男子自我介绍说他是市工商银行的,因为兰洁在三年前存过一笔款,早就到期了。因为是大额,他不得不来通知兰洁或者我们。男子的目光怪怪地看着我说:“你怎么对待这件事?”我和叶小眉都说:“就放在那儿吧,应该由兰洁来决定。”

属于兰洁的东西就应该等她来决定,包括开启那只密码箱。

我们期待着兰洁的醒来。

在我们生活的这个世界上,每天都会有奇迹发生,我想兰洁不会是个例外。

(原载《青春》2000 年第 11 期)

生活在民间

小马一点也没想到这次下乡的人会有他，小马刚刚大学毕业分配到这个单位，连单位的门还没有摸熟。这次市里抽调各机关的人员下乡，美其名曰千人下乡抓发展，可谓声势浩大。在动员大会上，市长亲自讲话，各工作组长上台表态，都激昂地表示要在这一个月的时间里把自己所包的贫困乡村抓出成效，帮当地村民走上致富路。动员大会在一片热烈的掌声中结束，但小马的心里却有点沉。

散会后，小马找到单位的头儿，说这个工作自己恐怕难以胜任。自己自小就生活在城市，对农村工作一点也不熟悉，更别说工作经验了，如何能带领他们发展呢？头儿笑呵呵地看着小马那忧虑的神态，拍拍小马的肩道："不要紧的，别弄得那么严肃嘛，到时你自然就知道怎么搞了。你不熟悉农村工作，正好下基层锻炼锻炼，这对你今后的事业是会有好处的。不过，下去以后，你要记住一句话，那就是遇事不要自作主张，尊重基层意见。再说，有事还可以给我打电话嘛，你下去是代表我们单位的，是市里下去的工作组，处处要注意自己的身份嘛。"

可小马还是不明白。不明白也是要服从领导安排的，用单位头儿的话说，这世上不明白的事太多了，何况区区一件小事？

小马稀里糊涂地跟着一大帮人坐车经过十多个小时的颠簸，来到了一个县城。他们在县城住了一个晚上，自然受到了热情的款待。在接风的宴会上，县长亲自发表欢迎辞，小马年轻的心被县长那煽情式的讲话弄得一夜没有睡好，恨不得立即开展工作，早日见到欢迎他的乡亲们。县城的建设其实搞得不错，楼房林立，霓虹闪烁，已初显都市气派。怪不得县长在敬酒时对他们说，他们要向一流的县城迈进。

第二天上午他们分成几十个小组来到了被称之为乡政府的所在地。下车后，小马显得有点失望，乡政府陈旧的房子与他想象中的差距很大，与他从文学作品中读到的差距也十分大，更与县城的繁荣极不协调。小马想，也许正因为如此才派他们来改变这种现状。小马感到肩上的担子非常重。

这天小马他们又受到了乡长的隆重接待,小马本来不喝酒的,可乡长、副乡长们挨个儿敬,逼他非喝不可。这样一下来,小马的脑袋就有些晕乎乎的,脸也懒得洗,倒在乡里临时搭起的木板床上睡着了,同伴们打牌的吵闹声都没有把他吵醒。

一夜无话。

清早醒来,小马觉得头还痛。平常听人说,好的酒醉后是不会头痛的,只有低档次的酒才有这样的后果,那么自己昨晚喝的酒应该算是劣酒了。乡政府的领导们天天喝这种劣酒,他们的身体如何吃得消?小马不免为他们担忧起来。

上午他们又开了一个会,会上乡党委书记、乡长都讲了话,小马他们工作组的负责同志也做了意义深远的发言。下面参加会议的除工作组全体成员,还有全体乡干部和各村委会的正职干部。大家坐在拥挤的会议室里,人头攒动,面孔陌生,对于会议的内容和形式,小马觉得还是难以理解,并不仅仅是语言上的障碍,倏然间便产生一种孤独感。会后,工作组成员都同各自要去的村的村干部见面,然后是拿行李,跟着他们下去。

可以这么说,从现在开始,小马才能算独当一面地工作了。

去那个山村坐的是一辆四处冒烟的小四轮车,狭窄而弯曲的山路总叫人担惊受怕。村主任坐在小马旁边,紧紧抓住小马的手说:“马同志坐不惯这车吧,其实很稳当的,不用怕。”小马擦了一下额头上的汗水,强对村主任露出笑意说:“我不怕的,我不怕的。”村主任是一个满脸胡碴的中年汉子,给人一种憨厚老实的印象,这似乎与小马想象中的很相符。

时令已是春天,路两边的映山红正开得鲜艳,小马被这奇异的景色吸引住了。这满山满岭的红花,把这荒凉的山村小路点缀得如此亮丽,对于久居城市的他来说真是有点不可思议。这样一来就冲淡了坐在车上的不舒服感,对即将到达的小山村有了一种神秘的想法。也不知车子颠簸了多长时间,反正小马的半边大腿都麻木了,才听村主任大声说:“马同志,村子快到了。”小马伸长脖子望了望,哪有村庄的踪迹?四周还是连绵不绝的小山岗和一片红艳艳的映山红。村主任没多做解释,朝那路边的花朵吐了一口浓痰,用袖子擦了一下嘴唇。唾沫星子随风飞到小马的脸上,小马恶心死了,回过头看了村主任一眼。村主任没事人一样看了他一眼说:“过了这道山岭,村子就到了。”

村子果然星星点点地散落在山坳里，远远望去，炊烟袅袅，鸡犬相闻，透出一种非常强烈的生命信息和浓郁的生活氛围，使小马不由想起世外桃源这个十分古老的故事。车子终于驶进了村，村干部都跳下车来帮小马拿行李。这时从村里走出一个年轻人，紧紧握住小马的手。村主任赶紧介绍道："这是俺村的支书。"支书本来也要参加大会的，可他没去，他留在家里准备中饭。支书的手艺不错，村里谁家操办婚丧喜庆之事大多由他主厨。当坐在村委会那简陋的会议室里听村主任这样介绍支书时，小马差点笑了起来。不过，从内心来说，小马与支书的距离一下子拉近了。

中饭就在村委会的会议室里吃，菜弄了满桌，但小马还是没有品尝出支书的手艺有什么特色，咸淡不均，菜里满是味精味。更要命的是要喝酒，村里的酒是自酿的烧酒，比乡里的更难喝，而且村主任比乡长劝酒的辞更多、更难缠。小马是没有过这种经历的，如果不是之前经过县、乡两级的锻炼，而是直接来村里的话，那么小马是要发怒的。

小马烂醉如泥。

醒来的时候已是晚上，小马看看身边，吓了一跳。这不是在村委会，自己那个样子怎么睡到村民的家里呢？小马起床的响声惊动了在厅堂中说话的人们，村主任第一个走进来说："醒啦，饿了吧。"然后，他对厅堂里的人喊："桃花，快给马同志准备好饭。"小马赶紧制止说："不要不要，我一点也不饿。"支书也进来了，坐在小马的床前说："马同志好酒量，把我们的小周都比过了。"小周是村委会的另一个年轻人，团支部书记，在酒席上，他喝得呕吐了。小马现在怕听到酒字，一听这个字就恶心作呕。起床后的小马头痛得更加厉害，口干舌燥，急着找水喝。屋里的一个女人立即给他倒了一杯茶，小马说了声谢谢，只喝了一口，便吐了出来。原来这茶泡得太浓了，茶叶也不好，喝进口满腔苦涩。村主任一见，反而哈哈大笑起来，说："这茶虽有点苦味，可解酒呢。喝了酒的人，非得要喝这浓茶不可哩。"

厅堂里的人很多，有男有女，屋里的灯太昏暗了，几乎看不清人们的面孔。桌上摆着炒花生和南瓜子什么的，地上撒了一地碎壳。显然，他们已在这儿坐了好一会儿了。小马没想到来了这么多人，不免有点难堪。然而屋中的男女并不计较这些，他们很自然地跟小马打招呼，小马悄悄地把村主任拉到一边问这是在谁家里，村主任说："村委会那破屋子四面透风，也没个住的地方，你就住在我家吧，这是我自己家里，你放心吧。村民们听说来了工作组，他们都来看望你，随便坐坐聊聊，没别的意思。”小马正儿八经地坐在厅堂中的八仙桌旁，喝着黑色的浓茶，在支书的介绍下与村民们开始了第一次艰难的对话。

说是艰难的对话也不尽然，气氛还是相当融洽的，只不过是语言方面存在一些障碍。对于小马的普通话，村民们还是多少可以听懂的，但村民们的方言，小马是无论如何也听不懂，每一句话都要年轻的支书来翻译。从支书翻译的意思来看，村民们主要想问的并不是发展的问题，而是想了解外面打工的政策变不变的事情。因为山村绝大多数人出外打工去了，只留下女人和小孩在家侍弄自家责任田，山村的主要收入来源于打工。

小马的头仍痛得厉害，村主任的老婆几次要给小马做饭，小马拒绝了，他实在吃不下饭。这几天，他算是真正尝到了酒和醉酒的滋味，从一级比一级低的酒的品味中，他终于有点儿了解乡与城的差别，以及由此而带来的一系列令人费解而又叫人深思的问题。

生活真是一个万花筒呵，小马在心里发出这样的感慨。

人们陆续地走出了村主任的家，支书没走，他在跟村主任商量一件事，他们避开了小马，说着那难懂的方言。村主任的女人不住地给小马续茶，那个殷勤劲儿把小马弄得十分不好意思。村主任的女人年纪不大，看上去比村主任要小许多，身段很耐看，不似小马见到的农村女人那般臃肿。小马想，现在城市里时兴男大女小，难道这时髦的风儿竟然吹到了山村？村主任与支书大概把事情商量完了，支书便对小马说：“马同志早点休息吧，我走了，有什么事就招呼一声，农村条件差，将就点。”小马要站起来送客，村主任的女人把他拉住了，说：“让他走吧，又不是外人，要送什么。”村主任关好屋门，问小马是还坐一会儿还是早点休息。小马早已疲倦，头还有点痛，恨不得早点上床，忙说要休息了，明天再坐吧。村主任的女人早走进房里把刚才小马睡的床上的被单重整了一遍，还洒了几滴花露水。小马上床的时候，听见村主任在喊女人给他打洗脚水。后来，小马就进入了梦乡。

小马在小村的民间生活就这样开始了。

早春的季节，村里人都在忙着春耕，小马的心情也跟他们差不多，所以一清早起床就往村委会跑。村主任不在家，村主任的女人在后面喊着什么，小马没有理会。小马的头脑现在已完全清醒了，他觉得有许多事情要同村委会的干部们研究落实。令小马意想不到的是，村委会的大门紧锁着，只有一只大黄狗站在远处看着小马狂吠。狗的样子很凶，小马非常害怕，赶紧掉头就跑。哪想那狗却追赶过来，眼看着要追上，这时从旁边冲出一个人对着那狗一脚踢过去，大黄狗委屈地叫了几声，夹着尾巴逃了。小马惊魂未定地看着身边的人，原来是一个白发苍苍的老人。老人说："你是工作组的马同志吧，这大清早的要去哪里呀，这狗欺生哩，不要怕，看见它千万不要跑，大大方方地走路，它就不追你了。"小马感激地谢过老人，便同老人闲扯起来。虽然老人的语言比较难懂，但小马还是听清了老人的名字叫刘水生，儿子儿媳和孙子孙女都到南方打工去了，家里就他一个人，没有种田地，转不出去，都荒了。所以在这春耕大忙季节里他依然闲散着。小马要急于找村主任，没有同老人多聊。

小马路过村主任的家门口，遇见村主任的女人正拎着一桶衣服要去溪边洗。她见了转回来的小马，说："刚才我喊你都喊不住哩，这大清早的，你要去哪里呀？"小马说："我想去村委会，没想还没开门，村主任呢？"女人笑起来，说："去村委会做什么，他们不会去的。"小马奇怪了，问："村干部都不上班吗？"女人说："上什么班哩，都在家干农活呢。"小马非常不理解，愣愣地站在那儿。女人说："早饭已做好了，要是饿了你先吃吧，要不等我男人回来同吃。"

小马回到村主任的家很生气，这村干部怎么没一点儿组织纪律呢？还有许多工作等着他们去做，怎么能把大门锁了不上班？看来，他们是不把自己放在眼里了，如果是这样的话，他可要采取行动了。对于这次下乡，开始的时候他是觉得盲目，但到了小村后，看到了与他想象中相去甚远的村民生活后，他感到肩上有责任了，他已有了一些初步的想法要同村干部们研究商量，现在好了，连人都找不到，这怎不叫小马独自生气呢？

肚子早饿得咕咕叫了，还不见村主任回家。小马来到村主任家的厨房，想自己先吃，却见一只大公鸡从灶台上飞下，掠过小马的头顶，咯咯地扑闪着翅膀飞到院子里去了。与灶台一墙之隔的猪圈里的猪也在里面来来往往地操练，一股难闻的气味从那与厨房相连的窗口里漫出来，小马一下子没了胃口。

终于等来了村主任，小马看了看表，九点整。村主任的样子与昨天两样，浑身泥巴点子，连脸上也全都是麻子似的泥点。小马又好气又好笑，村主任却不计较这些，说："马同志饿了吧，桃花洗衣还没回来？"小马摇了摇头，没有说话。村主任说："我们不用等她了，先吃吧。"小马这才说："我不饿，不想吃。"村主任想起什么似的说:“听说你们城里人都不太吃早饭,我们就不行,早饭吃饱了,一整天干活都有力气,那是非吃不可的。”看着村主任吃早饭,小马的肚子的抗议越来越大了,小马又不好意思对村主任说,只有强忍着。挨到村主任吃完,小马对村主任提出了要召开村干部会的要求。村主任有点吃惊地看着小马那张年轻的脸,村主任说:“开会做什么?”小马以为村主任是故意装呆,便说:“怎样发展村级经济呀,这是我这次下乡的主要任务。”村主任这才“哦”了一声说:“是这个事呀,我知道了,等过几天再来开个会吧。”小马的脸色有点不太好看,小马说:“这个工作十分重要,我看今天就要开会。”村主任的脸也拉了下来,说:“不行,今天我们几个都在家里干活,都没有空闲。”小马今天打算要犟一犟,他说:“今天这会一定要开,耽搁不得。”村主任的口气软下来,说:“今天通知都来不及的,我也没工夫满垅满坂去找人呵,明天开吧,这样总可以了。”小马无奈,只好点了点头道:“那好吧,明天是不能耽误的。”

村主任显然也有点生气,满腿泥巴、光着脚板啪啦啪啦地走了出去。小马也走出村主任那潮湿的小屋,外面的阳光是温暖的,小村沐浴在这温暖的阳光下,有一种平和而又恬淡的田园诗意,没有城市里的浮华和急躁,这是小马在以往的生活中体验不到的。走出屋外的小马不免有点为刚才的不友好态度而后悔,他想,自己对农村工作真的不熟悉,要独当一面地担负这项工作,肩上的压力真重呵。

第二天的村干部会如期召开,但令小马意想不到的是会开得十分沉闷,几个村干部只顾抽烟,不发表任何意见和建议。小马这次下乡来,并不是完全独立地工作,还要协助村里开展其他工作,自己有些工作还要靠他们支持。小马决定还是先从支书身上打开话源,小马对支书说:“刘书记先谈谈吧,你年轻,思想活跃一点。”支书淡淡一笑,说:“还是村主任先谈吧,他工作经验多。”

会议在村干部的互相推诿和不咸不淡的话语中不得不结束,因为已到了吃中饭的时间。小马没有再强求,小马终于明白过来,之所以造成这种结局,是因为这个会开得不合时宜。村干部的家里都有责任田,都是家里的主要劳动力,他们哪有心思坐在会议室里开会呢?他们知道拗不过上面派来的人,只有用沉默来抗拒小马的这个愚蠢行动。

小马一连在村主任家看了两天书。

第三天的时候倒是村主任主动找小马。村主任换上了一件干净的衣服,说:“马同志,有个事还要向你汇报一下。”小马便问什么事。村主任说:“我想开个村干部会,研究一下当前的工作。”小马的心态现在平和了,小马说:“可以呀,什么时候开?”村主任说:“今天,我已通知了他们,就到俺家来。”

这次会议与上次的完全不同,气氛非常活跃,大家好像把精神又养足了。村里当前的事很多,但最主要的一个还是计划生育,说到底,就是要抓人。说到抓人,小马又提出了异议,说这样不行,得多做思想工作。大家一听,都笑起来,村主任说:“马同志,你不了解我们这儿的情况,我们的嘴都磨起了茧,她们还是偷着生。这事你就不要参加了,我们不会弄出事的。”在会上,他们对于小马提出的村里发展规划完全同意,并补充了一些内容。不过,在讨论这个发展规划时他们的态度不太严肃,嘻嘻哈哈,这使小马在自己意见得到重视的兴奋之余稍稍有点遗憾。

这次中餐,小马又喝醉了。

村里计划生育的工作果然没要小马插手,他们懂得分寸,没出什么大的乱子。利用这些天的空余时间,小马到村外四处走了走。

满山满岭的花儿竟然相继凋谢,它们的生命真是太短暂了呵,田野里的禾苗绿油油的惹人爱怜,山野一片翠绿,只是山太深了、岭太宽了,把一个个村子紧紧拢在它们的怀抱之中,隔绝了与外界的联系。小马走在乡间的山路上,每每总要在心中感叹一番。信步来到一个去处,却见一处好大的房子,破败不堪地“趴”在那儿,门前与路口都长满了青草。门上的锁生了锈,看样子有很长时间没有人来过。小马十分奇怪,是谁把这么一个大房子废弃在这里呢?

回村的路上,小马又遇到了刘水生老人。刘水生很熟稔地跟他打招呼,大黄狗从远处走来,它不再对小马吠叫,而是摇着尾巴,撒着欢儿。有几个顽童在玩着一种小马看不懂的游戏,不一会儿有一个哭了,刘水生走过去训斥了另外几个小孩什么,哭的孩子停住了,不久小马便听到他那清脆的笑声。

村主任每天都要到很晚才回家,小马天天吃着村主任的女人做的饭,已经同这个女人混得很熟了。女人还真的年轻,还不到三十岁,比村主任小十五岁。村主任的老婆死了,这个女人是村主任的续弦。村主任的亡妻给他生了一儿一女,儿子在县城上高中,女儿去了南方打工。女人没有生自己的孩子,为此女人常常自责,在家里对男人百依百顺。村主任回来后都要到小马住的房里去坐坐,但时间很短,就是打个招呼。

这天晚上村主任破例回来得早，没在外面吃饭，原来是计划生育工作已基本结束了。村主任又喊女人多做几个菜，他要喝酒。小马不想喝，村主任说："我一个人喝多没意思，你随便喝点吧，把这个事搞结束了，心头轻松了许多，不喝两盅说不过去。"

小马没有喝多，村主任喝多了，村主任喝多了便骂他的女人，嫌她倒茶的动作慢了，又说茶叶放少了，寡味。小马去自己的房间歇息，村主任也跟了进来，说："马同志，这些天过得可好？"小马突然想起今天看到的事，便把房子的疑问提了出来。村主任虽喝了酒，头脑还是清醒的，他说："那是我们村的木材加工厂。"小马不明白地问："怎么闲在那儿？"村主任问："马同志，你真要我说这事，这可是你要我说的哟。"小马说："有什么不妥吗？"村主任忽然恨恨地说："这都是让你们这些人给害的，害得我们到现在都伸不直腰呵。"

小马愕然。村主任不看小马的脸色，继续说下去："那是三年前的事了，也是你们市里下来的工作组，一个姓李的副局长分到了我们村，硬是要我们贷款办了这个木材加工厂。说什么发展农村经济，全是扯淡。厂子还没办起来，他就拍拍屁股走了。后来厂子是办起来了，可流动资金呢？技术呢？再后来，上面又来了文件，要保护林木，不能乱砍，厂子就这样废了，至今我们连贷款利息都还不起，根本不要说还本。银行年年找我们讨债，去年还把我告上了法庭，弄得我过年都蹲拘留所，倒大霉呀。小马，按年龄我是可以叫你小马的，你这次下来，说实话，我求求你别又弄个什么名堂出来害我，若要真帮我们，就帮我们把欠银行的债还了。不害我的话，说什么也不要去玩数字游戏，老老实实给我在家待着吧，到时向上面汇报，我自然知道该怎么做。"

村主任的脸色红通，青筋暴突，唾沫横飞。小马看着有点儿害怕。村主任好像是累着了，对着小马含混地说："小马同志，我走了，你休息吧，明天有空，我陪你走走。"

这晚小马当然睡不下去，村主任的话像一把亮闪闪的钢刀插在他的心窝上，令他思索了很久，也痛苦了很久。

第二天一早，小马在屋门口漱口，见村主任一身露水地从外面回来，手上竟然拎着一只活野兔。小马惊疑地问："村主任你这是到哪儿去了？"村主任讪笑着说："幸好你昨晚提醒了我，我到木材加工厂去了一下，看看那个机器还在不在，过几天有个人要买走它。不想撞上了这只呆兔，算你有口福，中午叫他们一起来，尝尝它的滋味。”村主任的样子憨厚而朴实，丝毫没有昨晚那种吓人的面目。昨晚，他是真醉了，可酒醉心里明呵，他是故意借着酒劲儿把他的不满发泄出来。

中午村支书来了，还有乡蹲点的老田。小马在乡政府见过老田一面，后来不知怎么没同来，本来他是要来协助小马的工作。老田这次来，一是传通知，通知明天小马到乡政府开会；二是来慰问的，带来了三斤猪肉和两斤鲢鱼。中午的伙食挺丰盛，席间当然少不了酒。这次，小马主动喝酒了，大醉，吐了一地。

小马仍是坐着四处冒烟的小四轮车去乡政府开会。车子在路上坏了一会儿，使小马迟到了。小马进会场的时候，各组的兄弟们正在汇报各村的工作，都开展得如火如荼，成效初见。小马没有汇报，说自己的工作还没有得到有效的开展，组长狠批了他一顿，说：“下次开会的时候，你第一个给我汇报。”小马心里想说有本事你跟我一起去，可小马不能这样说，这点道理小马还是懂的。

中午又是吃酒，小马没有吃，组长跟许多人都碰了杯，到了小马这儿，组长说：“怎么，酒也不喝，还在生我的气呀。”小马反倒不好意思起来，说：“不是，我肚子有点不舒服。”组长说：“越不舒服越要喝点酒，这春天湿气重，喝点酒有好处的。”小马拗不过，只好喝了一杯。小马早早地下了桌，其他人则一直喝到日头西斜。

走出门来，有一位工作组的成员跟过来，酒精的作用在他的脸上无遮拦地显现出来。他拉住小马的手说：“哎，我们这一杯酒还没干呢。”小马觉得好笑，说：“我不喝，你跟别人喝去吧。”那人不放手，说：“我知道你能喝，来的时候我们还喝了三杯呢。我知道你心里不高兴，其实呢，你也太老实了，随便报一个东西不就得了呗，何必让组长在会上批评呢？”小马不理解地说：“随便报？怎么能随便报呢？”那人摇了摇头：“你这个人真是一点也不懂，大家不都是随便报的吗，有哪个还想在这里生活一辈子呀，哪个有能力一下子改变他们的生活？这不都是形式嘛，谁还当真哩。”

小马没有心情同那人纠缠下去，匆忙跑出乡政府大院。

乡街上冷冷清清，小马恍惚觉得自己走在一个遥远的年代，一切都是那么陌生，一切都是那么不可理喻。沉思着的小马没料到与一个匆匆忙忙赶路的妇女撞了个满怀，把她一篮鸡蛋撞飞了。小马连声说对不起。妇女从地上拣起没有撞坏的要赶路，小马拦住了，说：“等一下，我还没赔你鸡蛋的钱呢。”妇女抬头笑了一下说:“算了,反正是自家的鸡生的,值不了几个钱的。”

看着妇女远去的背影,小马的心头涌出一种说不出的滋味。

那天小马要靠着两条腿走回山村,本来安排在乡政府住一个晚上,所以那天村主任没有派车去接。

走着走着,小马的衣衫湿透了,慢慢地,泪水也跟着涌了出来。山道弯弯,苍山无尽啊。

小马那天一直走到天黑也没有走到,晚上,他迷了路。夜幕不但带来了令人恐惧的黑暗,还带来了春夜的寒冷。小马真的感到一种从未有过的害怕,小马大声喊叫,声音在广袤的大山里就像一滴水掉进大海里,悄无声息。小马从小就有过远大的理想和远大的抱负,一出校门踌躇满志,可如今,走在这个黑暗的大山里,才知自己是多么渺小,才知一个人有时是多么无能、多么脆弱。

小马在大山里奔走了一夜,天快亮的时候,竟然躺在地上睡着了。

(原载《雨花》2003 年第 3 期)

不要说爱我

小亮无论如何也没想到，刘英会打电话找他，而且刘英还在电话里说想找他谈谈。接电话时，小亮的老婆马芸就在他的身边，马芸伏在小亮的肩上说："哪个女人找你?"小亮装作很轻松的样子说："一个过去的同学。"想了想，他又加上一句："外地来了一个同学，她叫我过去叙叙旧。"马芸说："那就过去吧，还磨磨蹭蹭做什么?"小亮显得很为难，说："我们不是说好了去艾城吗?"

"算了吧，下次再去也不要紧，外地的同学来了，你不过去人家以为你摆谱呢。"

今天是星期六，小亮夫妇本来是要去艾城马芸的外婆家。马芸从小失去了父母，是在外婆家长大的，几乎每隔一个月他们都要去艾城看望外婆。

小亮出了家门就坐上了一辆出租车。按照与刘英的约定，她在小城的东湖畔等他。

现在是冬天，东湖已没有多少水了，只有一些残荷败枝还在风中摇曳着，更不要说游人了。选择这样一个地方见面，小亮也知道意味着什么。六年前，这儿曾是他们约会的地点，这儿曾经留下了他们许多难忘的、值得回味的东西，对于今天的小亮来说，虽然已成为过去，但过去的东西并不是能洗刷得干干净净的，有的恐怕是永远也难以忘却的。

寒风中，刘英果然站在那儿眺望着。在这一刻，小亮突然之间有了一点感动。

冬天的湖畔与春夏可是两种截然不同的风景，也只有像刘英与小亮这样的傻瓜才会相约到此。究竟是怀着怎样的一种心情到此，小亮目前还无法说清，只是一听到刘英的声音，他就觉得自己的身体内有一种无形的力量把他带到此处，至于以后的情形怎样发展下去，他不去想象，也无法想象。

刘英见到小亮的第一句话是："小亮，你可要救我哟。"

小亮吓了一跳。刘英旁若无人地扑进小亮的怀中，小亮急急地推开了。小亮还不明白刘英那话的意思，小亮还在回味刘英那句话的含义。好在四野无人，小亮问：“发生了什么事？”

刘英的身体又扑了过来，这次小亮没有推开。刘英双手绕住小亮的腰，头就靠在小亮的胸前，紧紧搂着没有说话。这是一种久违的亲昵，只是小亮没有像先前一样抚弄着她的秀发，然后捧起她的脸吻她的唇，然后进入如胶似漆的阶段。小亮已不再是先前的小亮，他相信刘英也不再是原来的刘英了。时隔几年，世界变化很大，他们也都在变，而最大的变化莫过于他们都是有家庭的人了，浪漫的时代早已过去，现实生活又是如此实际，重新获得先前的感受，那是不可能的了。

刘英再次开口说话时已平静下来。此时刘英已离开了小亮的怀抱，刘英说：“小亮，你说我们还是不是最好的朋友？”小亮一时不知如何回答。

刘英固执地说：“小亮你要回答我这个问题。”

小亮说：“就算是吧。”

刘英说：“我们走吧，到一个地方叙叙。”

小亮仍站在那儿没动。小亮在审视着这个曾经与自己十分亲近的女人，觉得她如今也衰老了，就像一朵开放过后的花朵，尽管她曾经是那么鲜艳那么诱人。小亮这时突然说出一句扫兴的话：“我要回家。”

听到此言，刘英的泪水夺眶而出。刘英逼近小亮说：“小亮，你就真的见死不救吗？”

“有什么事就在这儿说吧，我不想那么婆婆妈妈。”

“老李出事了。”说完这话后，刘英低下了头。

“出了什么事？”小亮当然知道老李是谁，这个人也是他最不愿看到、最不想听到名字的一个人。

“所以，我想找个地方跟你谈谈。”

说完这句话后，刘英转身就走，小亮跟着走。刘英拦了一辆出租车坐了进去，小亮也坐了上去。一路上两人没再说话，直到在一个酒吧前下车，刘英才转身对小亮说：“我们进去坐坐吧。”

一进门，他们就感到有一股热气扑面而来，里面有许多人，当然，谁也没去注意他们，除了里面的女招待。他们被女招待引到一个包厢坐下，要了两杯红酒和三碟小菜。包厢里的气氛仍是热热的，两人都把外衣脱下，刘英的脸上由于刚从外面的寒风中一下回到这热气腾腾的房间而显出绯红，精神好多了。小亮则不同,心里一直没轻松下来,一时倒显出几分拘谨。

老李是刘英的丈夫,应该算是小亮曾经的情敌吧。那时小亮与刘英几乎到了谈婚论嫁的阶段,但刘英生生让这个比她大十岁且是二婚的男人夺了过去。对于当时的小亮来说,那是无论如何也想不通的事。不过,现在回想起来,小亮完全可以理解,谁叫自己只是个小小的办事员而没有老李那当领导的高高在上的气势呢?如今什么年代呵,谁还在乎什么爱情不爱情的小玩意,见鬼去吧。可是,如今,老李却出事了,被反贪局请了进去,凶多吉少。

从心底来说,小亮笑了,或许这就叫作报应吧。但小亮的表面没有表现出来,因为是坐在刘英的面前,六年以后重新面对初恋情人,小亮无法笑出声来,更何况刘英竟要他去救这个老李,这很滑稽,有点三十年河东三十年河西的味道。

刘英说:“小亮,这次也许只有你能够救他。”

小亮说:“是吗?我怎么能救他呢?我只是一个小小的办事员而已。你找错了人吧。”

刘英这时往小亮的身边坐了坐,跟他碰了碰酒杯说:“来,我们干一杯,不谈这事了,免得烦心。”小亮把酒干了说:“我该走了。”刘英把小亮的手拉住了,往她的胸部按了按,说:“抱抱我吧。”小亮说:“不能,我要走了。”刘英有些绝望地望着小亮说:“我知道你恨他,可如今你帮的是我呵,你难道真的见死不救吗?”

小亮的身子已走出了门,小亮说:“我答应你,不过,只能试试。”

走在大街上,小亮想不能这样回家去,否则老婆要怀疑的,既然同学来了,怎么会这么快不吃饭就回来了呢?这样一想,小亮走进了一个小酒店,要了一个小瓶的白酒自斟自饮起来。平常他一般是不会喝白酒的,可今天他不能不喝。想到那个男人的名字,他心头就冒火,想到自己竟然答应了刘英的要求,心头就更加窝火。走出酒店的时候,他已有八分醉意了。

街道上的阳光竟如此暖和,小亮沐浴在这冬天难得的阳光之下,再次想到了刘英刚才那种乞求的神情,又为答应了她的要求而有点沾沾自喜,感觉到了自己的突然伟大。这种感觉一直持续到他打开家门。当他进屋见马芸一个人独自歪在沙发上看电视时,他的心头涌上了一丝愧疚。

许是喝了酒的缘故,小亮进屋后就把马芸抱住了。小亮喷着酒气的嘴巴已紧紧地贴在了马芸的唇上,马芸想要推开,可怎么也推不开,马芸只好任他在脸上行动。可当小亮要往她身上行动时,马芸躲开了。马芸是个爱清洁的女人,可今天的小亮好像很固执。马芸生气地说:"小亮,你是喝了尿啊。"小亮觍着脸打着酒嗝。马芸更生气了,一把把小亮甩了下来。小亮也生气了说:"好呀,马芸,你竟敢把自己的老公摔下床来,反了。"马芸这时坐了起来,她扶起滚下地的丈夫,说:"我给你泡杯茶吧,醒醒酒。"

马芸穿好衣服给小亮泡了一杯浓茶,可小亮的酒劲袭了上来,歪在沙发上睡着了,鼾声如雷。

小亮清醒过来时已是黄昏,房间里一片黑暗,马芸也不知到哪儿去了。打开室内的灯光,墙上挂钟的时针指向五与六之间,也就是说夜晚到来了。小亮这时异常清晰地记起白天的事,记起了和刘英的约会以及自己答应她的事,心头有点儿乱。肚子这时有些饿,厨房里没有什么吃的东西,马芸还没回来,他也不会弄吃的。正在犹豫,电话铃响了,是马芸打来的电话,她问小亮的酒清醒了没有,她下午有事出去了一下,现在马上回家。小亮心口暖暖的。这个小城其他的女人只顾自己的快活而不顾及家庭,还美其名曰活出自己的风采,马芸与她们不同。曾经有一个马芸的同学,邀请马芸加入她们的什么女性的另类组织,马芸没有半点犹豫便拒绝了,当时小亮非常感动。马芸是个本分而又温顺的女人,小亮在经历了所谓的爱情之后才感觉到这样的女人其实非常难得,所以在遇到马芸这样的女人后他没有半点其他非分之想而快速地结合在一起。如果不是小亮的一再坚持,他们也许早就有了孩子,为此马芸耿耿于怀。

五点四十分,马芸回来了,跟她同时进门的还有一个黄毛丫头。小亮喊道:"莉莉,你什么时候来了?"莉莉露出两颗大虎牙说:"我刚到呀,是我给姐打电话让她到车站接我的。"莉莉是马芸外婆的孙女,外婆见他们今天没去,心头放心不下,便叫莉莉过来看看他们。莉莉调皮地对小亮说:"奶奶让我来看看姐夫欺没欺负姐姐呢。"小亮举手做投降状,说:"我怎么敢呵,你姐可是老欺负我哩,下次可得叫外婆来主持公道。"马芸可没这份闲心,她风风火火地下了厨房,不一会儿,里面便飘出诱人的香味。

饭桌上的气氛相当热烈,莉莉的到来使原本两人的世界活跃起来。莉莉把乡下的许多奇闻趣事都倒给了他们,小亮也把小城日新月异的变化介绍给莉莉。莉莉后来说到她来的前天还发生了一件大事,他们镇的镇长被抓了,查出来竟然贪了几十万元。提到这个话题,小亮便想起了刘英的丈夫老李,激起了心头的愤怒。乡下的也贪，县城的也贪，真是防不胜防、查不胜查呵。他不免对白天答应刘英的要求而生出悔意来。

悔意归悔意，可答应了人家的事还是要给人家办。第二天小亮让马芸陪着莉莉到小城的景点玩了玩，自己则拨通了王勇的手机。王勇说："真对不起，现在没空，晚上行不行?"小亮说："晚上不行，中午怎么样?"王勇停顿了片刻才说："好吧，要不你来我家吃饭吧。"小亮说："不了，我知道你很少在家吃饭，我还是中午去吧。"王勇说："那就这样定了，中午我在家等你。"

小亮与王勇的关系由来已久，中学时他们是同学，后来同去当兵被分在同一个连队，命运开始发生了变化。小亮三年后退伍回到小城进了机关成为一个小小的办事员，而王勇在部队提了干，五年后转业回到小城，分到检察院当了一名科长，很快就成了如今的反贪局副局长，可谓仕途得意，前程似锦。

吃过饭，马芸送莉莉回艾城，小亮骑着自行车上了路。

当然，小亮没想到他一上路就遇到了刘英。刘英的脸色依然憔悴，这个女人似乎跟踪了小亮，小亮有点恼火。小亮没有下车，而是停下来用脚支撑着车子，等着刘英说话。刘英好像洞悉小亮的一举一动，她说："我在这儿等着你的回音。"小亮的火气无处发泄，双脚一蹬，车子骑出了好远，这才回过头说了一句："你愿等就等吧。"

王勇的家小亮并不陌生，只不过是先前每次去时他都非常轻松，今天却不同，是带着沉重的负担进去的。从外表看，王勇似乎比小亮的年纪大一点，其实呢，他们是同龄。王勇表情严肃，所以看上去比同龄人显老。因为心头有事，小亮说话时总有点文不对题，王勇是何等精明之人，他早就猜出了小亮心底想说又难说出的话。王勇说："小亮，你有什么事就说吧，我看你藏掖得也怪累的。"

小亮不好意思地笑笑说："是有个事儿想向你打听打听，就是那个，那个……"

王勇哈哈一笑说："看把你急的，其实，你不说出来，我也知道你为谁的事而来。"说完这句话后，王勇的神情一下变得严肃多了，说："按照组织原则，我是不能把老李的事告诉你的，但原则也不是死的，还有一定的灵活性嘛。"

小亮真是佩服王勇的洞察力，竟然能知道他是为老李的事而来。事情挑明了，小亮倒没了压力，心里轻松下来，说："他的事到底严不严重?"王勇说："这话看怎么说，如果他能主动退赃，倒是可以放他一马。"小亮迫不及待地问："到底有多少？”王勇沉思了一会儿说：“从目前掌握的情况来看，最少也在二十万以上。”

小亮“啊呀”一声后没有作声。二十万，对他来说，真是个天文数字，可老李却在短短的两年内竟然吞下了这么一个大数，不能不令他惊叹。

小亮在王勇家里坐了整整两个小时，出门时王勇笑着捶了小亮一拳说：“你可要多给人家精神上的安慰，遇上这样的事，一个女人是没有多大主见的。”对于小亮与刘英的过去，王勇当然很清楚，所以小亮只对王勇笑笑，没有说话。王勇又从矮柜里拿出两瓶包装精美的酒递给小亮，说：“带去尝尝吧。”

在回家的路上，小亮被刘英拦了下来。刘英轻声说：“小亮，到我家里谈谈好吗？”因为事关重大、事关机密性，小亮同意了刘英的建议。

刘英的新家小亮没有来过，是在小城的一个漂亮的住宅小区，环境不错。她的家是在三楼，里面装修极尽奢华，小亮进去的一刹那，心里猛地一震。怪不得老李一贪就是几十万，原来这么会享受，把房子搞得像宫殿。也就从这一刻起，小亮的心里极度不平衡起来。刘英当然没有发现小亮的这一变化，刘英脸上的表情复杂，她小心翼翼地把小亮请进门，然后关好门，给小亮冲了一杯热咖啡，望着小亮的脸，等待着他的下文。由于受到这一环境的影响，小亮在心里想好的计划全被打乱了，本来他是打算把情况告诉刘英之后立即走人的，可现在他改变了主意，他想在这宫殿似的房子里多待一会儿，甚至要做出什么事来，才能浇灭心头的那股火焰。

事实上小亮真的这么做了，刘英也没有反抗，就在半推半就中他们就把他们原本没有准备做的事做了。

两人重新坐在沙发上时已是晚上了，刘英要小亮在她家吃晚饭，可小亮却说他把话说完了就走。小亮坐在刘英的对面把王勇说的话复述了一遍，刘英的神情有些呆了。刘英说：“我到哪儿去弄二十万呢？老李怎么可能贪了那么多？”小亮环顾了一下房间说：“不可能？我看这房子就不止这个数。”刘英急了，说：“这房子可是早几年买的，那时鼓励干部经商，老李与人合伙开公司，赚的钱便置下了这个房子，后来党政领导不能经商，便安心做起了领导。”

“那么，他把钱存起来了吧。”小亮猜测道。刘英说：“不可能的，他没有存多少钱，这点我清楚，有大笔的钱，他都会如数交给我，由我代存。”

小亮笑笑说："那就不好解释了。我估计，过不了两天，他们会找你的。"

回到家，马芸刚刚吃完饭，正在收拾碗筷。小亮说："等下，我还没吃饭呢。"马芸说："到哪儿去了，这么晚还没吃呀，我可等了好长时间了，你电话也不打一个来，饭都凉了。"小亮说："凉了不要紧。"马芸说："不行，我给你热去，你先看会儿电视吧。"

打开电视，此档的节目大都是儿童节目，小孩子活泼可爱的身影老在眼前跳来跳去。小亮便有了感慨，觉得妻子想要孩子的想法也是可以理解的。看到马芸那忙碌的身影，听着厨房传出的锅碗响声，小亮不由为自己下午做的事而难过。马芸是个非常聪明的女人，一般不会追问他在外面的事，但也不是无动于衷，马芸把什么都表现在她无微不至的关怀和行动上，比如小亮在外面回来晚了，马芸不但不会责怪追问，反而会更加体贴更加温柔地对待小亮。这样一来，小亮如真做出了什么事，会觉得良心不安，会感到愧疚。

吃着妻子为自己做的热饭，小亮再一次为自己白天的行为感到可耻。在卫生间里，小亮狠狠地打了自己两个耳光。马芸洗完澡过后对小亮说："你也洗个澡吧。"

小亮明白妻子的潜台词，小亮在卫生间里足足洗了两个小时。出来的时候，马芸问："洗干净了？"小亮的脸一热，说："我在里面睡了一觉。"

拥抱着马芸的身体，小亮竟然走了神。马芸把小亮抱得更紧了，马芸柔声在小亮的耳边说："我们还是要一个吧。"黑暗中，小亮不知自己是点了头还是摇了头。

这个城市有几年没有真正下过雪了，当阴沉沉的天空开始变得灰麻麻的，人们就仰起头期望着第一片雪花的降落。一连几天，天空都是要下不下的样子，好像要把小城人们的脖子仰酸才罢休。所幸的是雪花终于飘洒下来了，一片一片的雪花虽比不上鹅毛般大，但在小城的上空漫天飞舞，把小城人们渴求的心情都尽情宣泄出来，显出平日少有的热腾，大街小巷都在谈论着雪的话题。

雪落时节，小亮还在床上没有起来。因为又到了周末，不用上班。马芸起来得早，马芸望了一眼窗外说："下雪了。"小亮一骨碌爬起来说："下雪了？"穿衣下床后，小亮打开屋门，见到的是一片白茫茫，许许多多的人像一个个黑色的小蚂蚁在爬动。这时，电话响了，马芸在里面接了，一会儿过来对小亮说："你的电话,王勇打来的。"

小亮的心头一惊,生怕马芸窥破了什么,还故意慢慢地走过去说:"王勇找我什么事呢?"

自从那天以后,小亮就没有再去过问老李的事,刘英虽打过几次电话找过他,都被他以工作忙的理由给回绝了。小亮是个安安分分的人,不想在小城做出什么出格的事来,更不想和马芸之间发生什么不愉快的事。马芸是个好女人,小亮不想失去她。

王勇说:"老弟,你过来一下,我有个事情告诉你。"

小亮说:"什么事呀,在电话中不能说吗?"

小亮这时听到王勇在电话那头的笑声,他说:"老弟啊,你是真糊涂还是装迷糊呵,马芸就在你的身边,这事我好说吗?不要多说了,我可没时间的,你赶紧过来吧,在云天居茶楼。"小亮的听筒还拿在手上,可那边早挂了,听筒里只传出"嘀嘀"的短促忙音。

马芸已把早饭端了上来,小亮说:"王勇叫我过去打牌哩,我走了。"马芸说:"外面这么冷,还是吃了早饭过去吧。"小亮便坐下来胡乱吃了一点。他走出门,被马芸喊住了。马芸手上拿着一条白色围巾,给他围上,说:"这围巾可保暖了,别冷着。"

小亮缓缓走出门,看了看颈下的围巾,认出这是他们结婚时买的,只是当年围过,后来被马芸收在箱底。小城许多年没下过雪,小亮根本就没想起过还有这么一条白色的围巾。今天马芸特地找出这条围巾,意味着什么呢?意味着妻子对他的体贴还是意味着马芸发觉他的行踪而给予的警示?

马芸真是一个不同寻常的女人。走在雪地上小亮没有感觉到冷,或许真是围巾的作用。片片白雪飘下来,小亮视而不见,他还在想着马芸给他披上围巾的含义。

云天居茶楼在小城应该算是有点档次的地方了,小亮很少到这样的场合来享受,也是消受不起的。王勇在靠窗的那个地方等着他,王勇的身边放了一件黄呢大衣。室内有空调,小亮一进来也把外衣脱了,王勇指了指他的围巾,小亮这才意识到颈脖还围着围巾。王勇说:"小城现在已很少有人围围巾了,看到它,总让人想起过去的岁月呵。"

一个小姑娘过来给小亮沏了一壶茶,一缕白雾从壶口中飘出来,慢慢悠悠的与茶楼中的气氛融为一体。窗外雪花飞舞，室内温暖如春，喝着热茶，与朋友聊点什么，这真是一种享受啊。

坐下了好一会儿，小亮只顾喝茶，王勇忍耐不住，问："老弟，你怎么不开口问我为什么叫你出来要告诉你什么事呢？"

小亮仍没有说话。王勇说："这些日子你没有与刘英联系过吗？"小亮摇了摇头，王勇说："这可是你的不对了，既然你当初答应了她，就不能不管吧。况且，如今又有一个重大的事情要告诉你，我想你不能无动于衷吧。"

最后一句话把小亮触动了，小亮问："发生了什么事情？"

王勇的声音突然低下来："老李的案子最近又有了新的进展，你猜他拿贪的钱干什么去了？"小亮的心也被牵扯起来，问："我怎么知道，你不就是来告诉我的吗？他做什么用了？"

"包二奶了。"说完这句话，王勇又冲小亮暧昧地一笑，说，"我想，这对你可是一大喜讯，所以，我才透露给你，你自己琢磨去吧。"

小亮的心被刺了一下，一激动，站了起来。王勇说："你想做什么，打他呀？"小亮坐下来，王勇从笔记本上撕下一张纸，掏出笔写了一行字，递给小亮说："你不要说是我给你的，这可是违反纪律的事。不过，也没有什么，其实小城已有很多人都知道了，只蒙着一些当事人。"

茶楼内的人都在悠闲地喝着茶聊着天，他们都显得很有教养的样子，低声说着话，也不会东张西望，大家互不干扰。音乐也放得很轻，似有似无，侍候的服务员也很会把握时间，在你需要什么的时候，她会准时来到你的身边。小亮一口气把茶壶里的茶喝完，立马过来一个小姑娘给小亮沏上。

王勇站起身来说："我该走了，你是不是也该去找她了？"

小亮白了一眼王勇说："我告诉你，我跟她已没有任何关系了。"

王勇说："那你开始为什么还要找我呢？我可是真心帮你的。"

小亮一时语塞。是呀，这是为什么呢？

街道上的雪很厚了，小城几年不见的大雪终于如期而至，站在小城的雪道上，小亮茫然了。

许久许久，小亮才走上了另一条街道，走进了那个漂亮的住宅小区，走进了其中一栋的三楼，敲开了那扇并不陌生的房门。

刘英很惊讶，这么大的雪，小亮湿漉漉地到来，怎能不叫她感动？她拿出一套男人的衣服给小亮换，小亮说："我不会换他的衣服的，我马上要走，今天来我只想告诉你一个事儿。你不是想知道老李贪二十万干什么去了吗，我现在可以明确地告诉你，他背着你包二奶了。喏，这是那个二奶的地址，不相信的话你可以去找她。"

小亮没想到刘英听过这话后竟然倒了下去。小亮移动的脚步退了回来，小亮不得不蹲下身子，把地上的女人抱到沙发上。在给她盖上毛毯时，女人醒了，女人睁开那双曾经打动小亮心扉的眼睛，两行热泪滚落下来。这是绝望的泪水，小亮在这一刻心软了。小亮俯下身轻轻在女人的额头上吻了一下，说："你可要多保重，我走了。"

"不。"女人这时坐了起来，擦干眼泪说，"小亮，你不要走，你一定要听完我的话，这些话，我已在心里憋了太久太久，要再不说，也许就没有机会了。"女人紧抱着小亮，絮絮叨叨地说着她这些年来忍辱负重的遭遇。女人说她现在后悔也迟了，女人说其实她一直爱着的是小亮，不管小亮如今还爱不爱她，她都会永远爱着他。女人说这一切时又流着泪，小亮的心在这时也碎了。小亮抚弄着她的秀发，感觉到怀里的女人让人心疼让人爱怜。如果时光可以倒流，小亮想他会毫不犹豫地对怀里的女人说：我会爱你的。

现在的小亮拥着怀中的刘英，开口的一句话却是："不要说爱我，我害怕这样的话。"

刘英的手慢慢松开了，双眼突然射出两道凶光。她说："我不会放过那个女人！"

刘英不顾一切地冲出了门，小亮也只好跟着出了门。外面依然大雪纷飞，留在雪地上的两道脚印歪歪扭扭的，异常醒目。刘英的步伐很快，小亮在后面追赶着，渐渐地，前面的脚印被大雪埋没了，小城的街道像农村的田野，一片白茫茫。小亮这时突然听到有人喊自己的名字，小亮站住了。

站在小亮面前的不是别人，而是他的妻子马芸。

马芸的手中拿着那条白围巾，她在给小亮围上时说："你忘在了云天居茶楼。"

小亮猛地搂住马芸，竟然失声恸哭。

（原载《青年文学》2004 年第 4 期）

民工王小黑的初恋

一踏上这个城市的街道,王小黑的双腿就抖个不休。走在前边的大毛一把扯住王小黑的衣领道:“没用的东西,怕他们把你吃了?站直了,别趴下。”可王小黑的腰还是伸不直,腿还是站不稳,在后面嘟囔道:“城里唧个(怎么)这么多人哩,这车闪电似的要撞人哩。”大毛哈哈大笑,说:“城里人多怕什么,有我大毛在,哪个敢欺侮你。这车是有点多,不多才怪呢。”王小黑只好紧抓住大毛的衣袖不放,双眼只敢看着自己的脚尖。

也不知从何时开始,王小黑对到城里打工的渴望就像村前的那条小溪水一样执着,每当年底红男绿女从外涌进村时,王小黑总要蹲在村头的大樟树旁看着他们一个个从自己身边走过。队伍中间有人问:“小黑呀,你在这里欢迎我们啊。”还有人说:“小黑,明年跟我们出去打工不?”王小黑这时的心里格外高兴,忙抢着说:“怎么不去,你们可要带我去呀。”

新年一过,他们又一个个地走了,王小黑伸长了脖子,也没有人带走他。

王小黑日出而作日落而息地在小山村里耕耘。

现在好了,终于有人愿意带他来城市打工,从踏上通往城市的汽车那一刻起,王小黑的心里就无法平静下来。当然,这种好心情只维持到到达这个城市为止,跟在大毛身后,王小黑被一种恐惧笼罩,他不相信这就是他日夜渴望的城市,这就是将会给他带来好运的城市。

王小黑一直晕头转向地跟在大毛身后走,王小黑忍不住地拉住大毛的手说:“唧个走了老半天还没走到你做事的地方?”大毛一点也不理会王小黑的话,头也没回地说:“你走不走?你不走自己留在这里算了。”大毛的个子很小,走在后面的王小黑就算佝偻着腰也比他高出一个半头。可大毛人小心大,胆也大,接连做了几年小包工头,一下挣到了钱发了家。王小黑人大心眼实,神情也木讷,更为突出的是他的丑陋,所以没有哪个愿把他带出山村,除了现在的小包工头大毛。

终于到达目的地,王小黑却非常失望。工地上乱七八糟地堆放着沙石木料什么的,而他们住的地方却跟自己在乡下住的低矮的茅房差不多。大毛也明显看出王小黑的不满,几乎是充满愤怒地说:“小黑,我告诉你,要不是你老娘死乞白赖地找到我,我是不会带你出来的,现在既然来了,一切都要听从我的安排,要不,你现在就给我滚蛋!”王小黑被吓住了,准确地说是被大毛的气势所吓倒。王小黑木讷地待在那里,哀求道:“大毛哥,求你别赶我走,你叫我做什么都行。”大毛这才收起怒容,上前摸了一下王小黑的头说:“只要你真心跟我做一年,保证过年时回家给你找个媳妇。”大毛说这话时竟有了慈父般的爱恋,王小黑被感动得几乎要给大毛叩头了。

王小黑的工作其实也很简单,或者说比较轻松,就是给大毛看好工地仓库里的材料,没有大毛的许可,任何人不能从仓库里取走材料。在这方面,大毛是有过教训的。先前管仓库的人有与民工同流合污的,也有不坚持原则的,光材料就让他损失了许多金钱。他相信王小黑来了情况会有改观,王小黑这人他能驾驭得住,这也是大毛带王小黑出来的唯一原因。

正如大毛所料,王小黑果然是绝对服从他的指挥,把仓库管得铁板一块,没有任何缝隙可以漏跑掉半块材料。王小黑身材高大,面相丑陋且凶恶,就像一个把守阎罗殿的小鬼,哪个敢去冒险?加上他言语木讷,从不与其他人亲近,谁还有什么非分之想?

大毛也很高兴,一高兴,便要喝两盅。那天,他破例地把王小黑也叫上了,酒桌上就他俩。王小黑平常很少喝酒,不是他不喝,是没有酒喝。三杯酒下肚,王小黑觉得他的嘴巴不再是干涩的了,话语也滑溜溜地流出来。喝到半中间,大毛把上菜的香儿拉住了,说:“不要再上菜了,你也过来喝两盅。”香儿拗不过,只好坐下。酒她是不喝的,只夹了几下菜。可大毛不答应,大毛说:“香儿不喝酒骗得了别人骗不了我,女人喝了酒会更好看的。来,我们干一杯。”大毛把酒举到了香儿跟前,香儿一个劲地不肯喝,大毛就走到香儿跟前,另一只手端起她的酒杯说:“喝下去,我知道你能喝。”还没等香儿反应过来,大毛就把酒倒进了香儿的口中,香儿的脸即刻涨红了,还一个劲儿地咳嗽。这时的王小黑一直在看着香儿,平时,他是从不敢看一眼的,今儿也许是喝了酒,也许是从未与她这么近的距离接触。香儿的脸儿圆圆的,从侧面看,嘴巴有点翘,鼻子有点塌,后颈下却很白。香儿是工地上为大伙做饭的,王小黑没来工地之前她就在这里了。大毛没多久又过来要与香儿喝，香儿说什么也不肯，样子有点可怜。王小黑也不知突然通了哪一根筋，接过大毛另一只手上本是给香儿的酒，咕咚一下干了。大毛当时竟然傻站在那里半天回不过神来。香儿趁此机会离开桌，说："那边还没收拾完，我走了。"

王小黑也被自己所做的一切感到意外，但在意外的同时又感到另一种无法言说的兴奋。然而，这种兴奋是短暂的，伴着大毛的巴掌落下而结束，大毛还不解恨，恶狠狠地说："吃里爬外的东西，要你逞什么能？"说着，他把剩下的半瓶酒往王小黑面前一推说："你现在把这酒给我一口喝下，要不你就回你的乡下去。"

那天，王小黑喝得大醉。醉了酒的王小黑不但说话利索，而且会唱歌。那或许是他们山村里的民歌，语言粗鄙但欢快激昂，山野味儿十足。

除了香儿，没有人听到王小黑的歌声。他们都到工地上去了，只有香儿不需要去工地。歌声或许是勾起了香儿的某些回忆吧，香儿的泪水不断地往下掉。当然，这一切，同样没有谁瞧见。

空闲下来的时候，王小黑总是倚在工地的大铁门旁，不远处就是城市的一条街道，车流和人流以及那种只有城市才有的喧嚣叫王小黑感到害怕。街上有很多女孩子，王小黑最喜欢看她们，她们个个漂亮如仙女，这是王小黑在他那个山村所不能享受到的欢愉。害怕城市，而又不想离开城市，王小黑的心里始终矛盾着。终于有一天，王小黑试着向前走了一百步，刚好到了一个道路的岔口，王小黑停住了。虽然这儿不是街道，是条小道，路面也脏，但路上的行人还是很多，自行车、摩托车不时呼啸而过。王小黑不敢向前，往回走了一百步，又回到了大铁门旁。这样一来，也就给了王小黑的一个启示，或者说笨人的笨办法。从此以后，王小黑每天前进一百步，然后原地返回。

当王小黑前进到一千五百步时，他就到了城市的街道，也就是说他终于如愿以偿地一个人单独走在城市的大街上，这使他觉得特别兴奋和自豪。初尝成功，王小黑不敢久留，只在街道上来来回回地走了两圈。原本他就没有准备进商场或者在小摊上买什么东西，再说他身上也没有多少钱。大毛每个月只付给他生活费，其他的要等到年底回家时给他。对于这点，王小黑没有异议。转身往回走的时候，王小黑发现香儿也在大街上，她走得匆忙，好像有什么急事。王小黑本能地喊了一声"香儿"，香儿并没有注意到他，而是走上了另一条街道。

以后的日子里，王小黑的生活好像丰富多彩一些，没事的时候可以走上街道，可以倚在大铁门旁看年轻的女人那飘忽的身影，甚至还可以更近距离地看香儿在伙房里忙碌。香儿见到他，不再像先前那样冷若冰霜，间或对他露齿一笑，这一笑，一直留在了王小黑的记忆深处，时常在梦中折腾着他。

大毛仍时不时地要喝上两盅，不过，再也没叫王小黑陪他喝。香儿也没陪过他，有时是他一个人喝，有时也会叫上其他几个人，大毛喜欢喝酒，却从没有醉过。

转眼来这个城市有半年了，季节也由春转夏，大街上的仙女们也越来越苗条起来。有了那一千五百步的垫底，王小黑对城市的恐惧逐渐消失，代之而起的是一种叫人无法抗拒的欲望，这种欲望在王小黑二十四年的山村生活中不是没有出现过，只不过刚有苗头就被干燥的土地给扼杀了。在山村，一年到头的汗水换来的不过是城里人的一顿早餐而已，而娶媳妇的彩礼却不断攀升直追城里人，也要与时代同步，王小黑的欲望就这样一年一年地被扼杀掉。现在到了城里，老天给了他一个机会，欲望就像啄破鸡蛋壳的小鸡一样突然冒出来，这是一个新的生命呵，谁能扼杀得了呢？

王小黑有自知之明，对于大街上的小仙女们，他是不敢有非分之想的，但对每天在他眼皮底下浑身散发着油烟味的香儿，虽然没在行动上做出什么，在心里、在睡梦中已无数次地把他想做的事做了。欲望就是这么一个奇怪的东西，一旦有了一个合适的机会，理智便成了一堵烂墙和一层薄纸，一推就倒，一捅就破。

其实对大毛来说，也是如此。

那天大毛又喝了酒，那天他喝得很多，这有点儿例外。本来王小黑那天是不会回工棚的，因忘了仓库钥匙才回来拿。大毛虽是个小包工头，但还是与民工住在一起，他的房子与王小黑只隔了两个房间。简陋的工棚隔音效果是很差的，所以当王小黑拿好钥匙准备离开时，他听到大毛房间传出了香儿的声音。香儿好像在哀求什么，听不太清楚，这让王小黑感到很意外。王小黑无意窥探人家的隐私，但香儿的声音太熟悉了，让他挪不开脚步。王小黑一念之下便走近了大毛的房间，两个人的声音这时非常清晰地传进了王小黑的鼓膜深处。

“香儿，你不知道我是多么爱你喜欢你，等到了年底我们就回家结婚。身子迟给早给还不是一样，你又不是什么黄花闺女。”这是大毛的声音，软软的，柔柔的，王小黑从未听过大毛这样对人说话。

“不行，就算我求你了，如果我们真的有缘，何必在乎今朝呢？”香儿哀求的语气很坚决。

“我等不得了，香儿，我——”

接下来的声音使王小黑感到震惊和愤怒，香儿的嘴巴似乎被什么给堵住了，闷闷的微弱的嘶叫声像一把钢刀刺在王小黑的心尖上，王小黑几乎是下意识地猛发一声咳嗽，顷刻间一切响动消失了，好像世界上的一切声音都消失了一样。好半天，里边传出一声喝叫：“谁？”

这一声断喝把王小黑从无边的黑暗中拉回，王小黑撒腿就往外跑，恍惚听到身后的门“吱呀”响了一声，王小黑不敢往回看，一直向前跑。跑到工地时，等着领料的民工不满地说道：“怎么到这个点才来，看看，跑得满头大汗，被鬼赶来的？”王小黑拿钥匙的手不住地抖，民工抢过钥匙帮他把门打开，说：“你这人真是的，撞了邪啦？”

工地上的生产热火朝天，一幢大楼的外形已基本建成，太阳仍然辣辣的，一切像往常一样紧张有序地进行。大毛的身影没有在工地出现，香儿也没有。王小黑悬在嗓子眼的心这才咽回了肚子。半下午时，香儿给工地送来茶水，王小黑仔细观察了香儿，见她脸上好好的，身上也好好的，没有半点受过伤害的样子。倒是香儿有点奇怪地看了几眼王小黑，把王小黑看得有点不好意思。王小黑暗自捏了捏自己的腿，感觉到痛，不是在做梦。

那天王小黑一直没再见到大毛，他在心里已无数次地问过大毛：你啷个对香儿撒谎呢？你在家里不是有老婆孩子吗？啷个还要跟香儿结婚呢？第二天上午王小黑才见到了大毛，一整夜想问的话全堵在了胸口，几乎把他憋背过气去。大毛好生奇怪地看着王小黑说：“怎么了小黑，生病了？”大毛的话还没说完，一声惊天动地的咳嗽从王小黑的嘴里喷出，唾沫喷了大毛一脸。大毛不理会脸上的污物，而是惊愕地问：“小黑，这咳嗽声是你发出的？”王小黑赶紧拿自己的衣袖去擦大毛的脸，大毛一甩手把王小黑推开了，再说了一句：“这咳嗽声真是你发出的，好啊，你看样子是活得不耐烦了！”王小黑的脸涨得通红，结巴着正要说些什么，这时香儿过来了，也不知刚才的话她听没听到？香儿不是找王小黑的，也没有在大毛跟前停下来，她一直朝大门口走去，留下一股只有女人才有的味道。大毛撇下王小黑追上了香儿，喊："你又要去找那个负心的男人吗？"

王小黑灰溜溜地回到工地，那天王小黑的心情非常不好。

大约三天后的一个傍晚，王小黑正准备到香儿那儿去打晚饭，大毛走了过来。大毛脸上露出几天来难得的笑容，习惯地拍了拍王小黑的肩说："走，兄弟，我们去喝一盅。"王小黑简直受宠若惊，王小黑不敢拒绝他，跟在大毛身后走出了工棚。

大街上已是华灯初上，对于城市的夜景，王小黑还没有感受过。夜晚的城市与白天的城市不一样，到处是光的世界、光的海洋，人流的涌动就像是游泳比赛。王小黑是在大山里长大的，不会在大海中游泳。而大毛也是山里长大的，为什么他就能这么融洽地游荡在城市之中？王小黑想不通。

按照王小黑的计算方式，他们大约走了三千步路时，停在了一个嘈杂的小酒馆门口。

要了几样菜和一瓶白酒，大毛对还站在桌旁的王小黑说："坐呀，今儿个空闲，我们多喝两盅。"王小黑还是不敢坐，他人笨，但心里还是明白的，大毛对那天的事十分气愤，可他又不知怎样才能向大毛解释得清。大毛今天请他喝酒，究竟是什么意思，王小黑实在是猜不透。其实，这种事如果换了其他人，应该会明白大毛的意思，可王小黑就是王小黑，他的心里一直在敲着小鼓，大毛会不会一怒之下把他赶回家呢？有了这样的心事，他哪有心情喝酒呢？

还好，那样的话一直没有从大毛嘴里表达出来，相反，大毛倒说了一大堆称赞他的话，并不提半句那天的事。末了，他还向王小黑承诺，只要听他的话，年底一定帮王小黑找到一个媳妇。说到这事，大毛眉飞色舞。一瓶白酒见了底，两人都有醉意。

出了小酒馆的门，大毛摇晃的身体不得不要靠王小黑才支撑得住。扒着王小黑的肩，大毛不由得意地对他说："今晚哥们带你去开开洋荤。"王小黑当然不明白大毛的意思，但喝了酒的王小黑的话变得顺溜多了，话匣子一开，心里憋闷许久的东西立马跟着跑了出来。王小黑说："大毛哥，你哪个能跟香儿结婚呢，你这样不是骗了人家吗？"大毛松开手，摇头晃脑地认真看了一眼王小黑，大笑道："傻瓜，你一点也不懂得女人。你知道香儿的故事吗？你理解香儿的需求吗？我告诉你吧，香儿没有丈夫，她的丈夫来这个城市打工发了，不要她了，找了一个比她更年轻更漂亮的女人，所以香儿抛母别子来这个城市寻夫。”

王小黑真没想到香儿身上还有这样一个故事，便迫不及待地问：“她找到了吗?”大毛挥起一掌打在王小黑的脸上，说：“怎么，你小子那么急着关心她，是不是喜欢上了她？我知道你是喜欢她，癞蛤蟆想吃天鹅肉，做梦去吧。”王小黑被他打蒙了，许是喝了酒的缘故，王小黑觉得眼前的大毛实在是太矮小了，用不着害怕他，立马还了一拳，说：“你凭什么打人?”大毛“噫”了一下，想要还击，可看到王小黑一座铁塔似的立在那里，心怯了，忙说：“我跟你开玩笑哩，当真了？后来呀，香儿找到了，可人家不认她呀，把她当作叫花子赶了出来，连回家的路费都没有。要不是我把她收留下来，说不定今天还在大街上流浪哩。”

大毛的兴奋劲儿上来了，在一个发出幽暗灯光的门口停了下来。王小黑问这是哪里，大毛说：“你跟我进来就是了，哥今天这么破费，你应该感激我才是。”

可是，进去不到五分钟，王小黑便逃了出来。

一个人走在街道上，王小黑迷失了方向。他转来转去，好像每个路口都差不多。这时酒劲儿也上来了，他跌跌撞撞地往人身上靠，天气热，人们穿得少，被一个满嘴酒气的疯子撞上，由不得他们不发怒，王小黑的脸已分不清挨了多少记巴掌。

王小黑是第二天一早被大毛在一条路边寻到的。其时王小黑鼾声如雷。

工地上的大楼越建越高，王小黑的希望也越来越接近实现。自从知道香儿的故事后，王小黑看她的目光有了变化，目光里多了一分怜惜。晚上回到工棚，他心头的欲望不免又向上蹿高了几分。

那是一个雨天，工地上歇了工，民工们大都各自寻快活去了，王小黑没去处，躺在床上睡觉。这时香儿过来了，香儿说：“小黑兄弟能不能帮我个忙?”听见香儿喊他，王小黑从床上一跃而起，把头点得如鸡啄米，说：“能、能、能。”香儿好看地一笑道：“那好吧，你跟我走就是了。”

跟在香儿身后，不同于大毛，大毛身上的衣服穿得再新，那汗臭味还是扑鼻而来。而香儿不，香儿的身上除了油烟味儿，还有一丝淡淡的什么味儿，王小黑说不出来，但好闻极了。王小黑不住地吸着鼻子，仿佛要把那味儿吸进心里去。街上人多，有时香儿被前边的人阻挡了一下，后面的王小黑无意中撞在了香儿的身上，那感觉叫王小黑回味无穷。不经意间就到了一幢大楼前，香儿站在那儿上上下下把王小黑打量了一番，倒弄得王小黑有点不好意思，也不知香儿到底要做什么。香儿开口道："小黑兄弟，我问你一句话，你敢打架吗？"王小黑不知怎样应答，香儿不等他表态，又说："你个子这么大，打架一定能赢的。是吗？"王小黑咬紧牙关迸出一个字："是。"

香儿这时贴近王小黑吩咐道："是这样的，我进去找一个人要钱，如果我在半个小时没下来的话，你就上去找我。记住，是在三楼上楼梯的第一间。"

目送着香儿的身影，王小黑感觉到自己的身体一下子强壮如牛。长这么大，还没有人能如此信任他请他帮过忙，他非常感激香儿。

王小黑不时地看手腕上那个花二十元钱买来的电子表，生怕错过了时间。半个小时到了，香儿没有下来，王小黑疾步走进大楼。

还没到三楼，王小黑就听到有人在哭，好像是香儿的声音。王小黑跑上楼时摔了一跤，他顾不上伤痛，冲进了三楼的第一个房间，果然是香儿在哭，旁边有一个男人正想将香儿拖出门。见了王小黑，香儿停住了哭，对王小黑说："你不是得过武术冠军吗？还不快去把他给放倒了。"王小黑心里说我什么时候有这样的荣誉了，但在行动上他真的举起了青筋暴露的双拳，一步一步向男人逼近。房间里没有其他人，男人显然没料到这一着，男人看着高大凶恶的王小黑逼过来，气势上早就输了。他急忙松开香儿，赔着笑脸道："不要这样了，香儿，我们有话好好说。"此时，王小黑的双手还高高地举起，不知是放下好还是不放下好。王小黑清楚地看见，男人脸上的汗水层出不穷地淌下来。男人再次哀求道："香儿，我答应你就是了，儿子的钱我给。"

香儿顺利地拿到了儿子的抚养费，香儿的感激之情溢于言表。一路上，香儿说着一些感谢的话，王小黑木讷地"嗯嗯"应着。香儿到邮局把钱汇回了家，又到商店里买了一包香烟给王小黑。王小黑不肯要，香儿佯装发怒，王小黑这才收下。

一路无话。不过，在以后的日子里，香儿倒是对王小黑另眼相看，言语温顺亲切多了。这一切，自然瞒不过大毛。大毛当初带王小黑出来是看到他老实木讷有利用价值，哪想到竟然成了他追求香儿路上的绊脚石，这是他始料不及的。大毛一方面加强对香儿的攻势，另一方面以他的智力和圆滑的语言去压倒王小黑，甚至当着香儿的面出他的丑，揭他的老底。其实呢，王小黑并不想与大毛争什么，也知道争不赢大毛，他只不过是想告诉香儿真相，难道这也错了吗？

大毛毕竟是大毛，自有他征服女人的手段。香儿与大毛的关系有了深层次的发展，两人几乎是半公开了。王小黑的心里不好受，觉得还是要把大毛的真相告诉香儿，他相信香儿是受欺骗的。他把那段话在心里演示了无数次，可就是在香儿面前开不了口。

时机终于等来了，有一次香儿叫王小黑帮她换一口锅，原来的锅烧破了。完事后，香儿给他端了一杯茶水以示感谢，王小黑接过茶水时心里豁然开朗，放下茶杯说："大毛在家里是有老婆的。"

没有半句铺垫，生硬地说出这样一句话来，这或许也是王小黑式的表达方式。香儿开始并没有注意王小黑的这句话，就像一道闪电，一晃而过。但是，等过去之后，她突然觉得这句话的重要性，不由大声问道："你刚才说什么？"王小黑重复了一遍，声音小了许多。香儿还是不相信，不过脸儿由涨红变成青紫，香儿说："不会的，大毛跟我说得清清楚楚他没有结婚的，你骗人你骗人！"王小黑实在不愿意看到香儿那张痛苦的脸，但他还是一字一句地说："我不会骗你的，这是真的，因为我跟大毛是一个村庄的，从小在一起长大。"

一把话说出来了，王小黑的心头松下一口气。香儿呆愣了半天，然后大声对王小黑吼叫道："你给我走，越远越好。"

王小黑无趣地走出伙房，并没想到他的一句话会产生怎样的后果。

后果之一是当天的中饭没有人做，香儿被气病了，大家花了许多冤枉钱上馆子。

大毛整天黑着个脸，在工地看见谁都不顺眼，动不动就骂人。在一个风雨交加的晚上，大毛花钱雇了两个人把王小黑从睡梦中揪起来丢进门外的风雨中，而此时冬季已经来临了。尽管这个城市的冬天没有山村那么冷，可毕竟是寒风萧瑟的雨夜呵。这样的后果或许王小黑应该料到。

香儿面容憔悴了，神思恍惚，整天没有笑语。工地上的民工暗自议论，说香儿怎么又回到从前来时的那种境况了。谁也没有料到，十后天，一场灾难降临了。

香儿在上街买菜的途中遭遇车祸，肇事的车子逃之夭夭，好心的路人报了警,将她送去医院抢救。电话打到工地,大毛说:“我们这儿没有这个人,你们搞错了吧。”那边人说:“她目前还处于昏迷状态,不过,从她身上我们找到了你们的电话号码,你们再查查吧。”民工们惊愕地望着大毛,不相信这话是从大毛口中说出的。

王小黑得到这个消息要晚一步,他从大毛那儿得到医院的地址后,狠狠地瞪了大毛一眼,飞身出了工棚。

天早就暗了,但对城市而言,是永远没有天黑的。王小黑不知道那个医院在哪里,王小黑第一次坐进了城市中的的士,此时他已无法感受到那种第一次坐小车的欢愉,他只是不住地催促司机开快点。很快就到了医院,可到哪儿去找香儿呢? 王小黑一路小跑一路问香儿在哪里,没有人回答他,进进出出的人很多,没有谁去关心王小黑和他所谓的香儿,人们冷漠的脸上只写着三个字:不知道。好不容易看到一个穿白大褂的,王小黑一把拉住人家的衣袖,问:“医生,香儿在哪里? 要不要紧?”“白大褂”摔开王小黑的手,并没有回答他的问题,而是说:“你这人怎么这样子,大喊大叫嚷什么,这里是医院,不是在乡下的放牛场上。”

王小黑急出了一身汗,又问了至少五个“白大褂”,终于打听到了香儿的下落。接待他的医生倒还客气,他问:“你是她的家属吗?”王小黑摇了摇头。医生又问:“朋友?”王小黑不知该摇头还是点头,他问医生:“她要不要紧?”医生说:“病人刚做过手术,还没有醒过来,生命是没有危险了,可双腿就残废了。”医生一边带王小黑往病房走一边说:“等下你把钱交一下,办理住院的手续。”王小黑不敢说没钱,他怕那样医生不带他来病房。

香儿安静地躺在雪白的病床上,还没有醒过来。王小黑默默地坐在床沿,看着她那苍白得没有血色的脸,一股辛酸之泪涌出来。医生在旁催促道:“你还是先去办手续吧,再哭也改变不了现实。”医生的话使王小黑从悲痛中回过神来,回到现实中。王小黑屈膝弓腰,低声下气地对医生说:“我会想办法交钱的,医生,求求你们一定要给她用好药治好她呀,她是一个苦命的女人啊。”医生有些不耐烦,生硬地说:“快去想办法吧,否则我们会停止用药的。”

那天晚上王小黑想了一夜,脑门想痛了,眼睛也熬红了,香儿那张脸在他面前挥之不去。如果说先前对香儿时刻存在着那种欲望的话,那么现在更多的是怜惜了，是一种割舍不去的牵挂，是一种想长相厮守、相依为命的关怀，难道这就是所谓的爱情？

第二天，王小黑把一串钥匙交给了大毛，说："我不干了，你把工钱结给我吧。"大毛问："为了那个女人？"王小黑不说话，只用眼睛盯着大毛，大毛的目光转向别处。大毛说："你的工钱要到年终才结算，现在没有。"王小黑说："求求你了，医院里等着钱给香儿用药。"大毛的目光仍然看着别处，好半天才转过脸来，从身上的口袋里摸出一沓钱说："这是两千元，本来今天是要用去购货的，拿去吧，先支给你。唉，她也够可怜的。"大毛后面的一声哀叹把他们的距离拉近了，王小黑问："你不去看看？"大毛两手一摊说："你看看，工地这么忙，我哪有空呀，你又不干了，这仓库还得我自己管呢。"

香儿醒了，可两千元对于昂贵的医药费来说是杯水车薪，根本解决不了问题。肇事的司机还没有找到，交警虽到医院找香儿调查过多次，还是没有进展。这天，王小黑抱着试试看的态度找到了香儿的前夫，前夫听到香儿出事的消息并不吃惊，麻木地说："我跟她已没有任何关系了，上次被她诈去的钱我还准备告她哩。"前夫的身边有两个高大魁梧的年轻人，他们紧盯住王小黑，好像随时准备动手。王小黑无功而返。

医院方面准备停药了，这是规矩，谁都无法破例。王小黑被同病房的某个好心人点醒，万般无奈之下，闯进了院长室。王小黑一进去就给院长跪下了，王小黑在院长室一直跪了三个小时。结果是医院召开了一次特别的会议，通过了减免香儿治疗费用的决定。

躺在病床上的香儿听到这个消息时，禁不住紧紧抱住了王小黑。王小黑同样紧紧地搂住香儿。这些天来的奔波有了回报，他们怎能不紧紧拥抱，怎能不欢欣鼓舞？尽管这欢欣是苦涩的。医院虽然减免了治疗费用，可出院回家还需要一大笔钱，更不要说她今后的生活。在这个城市，现在只有他们两个人相依为命，两个弱小的身体能否抵挡住人生的大风大浪呢？

出院的前几天，王小黑再次找到大毛结工钱。根据来时的协定，王小黑每月的工资是五百元，食宿费由大毛包。除去原来每月领的一百元生活费，这样算来，王小黑应该还有几千元钱，起码来说回家的路费总要给吧。香儿的钱每月也只发两百块，同样也可领到几千元钱。大毛有些不耐烦地说："说好了的过年回家才结算,况且我还预支了一笔钱,现在我身无分文。马上要过年了,你再等三天吧。”

三天后,王小黑再次来到工地,却见工地上的民工们都在围着大毛争吵着什么。原来,工地上的老板突然不见了,也就是说年终结账将是一句空话,辛苦一年的血汗钱不知要等到猴年马月才能结清。大毛躺在地上,脸色铁青,一会儿哭一会儿叫。民工们见如此,觉得吵闹是没有用的,反而劝慰大毛,叫他想办法去找老板。哭过吼过后,大毛擦干眼泪,站起来对围着他的人喊道:“大家的钱都是血汗钱,我就是挖地三尺也要把老板揪出来,一定要让大家过个好年。”

城里的人们积极地张罗着各种各样的年货,可工地上的民工们还在寒风中等待着结账的老板归来,期待着一年的希望不要落空。

王小黑背着香儿走出医院的大门时,心头一片茫然。工棚是再也不回去了,逃掉的老板还没有回来或者说压根儿就没打算回来,连大毛都不见踪影了。那么,回家吧。想到家,王小黑的心里顿时有一种亲切感。城里虽好,可终究不是他王小黑的久留之地啊。

走在大街上,王小黑对背上的香儿说:“想家吗?”香儿说:“想。”王小黑说:“那我们就回家吧。”香儿双手扒着王小黑的双肩,香儿热辣辣的气息吹进了王小黑的颈窝,王小黑的心头更加坚定了。忽然,一滴冰凉的东西掉了下来,王小黑停下脚步问:“香儿,你哭了?”香儿说:“黑哥,我高兴。”

在香儿的指点下,王小黑很快寻到了火车站。掏钱买票的时候,王小黑才知晓,自己身上的钱只能买一张火车票。王小黑为难了,香儿在他背上说:“黑哥,你一个人走吧,不要管我了,我反正也是个废人,拖累你一生,我的心也不安的。”王小黑嗔怪道:“说什么话,我们今生今世要生一块生,要死一块死,还说什么拖累的话呢?”王小黑心里是这么想的,也是这样做的,只要香儿跟他在一起,他觉得说话也利索多了。

到哪里去弄另一张火车票钱呢?王小黑把香儿放在候车室的座椅上,说:“我到外面去去就来。”

王小黑在这个城市的火车站不停地游荡。节日即将来临,人群潮水般地涌向车站,天南地北地聚集在一起,使车站前面的广场也成了人们的栖息之地。王小黑试着向某些他认为有钱的人开口,只换来一口唾沫和一个白眼,没有人愿意帮他。转来转去，王小黑又来到了售票厅，看着拥挤的人群，一个大胆的念头像一只探头探脑的老鼠蹿了出来，他先是被这种想法吓了一跳，继而感到冷汗一下子从脊梁上冒出，不一会儿竟然浑身湿透。

大约半个时辰后，王小黑顺利地从某一个口袋中掏出了一只皮夹子。王小黑自己都感到惊奇，怎么身手一下子变得这么敏捷不凡了。遗憾的是当转身离开时，他还是被人发现了。那人大喊一声："不好，有扒手。"一听这话，王小黑拼命地跑起来。一堵堵人墙被王小黑撞开了，没有人敢拦他，甚至有人还主动给他让开了一条道。

王小黑气喘吁吁地跑进候车室，对眼巴巴望着他的香儿说："走，我们可以回家了。"香儿问："哪来的钱，求人家啦？"王小黑一边背起香儿，一边"嗯"了一声。

他们刚走进售票厅，几个警察走了过来，其中走在民警中间的那个人大声喊道："就是他！"

（原载《四川文学》2006 年第 6 期）

阳　台

默子喜欢这座阳台。

阳台很大，在乡政府宿舍的三楼。三楼是顶层，夏天炎热，冬天寒冷，且又多几十级台阶要爬，所以默子到乡大院报到时，乡长毫不犹豫地对默子说："其他没地方了，就住三楼吧。"三楼有好几间房，但都被这个室那个室给占据了。这些办公室也没有什么实际内容，只不过在门上挂块招牌，检查的时候再清扫布置一下，应付工作而已。默子搬进去的房间原来堆了许多杂物，默子花了整整一天的时间才清理出一个小小的空间来。

三楼就住着默子一个人。默子很快就喜欢上了这样一个小环境，更准确地说是喜欢上了这个大阳台。

默子几乎天天都要到这阳台上看风景。

其实，也没有什么风景。乡街就那么大，像个光屁股小孩一览无余。街两旁是机关单位，单位的尽头有个大场子，小摊小贩们便在那儿吆喝经营。两边自然也有些商店，形成一个集市。农闲的时候，乡街倒也显出一种繁忙的景象来。偶尔过来一些车辆，街道上就扬起一股浓尘，遮天蔽日。人们来往自如，买卖自如。由此可见，乡街上的人们生活得多么安稳啊。

默子也不是看什么风景，本就无风景可看，况且天天在那儿，熟视无睹。默子也不知道自己要在阳台上看什么，反正，他就是喜欢在这个阳台上站站。白天空闲时光，有月或者无月的夜晚，乡大院的人们只要抬起头总可以见到一个瘦弱的青年凭栏沉思或独望。乡政府的工作杂乱而松散，默子总觉得难以适应，总觉得自己还是个局外人。默子在大学学的是城市规划，不知为什么竟然分到了乡政府，要以那三寸不烂之舌去做群众的思想工作。偏偏默子又是个不太喜欢说话的人，沟通起来总有点吃力不讨好。乡政府是个大院子，白天倒有工作可以应付过去，夜晚的生活默子就不知怎么打发了。他们有陪妻儿享受天伦之乐的，也有吆三喝四玩扑克的，还有的干脆钻进房里看电视。幸好，这么一个大阳台，给了默子一个广阔的空间。默子的不合群，应该说引起了乡干部们的注意，而默子大白天的倚栏独立于三楼阳台上，似乎在他们之中有了一点小小的骚动。莫非这个小青年有什么事想不开，要跳楼吗？据说有人正儿八经向领导反映过这个问题，出于对同志高度负责的态度，领导认真观察过几回，也没观察出个子丑寅卯来。领导工作太忙，也就没有继续关注这个问题，否则，默子的事怕是要作为一项严肃的事情摆到党政班子会上去讨论。

默子后来白天去得少了，晚上却更勤，时间也更长。

也并不是没有其他人上阳台，住在一楼、二楼的人夜晚有时尿急了也会到阳台的一角解决问题。因为刚从灯光里出来的缘故，他们并未发现站在阳台另一角的默子。房屋是二十世纪八十年代初建的，设计时欠考虑，整幢楼房没有卫生间。乡政府的人工作太忙，没有闲工夫跑到离楼近百米的厕所去方便，只是害得第二天清早默子要用水冲刷几遍方才没有异味。默子有一次还写了一张“请讲究卫生，不要在此小便”的纸条贴于阳台的一角，可夜里谁去读那纸条，仍照撒不误。当然，这不能怪别人，谁让你默子自己写给自己看呢？后来风把纸条刮飞了，默子没有再做这种傻事。

还有一个人也经常去阳台，那是一个女孩，乡里副书记的女儿，小芳。

也许，有的人会兴奋起来，一个孤独的男孩身边出现了一个青春的女孩，就像猎人的身边突然出现了一头美丽的梅花鹿一样，一定会有个动人的故事发生。我本来也是这么期望的，一个空旷的阳台，一个满天星光或月光如水的夜晚，两个孤单的男女，且又是彼此相识或者熟悉的，能不发生故事吗？遗憾的是，默子辜负了我的期望，也让许多读者失望。生活中的默子与副书记的女儿小芳之间什么故事也没发生。不过，从后来默子的感慨和目光推断，我想他们之间应该发生了什么故事，只不过藏在彼此的心里，而心里的故事又是不太好讲的。

小芳是高考落榜后才回到父母身边的，小芳复读了两次高三。小芳第一次踏上那个阳台时默子正在仰望夜空。天空有许多闲散的云丝，美丽的星星像个害羞的姑娘若隐若现。没有风，空气有点闷热。听见脚步声，默子以为又是谁上来方便，所以没有回头。可不多久，一声惊叫却把默子的身子拉转过来。这惊叫声尖利夸张，来自一个穿着白色连衣裙的女孩。默子当然认得她，在院子里见过面，彼此点过头，微笑地打过招呼。小芳揉了揉眼睛，非常不好意思地说：“是你？”小芳刚从房中灯光里走出来，阳台上只是一片空旷的灰暗，待稍适应后才猛然发现离她不远的栏杆旁有一团模糊的黑影。一个女孩子如果此时不发出那样一声惊叫才不正常。

小芳说:“这个阳台真大,比我们学校的教室都大,又高又开阔。没想到乡大院还有这么一个好地方。”

默子说:“是个好地方。”

默子的话干干巴巴。也许是习惯,默子一站在这个阳台上就不想说话,一个人跟谁说话呢?总不能自言自语吧。现在,阳台上有了另外一个人,而且是一个亮丽的女孩,默子也说不出话来。两人干干巴巴地说了几句话,后来都失去了交谈的兴趣。两人站在阳台的一隅,望着前方的乡街上闪闪烁烁的灯光或者星星若隐若现的天空。

他们再次发出声音是在月亮升起来的时候,两人几乎同时“哇”了一下,很夸张。月亮缺了一个大角,但这并不能减弱它的魅力,就像一个人死心塌地地喜欢一个人一样,不管什么时候都是最美好的,连哭的样子也比西施或者潘安好看十分。云丝儿由灰暗变成浅白,阳台上的空旷处宛如铺上了一层白绒绒的地毯。两人的距离好像在突然之间被拉近了,他们感到了一种无形的尴尬。

以后的晚上,小芳也几乎都要上这个阳台,与默子总是保持着那么一段距离。大都是默子先上来,默子独自站在阳台上。尽管小芳的脚步轻盈而敏捷,但于默子来说不亚于隆隆雷声,令他有时耳热心跳。他们的谈话依然很短,不过比一开始要生动一些。冬季时,阳台太冷,小芳不再上来,白天在院子里见面时,两人都会相视一笑,有点亲昵的样子。默子夜晚照样上阳台,站的时间很短,但次数较频。默子住在三楼,到阳台十分方便,看书累了或心烦时,随时到阳台上走走站站看看,心里就会轻松下来。只是,看到小芳先前站的地方,心头不免有点空落落的。

这已是发生在两年前的事了,如今再叙述出来,不知会不会勾起默子对往日美好或者伤感的回忆?

小芳是去年春天随父母一同进县城的。副书记进城当了一个局级单位的头儿,小芳的母亲被安排在该单位搞财务,小芳理所当然地成了该单位的打字员。

默子的工作非常简单,跟一位副乡长在一个村委会蹲点。说到蹲点,也只是一种形式,责任田分到了户,生产上你不抓,老百姓自己也要抓。抓乡村企业吧，太落后、太偏僻，搞不起来。为老百姓谋点利益吧，又太穷。默子一般是上午跟着副乡长同到村委会去，传达一下领导的会议精神或下一个开会的通知或让村委会的领导汇报一下工作，兴致高的时候也可到田边地头转转，吃一顿中饭便打道回府。默子来乡的时间短，暂时还没兼其他的业务工作，因而更显单纯空洞，三楼那个阳台自然就成为默子的一块广阔天地了，可惜还没有大有作为。

阳台居高临下，乡大院的一切尽收眼底。默子应该感激这大楼的设计者，阳台位于大楼的东半部，水泥雕花栏杆很有点古典的味道。楼房是集体宿舍的式样，两边是住房，中间有一条宽阔的走廊，而阳台横竖跨越四间大房及所属走廊的面积，应该说是一个公共的露天休闲场所。奇怪的是，整个乡大院现在除了某些人把这儿当作小便池，很少有人问津。

白天大院进出的人很多，村里的农民、乡机关的干部，还有县里来的小车和领导。他们在进院门时都是平等的，可一旦进入后，是完全不同的对待。那次默子站在阳台上看着下面进出的人们，忽觉得下面像一个张开的网，网外的鱼都可以平等地在水中自由来往，进入网里后当然要按其价格的贵贱而分出三六九等来。这是非常蹩脚的比喻，甚至可以说是很恶毒的。默子产生这样一个比喻后曾在心里自责了很久，后来面对那些进出的人们，默子总要自言自语地反省，否则他就要想起那个蹩脚的比喻。

晚上进出的人虽不比白天那般嘈杂，但并不见少多少。为了便于故事的展开，我们随便抽出一个夜晚默子站在阳台上所见到的情景叙述出来。每个晚上都会发生这样的故事吗？我不好回答，或许这是一次碰巧，或许这是一种现状，反正，两者都有可能，除非叫我们的主人公默子把他的所见所闻全部叙述出来，而这又是不可能的。再者，现在又到哪儿去找默子？默子已不在我们乡了——这是后话。

乡大院的晚饭吃得早，五点钟的光景乡食堂就响起了吃饭的钟声，吃完饭还没到六点。正是初秋时节，太阳高高地悬挂在西边的天空，抹出灿烂的霞光来。默子一个人到外面散了一会儿步，回来痛快地洗了个澡，这时天也暗了下来。默子照例走上了阳台。阳台上十分凉爽，默子倚在栏杆旁听中央电视台的《新闻联播》。默子房里没有电视机，而四周的电视伴音在此时基本上是同一个频率，听得非常清晰。大院的门口这时进出的人很少。乡干部们几乎都在看新闻节目。干部嘛，应该关心国家大事、国际大事。别看他们平时嘻嘻哈哈的，可一争论起国家大事或国际大事来，可较真儿了。前几天为争论一个外国前总统有多少情妇和多少家产，两个干部还动了手脚，险些爆发一场战争。中央台的天气预报刚结束，院子里便开始有人活动，院门口进出的人也开始多起来。有几个人站在院门口的光亮处，又在那里争论什么。不知谁提议了一句什么话，他们顿作鸟兽散。不，没有散，他们仍聚在一起往院内另一幢房子里去了，大概是玩麻将吧。

这段时间的乡大院比较散乱，也略显嘈杂。到了八九点钟的时候，院门口基本没人了，进出的人是另外一种景况。

默子的目光首先是被他们的高声说话引了过去，他们从院外进来，四五个人吧。许是刚从外面吃了酒回来，他们肆无忌惮地高声谈笑，大有老子天下第一的派头。只听得有人说："你今天是怎么了，就喝那么一点点。"立马有人反驳："二十多盅了还不算多，你要我的命吧。"又有人说："二十盅算啥，要不是我舍命跟那小子对阵，今天准得栽在他们手里。"他们一路喷着酒气一路大声说话，后来听到他们把门或者打水桶弄得哐当乱响。这时也有人出去，大都是单独行动，有的当夜回来，也有一夜不归的。默子猜不透他们出去做什么。

不一会儿，院门角的垃圾窖前有人在呕吐，吐过之后还四处张望，小偷似的。

十点钟的光景，乡大院开始沉静下来，大院的铁门上了锁，但小铁门却敞开着。乡大院人多且杂，流动性较大，管院门的邱老头嫌烦，十点钟锁上大铁门，只留着小铁门让人进去，自己睡觉去了。有个人影匆匆走进了乡大院，左肩上背着一个大包，鬼头鬼脑的样子。默子认不出来，因为夜色太深。影子很快上了二楼，似乎在哪个领导门前停住了，接着就是轻微的敲门声，后来就听不到什么了。

不过，默子很快就看到那个人影又匆匆地走出院门，背上的包没有了，走得很轻松。

夜色渐深，露水也洒下来。在这个南方初秋的夜晚，湿漉漉的露水带给默子的是一种很清凉的舒服感。

再次见到有人进院门时大概是午夜时分，默子总是要到午夜过后才睡觉，这也是多年养成的习惯。一个男人轻飘飘地走了进来，跨过小铁门时竟然没有弄出一点动静。一般人总要碰得哐当响一下,可见他的娴熟。在他的身后不远处还跟着一个娇小的女人,他们好像刻意拉开了那么一段距离。这个男人默子当然认得,是本乡的王副乡长。先前有几次,默子在深夜时见过他一个人悄悄地溜进来,但没身后的这个女人。怪不得王副乡长在乡下的妻子经常找他闹。王副乡长的妻子默子也见过几次,五大三粗,黑黑的,像个男人,不似这个女人如此轻盈娇小。不久,默子便听到王副乡长的房门“吱呀”一声响。

默子在阳台上活动了一会儿手脚,感到有点困了,回到房里很快打起了鼾。

默子无意去窥探人家的隐私,但事实上这些种种都在他的眼皮底下发生。这样就把默子推到了一种尴尬的境地,以至在白天见到那些人和他相处甚至还要一起工作时,心里很别扭,越发寡言少语了。

碰到下面再有故事发生时,默子尽量不去看,尽量去想先前小芳站在阳台上的情景,就有些思念起那个忧伤清纯的女孩来,有些后悔先前那些美好的时光白白浪费了。默子为此深感惋惜。

一次默子进城办事,不想在大街上与小芳邂逅。两年不见,小芳已成为一个娇媚的时髦女郎了。小芳很热情,先前的那种忧郁和腼腆早已荡然无存。环境真能改变人,尤其是女人。默子本不想去小芳家的,有些东西错过了就永远失去了,找也找不回来。如果说两年前在阳台上他与小芳曾在心里发生过什么故事的话,那么现在再要从各自的心里掏出来就显得幼稚可笑了。但他耐不住小芳的那股热情,想要拒绝又于心不忍,便跟着小芳去了她家。房子也在三楼,三室一厅,挺宽敞的。小芳的父母都没有下班,倒少了一些不必要的应酬。小芳没给默子泡茶,只从冰箱里拿出两听饮料。八九月的天挺热,默子边喝着冰茶边在室内转悠,总觉得这房子好像缺少了什么。后来一想,他才感到是少了一个阳台。默子说:“怎么没有阳台呢?”小芳笑着解释说:“这房原有一个阳台,被我父亲给利用起来,找人砌了墙,现在堆放着杂物呢。这样也好,屋子更整齐了。”小芳看到默子那一副痛心疾首的样子,觉得实在好笑,又说:“乡里的房子留那么大的阳台,真是浪费了。要是放在县城的话,在上面砌几间房子,租出去,能挣不少哩。”

默子默然地坐到客厅的沙发上,他想,阳台怎么会浪费呢?

默子要起身告辞,小芳留他吃中饭,默子推辞了。小芳这才说:“默子,请你帮忙做一件事可以吗?”默子感到诧异,说:“可以办到的当然可以了。”小芳说:

“世上无难事,只要肯尽心。”默子问什么事,小芳说:“是这么一个事,我有一个拐了几个弯的亲戚在你们乡的吴家村,叫吴水松。他今年初外出打工时在我爸那儿借了一千元钱,说好了三个月后寄还给我们。可他去了后连封信也没给我们写来,甭说寄钱了。听说他上个月回家了,还没有到我这儿来还钱的意思。”

默子有些不相信地打断小芳的话:“你是叫我给你讨钱?”小芳的脸一点也没有因默子的质问而涨红,她反而媚笑了一下说:“我们多少还有点亲戚的关系,撕不开面子。你有什么要紧呢,就说是我欠你的钱,不是个很好的理由吗?我可以给你写个字条带去。”

默子的脸倒是被涨红了,他木然地接过小芳那委托书似的字条,飞也似地逃离了小芳的家。

回来后,默子把那字条给烧了。

站在那空旷的阳台上,默子不得不怀念起那个叫小芳的忧郁清纯的女孩来,伤感一点一滴地从心头涌出。

那天晚上,默子被伤感紧紧包围着,只在阳台上站了一会儿便下来了。他独坐在案前的灯光下,翻开一本书却怎么也看不下去,躺在床上又翻来覆去地睡不着。一个美丽的梦破灭了,一个心中的故事真正结束了。阳台就是阳台,只不过是被一位粗心的建筑者丢下的一块空地而已,或者是一个偷工减料的承包人故意省下来的。世事变幻莫测,人心更是变幻莫测,有什么值得伤感的呢?这样一想,默子一骨碌从床上爬起来,大步走向阳台。

万籁俱寂,快近午夜,秋夜的凉意使默子的精神为之一振。没有月亮,星星异常繁密,高远的天空显出午夜才有的灿烂,而几颗流星又不时给这种灿烂添上绚丽的一笔。这时,对面一个单位宿舍的某一个房间里突然亮出一束灯光,在这深夜里立刻就有了光芒四射的效果。这强烈的灯光狠刺了一下默子的眼,待要寻探光源时,灯光又熄灭了。很快,灯光再次亮起来,默子这才看清了对面的那扇窗户。往常这窗户的灯光一般到十点左右就熄灭了,并拉上了深色的窗帘。但今晚不知是主人大意还是以为无碍,窗帘没拉上,窗户也打开了半边,里边的情形像打开的书本一样摆在默子的面前。是什么内容的书呢?只能由默子去读了。

读的过程叫默子耳热心跳。对面的男女穿上衣服时他见过,现在的样子叫默子很陌生。女子似乎很瘦弱,没有他想象中的那么丰满。男人太肥胖了,多余的脂肪在电灯的光亮下颤动。女人的手在床边摸索着什么，大概是想关灯。而男人则把女人的手拉下来，女人的手就紧紧抱住男人扭动的腰。这幅画面一直持续了近半个小时，男人大汗淋漓。

对面的灯光又灭了，默子望着那扇窗户出神。

再次回到房间，默子浑身火辣辣起来，做了一个意味深长的梦。

第二天，默子见到了对面那个女人，女人一副婀娜多姿的样子，不过，眼睑下却是一团黑云。默子的脸当时就红了。

默子的生活过得枯燥无味，似乎只有大阳台才能带给他一份充实和美好。有一次，阳台还差点给默子带来转变命运的机会。

深秋的一个晚上吧，十一点左右，默子在当天晚上第四次走上阳台。天气转凉，夜晚的阳台开始有了寒气，不宜久留。这是那个晚上最后一次上阳台，他转了转，活动了几下筋骨，呼吸了几口深夜的空气，正准备上床睡觉。默子是倚栏向前望的，乡街上几乎没有一盏灯光，过早地显示出冬天才有的凄清。突然间，默子感到眼睑旁好像升起了圆月，红透了半边夜空。农历二十九，当然没有月光。放眼望去，前边不远处的一个屋顶上蹿出一团带烟的火苗，那儿是粮站的仓库重地。默子当时也不知自己怎么会有那么洪亮的声音，寂静的夜空中，默子的声音无疑就像炸雷一样在乡街上滚过。

后来的事情可想而知，大火被及时赶到的各机关单位的干部职工胜利扑灭，火灾是电线老化引起的。如果不是抢救及时，那么仓库里的几十万斤粮食将化为灰烬。这头功应该归属于默子或者说与默子相依为命的大阳台。遗憾的是，默子在救火的过程中没有受一点伤，连皮也没擦破一块。而乡里另一位干部却在救火中不小心踏空了梯子扭伤了脚，乡书记、乡长在大会上用一句话表扬了默子，粮站还给乡里送来了一面锦旗。在给县广播站和市报的报道中，没有提到默子，只提到了那位扭伤脚的干部，再就是领导组织及时、措施得力保住了国家的财产云云。

默子的事迹被人们忽略了，但有一些人对默子三更半夜在阳台上感兴趣，问默子那么晚到阳台上做什么，默子说："不做什么，我天天晚上都要到阳台上去，都要到那么晚。"

默子的回答把他们吓了一跳，之后就用一种奇特的目光看着默子。他们没再问默子什么，纷纷逃离，好像默子是颗炸弹，随时都会危及他们的安全。

夜晚，默子正站在阳台上听《新闻联播》，王副乡长上来了。王副乡长住的是另一幢房子，从没上过三楼也从没上过阳台。默子的心里有些发紧。王副乡长人倒很亲切，他亲昵地拍了一下默子的肩说："真是无官一身轻呵，瞧你多悠闲。"默子说："这儿开阔、空气好，我天天都要上这儿站站。"王副乡长自言自语地"啊"了一声，问："天天在这儿看什么呢？"默子说："看天空看月亮看星星，还有这街道、灯光。"王副乡长问："不看下面的人？"默子总算清楚了王副乡长的来意，忙说："不看，也看不清。"王副乡长靠近栏杆向下看，下面有个小孩在院墙下撒尿，那是乡长的儿子。默子也顺着王副乡长的目光看到了小孩撒尿的全过程。默子又说："如果夜深了，什么都看不清的。"默子说这话时很吃力。

王副乡长心事重重地下了楼，走出院门，在院门口猛一回头向三楼的阳台处望去，看到那儿有个白色的人影。王副乡长倒吸了一口凉气。

有一天，乡长似乎很随意地问默子："听说你天天晚上要到阳台上去观察全乡的动态，看到什么没有？"默子哭笑不得，说："哪是去观察什么，只是觉得有点烦闷，到阳台上呼吸一下新鲜空气，什么也没看到呵。"乡长把默子打量了一番说："你还年轻，得多学习学习。搞基层工作，就是要与他们打成一片，不要孤立在自己的小圈子内，否则会出问题的。"

会出什么问题呢？默子回味着乡长这句话，实在是想不通。同事们看他的目光也与往日不同，有次他从乡下回来，见办公室里有许多人在议论着什么，好像听到一句"脑子有问题"的话。可默子一进去，他们都把话题打住了。默子顿时明白了，他感到万分的委屈和愤怒。他走上阳台，真想站在那儿大声吼几句，但终究没有。如果真要那样，倒真的是有问题了。很快，默子又释然了。站在阳台上看着乡街上蚂蚁般爬动的人群，再仰头望一望深不可测的天空，凉风送来清新凉爽的空气，屈辱和愤怒便像天边的云块一样飘散了。

寒冬来临的时候，乡领导做出了一项对默子来说至关重要的决定，在阳台上建一个会议室。阳台空着也是浪费，原有的会议室太陈旧了，又嫌小了点，不如这三楼光亮。这个决定是在领导班子会上定的，默子当然无权知道。当泥瓦匠进驻三楼时，默子才知阳台的厄运降临了。

默子见人就说："怎么能没有阳台呢？"没有人搭理他，倒是有人小声说："真可惜了，好好的一个人怎会弄成这样呢？"

阳台的栏杆已拆除，阳台上堆满了砖块和沙石。开始的时候，默子每晚还能绕开那些杂物,站在刚砌起半腰高的墙旁。虽然不能感觉到先前的那种空旷,但不管怎样,总还是站在阳台上,还能望见天上的星星,还能看得到街上的灯光,夜晚的空气依然那样清新。后来,墙越砌越高,终有一天连上面也被钢筋混凝土给盖住了,整个三楼一下子黯然失色。

默子在那一刹那明白了阳台在他生活中的重要性,甚至生命中的重要性。

会议室竣工的那天,默子向乡长递交了一份辞职报告。

时至今日,我也没有默子的任何消息,不知道他的生活中有没有阳台,不知道他还在不在乎一个小小的阳台?

(原载《雨花》2006 年第 7 期)

寻找一个叫桃的女人

天刚亮，老婆就把我推醒，说："快起来，不要让领导等你。"我在被窝里伸了个懒腰，说："这才几点啊，我一点劲也没有。"老婆在我脸上狠捏了一下，把我的被子掀掉，我这才不情愿地起床。今天确实是有事，单位的领导让我跟他一起去东北出差，领导昨天就吩咐过我要早点起来，他的车子顺便来带我，我是断不敢耽搁的。在一个没有多少薪水的单位工作，出差这种好事我几乎很少碰到，也不知领导哪根神经动了一下怎么突然想起了我呢？一般来说，我们单位领导出去大多是带小梅，小梅人长得漂亮，又会交际，与领导配合默契，每每出去都会满载而归，还可给领导消愁解闷，更重要的是给我们的单位带来了一定的经济效益。当昨晚我躺在床上思考这个问题时，老婆一语中的："你呀，就是当不了官的小人物，人家看得起你，乱想些啥呢？"老婆这样一说，我也豁然开朗，既然领导叫我跟他出去，何乐而不为呢？

我进卫生间刷牙洗脸，老婆则在厨房为我准备早点。总的来讲，老婆对我还算温顺吧，虽称不上贤妻，但也不至于成为母老虎。

这时，外面有人敲门，老婆在厨房里叫起来："看看，领导都来了，一个大男人，老是那么磨磨蹭蹭的，还不快去开门？"我的嘴里还插着牙刷，从卫生间里跑出来开门，心里还在想："领导还真早呢，天才刚亮，咦，怎么没听见车响呢？"

门外站着的却是林国光。从我身后探出头来的老婆见了门外的人，不由惊讶地问："怎么是你？"

听见这话，林国光一脚门里一脚门外地停住了，不好意思地说："可以进来吗？"

我把他拉了进来，抽出嘴里的牙刷说："你这家伙，进来吧，还这么客气。这么早就进城啦，又来办什么事？"

林国光没有坐，站在客厅里，神情有点黯然。我一边洗脸一边问："有什么事吗？"林国光摇了摇头，又点了点头，说："是有个事专程来找你。"老婆这时已来到了客厅，给林国光泡了一杯茶。看着林国光欲言又止的样子，我便主动开口道:“是不是手头紧要点钱?”老婆狠瞪了我一眼,不料林国光却说:“不是的,钱这几年我倒挣了一些,可钱再多了有什么用呢?”我听见老婆这时大松了口气,老婆什么事都可以由我做主,就是钱的事上还是由她说了算,家乡来人只要不沾钱的事,老婆的脸色还是好看的。果然,老婆露出了笑脸,关心地对林国光说:“你有什么困难就说出来吧,让我家刘民帮你想想办法。”

然而,我们谁也没料到林国光听到这话竟然哭了起来。我吓坏了,不知发生了什么事,俗话说男儿有泪不轻弹,只因未到伤心处。不是真正的伤心,林国光是不会哭的。哭过了一会儿,林国光的心里似乎平静了一些,这才简单地给我讲了他与妻子桃的事,原来是夫妻间出了矛盾,竟然闹到了要离婚的地步。

我知道林国光与桃是自由恋爱的,林国光初中毕业后回到了村子里,不久便买了一辆小四轮车跑运输,日子很是红火。那时与桃结婚,村民们个个都很羡慕他们,认为他们是天生的一对、地配的一双,日子过得有滋有味。后来有了孩子,桃什么农活也不干,专门在家带孩子,把自己养得白白嫩嫩,漂漂亮亮。这几年我们乡下大搞移民建镇工程,林国光的小四轮车跑得更欢了。问题也许就出在这个车上,如果不是手头有这辆车,也许林国光会同桃一起去南方打工,那样的话也就不会发生后来的事。现在坐在我家客厅里的林国光真是后悔莫及。最先发现不对劲是去年桃回家过年的时候,桃这几年在外面打工,一般只过年时回家一次,也不过一个星期左右。过年本来有很好的气氛,加上一年也就这么一次相聚,应该亲热亲热。可是,桃却很冷漠,对林国光甚至还有点儿厌恶,只有面对自己的女儿时才露出一丝笑脸。林国光这才感觉到出了大问题,在今年打工大军南下时说什么也不让桃走,可桃现在毕竟不是原来的桃,她一怒之下提出了离婚的要求,头也不回地走出了家门。桃的事挑明后,才有知情者向他透露,其实桃在那边早有人了,据说那人还是一个大学毕业的年轻男人。

听完林国光的诉说,老婆义愤填膺地说:“桃真是无耻,我早看出她不是一个正经的女人,你看她那个样子,整天就想着勾引男人。”我没理会老婆的话,我问林国光现在打算怎么办,林国光说:“我今天来找你就是要你帮我去寻找桃,把她找回来。你知道,我从没出过县城,外面的世界又那么复杂,所以我要请你出马,看在从小一起长大的朋友情分上,帮我这一回。”

老婆这时看了一下表说:“你们领导怎么还不来呢?”

林国光敏感地问我:“你要走?”我点了点头说:“是的,单位上要我出差几天,马上要动身。”林国光的身子站起来,失望地要走出门去。我把他的身子又拉了回来说:“我走也不要紧嘛,你嫂子在家,既然到城里来了,也不要急着回去,你那个事,让我考虑考虑。”

我又安慰了林国光一番,老婆把早点做好了,让林国光留下来吃了早餐。此时难得的太阳已透过玻璃窗照进我的书房,可我们的领导还没有来。我预感到出了什么事,看看手表,已经到了往日上班的时间了。

电话就是在这时响起的,老婆赶紧接了,之后又拿给我。电话是单位办公室的小李打来的,他告诉我出差的计划临时取消了,因为领导家里出了一点事。我问什么事,小李含含糊糊地说也不知道出了什么事,把电话挂了。

我急急忙忙要赶去上班,准确地说应该是要急着了解我们领导到底出了什么事。林国光也要走,说还要买几件车上用的东西回去。我没有挽留,此时我没有心情同他谈论别的事情。

单位的气氛果然与往日不同,领导没有来,小梅也没有来,同事们个个谈笑风生、一派喜气。他们是在庆祝领导出事吗?这帮人真是的,往日领导在的时候哪个不是敬佩有加、小心翼翼的样子,虽然背后免不了有些议论,哪个敢这么张狂。我把老马拉到自己身边,老马笑着说:“你小子就是穷的命。”之后,老马告诉了我领导出的事。

老马说,他早就料到领导要出事,因为他跟小梅的事情也做得太过了,迟早要出事。原来,领导这次出差是想带小梅的,可小梅的丈夫大概是发现了什么,这次说什么也不让小梅出去,领导这才做了让步,让我去顶小梅的差。也就是昨天晚上吧,领导想在出差前与小梅再亲热亲热,却让小梅的丈夫捉了现行,领导还被打伤了。

这天,我无法坐到我的办公桌前,其他同事也一样,这个室进那个室出。久坐室内,生活太无聊了,突然之间出了这么一件事情,你说我们怎能坐得住?大家在一起议论的时候,忽然有人提出要不要去看望领导,这下又把人们的情绪提到了一个新的境界,最后还是没有统一意见。当然,大家的心里还是在各打各的算盘。

整个上午,我们男同胞们个个精神饱满,而女同胞们却脸色阴沉,不苟言笑,这与她们平时的表现恰恰相反。这一点我十分不理解,倒是老马一语道破天机似的说:“这好理解,谁叫她们是女人呢。”可我还是不懂,老马也不再说,我也不好再问。有些事,问也问不清楚的。

走在回家的路上,我不由想起了林国光的事,心想现在的男女怎么都变得这样呢?在我的记忆中,桃是个相当不错的女人,与我和林国光是小学同学,我们自然是十分熟悉的。他们结婚后开始两年,桃经常坐着丈夫的小四轮车上县城来,大多的时候会来我家里坐坐。林国光满身油污,吃饭的时候伸出的手总是黑黑的。而桃穿着十分光鲜,手指白白嫩嫩,一点也不像是农村人。那时老婆其实是很喜欢桃的,但害怕林国光那双连吃饭时都洗不干净的黑黑的油污的手。后来听说桃打工去了,从此再也没见过她,只偶尔见到过林国光,依然是匆匆忙忙的样子。

老婆对林国光的事十分冷淡,倒对我们领导出的事十分热心,躺在床上时她老在我耳边教诲:"你不要为失去了一趟公差而耿耿于怀,其实这是件好事,给你一个警示作用。再说,不是给你向上的阶梯搭了一个台阶吗?"我轻松一笑,把话题转到林国光身上。她把身子转过去,轻蔑地说:"他呀,你少管点吧,跟他去寻老婆,笑话,谁叫他自己没有看住呢,还好意思来找你。"老婆这话的意思只说出了一半,还有一半她没有说出来。我心里清楚老婆另一半话的意思还有两层,一是怕花自己的钱,二是她怕我到了南方那个花花世界受不住诱惑。老婆虽然醋劲不强,但最近发生的桃色事情也使她也改变了先前的许多想法。

林国光再次来的时候我们正在吃中饭,林国光背着大包小包来到我的客厅,我惊诧地问:"你这是去哪儿?"林国光的情绪激动,他说:"刘民,我再也熬不下去了,我要去寻她,说什么也要把她拉回来。刘民,你无论如何也要帮我这一回呀,兄弟,就算我求你了。"

到了这个份上,我还有什么话说呢?老婆说:"国光呀,刘民可是有工作单位的人,不是说走就能走的,还不知能不能请到假。再说,即使请到了假,他们单位还要扣他的奖金呢。"我白了老婆一眼说:"你别听她的,我下午就去请假。"林国光转向我老婆说:"我知道,你们单位上的人是这样的。嫂子,刘民被扣的奖金我一定给他补上。"我叫林国光吃饭,林国光说他已经吃过了,他垂头丧气地坐在沙发上,身上穿的依旧是一套低档的皱巴巴的西装,人由于没了精神,更显苍老。其实呢,他只不过是三十岁的人,这样看上去,都五十出头了。

那天晚上林国光就住在我家里。下午去单位请假当然没费什么事,领导自那事闹出后,见了我们可温厚多了。我请假的原因当然不是实说的,我怕那样说出去对领导是一种伤害，所以我小心翼翼地对领导编了一个善意的谎言。请到假后，我把瘫在我家沙发上的林国光提了起来，说："兄弟，你这个样子真的不行，桃看见了一定不会回来的，你得改变一下自己的形象。"林国光似乎不解，我把他拉到镜子前照了一下说："你看看自己的样子，还有哪个女人喜欢这样的男人？"林国光似乎恍然大悟，没有主意地问我："你说怎么办？"我问："钱带得多不多？"林国光说："带了一万，不知够不够？"老婆在旁说："带这么多钱干吗，可不要乱花。"我说："钱多不要紧，不乱花就行。走，我们上街吧。"我先把林国光带到商场买了一套可以穿得出去的西服，再到理发店理了一个流行的发式，然后到鞋店给他换了一双锃亮的皮鞋。回到家里，我把林国光拉到镜子前一照，林国光竟然露出羞涩的一笑，说了一句顺畅的话："人靠衣装，这话说得还真不错。"

翌日我们就从县城动身，到市里坐上了开往南方的火车。在动身之前，我精简了一下林国光的行李，把那些个大包小包全留在了我的家里，只带了一个挺时髦的黑色旅行包，这样，我们才像模像样地出了门。老婆似乎有点恋恋不舍地盯着我说："我说的话不要忘记了。"我故意说："什么话？"老婆意味深长地瞟了我一眼说："真的给忘了？"我赶紧说："老婆的交代怎能不记得呢？我一定做到。"林国光说："她叫你给她买东西吧，要不要记在我的本子上？"我轻轻一笑道："不是的，不要乱猜了，咱们快点走吧。"对于老婆的交代，我怎好意思向林国光说呢？

一路还算顺利，第二天上午我们就到达了南方的这座城市。林国光一下火车，双腿就软了，被眼前的一切弄得茫然失措，一双汗手紧抓住我的手臂不敢放开。太阳很辣，林国光黝黑的脸上的汗水不停地往下流。我说："兄弟，放松点吧，别紧张。"林国光点了点头，可那双汗手还是紧抓住我不放，样子极像一个开始学走路的小孩子，每挪一步都要费时费劲。桃工作的那个厂子在市里下面的一个镇上，我征求林国光的意见，问是不是先在市里歇下来，然后再去镇上。林国光连忙说立即去镇上，不要在城里住了。这个城市我也没来过，但我有一位多年没有见面的朋友，应该会会她。可看到林国光那副害怕的样子，我只好尊重他的意见，先找一个小饭馆解决了肚子的问题，然后到车站去找到那个镇的班车。我想，等回来的时候再找朋友不迟，一定要好好玩几天。

原来到镇上的车子很方便，花了八块钱的车费，我们就在下午五点钟的时候到了镇上。在我忙这忙那时，林国光却像个木偶似的跟着我，既说不来普通话，又听不懂广东话。林国光真的没有出过家门，如果真要让他一个人来这里，还真不知会出什么事。

根据林国光的提议，我们先到一家厂子找他村里的一个叫林兴的人。那个人还没有下班，我们就站在厂门口等候。这个镇子很大，与我们那里的镇子真是不可同日而语，简直可以跟我们的县城比，怪不得可以容纳下我们那么大的打工大军。这里的村子也不是我们那里意义上的村子，只不过是一种形式而已，实际上是由一个个工厂组成的。我们许多兄弟姐妹就长年累月地生活在这个异乡的天空下，其中的辛酸唯有自知。

林国光可没有我这种轻松，他显得有点焦躁，到了镇上，他的惊慌比在市里好多了，汗水也不再淌了，逐渐恢复了正常。林兴见到我们十分热情，不用说，他显然知道来意。他把我们带到他的住处，那是一个十分狭小的空间，里面住着四个人，还杂乱无章地堆着一些东西，我们只好在他的床边上坐下。其他三人出来了，把有限的空间让给了我们。林兴要带我们出去吃饭，林国光说："你不要跟他们说我到这里来了，我不想那么多人知道这件事。"林兴点头道："我知道，我带你们去一个清静的地方吃饭。住怎么办，是住我们这里，还是另找地方？"我首先表态说不打扰他们了，想到镇上的旅馆里住，林国光也同意我的想法。总之，这次出来，他不想让家乡更多的人知道，毕竟是件不太光彩的事情。

林兴果然没再叫他人，我们三人就在不远处的一个饭馆里坐下了。在等待上菜时，我们商量了一个对策，那就是怎样把桃叫出来，是今天晚上呢还是明天？林国光问林兴："你把她叫出来没问题吧？"林兴说这个事好办，他们有时还经常一起去市里玩呢，这事他有把握。第二件事才是关键，人来了，应该怎样谈。当然，还有第三个或者第四个问题，总之，我们来了还是要尽量达到目的。林兴在旁摇了摇头说："她与那个大学生打得火热，怕是难办哩。"我说："这事还是先由我见她，看看她的态度或者说探听一下她的虚实，免得没有退路。"林国光从家里动身的时候口气是十分强硬的，可到了这里之后，明显地感觉到他的沮丧和软弱。外面的世界比他想象的还要复杂，他感到自己的极度渺小，他把希望的目光转向我，那可怜兮兮的样子实在叫人同情。

结账时林国光要付，林兴大方地说："国光哥，到这儿来了就听我的，一顿饭还是请得起的。"

吃完饭我们没再去林兴的住地，我们在林兴的带领下径直住进了镇上的一家旅店。

夜里，我们住的房里的电话铃声突然响起来，其时我正在卫生间上厕所，林国光接了电话。不一会儿，他惊恐地推开门，说："一个女人打来的，问我们要不要服务。"看到林国光那副模样，我觉得实在好笑。我坐在马桶上故意说："你就告诉她我们要嘛，怕什么，她能吃了我们？"这时我看见林国光眼里掠过一丝不快，我这才说："看把你吓的，这有什么怕的，不理她就是。"夜里，林国光大概没有睡着，第二天起来时他的眼眶深陷了下去，无精打采的样子。

按照我们的计划，第二天晚上由林兴把桃约出来先见我，林国光则在卫生间里待一会儿。整个白天基本上没有什么事，林兴要上班，林国光则躺在旅店里睡觉。我在镇上转了转，也没有什么景致，到处都是一排排的厂房，上午、下午的时间，镇街上竟然很静，只有到了中午或者傍晚开始以后，镇街上才热闹起来，年轻的打工仔、打工妹们穿着艳丽的衣服在灯光下流动着，形成了一道独特的风景线。我想，他们自己是感受不到这样的风景的，只有我这个局外人才一下子有了这样的想法和感受。

从下午开始，林国光就躁动不安起来，来回在房间里走来走去。我叫他到外面转转，他不肯，只好由着他。此时设身处地地替他想想，也可以理解。晚饭他只吃了一点点，抹了抹嘴后闷声不响地进了房间。我没有立即进去，而是在路边的一个电话机上给老婆打了一个电话，老婆在那边说："刘民，昨天晚上没干坏事吧？"我说："干了你也不知道哇，你现在是鞭长莫及呵。"老婆说："我们女人有第六感，不信你试试看。"我笑道："调笑归调笑，我是有贼心没有贼胆呀。"老婆说："这才差不多。"

小镇好像在不知不觉中就进入了夜晚。房里的电话适时地响了，是林兴打来的，他告诉我说桃马上要到了，务必做好准备。我对林国光挥挥手，林国光便钻进了卫生间。不多时，房门外就传来轻轻的敲门声。我清了清嗓子，拉开了门。

桃见了我，兴奋地说："民哥来了，也不早通知我一声，好让我去接你。"桃的嘴还真甜，真讨男人喜欢。我按照事先编好的话说："我是临时来这里出差的，听说你在这里，便来看看你。"林兴见机忙说："你们慢慢聊吧，我还有事得先走一步。"

如果是走在大街上，我还担心认不出桃来，桃的变化真的很大，与先前的形象相去甚远。看上去，她的年龄比实际要小得多，她穿了一条格子裙，越发显得年轻和活泼，叫人一见面就感到一种亲切。我的心里"咯噔"一下，心想完了，这次任务怕是完不成了。如果叫林国光与她站在一起的话，谁也不会认为他们是夫妻。

我们的谈话还算轻松，天南地北什么都谈。在谈话中，我发现桃现在从里到外都有了许多变化。有很多事情，她不但比我懂得多，而且有一定的见解，一点也不像是只读了五年小学的水平。先前她去我家里，她什么也不知道，虽然白白净净的样子像个城里人，但底子里纯粹一个农村妇女。我在惊喜的同时又痛心。当我慢慢把事情扯到正题上来时，桃有了警惕，说："你这次来是带有一定目的吧。"我说："有目的也好，没目的也罢，你总不能就这样过下去吧。"桃说："那是当然，要不你回去后帮我劝劝国光吧，让他死了心，我们真的不适合。民哥，你是个有文化的人，有些事我还真想找你谈谈呢。这屋里闷，我们到外面走走吧。"

然而，令我意想不到的是林国光这时突然从卫生间里跑了出来，林国光一下子挡在桃的面前说："看你还想往哪里跑？"桃的脸上先是惊愕，而后愤怒起来。她没有理林国光，只把脸转向我说："刘民，原来你们合伙来骗我。"我一时无语。桃要走，林国光死死地堵住门口。桃的脸色乌青，一言不发地看着我，把我的心都看凉了。我走到林国光面前，说："不要这样对待她，你们可以好好谈谈嘛。"林国光凶狠地说："谈什么，我只要她跟我回去。"我也生气了："林国光，你怎么能这样，这可不是在家里，不是你要她回去就可以回去的。"一时，房间里出现了短暂的沉默。

桃说："刘民，这可是你约我出来的。"我说："是的，你跟国光谈谈吧。"桃这时望了林国光一眼，说："也好，在这里当着刘民的面，大家把话说清楚，做个了断。"

林国光的脸扭曲着，依然凶狠地说："没有什么好谈的，我只要你跟我回去。"

"我不会回去的。"桃的口气十分坚决。

我的处境现在显得十分艰难。说实在话，现在我是一点也不同情林国光了，他这样做完全破坏了我们的计划，也是十分幼稚可笑的。我摊开两手对林国光说:“你不能这样对待桃,你们必须静下心来谈一谈才好。我到外面走走吧,这屋里太闷了。”桃一下子抓住我说:“刘民,你别想躲,我不会放过你的。”林国光这时上前来,掰开桃的手,说:“你放刘民走吧,不关他的事。”桃说什么也不放手,林国光把桃紧紧抱住。突然,林国光不知哪儿来的大力气,一下子把桃拉过来摔在床上。林国光双眼冒着火光,大口大口地喘着气。桃惊恐起来,喊:“刘民,你不能见死不救。”我也被眼前的景象惊呆了,林国光疯了一样拼命地撕桃的裙子,桃一边挣扎一边喊救命。

这时我是无法走出门的,我不能让林国光这样胡闹下去,必须制止他。可林国光根本不听我的话,他只拼命地撕桃的裙子,我知道他想干什么,我在感到愤怒的同时有了一种强烈的责任感。桃的喊叫变成了哀求,桃的裙子被撕烂了,桃的样子叫人痛心。我终于忍无可忍,上前一巴掌打在林国光的脸上,我喊道:“国光,你这还叫人吗? 畜生都不如。”林国光被我这突如其来的一掌给打蒙了,也就在他一愣神间,桃逃出了林国光的控制,从我背后紧紧把我抱住了。桃哭着说:“民哥,你可要救我呀。”林国光还没有清醒过来,他血红的双眼紧盯着我,把拳头举到我面前,又放下了。他大声吼道:“你给我滚!”

我说:“国光,你冷静点好不好,你知道这样做会有什么后果吗? 你知道这是在什么地方吗? 只要桃一报警,公安人员马上可以把你抓起来。你不是请我跟你同来吗? 那我就要对你负责。有本事的话,桃会主动跟你回家的。你有什么能耐这样对待她,你以为这样她就可以跟你回去吗? 大错特错,自己好好想想吧。”

林国光顿时像个泄了气的皮球软下去,竟然一把鼻涕一把泪水地哭开了。林国光的这个样子,不但桃看了会生厌,连我也厌恶起来。

那天晚上是我送桃回去的。桃的裙子被撕坏了,我拉着林国光到镇上的一家商场给她另买了一件。桃说什么也不让林国光送她,只好我一个人送了一段路。分手时,桃感激地说:“今晚多谢你了。”我没有说话,桃把她的呼机号码给了我,说:“你不要告诉他,什么时候有空,我还真想跟你谈谈我的事。”

一个人走在小镇的街道上,我的心情非常复杂。

回到住处不见林国光,我一惊,这家伙一个人到哪里去了? 莫非一时想不开? 这样一想,我身上的汗都冒了出来。我急忙到店外寻找。这儿到街道上还有一段距离,估计不会上街吧。这么晚,他一个人是不敢上街的。果然,我很快在店附近的一棵叫不出名的树下找着了林国光。他蹲在树下，黑暗包围着他，看不出他的神情。听见我喊他，他才站起身，跟在我身后。我问："你到哪里去了？"林国光没有作声。回到房里，林国光突然对我嘿嘿一笑说："把她的呼机号码告诉我。"我一愣，这家伙竟然跟踪了我。我很生硬地说："丢了，我不想跟她联系。"林国光不相信，说："刘民，你可是我请你来的，别吃里爬外呵。"我心里正有气，我一字一句地说："林国光，今天我算是把你看透了，你真的不配。"

这天晚上我们都没有说话，互相生着气。躺在床上，我想自己这是何苦呢，干吗要跟林国光来到这个地方，真是有点不伦不类，太没有意思了。先前怎么没发现林国光跟桃的差距呢，村民们不都是说他们是最好的一对吗？这世界、这人变化真是快呵，桃变得那么高雅有文化，而林国光却越来越粗俗。我不禁有点想自己的老婆了，决定明天回去。真没想到这次寻找失败得这么快、这么彻底，而打败林国光的敌人不是别人正是林国光自己。自己把自己打败了，还能有救吗？半点希望也没有了。

清早起床时，我把自己的想法跟林国光说了，林国光竟没有半点惊讶，很平静地从身上拿出一沓钱说："这是回去的路费，我就不送了。"我问："你什么时候回去？"林国光说："什么时候桃跟我回去我就什么时候回去。"我无话可说了，既然他铁了心，那么我说什么都不会起作用，反而会引起他的反感，只有让他自己撞了南墙时才会回头。

我走出店门，林国光没有送，他还在生我的气。我也懒得理他，我想，我们的友谊怕是从此断了，心头不免有点难过。

在等车的过程中，我想了想还是给桃打了个电话，就是向她道个别，正常的礼节而已。不想桃在电话中说要来送我，叫我一定要等她。桃是专程请了假来的，她今天的打扮依然是很青春的样子，还买来了一束鲜花，红艳艳的，十分娇娆。桃真是一个懂得情调的女人，林国光和她真的一点都不配。这把我本想要礼节性地劝慰她的话咽回了肚内。桃在四周望了望，我知道她是在找林国光，我说："我一个人先回去了，他仍在那里。"桃的脸上掠过一丝阴影，但很快就过去了，桃说："本来我是想找你好好地谈一谈我的故事，现在你要走了，我给你写信吧。"

车子开动了，桃的身影慢慢地融进了大街上的人群中。这时，我看到了那个熟悉而又木讷的身影，我吓了一跳。那个身影跟着车子跑动，我看见了他的双眼里喷出的火焰还有他嘴里飞出的咒语。

到达那个城市后，我为找不找那个未曾谋面的朋友犹豫了好久，最后还是决定见一面。手捧地址找呀找，好不容易找着了，却被告知她到北方出差去了，我把那束鲜花插在了她的门上，尽管它开始枯萎了。我没心情再留在这个城市，给老婆买了两件衣服后便踏上了回家的火车。在上车前，我没有忘记给老婆打个电话。

一路无话，辗转到家已是第二天的晚上，老婆正如我想象中的那样在我进门的一瞬间拥抱了我，使我旅途的劳顿消失一空。吃饭的时候，我把这些天来的情况向老婆做了简短的汇报。

等我吃完饭汇报完，老婆这才喜滋滋地说："你们那个领导可能要下来了。详细汇报就免了，你给我到几个领导家里活动活动，东西已给你准备好了。"

我呆望着老婆，竟然一时无语。

若干个日子后，终如老婆所愿，我坐到了我们单位领导的位子上，整日忙碌着。

忽一日，老婆对我说："今天林国光来过了。"我想了半天才想起来，说："桃回来了吗?"老婆说："没有，听说他们离了。"我忽然想起桃给我寄来的一封信，第二天在办公室的抽屉里找了半天也没有找着。这封信已收到一个多月了，当时没空看，没想竟忘记了。

也不知桃在信中给我讲了一个怎样的故事。

（原载《鸭绿江》2008 年 5 期下）

无缘之爱

窗外渐渐暗下来,叶爱琴没有开灯,她凝望着大街上那越来越炫目的霓虹灯,在心里长长地舒了口气。这时手机响了,叶爱琴只看了一下号码,便果断地摁了挂断键。可不一会儿,那个号码又打了进来,叶爱琴又挂断了。当手机铃声再次响起时,她不由得把手机给关了。

屋中的电话铃声就是在这时响起的,开始叶爱琴以为还是那个号码,可一看来电,却不是,她只好拿起了听筒,里面传来的是小花的声音。

"事儿办了吧。"

"办了。"

"怎么连手机也关了呢,我还以为出了什么事呢,让姐姐担心哪。"

叶爱琴说:"不会的,我只是想一个人清静一下。"

"那好吧,过几天我去看你。"

刚搁下电话,铃声又响起,这下叶爱琴又看到了那个熟悉的号码,叶爱琴的心头突然涌动着一种感动的情绪。她轻轻地拿起听筒,很清晰地听到里面急促的喘气声。

"怎么不理我呢?"

"我只想一个人静静地待在房间里,哪怕是睡上三天三夜。"

"你应该高兴才对呀,琴姐!这是一种解脱,从今以后你再也不会有那样的烦恼了呀。"

叶爱琴沉默着,对方说:"琴姐,我只是怕你闷了,找你聊聊,或者到外面吃顿饭也行。"叶爱琴说:"谢谢你的电话,不过,现在我是想真正地静一静,想沉沉地睡一觉。"说过这话,叶爱琴手上的听筒便放了下来,屋子一下沉寂如水。

叶爱琴关上窗户,拉上窗帘,走进了卧室。她只开着床头小灯,躺在床上的叶爱琴就想,真的是一种解脱吗?十年婚姻,说什么也是她人生最亮丽时代的一段无法抹杀的过程,现在过程已经结束,是否意味着新的开始呢?新的开始是否与刚才打电话来的那个小男人有关呢?

叶爱琴心乱如麻。她要静一静,要好好捋一捋。美好的开始并非意味着美好的结果,就如她刚刚过去的婚姻,最后的收场是在一场旷日持久的战争中结束,战争没有胜负,双方都付出了代价。

一连三天,叶爱琴没有走出那个屋子一步。她像一个疲惫到了极点的病人那样,整日躺在床上,饿了吃包方便面,渴了喝瓶矿泉水,外界的一切遥远而虚无。

三天后的上午,叶爱琴精神饱满地打开窗户,竟然有一丝阳光射了进来,正好照在她的胸前。叶爱琴的心头一下子激情跳动,阳光灿烂的日子里,是否应该发生什么令人高兴的事呢?这样一想的叶爱琴立即打开手机,给秦安发了一条短信:"小弟,我想你!"不到一分钟,短信来了:"姐,等我。想你!想你!想你!"

当秦安推开屋门时,第一感觉让他心疼不已,明显消瘦的叶爱琴正倚窗眺望,她转过来的目光里有一丝泪光闪烁。秦安紧紧地抱住叶爱琴,仿佛是抱着一个无依无靠的孤儿。两人都没有作声,也许,只有在这样的无声世界里,两人才能感受到那种来自心灵深处的相互慰藉,才能产生天长地久的幻觉,才能让他们有理由相信海枯石烂的爱情誓言。

一个小时后,两人来到小城的大街上。人来人往的街道,他们不再左顾右盼地躲避着熟人。叶爱琴现在是自由人了,而秦安早就是个单身汉,爱上比他大五岁的叶爱琴,秦安并没有什么顾虑。倒是同事曾劝过他,那时叶爱琴还是一个有夫之妇。秦安只是笑笑,不做任何解释。其实,爱上一个人,是无法解释清楚的,就像自己偏爱某种口味一样。这样说来,秦安似有第三者之嫌,但事实并非如此。秦安认识叶爱琴之前,她的婚姻正面临着解体,只不过是叶爱琴还坚持着那种名存实亡的体制,是秦安的插足加速了进程,才使叶爱琴终于放弃了对丈夫近乎报复式的拖拉,结束了十年的共同生活。

他们来到一家小酒馆,在一个靠窗的地方坐下来。对于三天没有正常进食的叶爱琴来说,当她闻到小酒馆里飘出的那种香味时,食欲非常强烈地被勾起,以至于服务员刚把菜端上来,她就迫不及待地拿起了筷子。秦安没有急着下筷,而是静静地看着叶爱琴吃,平常的她并不是这副吃相,显得文雅而平缓,总是细细地品着,吃不了几口就放下,好像所有的菜总不合她的胃口。

秦安在心里笑了，从内心来说，他更喜欢今天这个真实的叶爱琴，喜欢看她吃得津津有味的样子，喜欢那风卷残云般的爽快。低头猛吃的叶爱琴突然停住筷问秦安："你为什么不吃呀？"秦安说："看着你吃，不是更有味吗？"叶爱琴意识到自己的失态，问："你从没见过我这样的吃相吧？"秦安回答道："是的，但我更喜欢。"

小酒馆的人渐渐地多起来，而这时秦安的手机响了，里面飘出一个女人的声音："今天有空吗？我请你吃饭。"秦安客气地说："真不好意思，我正和叶爱琴在一起吃饭，抱歉。"说完，秦安挂了机。叶爱琴抬起头问："还是那个小红吗？"秦安点了点头，说："不要说她了，我们吃饭。"叶爱琴这时的脸色有了变化，她停下筷子，对秦安说："或许你和她更合适点，凭女人的直觉，我感到她对你可是真心的。"

秦安有点不高兴了，说："我不希望有人破坏这么美好的氛围，落花有意，流水无情。琴姐，不要再说她了。"

从小酒馆里出来，他们又到超市买了一些生活用品和食品回到了叶爱琴的家。离婚时，丈夫什么都没有要，他们没有生孩子，所以很简单，丈夫只身着自己的衣服走出了这个家。其实，早在离婚前，丈夫就很少回这个家了，因为他已在这个小城的另一个地方建立了另一个家，据说那女人正怀着他的孩子。事情到了这一步，一切也就无可挽回了。

那天晚上，久未湿润的小城竟然下起了雷阵雨，在这么一个雨夜，该有多么浪漫的故事发生。可叶爱琴却把故事扼杀在萌芽状态，把秦安蠢蠢欲动的情欲大堤给上了闸。秦安不死心地说："琴姐，你好狠心，外面这么大的雨，你让我怎么走。"叶爱琴抚摸了一下秦安的头发道："听姐姐的话没错，姐给你叫个出租车过来，回去好好地睡个觉吧。"

秦安在一家效益还可以的公司上班，而叶爱琴早就是个下岗女工，未离婚前她正经营着一家服装店。但与丈夫的战争爆发以来，她一怒之下把店给关了。离婚后的叶爱琴想重新找份事做，先前的服装店她不想再开了，那么做点什么合适呢？那天小花来了，叶爱琴把自己的想法说了出来，没想到小花高兴地说："你到姐姐的花店来帮忙吧，我正缺人手呢。"叶爱琴有点犹豫，但经不住小花的劝说，终于同意了。

小花的店铺是小城唯一的一家较大规模的花店，店里已有两个员工，在叶爱琴加入后有四个人了，小花便轻松下来。大多的时候，她都把事儿托付给叶爱琴，叶爱琴也渐渐喜欢上了这份工作。每天与各种各样的鲜花打交道，每天面对着那些鲜艳的花朵，叶爱琴的心情一天天好起来。加上秦安经常约她，她似乎把先前那些记忆真的给忘记了，崭新的生活已经在向她招手，生活重新开始，爱情也可以吗？有时叶爱琴这样在心里问自己。

叶爱琴常常被这样的情绪左右，具体反映出来就是在对待秦安的态度上。她有时显得很热情，而有时又有点黯然神伤。有一天，她在大街上无意之中遇到了小红，小红也发现了她，当两人目光相遇时，小红似乎想开口跟她说话，可叶爱琴急忙低头走了。叶爱琴并非那种小肚鸡肠的女人，她只是无法面对小红渴望的眼神，她不知道如何向小红表达自己对秦安的态度，稍有不慎，便会弄得不可收拾，惹来更大的麻烦。

叶爱琴试着不给秦安回短信，或者说在心里把秦安的影子赶出来，可总是做不到。只要秦安的手机短信一来，她便立即回复。秦安的短信很简短，但不简单。有时一句温情的问候，却让叶爱琴心里感动半天。叶爱琴好像又回到了十年前那样的恋爱季节里。十年前的日子是甜蜜的，可十年后呢？她与秦安会不会也要走向这一天。她知道，自己与秦安无论是人生阅历还是情感经历都有大的差别，可自己又说不清楚会不会接受秦安这个人，她对他有着说不清道不明的情感纠缠。如果说先前多半是为了报复丈夫的话，那么现在自己已深陷其中，不能自拔。这样的矛盾常折腾着叶爱琴，左右着叶爱琴的情绪，也使秦安有时无所适从，不知道自己做错了什么。

秦安好像一个不懂事的小弟弟，不管叶爱琴热情还是冷淡，他都没有改变自己的态度。这点，叶爱琴感到欣慰。

这天晚上，叶爱琴正准备去赴秦安的约会，因为下午秦安给她发了短信，晚上去小城刚刚开张的美思咖啡厅去喝咖啡。这时，门外传来悦耳的铃声，叶爱琴以为是秦安来接她，本来说好是自己去的，在咖啡厅碰面。可打开门一看，叶爱琴愣住了，门外站着的竟是小红。小红今天穿着一条白色牛仔裤，上身穿一件粉红色的宽袖衫，显得更加青春亮丽。在见到小红的那一瞬间，叶爱琴的心中轰然倒塌了什么东西，后来一回想，才知那是自己刚刚培养起来的自信，在这个青春的小姑娘面前，是那样脆弱得不堪一击。

小红的言语并未有半点挑衅之意,完全是一副彬彬有礼的样子。叶爱琴不得不把她让进了屋门,不得不与她面对面地坐在客厅的沙发上。

意外的是小红没有一句话提到秦安,她好像是叶爱琴请来聊天的小姐妹,甚至她也没有提到让叶爱琴那段过去的伤心婚姻,尽管她对叶爱琴的一切了如指掌。这个小红装作天真的样子,同叶爱琴讨论起时下的化妆品啦,衣服啦,都是女人在一起喜欢谈论的话题。说实在的,开始时叶爱琴是想把她请出门的,可后来的发展却让她无法开口。叶爱琴不是那种没有教养的女人,起码她不像其他的某些女人那样充满妒火,而是耐下心来与小红交谈,她也想从小红的语言中读懂她的真实用意,或者说她要看小红的表演怎样收场。

叶爱琴的手机响了起来,是秦安打来的。秦安说:"琴姐,我在这里等了好久了,怎么还不来呀?"叶爱琴说:"小红正在我这里呢,我在陪她。"秦安吃惊地问:"小红到你那儿去了? 你等着,我过去。"叶爱琴听到了秦安愤怒的声音。

小红像个没事人一样站起来说:"真不好意思,耽搁了你的约会。那我走了,有空我们再聊聊呵。"

小红刚走出门,叶爱琴就听到了楼下摩托车响,接着她就听到了秦安与小红的吵闹声。

叶爱琴猛地关上门,拉灭电灯,一个人坐在沙发上发呆。

不多时,门前响起了门铃声,叶爱琴没有动身子,之后响起敲门声,叶爱琴懒得理。这时手机响了,打开,秦安急促地说:"琴姐,你开门呀!"叶爱琴说:"我睡了,你回去吧。挂了。"手机铃声再次响起来,叶爱琴关了。黑暗之中,叶爱琴突然有了想哭的冲动。

对于小红的突然拜访,叶爱琴没有半点心理准备,在这个青春亮丽的女孩子面前,叶爱琴十分伤感。自己当初与丈夫相爱时,也遇到过很多来自外界和家人的阻力,而那时的叶爱琴是何等的有勇气,坚定不移地与丈夫走在了一起。现在,当初的激情与勇气早已淡化下去,她想主动放弃秦安,她不想与这个小姑娘去争夺什么,她甚至觉得秦安与小红更般配。这样想的叶爱琴,突然之间有了一个大胆的想法,自己应该去当一个红娘,去成全他们。

第二天一早,秦安就来了。秦安并没有责怪叶爱琴昨晚的态度,而是一个劲地把小红骂得痛快淋漓。叶爱琴没有生气,笑着说:"你不用骂人家,你应该感到高兴才是。"秦安愕然地望着叶爱琴,问:"为什么?"叶爱琴说:"有个漂亮的女孩子那么爱你,甚至不顾女孩子的矜持去向另外一个女人求情,难道你没被她感动吗？小红真的不错,你应该好好对待她。”

秦安左看看右看看叶爱琴,不知她话里的意思是真是假。如是真的,那么就说明叶爱琴不爱他了。要是假的,那么她肯定是在试探自己的真心了。秦安小心翼翼地问:“琴姐,你是讨厌我了吗?”叶爱琴一下子沉默了。叶爱琴知道这句话的分量,这是一句伤男人自尊心的话,她无论如何也不会说出那样的话,即使自己真的不爱他了,她也不会说出来,除非秦安是一个十足的大坏蛋。

秦安急了,他一把抓紧叶爱琴,大声道:“琴姐,你看着我的眼睛,我可是真心爱你的呀。”叶爱琴抬起头,四目相对,一下子擦出火花来。秦安紧紧地抱住叶爱琴,轻轻说:“琴姐,我是不会离开你的,你千万不要听小红的话。”叶爱琴此刻再也控制不住自己的感情,在他耳边说:“其实,我也是喜欢你的,只是觉得这样会委屈你。”秦安把嘴唇堵住叶爱琴的嘴巴,不住地说:“不要这样说了,琴姐,我爱你,什么都不要说。”

叶爱琴想为小红当红娘的想法被秦安的柔情蜜意击得粉碎。叶爱琴感觉出秦安是真的爱上了她,把心头的许多顾虑渐渐打消,他们的恋情稳固下来。这其间小红又找了叶爱琴一次,可没有起到什么作用,两个恋爱中的男女再也听不进第三者的意见,他们很快就要谈婚论嫁了。

那天叶爱琴一进花店,小花就告诉她,有个客户在这里订了九十九朵玫瑰花,每天一朵,而且指定要叶爱琴送。叶爱琴有点奇怪,便问那客户是男的还是女的,小花说是个男人,挺年轻的一个小伙子,说着便感叹现在的年轻人懂得浪漫。叶爱琴很爽快地答应了,其实工作上的事情,她从不挑拣的。那朵玫瑰花下面用红线缠着一张纸片,是密封了的。送花的地点有点特别,是送给在小城某某地方三楼左起第三间办公室第三张办公桌的主人。

叶爱琴骑着电动车踏上了小城的街道。那个地方离花店比较远,大约半个小时后,叶爱琴终于找到了那幢楼房。原来这是个有许多单位办公的写字楼,她上到三楼,找到左边第三间办公室,只见上面挂着一块牌子:天意公司。叶爱琴觉得那字有些熟悉,但由不得她去细想,人便踏了进去。

没等叶爱琴看清里面的情景,却听到一声惊喜的呼唤。叶爱琴一看,那是秦安快乐的声音。秦安把叶爱琴拉到一旁悄悄地问:“你怎么找到公司来了,发生了什么事吗?”秦安知道,叶爱琴从没来过他公司,如果不是重要的事情,她肯定不会到公司来找他。叶爱琴把手中的玫瑰花拿出来,告之事情的经过。秦安这时突然愣住了——第三张办公桌正是他办公的地方,是谁竟送给他玫瑰花。他迫不及待地撕开那张纸条,看过之后,一把丢在地上。叶爱琴捡起来一看,上面写的是:献给最心爱的人!小红。

叶爱琴也万万没想到会发生这样的事情,气得一下子跑了出去,秦安在后面急急地赶了过来。秦安安慰叶爱琴道:“你不要把这事放在心上,下班后我去找小红谈谈,我们之间的事决不能让她来纠缠,你相信我一定能把这事处理好。”

阳光烈烈地照在叶爱琴的身上,可她感到浑身发冷,尽管此时正是盛夏,她却感觉到冬天已来到身边。

他们更没有想到的是,小红正在大步朝他们走来。小红远远地喊着秦安的名字,说:“送给你的玫瑰花收到了吗?”秦安怒目而视着小红,小红并不计较,见到叶爱琴,便嬉笑道:“叶阿姨也在呀,是不是花店叫你送花来的呀?”秦安怒吼道:“小红,你给我闭嘴,你以为你这样的恶作剧很高明吗?你以为叶爱琴是你的一枚棋子吗?你不要再做梦了。”小红依然不气不恼,说:“我有什么错呢?我在花店订了花送给自己喜欢的人难道有错吗?我花了大价钱请花店的人帮我送花难道违法了吗?今天还只送了一朵呢,还有九十八朵呢。”

秦安说:“请你把剩下的花退了吧,我消受不起。”

小红笑着说:“送不送是我的事,收不收是你的事。叶阿姨,你说是不是?”

秦安狠狠地说:“小红,请你说话正经点好吗?谁是你阿姨了,叶爱琴也只不过比你大几岁而已,干吗那样损人家。”

叶爱琴始终没有发话,她不想说话,她浑身冷得发抖。秦安过来搂住叶爱琴,被她推开了。叶爱琴转身就走,秦安喊她等等,他回去跟公司领导请个假。可叶爱琴没有停下来,也没有回头,她走进了一间公厕,忍让多时的泪水汹涌而出。

秦安上楼的时候,小红喊住了他,小红此时完全变成了一个温情脉脉的女孩。小红轻声说:“秦哥,晚上有空吗?”秦安没好气地说:“请你不要再做这样的傻事好吗?你知道自己做出的事会多伤人家的心吗?明天去把花退了吧,只要你放过了叶爱琴,我们还可以做朋友的。”小红伤感地问:“秦哥,你真的那么死心塌地地爱叶爱琴吗？你就不为我想想，不怕伤我的心吗？"小红说着竟流出了泪水。秦安只好走近小红身旁，拍了拍小红的肩膀说："小红，听话，明天去把花店订的花给取消了，我们以后还是好朋友，好吗？"小红这时一下子扑进秦安的怀抱，秦安慢慢地推开了她的手。秦安给小红擦了一下脸上的泪水，然后上了楼，没有回头。

虽然小红听了秦安的话第二天把订的玫瑰花取消了，但一连几天叶爱琴都不理秦安，这让秦安很苦恼。叶爱琴太敏感，或许是她之前那段婚姻的阴影太大了，弄得她脆弱异常。如不想办法沟通，那么他们的关系就很危险了。那天晚上，他约叶爱琴认真地谈一次，地点就在美思咖啡厅。

这次约会叶爱琴没有失约，她很准时来到秦安的面前。飘着香味、亮着淡雅灯光的咖啡厅，耳边听着轻柔的音乐，不由人不平静面对这尘世中的一切，不由人不产生一种美好或对未来憧憬的想象。身边都是成双成对、喁喁私语的恋人，置身其中，两人被这美好氛围感染，那天发生的不愉快早已烟消云散。两人品啜着咖啡，听着音乐，两颗寂寞的心相互慰藉、相互碰撞。两人忘记了烦恼，仿佛置身于琼瑶的小说之中。

事情有时会发生突然的变故，让人始料不及。而这种变故正好让秦安和叶爱琴给碰上了。因为就在他们心神交流之际，咖啡厅里进来了两个与叶爱琴相关的人，那就是叶爱琴的前夫刘子东和他的现任太太，一个十分年轻漂亮的孕妇。小城难道真的就那么小，怎么就让他们碰上了，而且是在这么一种场合下，叶爱琴要想保持平静都很难了。刘子东也发现了叶爱琴和秦安，要命的是刘子东还故意得意地向太太介绍说："这是我的前妻，旁边的男人叶爱琴你自己介绍一下吧。"年轻的孕妇挺幸福地靠在刘子东身旁说："久闻其名，今晚得见，也是有缘。"叶爱琴冷笑着回答道："是有缘，要不我怎么能认识你呢？"刘子东赶紧说："不打扰两位了，有空我请客，大家好好聊聊，都是朋友嘛，叶爱琴你说是不是？"叶爱琴气得一下子站起来，秦安拉她坐下。秦安感到叶爱琴浑身颤抖得厉害，只是灯光朦胧看不清她的怒色。

在这一瞬间，秦安突然觉得，其实叶爱琴还是爱刘子东的，还是在乎刘子东的。当然，这只是秦安心理上的一种感受，转瞬即逝。

叶爱琴不想再在咖啡厅待下去了，她快步走了出来，秦安急忙买单，匆匆地跟上了她。

一回到喧嚣的小城街道，就像从虚幻回到现实，实实在在的现实生活让叶爱琴产生厌恶情绪，眼前老是晃动着那个年轻孕妇的影子。叶爱琴的脚步更加快了。秦安在后面喊来了一辆出租车，停在叶爱琴跟前说："琴姐，上车吧。我们回家。"叶爱琴没有停下脚步，边走边说："我不坐车，要坐你坐吧。"秦安只好把出租车打发走了，紧紧跟在叶爱琴身后。此时此刻，他知道语言是多余的，他只有默默地陪着叶爱琴在大街上疾走，直至到家。

叶爱琴打开门自己进去了，却把秦安关在了门外。她只丢出一句话："对不起，我不想见任何人。"

秦安在叶爱琴家门口坐了很久，可门还是没有开，打手机，关了。秦安只好走了出来。夜深了，天气有点凉，秦安伤心至极，心头好像堵着一道墙，沉甸甸的。大街上行人稀少，但还有一家小酒馆竟然没有打烊。秦安快步踏进去，闷声对老板说："来两个菜，拿瓶烧酒过来。"

走出酒馆大门时，秦安已醉得一塌糊涂，大街上除了偶尔过来一辆车子，很少有行人了。这时秦安发现前面有间屋子发出暧昧的灯光，秦安走近时，里面走出一个人来。秦安一下子兴奋起来，因为走出来的不是别人，正是叶爱琴。"琴姐！"秦安紧紧地抱住她，靠在她温暖的胸口往里屋走去。

清晨叶爱琴还没起床，电话就急促地响了起来。叶爱琴的眼睛没有睁开，随手拿起听筒，问："谁呀，这么早干吗呢？"昨天晚上叶爱琴睡得很晚，跟小花请了半天假，准备好好地睡一觉。里面的人说："我是小红，别挂电话，请快去救秦安吧，在东城派出所。"叶爱琴的睡意全无，正要问个明白，可对方已挂机。秦安怎么会在东城派出所呢？刚才打电话的确是小红的声音，叶爱琴立即打秦安的手机，但是无人接听。叶爱琴预感到秦安真的出了什么事，难道昨晚情绪不好与人打架斗殴吗？对于昨晚的事情，叶爱琴后来清醒时也觉得自己做得太过了，根本没有为秦安着想过，她正想今天晚上与秦安好好谈谈。可现在出现了这样的事情，不管真也好，假也罢，先到东城派出所去了解情况。在叶爱琴眼里，派出所都是与案子有关的地方，除了去办过一次户口和身份证，她对那个地方都是敬而远之。

叶爱琴打车来到东城派出所，问里面是不是有个叫秦安的人。民警点了点头说："是的，你是他妻子吗？"叶爱琴没有回答他，而是急着问："他受伤了没有？

人在哪儿?”民警奇怪地看着她说:“咦,他怎么会受伤呢?我们并不打人,对于嫖客,我们一般的处理是只要交了罚款就可以走人。”

嫖客?叶爱琴一下子蒙了。秦安怎么成了嫖客呢?清醒过来的叶爱琴大步走出门来,可走了几步,他又回过身,问能不能见一下秦安。民警说:“你交了钱就可以带他走了,快点办手续吧。”叶爱琴说:“我要先见一下他。”民警只好带着叶爱琴来到一间屋子,转身离开了。

屋子里的秦安伏在桌子上似乎睡着了,叶爱琴的到来使他猛地惊醒过来。他惊愕地望着突然而来的叶爱琴,问:“琴姐,你怎么来了?”

叶爱琴冷笑道:“不要再叫我琴姐了,秦安同志。也许,这是我们最后一次见面,以后不会再见了。”秦安急着分辩道:“昨晚真是喝醉了酒,一点也不知道是怎么回事……”

叶爱琴打断他的话说:“不要多说了,也没必要在我面前解释了,算我瞎了眼,你好自为之吧。”

叶爱琴头也不回地走出门去,秦安不停地捶打自己的头,一切发生得太突然、太意外了,他不知如何来应对现实生活中的复杂难题。

小红就是在这个时候来到秦安面前的。对于小红的到来,秦安反倒没有什么惶惑,他只是奇怪地问:“你怎么也到这儿来了?谁叫你来的?”从出事到现在,秦安还没有向谁打过电话求助,尽管自己是稀里糊涂地被他们抓了进来,可毕竟是道不明说不清的一件丑事。今天早上他才慢慢清醒过来,他正在考虑给一个现在已是一家民营公司的小老板的高中同学打电话求助。同学之间有些事情是好沟通的,而一个小老板对这样的事情可能不会感到奇怪。可不知怎么回事,自己的手机不见了,他想等下借用这里的电话,谁承想他的计划还未实现,先是叶爱琴的突然出现,现在又是小红的贸然闯入,看来,这一关是过不去了。他在等着小红的怒火。

意外的是,小红很平静,并未责怪他什么,而是拉起秦安的手说:“走,我们回家吧。”秦安站起身,感到身体严重虚脱。一个民警把手机递交给秦安说:“这是你落下的手机吧,还给你。现在可以走了,这位女孩子已给你交了罚金。注意以后可不能乱来。”

重新回到大街上,秦安的头低下了。小红却说:“秦哥,把头抬起来。一个人犯一次错误可以理解,重要的是不能再犯同样的错误。”听到小红这句话,秦安的心头涌动着什么，鼻子不住发酸，忍了忍，没有让泪水流下来。之后，秦安问小红怎么知道这件事，小红轻声笑起来说："其实，你做的任何一件事情都瞒不了我。"秦安惊诧地问："你跟踪了我？"小红柔情地说："这就是爱的力量！"

秦安陷入沉思。他忽然拿出手机拨打叶爱琴的号码，里面传来一个陌生女子的声音："你拨打的是空号，请核对后再拨。"怎么会呢？秦安再拨了一遍，里面传出的依然是那个声音。秦安呆了，他万万没料到，叶爱琴如此绝情。

若干个日子后，叶爱琴在大街上碰到了秦安，秦安身边的小红已经腆着个大肚子了。秦安笑着对她点了点头，小红欢快地说："叶阿姨好！"叶爱琴虽然脸上笑着打招呼，但一转身，无声的泪水夺眶而出。

叶爱琴这时有点后悔起来，后悔当初为什么不要一个孩子呢，或许，身边有个孩子，才不会有今天的孤独。

一切的一切，或许是无缘。

（原载《鸭绿江》2009 年第 3 期下）

屋顶上的女人

陈村的炊烟平淡得像村前池塘的水面,甚至了无痕迹,女人只能从心里感觉到家家户户那一缕缕炊烟从屋中钻出来,飘上天去。多年前的炊烟不是这样的,女人记得很清楚,浓浓的,黑黑的,透着一股热闹,还有那烟火味。女人是在这种烟火味中长大的,直至嫁到陈村后,直至她从南方的某个城市回到家后,女人才突然发现陈村的炊烟竟然变得这么淡薄这么稀少,而且完全没有了人间的烟火味。

雪芬,雪芬,你死哪儿去了?

一个沙哑的声音从屋底传来,女人并不答应,或许她早已习惯了这个声音。喊声还在继续,女人只好慢慢地走下楼顶,来到那个传出声音的小房间。房间里的气味很难闻,烟味、尿臊味,还夹杂着某种说不清的混浊气味。床上躺着一个老人,准确地说是女人的公公。公公抬了抬手,说:“扶我一下。”女人问:“你要起来?”公公恼怒道:“你想让尿憋死我呵,多嘴。”女人还是要多嘴:“床上的尿壶可以用,干吗要下来屙?”公公不看女人,一只手抓住女人的手臂,半个身子坐起来,身体一下子靠在女人身上。女人使劲扶着公公,一步一步地走向屋角落里的尿桶。公公屙尿的时候,女人几乎是把他的整个身子给抱住了,否则,公公会摔倒在地上。公公的腿脚使不上劲,在一次上厕所时摔了一跤,至今还在疗养。人老了,骨头脆弱,一直卧在床上。

使了半天劲,公公还没屙出尿来,公公怪女人没扶好,骂道:“你躲躲闪闪的做什么,我是你公公,有什么难为情的,用劲把我扶正点。”刚才女人一直是别过头去的,可身子一用劲,头扭了过来,便把眼睛闭上了。渐渐地,她听到尿桶中滴滴答答有了响声,断断续续有两三分钟才听见公公长长地吁了口气。公公慢腾腾地提起裤子,走向床边的时候,手指紧掐住女人的臂膀,女人竟没有感到痛,整个上半身都快麻木了。

走出小房间,女人开始做饭。

屋顶上飘起了浓浓的炊烟,因为女人烧的是柴草,不像陈村其他许多人家那样用电或者煤气。

陈村的夜晚过于沉寂，小房间里的公公这会儿烟抽得更加厉害，咳嗽声也不绝于耳，于沉寂中发出一种难得的噪声来。女人在大房间里拿出手机拨通了远在千里之外的丈夫的电话。

这次回家来时，女人同丈夫大吵了一场。公公摔伤了，家里要人来照顾，那是天经地义的事情。女人要丈夫来，丈夫要女人来，争来争去，丈夫占了上风。不过，他的理由充分，女人只好乖乖地回来。丈夫打工一天挣的钱是女人的两倍，家里房子还只刚建了一层，两个孩子一个上大学一个上高中，正是用钱的高峰期，女人能不屈从吗？

公公的腿脚也不知哪一天能全好起来？女人常想着这样的问题，想得心烦，想得头痛，身在家里，心却在外面。

日子如流水般过去，公公的腿伤没好多少，脾气越来越火暴，神情越来越古怪。

女人无所适从，觉得只有屋顶才是个好去处。

女人的房子建在全村最高点上，虽只建了一层，屋顶上的视野却比人家三层的楼房还要开阔。村里这些年建起了很多新楼房，而建房的钱几乎全是靠打工挣来的，女人非常明白这点，有时就显得焦虑，心里恨不得公公早日好转。或者早日死去。公公活了七十多岁，似乎活够了本，应该可以安安心心地走向另一个世界了。

女人的心够坏的吧？其实不然，这只是女人偶尔闪过的想法而已。对于一个年轻而健康的女人来说，这样一种生活确实是挺别扭的。女人尽量想把公公服侍得好些，可得到的是公公有意无意的刁难。比如现在天气还没变热，公公却一个劲儿地要女人给他洗澡。女人躲到屋顶上去，那沙哑的声音却穿透墙壁而来，绝望而执着。公公原先身体是非常硬朗的，变差变坏是在婆婆去世之后，连脾性都改变了。后来，公公相中了外村的一个老女人，女人和丈夫却是坚决反对，最终以公公的失败而结束。公公一个人生活，自耕自种，赌气不要儿子一分钱。女人和丈夫也乐得轻松，拼命在外打工挣钱，把旧泥土屋扒倒，新建一栋楼房。虽然目前只建了一层，但在他们的规划中还是要建三四层的。

同在屋檐下的尴尬那是避免不了的。女人现在有点儿后悔，当初就应该让公公娶了那个老女人,也好互相有个照应。外村那个老女人她是认识的,人不错,听人说年轻时还与公公在一块儿演过戏,倒是蛮般配的。当初为阻止这段姻缘,女人和丈夫除了搬出婆婆娘家的救兵,还去老女人儿子那儿恐吓,起到了决定性的作用。公公从此不再理他们,不再与他们说一句话,只有孙子孙女来了才性情大变,笑着与他们打闹,小孩子似的。女人遇到这种场合,便在心里骂一声"疯子",对儿子儿女狠喝一声:"还不快去做作业!"公公在旁听得明白,鼻子里哼一声,立马便可听到某些东西破碎的尖锐声音。

屋顶不仅开阔,还有微风吹拂过来,拂得女人心头痒痒的,便想起丈夫那轻微的抚爱。女人很久没有真实地感受到这样的抚爱了,只有让微风在虚幻中沐浴全身,透至骨子里去。

穿透屋顶的沙哑声又响起来,女人不理,但听见下面不远处有人在喊她的名字,提醒她屋里的公公在叫她。女人不得不答应着下面的人,不得不回到屋里。公公没有放弃要洗澡的念头,说身上快要烂了,得洗个热水澡,要不他过不了今朝。公公说这话时没有一点儿乞求女人的意思,脸上甚至带有一种罪恶的微笑。腿脚不能动弹,手便乱挥乱舞,嘴巴一张一合,唾沫星子四溅开来。女人远远地闪开,紧锁着眉头,看着眼前这个老男人,一时不知所措。忽然,女人想起了什么,走出房外,拿出手机拨通了一个号码,里面传来一个不耐烦的声音:"我正忙着呢,在高架上,什么事?"女人愣了一下神,说:"没什么,你爹想洗个澡。"那边似乎也愣了一会儿神:"洗澡?"女人"嗯"了一声:"洗澡。"那边的电话突然挂了,女人的心一悬,以为那边发生了什么事,正要打过去,电话倒打了进来:"洗就洗吧,老人就跟小孩子似的,就依着他吧。我没空了,挂了。"电话再次挂断,却没有再次打来。女人想试着重拨那个号码,中途又放弃了。

女人烧好一锅热水,倒在小屋里的木盆中,又从纸箱中找出取暖器来开着。当热气腾腾的雾气在房间飘荡的时候,女人已把公公脱得只留下一条短裤衩,抱起虾子似的公公放入澡盆。公公却在挣扎,嘴里喊:"不脱裤子怎么洗,快给我脱下来。"女人不管公公的喊叫,一下子把他丢进热水中。公公在澡盆中还是把自己的裤衩给褪了下来,公公满心欢喜地嘶叫着,然后闭上眼睛去享受这一切。这个时候,女人只有用心去给公公搓背,大块大块的污垢像云朵一样在公公枯萎的皮肤上翻滚出来,女人的身上也随之起了一层鸡皮疙瘩。公公快活地在澡盆中哼起歌来，还不时用手拍打着水花，溅在女人的脸上。女人忍住没有作声，自己擦下来。搓前胸时，女人是闭着眼的，女人探雷似的小心翼翼，生怕触到了禁区。澡盆中漂浮着一层油垢，女人把脏水舀起来，重新注入热水。女人很专心，一直忙活了一个多小时，才给公公换上了干净的衣裤。公公现在不喊叫了，像个听话的孩子一样配合着女人，女人看到公公脸色红润，看她的目光不再像凶神恶煞。公公挥挥手，说："你去歇着吧，让我好好睡一觉。"

女人没有歇着，女人没有闲工夫去歇呢，公公换下来的脏衣服就把她折腾得够呛。

外面的日头正旺，下午了，村口池塘的洗衣石上空无一人。如是早饭后，洗衣石上人挤人，有时还要排队。但这不妨碍陈村的女人们洗衣，她们就是要这样热闹的场合，东家长西家短地宣泄她们在家里无法排出的郁闷，留在家里的基本上是中年妇女，因此她们的话题与女人想要说的话大相径庭，每每话到嘴边，女人便打住了，只顾埋头洗衣服。但你不想说话并不能就不说，她们总要找个话头来套出女人的话，比如女人公公的身体啦，外面丈夫寄没寄钱来啦，家里小孩学习情况啦，等等。有时，她们也开粗俗的玩笑，问女人的公公爬没爬灰？

对于粗俗的玩笑，女人表面只是笑笑，心里却不是滋味。这段时间，他们之间确实发生过一些尴尬事，但公公不是禽兽，女人也不是荡妇，意外不会发生，生活只得在尴尬中继续下去。有些事可以给丈夫打电话，有些事却是不能讲给丈夫听的。女人的心时常在纠结，直到一个男人的出现。

一场职业病，让男人怀揣着工厂给的补偿费提前回家了。男人回来治病，他的老婆没有同来，离过年早着，老婆要在那边打工挣钱呢。男人刚来时不住地咳嗽，大约在县城医院治了一个多月后，明显好多了，但医生说治根还要很长一段时间，先拿药回家养着吧。这种病，有时静养比治疗还有效果。

男人的屋就在女人隔壁，他们之间真的有故事发生吗？男人要养病，没有这种邪念，女人要照顾公公，没有这个精力。况且，邻里乡亲，一有风吹草动，也瞒不住周围上百双眼睛。不管怎样，男人和女人的故事算是静悄悄地开场了。

女人正经地与男人说话是在屋顶上。

那天的日头很亮，天气一天天地热起来了。女人正迎着微风看着下面两只公鸡打架，忽感左边的屋顶上一闪，回头便见男人也出现在他的屋顶上。男人的屋比女人的屋建得早些，楼面四周竟生起了好些青苔，他的屋也只有一层，显然是因为资金不够而停了工，而一停就是许多年。男人与女人一样，脸上出现了惊讶的表情。女人心里头很是不满，好像自己的隐私被别人窥视了。想是这么想，但女人回过神来后还是客气地问："好些了没有？"女人问的是男人的病。男人赶紧作答："好些了，比来的时候好多了。"男人有些手足无措，男人是第一次来屋顶，况且面对着另一屋顶上的女人，男人的脸色有些潮红，咳嗽声从胸腔跑出来。女人说："还是这么厉害，要赶紧治呢。"男人咳了一阵停下来，说："在治呢，比来时真的好多了。"男人还没平静下来，与女人谈论起他的病，很是愤懑的样子。女人想男人早些下去，可男人没有这种意思，女人只好自己下来，她不希望一个病男人出现在她的生活中，或者说自己这块小天地被别人给破坏。

回到屋中的女人心情很压抑，尽管外面阳光灿烂，但屋中闷闷的，让人透不过气来。或许是天气转热的缘故，公公的腿脚似乎比先前要好点，他嚷嚷着要女人给他配一副拐杖，想自己下地走路。女人一直拖着没有给他办，并不是她故意这么做，她是怕一旦公公再次摔跤，那他这双腿就废了，那么她也不知在家要守到何年何月才能出去。她想再等等，等到他的腿脚真正好转，给他配一副拐杖也不迟。反正这么多天服侍过来了，多忍耐些日子就会好起来。天气热起来带给女人最大的麻烦是隔不了几天就要给公公洗澡，只要三天不洗，公公那沙哑的号叫就会穿墙而入，像一把尖刀插入女人的身体。公公似乎在故意报复她，有时会把她弄得很难堪。女人有几次哭着给丈夫打电话，可丈夫听过她的诉说后，竟然没有半点安慰，反而怪她不宽容。她知道丈夫在外面也不容易，干着繁重的体力活，没有精力去管家里的这些琐事。可不管怎样，女人在委屈的时候得不到丈夫的安慰，那真的很伤她的心。

再次来到屋顶上时，是个大阴天。在这样的天气里，女人想男人应该不会出现在另一个屋顶上。果然，对面的屋顶上除了有几只小麻雀在找寻着什么外，空空如也。女人放松身心，向远处眺望。村子前边是田野，田野前边却是小山头，再往前，似乎还是连绵不绝的大山。女人惊奇地发现，村子几乎被大山包围了。其实呢，女人也知道，在这些大山中，还散落着大大小小的村落，他们世世代代在这里劳作，有的人甚至从未走出过这大山，在大山包围的村子里终老一生。女人感慨万千，也就更思念起远在千里之外的丈夫和在山外读书的儿女来。读高中的女儿前些天回来过一次,女儿长高了许多,瘦条儿似的站在女人跟前,比女人高出一头。女儿的脸色有点苍白,吃饭时细嚼慢咽,好像吃的不是饭,而是药渣。女儿在家住了一晚,带来的书本作业却摞得有两尺高,忙乱到半夜才被女人拉进被窝。再过一年女儿就要高考了,女人知道女儿的负担重,就是喘着气也要把这道关卡给闯过去。闯过关卡后会怎样呢?想到正在读大学的儿子,女人不敢多想。

女人收回目光,却一下子发现旁边的屋顶上站着男人。男人向她打了声招呼,女人恼怒地白了男人一眼,转身就走。

"别走,说说话吧。"男人在后面喊道。女人本能地停下,回头见男人嬉皮笑脸地说:"为什么一见我来了你就走,怕我吃了你不成?"

女人道:"怕你什么,我是在自家的屋顶,要来就来,要走就走,不关你的事。"

男人正经下来,说:"这些日子我真感到病情好了许多,又不能做什么事,闲得慌,想找人说说话,又没个合适的,我们说说话不可以吗?你怎么像防贼似的防着我呢?"

话说到这个份上,女人再要走就不合适了。男人没做出什么出格的举动,况且是个病人,两个孤单的人站在各自的屋顶说说话又有什么不可以呢?

女人走回来,看了看男人,没有说话。男人看上去不过三十左右,今天把胡子刮了,显得挺精神。平常他很少在家,与女人也没有单独说过什么话。男人找个话题,从女人的公公说起,问他的腿伤怎么样,说什么时候去他家看望一下。女人说不必了,公公脾气不好,说不定会轰他出来。说到公公的脾气,男人突然就笑了起来,说:"我总听到他喊你给他洗澡,真的是你给他洗?"女人的脸色不自然,点了点头。男人又说:"怪不得村里的人说闲话呢。"女人敏感地问道:"什么闲话?"男人连忙说:"没什么,她们总喜欢乱嚼舌。不过,以后你公公要洗澡,你可以叫我过去帮忙。"女人抬起头看着男人,男人的脸上没什么邪色。男人又说:"别的事我可能帮不上,这事我真的可以帮你。"女人感觉心中的一块石头咣当一声落了地,全身即刻轻松得要飘飞似的。她脸上不再绷得那么紧,开玩笑地说:"我可没工资付给你,只能算是义务劳动。"男人又笑了起来,一下子把两人的距离拉近了。

一男一女,站在各自的屋顶上,吐露着他们憋在心里许久的话语。他们不是情人,也不是陌生人,他们只是乡村中两个被命运偶然安排在一起的男人和女人,他们从陌生而熟悉的城市回到熟悉而陌生的村子,需要这样一种畅谈的机会。

以后的许多天,男人和女人经常站在各自的屋顶上说话。

再次给公公洗澡时,女人真的把男人喊了过去。公公见了男人,很不友好,眼睛盯得男人心里发毛。在洗澡的过程中,公公不厌其烦地询问着男人回来后的一切,公公的思维非常清晰,不漏过任何细节。男人被问得心烦,本没有什么念想,反倒被他问得真有什么见不得人的心思一样。洗完燥,公公要男人把手机给他,他要给儿子打电话,告诉儿子一些事情,而最重要的就是他对儿媳不忠的准确推理。男人吓了一跳,招呼都没打,一就急忙跑了出来。男女之间的事有时还真不能乱猜,如果老爷子一搅和,事情还真就会搞得一团糟。

女人知道这事后,对公公有很大的看法,把公公数落了一顿。自公公腿伤以来,女人做任何事时都没有怨言,总是默默忍受。女人当着公公的面给丈夫打了电话,告之请男人帮忙给公公洗澡的事情。没想到丈夫的想法与公公不谋而合,说女人不该请男人来帮忙,自己的事自己处理,苦点累点没有什么,都是短时间的事。丈夫叫女人要忍耐,七八十岁的老人了,在这世上是做客,日子可不多了。言下之意,一切都要顺着公公。

回到自己的屋中,女人的泪水便涌了出来。但不管怎样,日子还是要继续过下去,烦闷的时候,女人便到屋顶上透透气。

男人早等在那边,好像有什么话要对女人说。女人心里烦,不想和男人说什么话,她离他远远的,只看着远处的山峦。男人忍耐不住,对女人说:“你公公有点不正常,精神有问题。”女人却冷淡地说:“错了,他很正常,他是在报复我。”男人平常很少在家,对女人家的琐事,不很了解,所以对女人的话有点惊讶。女人不想对男人解释什么,男人也不好细问,只好说起了自己的病情,说自己昨天去县医院复查了,结果还可以,医生说安心静养些日子,可以做点轻活儿了。男人还说等过些日子,他可能还是要到外面去,在家里憋闷得慌,恐怕好人也能憋出病来。男人这话说到女人心里去了,女人心里有种异样的激动,不觉地走近了男人一步。这时,公公穿透墙壁的声音在嘶叫:“雪芬,雪芬,又死到哪儿去了？在和哪个男人说话？”

男人和女人同时被这话吓了一跳，女人急忙跑下来，见公公竟然坐在楼梯的台阶上，锐利的目光刺向女人，使女人对眼前这个老男人感到非常陌生和害怕。女人扶起公公，公公一把摔开女人手，颤抖着说：“还不承认你偷人！”

这话从公公嘴里说出来，真把女人给吓蒙了，也给激怒了。女人也不知哪来的力气，一下子把公公抱起来丢在床上，急速奔了出来。没有听到床上公公的喊叫，也没看到公公从床上爬下来追赶她，公公屋中一下子平静如水。半晌，才听到公公在屋里喊道：“雪芬，过来，跟你说句话。”女人不理，公公却并没有像往日那样大喊大叫，而是执拗地喊女人过去。女人站在公公的房门口，冷冷地说：“什么话，说吧。”公公说：“你走进来，我不会吃了你。”女人走进去一小步，见公公半躺在床头，眼睛却看着窗外说：“我知道，这些日子你心里烦。换了我，也是这样的。在外面做得好好的，突然回家来服侍我这个刁难你的老头子，心里感到委屈吧。有些事，是你们带头在先，你心里也明白，也就怪不得我了。唉，过去的事就不说了，还是说说当下吧。”

公公今天说话的语气不同，女人不由走到了公公的床前。公公猛抬起头，看着女人说：“你想走，就走吧。”女人以为听错了，问：“我走？”公公点了点头，说：“是的。”女人说：“我走哪儿去？你由哪个来照顾？”

“日子一天天暖和起来，我的腿脚也可以拄着拐杖下地了。我已想好了，只要有个人稍微照应下就行。金山是我的老庚，从小我们就在一起玩耍长大，他身板硬朗，你把我托付给他，他不会不答应的。不过，请人肯定要点费用，我身边也有一点，你回去以后给我寄些回来也就可以了。”公公说出这样的话，女人反倒没了主意，不知说什么好。

公公说：“你来家这么长时间了，你就不想他？回到你丈夫身边去吧，不要和隔壁那个男人来往了，否则日后你会后悔的。话只能说这么多了，自己想想去，想好了再告诉我。”女人想要说什么，或许是想辩解自己和男人之间的关系吧，但公公挥挥手，躺下了，不再理她。

入夜，女人给丈夫打电话，传来的却是客服的声音，丈夫的手机关机了。来时他们约好，双方的手机晚上都不能关机，以便随时可以通话，即使充电，也不能关机。隔了十分钟，女人再打，还是关机。女人心里涌出不祥的感觉，难道丈夫出了什么事？她立即给丈夫在一起做事的小胖打电话，通了，但小胖告诉他，女人的丈夫吃晚饭的时候还和他在一起，可能是上街了吧。女人的心似乎可以放松下来，可只一会儿，又紧张了，丈夫会不会……半个小时后，丈夫的手机终于打通了，女人问丈夫刚才做什么去了，丈夫被女人这么一问，支吾了一会儿才说自己上街买东西去了。女人问买了什么，跟什么人同去的。丈夫说跟小胖同去的，买了双袜子回来。女人冷笑一声，说："别撒谎了，你还没回去吧，我刚和小胖通了电话。"丈夫惊讶一声，发怒道："他乱说什么，我不跟你说了！"电话挂了。

女人心里发冷，她立即从手机上找出一个号码拨了出去。很快，里面一个女人问道："芬姐，你在乡下还好吧？"女人听到这样的问候，倏地轻声哭了起来。电话里的女人大声问道："芬姐，发生了什么事，快快告诉我。"女人哭了一会儿才把刚才发生的事和自己猜测的内容讲了出来。电话里的女人沉默了一会儿，才说："芬姐，你到底是要我说真话还是假话？"女人大声喊道："你这是废话，还要问吗？"电话里的女人说："芬姐，你也不要计较太多，其实，很多女人不在身边的男人都有这种情况。当初我在家里时，自己的男人在打工的城市里也做了这种事。一开始我也不能理解，后来经别人劝告也就想开了……"

女人打断里面的话，问道："说那么多废话做什么，你到底发没发现他这种情况？走的时候你可是向我保证了的，你我姐妹一场，总不会把这话给忘记了吧？"

电话里面的人在沉默，而后说："芬姐，你不要逼问我了，有些事还是不要说明白才好，最要紧的就是快点回到丈夫身边来，这样才安全。"

女人说了句"我明白了"，而后挂了电话。

那天晚上女人哭了许久，也想了很多事情。

第二天一早，女人先来到公公房里，公公早醒着，一见女人，便问女人的眼睛怎么肿了。女人笑笑说："里面掉了灰尘，揉的。"公公警觉地想仔细看，女人转身走了。她到厨房给公公做好了早饭，并服侍公公吃下，而后，身子轻飘飘地上了屋顶。

今天是个大雾天，小村四周被雾气笼罩着，给人一种虚无缥缈的感觉。这样一种天气非常适合女人的心情，雾气越来越重，女人置身于此，神情恍惚，想道，难道自己已经进入虚幻莫测的天国？

雾气散尽时，男人在屋顶发现了女人，男人喊女人，女人不回应。男人发现女人的神情异常，她正在一步步地走向屋顶的边缘，男人暗叫一声"不好"，飞快地奔下楼去。

刚到女人屋前，男人只觉脑门前一闪，男人双手张开一托，女人重重地摔在他怀里。两人半天没有爬起来。

女人摔晕了，而男人的手臂疼痛得厉害，怕是骨折了。

女人的公公不知什么时候拄着一根棍子靠在屋门旁，看着面前的男女双手向前抓着什么，而后抱在一起摔倒在地。

女人睁开眼时，看到村子里的人越聚越多，飞过来的唾沫也越来越多，渐渐把她和男人都淹没了。

（原载《当代小说》2012 年第 11 期）

建房建房

一场大雪席卷而来，对于南方的乡村来说实属少见。况且阳春三月呢，本应桃红柳绿春意盎然。天地一片白，有钱有闲之人踏雪寻趣，风景无限。可村民们却望景兴叹，好好的一场春收变成了残收、贱收，他们在心里只有祈求着下个季节老天能给个好脸色。

天一放晴，雪开始融化。建成在猴头家墙根下听他讲评书《隋唐演义》，猴头正讲到李元霸厉害的双锤，忽听哪儿一声闷响，脚下的地跟着一震。在场的人们一惊：难道李元霸的双锤落到这儿来了？刚回过神来，就见远处有人一边往这边跑，一边在喊建成。建成走出来，问："什么事?"来人是小福子，三十几岁还流着鼻涕。小福子气喘吁吁，脸憋得通红，好半天才说："你家屋塌了，快去!"建成的眼直了，没工夫问小福子详情，快步朝老屋方向跑去。

老屋真的趴下了，像个可怕的怪物瞪眼看着建成。建成也瞪眼看着它，木木地杵在那儿没有言语。

其实，这个怪物还是讲道理的，它没在建成老婆儿子孙子都在的时候趴下，也没有在晚上建成睡在床上的时候趴下，它瘦弱的身躯承受了三十多年的压迫，实在是难以承受生命之重。它选择了在这么好的大晴天，空无一人的大好时机喘气歇息，它对得住给它生命的主人，它相信主人会把自己的生命寄在另一个上面延续并发扬光大。

小福子说："建成你这么大还哭鼻子哩，不害臊呵。"建成这才抹去眼泪，蹲下身子抽了一支烟。

接下来的事儿很琐碎，清理一个屋场要许多人手，儿子儿媳在外打工，孙子跟着在那儿读书，老婆去外省给女儿带孩子去了，家里就剩下建成光杆一个。儿子电话里叫建成请人，可说起来容易，办起来没那么顺利。村里年轻人很少，只有老人孩子，请个帮手都难。当然，再难也还是要人手的，建成在本村请到了六个人，在外村请来了四个人，这十个人，花了三天的时间，终于把屋场清了，并打好了屋基。建成没有借别人的屋住，而是在屋场旁边的空地上搭了一个草棚子,老屋清出来的家具都成了废物,只有被褥、衣服之类的东西还可以用,都被他堆在棚中。先前做的屋是砖木结构,而现在却是钢筋水泥混浇的,那些旧木料都被堆在草棚前,派不上一点用场。砖瓦也全没用,没处放,建成就一车车地推到村头堆垃圾的山坡上倒掉。听着那砖瓦破碎的声音,建成心头涌出一股酸涩。

建那幢房屋的时候,建成结婚不久,夫妻俩从早到晚都把心思花在建房上,砖瓦是他们和好了泥一块块做成的,然后挖了个土窑自己烧制。小土窑质量难把握,弄得不好,整窑就烧废了,只有做土坯再烧。前前后后烧了十多窑,总算凑足了砖瓦。木料的准备时间更长,有些是建成的父亲老早选好的放在屋里,有些是当时买的,当然,还有一部分只有建成和老婆心里清楚是怎么来的。那时建成老提心吊胆,生怕有人闯进屋来问他木料的来源。砖块是建成亲手一块块地垒起来的,每块都留有他的生命信息。

现在,建成又要建房了。

儿子说寄钱过来,没空回家,建房的事就让父亲全权负责。老婆在电话中语气有些暧昧,倒是旁边的女儿抢过话筒说:"爸,小毛毛正是最需要照应的时候,小家伙和外婆正有感情哩。再说,请保姆哪能请到那么好的人,只有自己的亲人才可以让人放心。妈的身体也不怎么好,做不得体力活,建房的事还是你多操劳些。过几天,我寄笔钱过去,你可以请个小工帮忙。"接完电话,建成的心里空荡荡的。儿子儿媳不回来,那是他意料之中的,这些年他们在外打工挣钱,也是为了早点把家里的房子重建一下,别人家早建了楼房,自己还住着一个老屋,面子上也不好过。在他们的计划中,建房是要到明天秋天的,现在一场大雪把计划提前了。年轻人可以不回来,因为他们要在外面挣钱,可老婆不回家,让建成心头不好受,很失望。其实他并不要她帮着干什么体力活,只要身边有个人说说话,有时帮忙出出主意,累了有人送来茶水,洗洗衣服什么的就可以了。建房不但是力气活,还要有耐心。身边有个贴心的伴儿,那样干活不会太累,心里安稳,那他就会有力气、有耐心把房屋建完。

草棚透风,夜里睡不踏实,建成在心里开始构思着新房的蓝图。门外有响动,建成赶紧爬起来看,原来是猴头打着一只手电筒射过来,踢翻了门外的一根木料。猴头进门一屁股坐在床上,瞧了一眼棚内乱七八糟的东西,说:"你这个人真是固执,借下别人的屋住一下不可以吗?屋前那些破旧东西没人要的,守个草棚子多不方便。”建成半个身子躺在被窝里，给了猴头一支烟，自己也点了一根，一下子，棚内的烟气像雾气般飘浮起来。建成一边咳嗽一边说：“你这个精怪，半夜跑来总不是对我嘘寒问暖吧。”猴头咧嘴一笑却说了另一个话题：“我要是个女人多好，你早就把我拉进了温暖的被窝里。”建成一点也没有开玩笑的心思，他摇摇头说：“女人现在对我没有用了，我的心里只有房子。”猴头说：“西施貂蝉大乔小乔樊梨花潘金莲？都不想？”建成坐正身子，看了猴头半天，说：“你到底有什么正经事，七拉八扯的，我现在可没工夫听你讲古呵。”猴头抽完那支烟，在脚下踩灭了烟头，才抬头说：“肯定有正事，为你屋子的事。”

猴头这次来，是有任务在身的。他的外甥是乡镇上的一个小包工头，听说建成要建房，想承包工程。近年来，由于主要劳力都外出，家里人手不够，村里的人建房大都是承包给人家的，方式虽有多种，但基本相同，只是细节上有差异。猴头想不到的是，他这话一提出来，建成就一口回绝了。

“另请了高明？”猴头不死心，问建成是不是已承包给了别人。

建成摇了摇头。猴头不相信地问：“你自己做？”建成点了点头。

猴头起身走出来，一脚门里一脚门外说：“做屋打船，昼夜不眠。这句古话你还不懂吗？你这是自找死路哩，都太阳快落山的人了，还是光杆司令一个，你能干得了那么多的活儿？再说，还那么攒劲做什么，钱能带到棺材里去吗？”

建成狠声回答道：“我就不信自己不能把房建起来，你等着瞧。”说完，他将头蒙进了被窝里，只感觉到脑袋里嗡嗡地响个不休，索性爬起来，走进屋场中。外面有了微弱的月光，一钩弯月正慢慢地透出云层，渐渐亮堂起来。屋场的地基已打好，等着浇灌混凝土垫层，上面再浇灌地梁。出了土面，砌墙的事就简单一些了。月光底下，建成拿了个卷尺这里量量那里测测，头发上的露水湿漉漉地往下掉，他浑然不觉。

“做屋打船，昼夜不眠。”建成进草棚时嘴里竟然哼出了这句话。

从春到夏，建成将心思和力气都放在建房上。

倒地梁和浇楼面是要请很多人的，都是临时的。砌墙基本上是建成一人做成，不过，砌墙非要有个帮手，否则你有天大的本事也是不行的。建老房子的时候，有老婆跟在身边，那时老婆年轻有力气，建成也不怕苦不怕累，甚至晚上还要和老婆亲热一番，第二天做工照样精神饱满。

请什么人帮工呢？村里没什么有力气的人了，外村也很难请到长期的帮工,想来想去,建成突然就想到了小福子,这小子有的是力气,虽然智力有点问题,但在别人的指挥下帮帮工是完全可以胜任的。不过,要请动小福子,说难不难,说易也不易。小福子在村里非常热心做工,哪个家里要砍担柴,哪个粪坑满了要挑几担粪,哪个临时要帮个什么忙,只要找到小福子,他会很高兴地去干。小福子不要工钱,他只要人家给包烟。小福子烟瘾重,一天要抽一两包。小福子父母都老了,自己单身一人,哥嫂顾不上他,由着他去。小福子做个临时工倒是可以,要他长期帮着建成建房,显然不太现实。不过,建成想试一试。

那天建成特地准备了一瓶好酒、两包好烟,就在那个草棚中宴请小福子。别看小福子人傻,一年到头都流着鼻涕,个子却比建成高,浑身有的是力气。进草棚时头顶被碰了一下,小福子气得一脚把随他一起钻进来的大黄狗给踢得哇哇乱叫。大黄狗一蹿,竟然蹿上了桌面。建成正在炒菜,见此情形,手里的锅铲也没放下,慌忙扑过去,首先稳稳地抓住桌上的酒瓶,然后一锅铲打向狗头,骂道:"正好杀了它下酒。"大黄狗叫着奔出棚外,一路上把棚内的家什撞得东倒西歪乒乓乱响。

有了烟酒,小福子口头答应是没问题的,建成知道,还有一样东西必须事先给他承诺,或许这样才可以管住小福子。村里的人都知道,小福子平常最喜欢两样东西,一是香烟,虽然他得到了,但要长久吸下去,是要付出劳动的。另一样是小福子至今没有得到的,但他总想得到,那就是女人。十年前,小福子曾偷看过村里的女人洗澡,甚至要做出傻事来,父亲发觉后,对他好一顿毒打。小福子长了记性,不敢对女人怎样,但见了女人,总是傻笑着,口水跟鼻涕一起流。小福子的酒量不行,建成也不敢给他多喝,反倒使自己喝高了,喝高了的建成没有平时的顾虑,能放得开,把胡乱编的话像真的那样说了出来:"小福子,哥已给你相中了一门亲事。亲事你不懂吧,跟你说明白,就是相中了一个女人。"小福子把头伸到了建成的筷子底下,问:"在哪里?"建成呵呵地笑着道:"看你急的,哥只是给你相中了,等把房子建完后,哥再去给你提亲,把女人给你接进家来,让她天天陪着你,好吧?"

"好。"小福子大声回答。

"有女人的日子就是好。"建成轻声地自语了一句,头伏在桌子上,不一会儿鼾声如雷。

建成真的醉了。

有了小福子做帮工，建成砌墙很顺手，建房的进度也不慢。建成每天只给小福子一包烟，工钱其实还是照算的。建成已跟小福子的父亲说好，等完工结算时，由他当面付给小福子。建成不是贪小利的人，该给人家的工钱他绝不会赖账，哪怕是像小福子这样的人。虚幻的女人对小福子还真起了作用，他尽心尽力地帮着建成，连称呼上他都不再是直呼其名，而是改口叫“建成哥”了。他还不仅仅是帮着砌墙，遇上拉钢筋、运水泥、上车等与建房有关的活儿，建成都把他带在身旁。小福子确实有一身的力气，而且不怕脏不怕累，建成有时在心里想着，等房子完工后，是该真的为他找一个合适的女人。有了女人，或许真的能改变小福子的一切。

第二层开工的时候，小福子却罢工了。建成这个房子是打了三层的底子，目前也只准备建两层，一层的房子热天不好住人，说什么也要把二层建完才能暂住。也就是说，关键时候，小福子不干了。说实在话，小福子能支撑到这个时候，已是非常不易，往常谁也不能让他帮着做三天工。从春到夏，转换了一个季节，小福子已是给了建成天大的面子。

建成不甘心。小工难找，找个像小福子这样有力气、好说话的小工更难。

这次建成带了一条烟，亲自上小福子家。

天气还不算热，小福子下身只穿了一条短裤，仰靠在破摇椅上摇晃着。他见了建成进屋，也不起身，脸上竟嘿嘿地笑着。建成把一条烟丢给小福子，说：“哥来看你了，那么欢喜，做美梦啦？”小福子一点也不傻，他抓过烟，夹在腋下，说：“烟我抽，工可不做。”建成打了一下小福子，说：“你脑子一点也没坏，精着哩。哎，小福子，我说正事儿，你不跟我做工，那帮你找老婆的事我可不管了。”小福子一下子坐起来，说：“你骗我哩，我不听你的了，五婶答应帮我找老婆，过两天我还要去她娘家帮工呢。”听过这话，建成心头升起一股怒气，怪不得，原来背后有人在捣乱。但建成把怒气压回去，一个大胆的想法冒了出来。他一下子把小福子拉起来，问：“五婶答应什么时候给你找老婆？”小福子说：“她说要等秋后呢。”

“我明天就带你去。”建成说出这句话后，嘴角边好像有个小人儿在扯动，怪不舒服的。

小福子双眼放出光亮，说：“好，不要骗我，来，击掌！”

啪的一声，小福子的巴掌击在建成的手心里，疼得他倒吸了一口凉气。

答应了小福子的事，那是不能改变的。建成晚上躺在床上为这件事很纠结，而且直到上车前他心里都在不住地徘徊。

这是一个重大事件，为了建房，建成豁出去了。

县城里的杨柳路建成早就听说过，而且据说都是一些中年女人，价格便宜，办事方便，对小福子来说那是再适合不过了。建成拉着小福子的手，生怕人一多走失了。

正是中午时分，小福子并没有像往常，这个时辰一到就喊饿，倒是建成饿了。他先找着一个小饭馆解决了肚子问题。小福子没来过县城，一切都觉新奇，脸上的热汗拌着鼻涕被他卷进嘴里，和着齿缝间的残渣有滋有味地咀嚼着。吃完饭，建成拉着小福子像牵着一头牲口。杨柳路并没有想象中的繁华，相反很冷清，行人稀少。其实建成不知道，城市的繁华大多是在晚上，况且现在正是午后，有几个浓妆艳抹的女子慵懒地半躺在沙发上，见建成他们走过，只招了一下手，连身子都没抬。在另一个店面门口，建成停住了。不是他要停住，是里面出来的一个胖女人把他俩拉住，建成和小福子半推半就跟了进去。从热辣辣的阳光下进来，建成看不清里面的一切，待适应后，才看清沙发上坐着两个女子，说不上多大年纪，只是感觉很艳，像油彩太浓的画儿似的。

小福子双眼发直，紧盯着其中一个露着雪白大腿的女人。

建成走出门来，在不远处的一棵树底下等候。树荫下不是很热，可建成却在不住地喘气，头晕目眩，心在扑扑乱跳，只好抽出一支烟来猛吸。刚才走出门时，那个胖女人拉住他，往他的裆部一捏，说："大哥怎么不玩一下？"建成慌张地逃出来，紧张地张望四周，幸好没人看见。建成心里矛盾着，烟抽了两支，还没有拿定主意。这两年来除了过年时老婆回家，他从没碰过其他女人，但现在建成真有点心猿意马了。他狠劲地掐灭烟头，挪开了脚步。

好在这时小福子出来了，建成长长地呼出了一口气。小福子笑容满面，步履如风，换了个人似的。建成悄悄地在他耳边说："等把房子建完，我就帮你做媒，让那个女人做你的老婆。"小福子伸出那个宽大的手掌，建成没明白他的意思，小福子高声道："击掌！"

天气一天天热起来，建成的房子没有停工。白晃晃的太阳底下，小福子黑亮的背脊在闪耀，灰色的短裤湿透了。有时他会突然笑起来，建成知道他在笑什么，心里发毛发虚。

墙砌得越来越高了，离建成的希望也越来越近。

建成不知道，这只是他一厢情愿的想法。另外一些人的想法与他背道而驰，他们坐在空调房里，喝着香喷喷的茶水，正在酝酿一个伟大的计划。这个计划对于建成来说，就如台风般席卷而来。

建成正在砌墙，突然一个喷嚏响亮冲出，险些让他跌下架来。村主任就是这个时候过来的，村主任喊建成停下来歇歇，建成说他不累，村主任说不累也要歇，有事找他。建成很不情愿地爬下来，对正在和泥的小福子说："歇歇。"

建成抹着汗，给了村主任一支烟，村主任接过来，并不吸，夹在指间玩弄着。村主任说："建成，我在乡里开了会，你这个房子恐怕是不能建了。"听了这话，建成真的急了，说："我这地基是老宅基地，没占田没占山，倒塌了房子重建，违反了哪条规定?"村主任说："没有违反，只是上面要来开发，要招商，咱们这儿正好是开发区，不光要拆你的屋，村里其他的屋也要拆。我是先给您打个招呼，把工停下来，少受点损失吧。咱村这个地方，是个好去处，以后可热闹着呢。"建成拉住村主任要继续说理，可村主任说他现在没空，今天不是正式通知，只是顺带给他说一声，如果动真格时，那还有很多工作要做，拆迁费啦，安置点啦，等等，头疼着哩。

建成不相信村主任的话，村主任有许多时候说话不算数，他领教过。不过，有了村主任这番话，建成的心里老有个疙瘩，沉甸甸的，影响了他的情绪，从而影响了建房的进度。建成有好几次看到村主任从村里走过，但都没有叫他停工。建成想，村主任这次也只是随便说说，好多事情都是这样，光打雷不下雨，等风消云散尽，什么事情也不会发生。

夏天真不是建房的时候，热浪袭击着两个光着膀子的男人，连小福子都吃不消了，时不时地躲到树荫下喘气。建成的身体更不行，只是他不敢偷懒不敢歇下，怕自己一歇下，就再也爬不上墙架了。硬撑着的结果肯定会发生情况，那天他正砌着墙，忽感一阵晕眩。他脑子还算清醒，赶紧下架，没走两步，人一下子昏了过去。小福子把他背到树荫下，好半天建成才苏醒过来。

在家只休息了一天，建成又开始砌墙了。身上的死皮一层层卷起来，又痛又痒，手一抓，皮屑纷纷扬扬地飘下，地上好像撒了一层米糠。现在，做工时他错开了高温时段，起早，摸黑，这样时间紧张，但做事凉爽，不会中暑。

第二层的楼面浇筑混凝土时，已是秋天了。楼面浇筑完工，建成的建房任务终于可以告一段落。砌墙的任务完成,剩下的工序虽然很多,地面呀,粉墙呀,门窗呀,等等,但辛苦和紧张程度显然不能和砌墙、浇筑楼面相比。建成给小福子放了假,当着小福子父亲的面给了工钱,自己也打算休息几天,顺便到镇街上买点建材回来。

建成还没出门,村主任却找上门来,是来通知晚上开会的。建成问开什么会,村主任说:“这次可是真的动员了,上次我叫你的房子不要再建,你硬是不听。”建成冷冷地说:“我不去开会。”村主任说:“你以为你不参加会就不可以拆房吗?这是政府的规划哩,你一个平头百姓能扛得住?今晚可不是我来开会呵,是乡长亲自来,你不开会,就你的头硬!”村主任气呼呼地走了,建成一屁股坐在地上不想再起来。

气话归气话,晚上的会建成还是参加了。令他想不到的是,乡里一下子来了十多个人,把会议的气氛弄得很严肃。会议前半段开得很平静,后半段却是在吵嚷之中结束的。拆迁这个词对村民来说并不陌生,在电视中常常听到过,从没有哪个记在心上,可真要动筋动骨地拆到自己头上来,就像动了他们的心肝宝贝一样痛心。参加会议的基本上是中老年人,他们的根都在小村,尽管开会的领导把他们的未来描绘得那么美好,可他们就是转不过弯来。可以说,会议开得很失败,几乎没有人同意官方的拆迁方法。这样的结果对建成是一种精神上的安慰,房屋刚刚建起来就要拆除,抛开利益不说,心理上他是无法接受的。

秋天是收获的季节,村民们没有谁去关心田地的收成,拆迁这个词在村里成了热点。

又开了两次会,不是集中开,而是分散分户,分头工作,逐个击破。村里开始有人动摇,有人主动拆房子了。一旦有人开了头,就有人跟着上。会上早已宣传过,先拆的有优惠政策,坚决打击“硬头户”“钉子户”。建成心里发慌,一发狠,干脆把草棚拆了,住进了新房子。

搬进新房子那天,建成估计村主任是肯定要来的,没想小福子却先来了。小福子嘻嘻笑着:“我老婆呢?你答应过我,一搬进新屋,就给我找老婆来。”建成本想发火,可看到小福子那个傻笑的样子,火气熄灭下去,说:“有人要拆我的房子哩,没有房子,我也无法给你找老婆了。”小福子听过这话很生气:“哪个狗崽子要拆你屋?”建成想了想说:“村主任。”小福子说:“我去找他。”建成说:

"行,但你别动手打人。"

小福子转身出屋,正碰上村主任要进来。两人碰面,小福子双手一推,就把村主任摔了个四脚朝天。村主任大怒,爬起来一看是小福子,哭笑不得,喝道:"你在这里做什么,我去叫派出所的人来把你抓走。"小福子吓得鼻涕长流,赶紧跑了。小福子天不怕地不怕,就怕派出所的人来抓他,这是他的软肋。

村主任对建成很生气,开了会做了工作,建成还是一点也不开窍,而且还要对着干,这不是故意跟他作对吗?村主任生气了,后果很严重。

第二天就有推土机进了村,先把建成屋前的道路给堵塞了,后来推平了已拆过屋的场地。村庄一下子变成了一个很丑陋的工地,三三两两没有拆迁的房子几乎都没有了出路。拆迁的农户都被临时安置在一排板房中,到时按协议住进政府为他们建的新居。

小村成了一个热闹的场所,随着村里房子越来越少,大型机械进出更频繁。最后只剩下建成那幢房屋了,远远看去,碉堡一样耸立在那儿,像个孤单的老人一样无依无靠。

村主任这时再次走进了建成的屋里。

建成也很生气,但他是在屋里生闷气,没有一点办法。儿子似乎也不理解他的做法,在电话中叫他随大流,只不过是多要点补偿费,气得建成把手机都摔了。村主任进去后,他正好把那股憋得难受的闷气给发泄出来。村主任发了火,说:"建成,胳膊扭不过大腿的道理你都不懂。再顽固不化的话,咱们就走着瞧吧。"

村主任发了火,后果很严重。

那天建成正在吃早饭,村主任带着两个警察走了进来。建成没有半点心慌,仍在低头喝粥。粥里有股难闻的味儿,村里的井都被塞了,没有干净水,他只好挑村口池塘中的水来做饭。电线也早被剪断了,点着蜡烛也习惯了。有时晚上他甚至连蜡烛也不点,黑灯瞎火地上床睡觉。建成没做坏事,他不怕警察。难道没有拆屋就让警察来抓?笑话,人不是吓大的。

可警察只问了一句话,建成就吓慌了。警察叫他去派出所做笔录,建成老老实实地上了车,村主任在旁冷笑两声:"敬酒不吃吃罚酒,这下总要服软吧。"

在派出所里,建成看到了小福子也在,心越发慌乱了。

一个警察说:"介绍卖淫罪,你总知道严重不严重吧。老实详细交代吧,这样才可以从轻处罚。”

交代完罪行，村主任出现了。村主任说：“建成，你可是给咱村抹黑了，害得我们村连续十年的先进都被你给破坏了。你马上要进号子了，要不要我给你儿子打个电话？”建成扑通一声给村主任跪下了：“村主任，求求你了，你要想办法救我啊。我知道，你的办法多，只有你才能救我。”村主任拉起建成说：“你这可是犯罪呀，谁也救不了你的，除非——”

“除非什么？”建成仿佛抓到了一根救命的稻草，急着问。

“除非你自己救自己。”村主任故意卖关子。

建成还是不懂。村主任说：“你不支持我的工作，我反过来还要救你，天下有这种道理？”

“房子？”建成想起来了，赶紧说，“房子我回去就拆，我支持你的工作。”

村主任哈哈大笑起来：“房子不用你拆了，已经拆了，你只要在协议书上签个字就行。”

“已经拆了？”建成茫然地看着村主任，似乎明白地点了点头。

从派出所出来后，建成买了一挂鞭炮和一沓香纸来到了已夷为平地的屋基上，烧着了香纸，点着了鞭炮。建成相信，房屋是有生命的，那是他建成给予的。现在生命已消失，就像失去了一位亲人，他没有理由不祭奠一番。

建成虔诚跪拜时，屁股猛地被人踢了一脚。回头一看，是小福子。小福子说：“你答应给我找老婆，快给我找来。”建成说：“房子没了，你老婆也没有了。”小福子飞起一脚，踢在建成的额头上，鲜血汩汩地涌出，流到嘴边，建成闻到了一股咸腥味。

（原载《雨花》2013 年第 12 期）

埋　葬

那日的阳光异常耀眼，以至李小东踏进院子时王桃英还没有看清来人的模样。王桃英只感觉到白光底下突然一黑，好像有一根木桩栽进了院子，王桃英抹眼惊讶间，李小东已走到了她的面前。看着眼前这个壮实如山的女人，李小东浑身一软，一个脏旧的旅行袋啪地掉在地上。他伸出双手抓住女人的身子，一行清泪便如泉眼般涌了出来。

王桃英的嘴巴张合了几下还是没有说出话来，待把男人前前后后看了个够，才终于颤悠悠地说出一句话："怎么瘦成这样呀，累了也不早点回来。"

其时太阳高照，院内温暖如春。李小东一路风尘，衣服皱巴巴的，变换了颜色，稀疏焦黄的头发乱得打结。王桃英要他洗个澡，李小东一听，浑身早起了鸡皮疙瘩。王桃英不管他愿不愿意，自己先进屋里衣柜中翻出丈夫的干净衣服，然后烧好了一大壶热水对好，找来一只大浴盆，放在向阳的墙壁下，把院门一关，看着李小东说："都准备好了，快脱衣洗个澡吧，把一身晦气冲掉。"李小东站在墙壁下迟迟疑疑不肯动手，王桃英不高兴地说："这么暖和的天气，洗个澡还怕冷？再不洗，等下太阳偏了西，那可真有点凉了。"李小东还在磨磨蹭蹭，王桃英忍耐不住，一把抓过丈夫的手臂，三下五除二地把他的衣服一件件地剥下。李小东本能地想保护着什么，嘴里不住嚷嚷："我自己来，我自己来脱。"王桃英没有住手，把他剥得一丝不挂，摁进了浴盆，李小东一下子便感受到了一种浸泅体内的温暖。他索性眯起眼睛，半躺在浴盆中，什么也不想，任由王桃英的手在身上游动。洗到下身时，李小东的身体里有了某种冲动，但仅仅只是冲动而已，和过街老鼠似的一闪而过。王桃英停住活儿，盯着男人的脸看了好一会儿，说："你这不是累，是病吧，病得还真不轻哩。"李小东连着叹了两口气，答非所问地说："总算回家了。"

洗着洗着，王桃英又停住了，问男人："你皮肤上怎么长了这么多红斑呢？"李小东凝望着刺眼的阳光没有搭话。

澡盆中漂浮着一层厚厚的污垢，王桃英倒掉时有点反胃，把要呕吐出来的酸水变成了一个长长的哈欠。她有些累了，坐在旁边的凳子上，看着李小东一件件地穿衣。这些衣服如今穿在他的身上，显得宽松而肥大，倒像个落水之人接受了旁人的接济一样，尴尬而怪异。

洗过澡的李小东确实感觉身上轻松多了。他不敢进屋去，只靠在墙壁下的太阳光里享受着短暂的温馨。他知道，眼前的一切都是假象，不一会儿都会随风而去，那么迎接他的将是一个冰冷的世界。他希望时光能停留在这个瞬间，哪怕把自己凝固成一个没有生命的雕像。面对王桃英，他选择了沉默。

王桃英不会沉默，她早有一肚子话要问男人，在李小东一进门时，她的话语被眼前变化太大的丈夫给吓了回去，变成了一种疼痛。当初出门时男人的身体那么强壮，可两年没回家的他怎么变得骨瘦如柴呢？尽管李小东回来前给王桃英打过电话，告之自己最近感觉很累要回家休息一下，王桃英怎么也不会想到事情会比她想的还要严重，也让她无法接受眼前的现实。现在，李小东像个丑陋的扫帚一样靠在墙壁下，只要一阵风吹过来便可能倒下，王桃英在心疼之后渐渐有了一种不满。而这种不满在听了李小东的解释之后却变成了恼火，因为王桃英问李小东为什么瘦成了这样，是不是得了什么病，而李小东则淡淡地回答了两个字：感冒。

感冒？王桃英的目光再次落在李小东脸上，而李小东却别过脸去，让她看到的只有半边枯涩的胡茬。

“不行，明天我陪你去县医院检查一下，哪有这样的感冒？”王桃英站起来，硕大的身影把李小东跟前的阳光给遮住了，李小东顿感浑身发冷。

冬闲的日子里，小村里的行人很少，他们都蹲在自家的院子里晒太阳。其实，小村里除了幼儿和上学的儿童，几乎没有什么年轻人了。本来他们都是喜欢串串门，聊聊天的，可最近发生了一个很惨痛的事件，让他们一下子改变了多年养成的习惯。

村里有个老婆婆带着三岁的孙子和一群老人们聊天聊得兴起，竟然没有发现离开身边的孙子，等她发现时，可怜的孩子已被死神带到了村前的那口池塘中。孩子被捞起来的时候，老婆婆也纵身跳进了水中，跟着孙子一起走了。悲剧不能重演，没有任何人能承受如此大的打击。如今，有小孩子的人家都是屋门紧闭，不敢让孩子乱走半步，大人也不敢随便出门。小村里没了生气，犹如人身上没了精神。王桃英生活在这样一个没有生气的村子里，只有把许多念想寄托在李小东身上，两年来丈夫没有回家，她没有责备他什么，只要他能及时寄钱回家，那就是对她最好的安慰。儿子还在读大学，房屋去年建了一层，今年加了层，因为资金不够，粉刷整修还要待明年。要不是建这个房子，王桃英早就随着李小东一起去打工了。在村里，没有谁愿意真心侍弄田地了，随便种随便收。如果仅靠种田的收入来源，做一世也建不起一幢房子。

两人之间的难堪是从晚上开始的。漫长的冬夜让李小东辗转反侧，也让王桃英无法入眠。几百个日子以来，她习惯了一个人平静地睡去，是因为身边没有让她激动难耐的火焰。如今身边有了她曾同床共枕的男人，有了她许多甜蜜回味的往事，荒芜多时的心田开始有细流汩汩淌出，让她把男人的病情暂时忘记。或许是黑暗之下的掩蔽，李小东的身子不再像在阳光之下的那么软弱无能，在王桃英的双手水蛇一样的游走之下，渐渐坚强起来。一切是那么熟稔，一切是那么顺理成章，一场等待已久的演出即将激情上演，王桃英甚至已提前感知到了一种来自内心深处的颤抖。

“不能！”李小东突然大喊一声，掀开被子跳下床来。

黑暗之中，李小东虽看不清王桃英的表情，但他已完全感觉到了王桃英的惊恐和惊恐之后的愤怒，连李小东自己也被这样的动作给吓住了，以至于竟然忘记了在这寒冷的时刻自己是光着身子的。王桃英没有拉亮电灯，而是一把把丈夫拉上了床，李小东的突然变故让她猝不及防，更让她感到了一种耻辱，怒火中烧，她要把李小东撕成碎片方解恨。

李小东默然承受着王桃英暴风雨般的发泄，这是他意料之中的事情。如果事情真像一场风暴一样，把地上的污垢清洗干净，第二天太阳照常升起，风和日丽，万物宜人，那该有多好。可李小东身体上的污垢是难以清洗了，他不能让自己的肮脏玷污了王桃英的身体，否则他就成了罪人。世上没有后悔药，李小东只有坦然面对这个无法逃避而难堪的夜晚。

后来李小东对王桃英的解释是，并不是自己嫌弃她，而是他突然感到很累，怕只顾了一时的欢愉而落下终生的病痛。这种事是有过先例的，他们村庄就曾经发生过。二十年前吧，一个男人死在了老婆的身上，开始有人认为是谋杀，后来最终认定是丈夫发病引起的。

不管李小东的解释是否合理，王桃英的哭泣没有停住，但已没了刚才的愤怒。黑暗把丑陋的现实掩盖住了。

暴雨过后没有风和日丽，只有冰冷的沉默。

后半夜，屋外起了风，越来越大，像把刀子一样割碎了窗户的玻璃，吹着口哨登堂入室。李小东爬起床关上窗子，呼啸而来的冷风让他接连打了几个寒战。白天的异常晴暖预示着严寒的到来，这是天气变化的常理，于人，或许也是如此吧。比如，享受了所谓的快乐，过后却是无尽的痛苦，甚至失去宝贵的生命。

一大早王桃英打开门，发现已下起了小雨，风还是那么狂，与昨天比较，好像从夏天一下子进入了冬季，骤然的变化让她一时难以适应。就像昨晚，她还没从那种情绪中走出来。做好早饭，王桃英懒得去喊李小东，从锅里盛了一碗，端进房里放在床边的桌子上。李小东还没起床，他坐在床头发愣。一见王桃英给自己端来了早饭，连忙说："我起来，起来吃。"

饭桌上的话自然很少，李小东低着头，王桃英干脆坐到厨房门槛上，与李小东拉开了一段距离。吃过后，王桃英先是梳理了一下蓬乱的长发，又从柜子里翻找出一件鲜艳一点的衣服换上，七翻八找地拿出几张票子放进贴身的口袋，李小东说："你要出门？"王桃英回过头看了他一眼说："咦，昨天不是说好了？今天我陪你去县里看病呀。"生气归生气，治病的大事王桃英还是记得的。李小东说："我不去看，我没病，只不过是感冒。"李小东看到王桃英眼中的愤怒要发作，便赶紧说："今天这么个鬼天气，等天晴再去也不迟吧，我又不是得了什么急病，也不在乎这一天两天的。"这话倒说到了点子上，王桃英看了看外面的风雨，点了点头说："也罢，过两天就过两天，你这病也不是一日两日的事。"

下雨天，村里的闲人有机会走动，他们知道李小东回来了，便来串门。李小东最怕他们问自己的身体，可他们最先问的就是李小东的身体，躲也躲不过。喜欢开玩笑的人就说："小东呵，你怎把身体弄成这样呵，莫不是被狐狸精给吸干了？"李小东怒目而视，"胡说"两个字脱口而出。那人不乐意了："开个玩笑就当真啦，你这人怎变成了这样哟，先前你不是也喜欢开玩笑的吗？"李小东自知失言，连忙赔着笑脸："难道我的话就不是玩笑啦？"年纪大点的人说："在外面也不要太卖力了，累生了病，吃苦遭罪的还是自己呵。"李小东只有点头。李小东递烟，王桃英倒茶，冷冷的屋中倒让他们交谈得热气腾腾。

村民们走后，李小东一个人坐在屋里生闷气。不能不说村民们大多是热心人，是在关心他，但也有看笑话的人或者说幸灾乐祸的人。想当初回家来，村民们总是问他挣了多少钱而从不问什么身体不身体的，无论男人还是女人总是羡慕他一身肌肉一身力气。在农村，力气代表着希望，不管走到哪儿都可以凭真本事挣钱，弱小的男人则会遭到耻笑。这样一想，李小东也就更仇恨起心中的那些事那些人来。

接连下了两天的雨，气温骤然降了下来。王桃英心中的气渐渐消散，丈夫有病，她想通了。因为怕冷，再者身体也不舒服，李小东躺在床上没有起来，饭都是王桃英端到床头。

第三天是个大晴天，但气温仍然很低，路上结了冰。王桃英吃过早饭又在做着出门的准备，李小东显得有点焦躁，他不想去县城看病，但又找不出什么理由。王桃英看到他不乐意的样子，没好气地说："你以为你是天王老子，就该我巴结你？要不是看在儿子的分上，我才懒得管你。儿子读大学要钱，房子粉刷要钱，这些钱都要男人去挣，难道一个妇道人家能挣得到？看好病，才能对症下药，才能早点把身体养好，为这个家挣钱。"

听着王桃英的这番话，李小东的心里越发冷如冰窖，绝望的眼神里突然喷出一股火来。当然这股火很快熄灭下去，但深深隐藏在心底的某个地方，一遇时机，便要燃烧。

去县城的路上，发生了一件事，彻底改变了李小东的想法，或者说坚定了他的决心。

客车跑得正欢，突然被一辆面包车给拦住了，从面包车上下来一个中年妇女，急急地挤上了客车。她双目一睁，便瞅准了一个目标。女人力气很大，双手一抓，一个中年男子被她给揪了出来，拉下了车。接着从面包车上下来两个男人，对被女人拉下车的男人看也不看就是一顿拳脚，打得男子双手抱头，满地翻滚。客车上的司机只鸣了两下喇叭，丢下男子，开车走了。车上有人认识他们的，说刚才两人是夫妻，男人原本很不错，后来不知为什么变了心，老往县城的发廊跑，还染上了性病，传染给了女人，从此夫妻除了吵架就是打架。刚才面包车上下来的两个男人是女人的弟弟，他们给姐报仇来了。沉闷的车厢里因了这件事，立马变得活跃起来，他们用调侃的、讽刺的、愤怒的语气谈论着被老婆揪下车的男人，没有人注意到李小东的脸色煞白煞白。

到达县城，已快近下班时间，王桃英不敢怠慢，打了个的士直奔医院。坐在车上，王桃英感觉到丈夫李小东的身子不住地颤抖，便捏了捏他的手说："车里开了空调,你还冷吗?"李小东双眼只望着窗外,随口说:"紧张。"王桃英点点头说:"那倒是,大医院的门俺还从未进过哩,你这么一说,我都有点紧张了。"说话间,车子便停在了医院的门前。下车时,王桃英对那司机说:"原来路这么近,多花了俺几块冤枉钱。"司机不高兴地说:"你们这是坐在车上感觉不出来,不信你走走,没有半个小时,我赔你双倍的钱。"李小东下车后一直低着头没作声,王桃英赶紧来到挂号的窗口前,还好,人不多。

李小东在大厅里不住地踱着步,王桃英说:"你在椅子上坐着吧,走来走去多累人。"李小东看了王桃英一眼,然后说:"我上一趟厕所。"王桃英"哎"了一声,说:"快点去,马上就可以挂到号了。"前面的人渐渐少了,王桃英这时看到原来旁边还有一个窗口,上面写着"专家号",但挂号费是普通的十倍。王桃英想了想,还是走到专家号的窗口,重新排起了队。由于快近下班时间,专家号的窗口人也不多,王桃英很快就挂上了,不过,要等到下午才能就诊。王桃英长长地吁了口气,转回身张望,大厅里人很少了,李小东还没有回来。

王桃英坐下等着,大厅里的人渐渐少了,可李小东还是没有回来。

王桃英这才感到情况不对,难道李小东故意逃走了?还是突发急病倒在了厕所里无人知晓?想到后者,王桃英的心怦怦乱跳,她在陌生的医院里四处找寻。李小东身上没有带手机,自回家后他从没开过手机。王桃英只有站在男厕所外,大声喊着李小东的名字。再后来情急之下,她也不管不顾,冲进男厕所找人,害得险些被一个年轻男子打了耳光。王桃英几乎把医院的厕所找遍了,也没见到李小东的踪影。显然,结合看病之前李小东的态度,王桃英想,李小东真的是逃走了。那么,李小东为什么有病不治要逃走呢?王桃英已没有力气发怒了,她瘫软在大厅的椅子上,委屈的泪水与汗水混在一起,如大病一场。

走出医院大门后,王桃英才感觉到肚子很饿。大街上人来人往,县城又那么大,要想找到故意躲藏的李小东无异于大海捞针,还是先填饱肚子再说。吃过午饭,王桃英打算返回家去,也许,李小东早就逃回到了家。只是,见到李小东后她要做出怎样的行动,王桃英还没有想好。

回程只花了一个小时就到了村子,王桃英老远就看到村口的池塘边上围了一大堆人,王桃英吓了一跳,脚下也不知哪来的劲,噌噌几下就窜进了人群。虚惊了一场,原来是有个外村人在洗衣的石板前用棍子绑着磁石在水下捞硬币,人们围着是在看热闹。据说这样的捞钱方式一天运气好的时候有上百块进账,也不失为一种生财之道。

屋门还锁着，李小东没有回家。而且一直到晚上，李小东依然没有回来。

夜晚的寂冷让王桃英感到的不仅仅是孤单，现在她没有了委屈，没有了愤怒，而是牵挂。李小东回来的几天里，总有一种捉摸不透的东西让王桃英的心里忽上忽下不踏实。种种迹象表明，李小东一定有什么事瞒着她，因为先前的李小东不是现在这种婆婆妈妈的性格，不是这种想走就走连招呼也不打的男人。李小东变了，难道是因为生病了吗？为什么又要逃避治病呢？王桃英忽然想到了床底下男人的旅行袋，里面会不会有什么秘密？

里面的东西很平常，都是男人一些换洗的衣服，还有剃须刀什么的。里面还有一个本子，王桃英翻开看了看，没有什么特别之处，无非是记了一些工时和某个同伴的电话号码，胡乱地画了一些画像，其中有张画的是个女人，女人脸上的嘴角边还有颗小黑痣，头上还别着一只蝴蝶发夹。王桃英感到有点面熟，一摸嘴角边，心中倏地一跳，脸上一阵热。这画中人不正是自己吗！这蝴蝶发夹还是李小东一次回家过年时给她买的呢。李小东上学的时候喜欢画画，还差点考上了大学美术系，只是回到家后把画画给丢了，在外打工就更没有此雅兴了，只是在闲暇时忍不住手痒才涂上几笔。本子的后面又画了几个女人，但都不是王桃英。翻到最后一页，却是几个大字：报复！报复！报复！

什么意思？王桃英看着这几个刺眼的字，心悬到了半空。

合上本子时，王桃英感觉本子封皮有点异样，剥下来，里面竟然掉出一张折好的纸，打开，是一张疾病诊断书。姓名正是李小东。医生的字潦草得很，病写成了英文字母，王桃英不认得。怪不得李小东不肯去医院看病，原来他早就看过了，而且知道自己得了什么病。干吗要隐藏呢？王桃英想，明天去镇上的医院问一下就知道了。

夜深了，王桃英也很疲劳。那晚，她竟一觉睡到天亮。

镇上卫生院的王医生是王桃英娘家村庄上的人，王桃英在他那儿开了一些感冒之类的药，装作漫不经心的样子把那三个字母写给了王医生看，请教他这是什么病。王医生一见那三个字，神情里有了恐惧感，而后严肃地问："是哪个得了这个病？"王桃英从王医生的神态中已知情况不妙，她谎说自己昨晚看的电视书目中提到这个病，因不懂，所以来问他。王医生这才放松口气道："吓死我了，还以为是哪个感染了这个病哩。HIV，中文名叫艾滋病，知道吧。其实，这病也并不像传说的那么可怕……”后面王医生说了什么话，王桃英一句也没听清，她满脑中只有那三个字在打架。这艾滋病王桃英当然知道，电视剧中她经常看到过这样的故事情节，去年她还看了一场为这种病举行的文艺晚会，王桃英读过几年书，一些常识她还是懂的。王医生看到她脸色不好，要给她看看，王桃英拒绝了。

通往村庄的那条路漫长而遥远，走在这条崎岖的山道上，王桃英感到世界末日般的绝望，此刻她相信没有谁能解开心头的那个结。

屋子里冷冷清清，王桃英闻到了屋中弥漫着一股腐朽的气味。王桃英一眼看到了床底下的旅行袋子，一脚把它给踢了出来。对了，就是它，气味就是它发出来的。王桃英像踢皮球一样把它踢到了院子中，架好柴草，点燃了胸中的那腔怒火。冲地而起的黑烟就像李小东干瘦瘦的身子一样被风吹得胡乱摇摆，王桃英朝那浓烟处狠吐了几口痰。干柴烈火中，旅行袋子和里面的东西很快便化为一堆灰烬，王桃英把那堆土埋到了离家很远的山坡上，并在上面钉了一个桃木树桩。这是老辈人传下来的做法，说桃木桩是辟邪之物，钉上它，里面的邪孽便永世不得翻身。

做这一切的时候，王桃英完全是下意识地跟着感觉走，人就像梦游一般。途经一个小水沟，她蹲下身子洗手，倒影中她看到了一个披头散发的女人正站在身后。王桃英惊叫一声，便失去了知觉。

醒来后，王桃英发现自己倒在一个水沟旁，幸好水沟的水不深，把她的半条裤腿给淹湿了。旷野无人，头顶上有雁阵飞过，咿喔之声不绝于耳，四面的风肆无忌惮地钻入淹湿的裤管中，从下到上，一片冰凉。

晚上，她发起了高烧，白天买的感冒药正好派上了用场。

迷迷糊糊中，王桃英仿佛听到屋门咣当一响，惊醒了。一看窗外，天早就大亮。刚才屋门响，难道自己昨晚忘记了关上院门和屋门吗？头还是很疼，王桃英懒得下床，昨天发生的事如风一般在眼前掠过。如果真的如风一样那就好了，过去了就了无痕迹，太阳照常升起，小日子平安度过。

这时，有个人影如风一般飘到了王桃英的床前。

人影说：“你把我埋了也就埋了，可还钉上了桃木桩，也太毒辣了吧。”

王桃英说：“就是要你永世不得翻身，不要再去祸害别人。”

人影轻轻一笑：“迟了，我的报复计划已经开始。”

王桃英霍地坐起身:“你敢!”

“怎么不敢?我已经把毒火引到别人身上了。”人影说完,便倒了下去,但那狂笑声一直持续着,在王桃英的脑海中盘旋……

头脑清醒过来,已是大早上了,王桃英出了一身汗,感觉好多了。只是起床时浑身凉飕飕的,她换下内衣,肚子已有饿意,准备下厨房做饭。

厅堂中坐着一个人吓了王桃英一跳,是李小东。

昨天的李小东已被王桃英埋葬了,并钉上了永世不得翻身的桃木桩,现在坐在厅堂中的李小东是王桃英的男人。王桃英口气淡淡地说:“没吃早饭吧,我去做。”李小东惊愕地望着心情竟然变得这么平淡的王桃英,预感到事情并不如此简单。他来到房里,一看床底下,空空如也。他明白了事情的缘由,掩盖真相的日子已经过去,必须面对现实。李小东来到厨下,对着王桃英双膝一跪:“我错了。”

王桃英没有停下手中的活儿,而是说:“男人膝下有黄金,起来吧,跪错了地方。”

李小东说:“你不知道,我也是被她们引诱的,她们——”

王桃英打断他的话说:“我没空听你说那些话,别耽搁了我做饭,你到厅堂中等着吧,饭熟了我会叫你。”说着,她自顾在厨下忙碌着。

李小东无趣地站起来,还想要解释什么,王桃英挥了挥手中的锅铲,不理他。李小东知道,王桃英对他的这种态度,其实就是对他真正的绝望。

吃饭时李小东坐在桌旁吃,王桃英则端着饭碗到厨下的矮凳子上吃,两人井水不犯河水,没有一句话说。晚上睡觉,王桃英给李小东另铺了一张床,李小东知趣地钻进另一个被窝。黑暗之中,两人只听到各自的床板在不住的翻覆中吱呀响,吓得老鼠都不敢乱跑。

天气又渐渐暖和起来,李小东跟王桃英打招呼说他要去县城买药。王桃英“嗯”了一声,从柜子里拿出一沓钱交给他,问够不够。李小东说:可以了。

李小东走后,王桃英感到心神不宁,说不清是什么原因,反正心里挺烦躁的。一个想法突然冒了出来,冒出之后便牢牢地牵制着她。她立即锁好门,跟着出了村子。到了乡街上,王桃英看到班车刚刚开走,她便租了一个面包车,叫司机跟着班车,别落下了。

到达县城,王桃英躲在车站旁边的小店里看见李小东下了车,便远远地跟着。李小东并没有去县医院，七弯八拐地走上了一条小街，在一家店面前停住了，走了进去。王桃英也跟着来到那个店面，一看情况，立马来了气。王桃英闯进去时，里面一个黄头发、红嘴唇的年轻女子将她拦住了，问找谁。王桃英不搭理，一直往里闯。女子拉住她，被王桃英狠劲给摔开了。里面有许多小房间，都是紧闭着的，王桃英不知李小东进了哪间，只有大声喊着李小东的名字。李小东倒没喊着，喊出来一个胖女人，看样子是老板。她使劲地把王桃英往门外推，可王桃英拼命喊。接着，有一个小房间的门开了，李小东满脸怒气地走了出来。

在大街上，李小东警告王桃英不要干涉他的人身自由，更不要阻碍他的报复计划。王桃英无话可说，她紧紧地抓住李小东，把他拉上了回家的班车。

事情已经挑明，李小东索性把他的复仇计划告诉了王桃英。他说，反正自己也活不长久了，不泄出那口毒气，他死不瞑目。他请王桃英不要跟踪他了，他目前还是个活人，想到哪儿就到哪儿，跟踪了一次两次，能长久跟下去吗？

王桃英头晕目眩的，李小东已变成了一个魔鬼，已掌控不了他。

既然魔鬼已冲开瓶塞从李小东的身体里跑了出来，那就成了害人精了，不除这个祸害，后患无穷。

王桃英暗暗做着准备，包括态度上的转变。

那天中饭，王桃英破例地拿出一瓶好酒来。自李小东有病后，王桃英都不准他喝酒，李小东自己偷偷地喝了两次，都被王桃英给抢了下来。闻到酒香，李小东把什么都丢在了脑后，根本没想到王桃英会有什么阴谋。

酩酊大醉的李小东躺在床上打着呼噜，王桃英却没有半点闲着。她先给120打了个求救电话，县城到他们乡街上虽只要半个小时，但乡街到这个村都是坎坷的砂石路，也要半个多小时，故在行动前一个小时就给他们打了电话。然后她找出在乡医院买来的纱布、橡胶手套，当然，重要的是那把早被她磨得锃亮的尖刀。这把刀是她父亲留下的杀猪刀，父母都已过世，为此她专门去了一趟哥嫂家，翻箱倒柜才找到。桃木桩和铁锹也早就准备好了，就放在门旁的显眼处。

在等待中，王桃英镇定自若，她自己也感到十分奇怪，自己为什么要做出这么一个冒险的行动来呢？为了自己，显然不是，李小东没有继续伤害她。为了那些龌龊的女人？好像也不是。那么是为了谁呢？王桃英实在想不清，但她脑海中出现的要阻止李小东行为的想法挥之不去，心头之病，不除不快。

时间到了，王桃英已经清晰地听到了远处传来救护车刺耳的鸣笛声。

李小东还在昏睡，王桃英戴上橡胶手套，准确无误地抓住那个祸害的东西，一刀下去，干净利索得让她不敢相信是真的。李小东哼了几声，身子不住地翻滚。王桃英抓过纱布塞在伤口处，鲜血已染红了床被。

车子已经进了村子，王桃英跑到车前，带着他们进屋，并提醒医生，被救的对象是一个艾滋病患者。医生只惊愕了片刻，立即冲进屋去做他们该做的事。

趁着他们忙乱之际，王桃英拿起门旁的铁锹和桃木桩出了门，当然，左手中死死捏住的东西那是万万不能丢下的。

还是那座山头，还在那个山坡，王桃英把那截祸害的东西连同橡胶手套一起埋了，然后把桃木桩深深地钉了进去。

太阳已西斜，飘过的云彩把阳光给遮住了，空气中有了凉飕飕的感觉。王桃英理了理乱发，从口袋里拿出手机，拨出了三个简单的数字。

（原载《鸭绿江》2014 年第 7 期）

不要这样看着我

手机铃声响得太不是时候,张屠夫正要将尖刀对准那畜生的咽喉,因了那铃声,刀锋就偏了那么一丁点儿,导致的后果呢,当然很严重。只见已被放翻在地的畜生身子忽地一动,突然跳起来要作狂奔状。张屠夫反应还算敏捷,身子腾空扑上前去,用尽力量把那畜生死死地压住。几分钟后,身下总算没有了动静,张屠夫咬紧的牙关才敢松开一条缝。其实,张屠夫身边站着好几个看客,他们之所以没上前帮忙,是因为事情来得太突然了,也太意外了。出现这样一种状况,应该说在张屠夫的杀猪史上此前是绝对没有过的。

显然,事情的严重性并不仅仅是这表面上的东西。

张屠夫正在做的并不是往常在店铺里的买卖,而是给村民杀年猪。在小村,某些忌讳使这个本来很平常的事情变得庄严而又喜庆。张木匠正是因为看重张屠夫的一刀准,才请了他来杀年猪。张木匠的妹夫在县街上的店铺里卖肉,平常干这种营生可是司空见惯,但张木匠不满意妹夫的手艺,毛糙,不精准。杀年猪,不是什么人都可以来的,否则新的一年一块石头就压在了心头上,想拿也拿不下来。

偏偏出现了意外,张屠夫的脸色潮红,张木匠的脸色则乌黑乌黑的。

要命的是手机铃声又响了起来,张屠夫脏手擦也不擦,从口袋里抽出手机,看都没看号码,只对着里面大声吼道:“没空,中午再打! 挂了。”

接下来的工作张屠夫做得异常精细,可张木匠的脸色还是没有改变,正在屋里张罗着琐碎家务的张木匠老婆已知晓了外面的异常,精瘦的身子飘到了张屠夫的跟前,说:“秋山兄弟不是在咒我吧?”

这话说得重了点,张屠夫停下手中的活,瞪眼看了一下女人,正要发话,张木匠过来把老婆拉走了。张木匠的老婆这些年毛病很多,药罐子摔了许多还是不管用,现在出现如此不吉利的事情,也难怪她说出这样的气话来。

张屠夫把要说出的话咽了回去,旁边几位看客也都慢慢散开。

整个上午张屠夫在村子上一共杀了十头猪,除了在张木匠家失手外,均达到了满意效果,有的甚至可以说是意外效果。比如在王寡妇家,那畜生少说也有三百斤吧,按照正常情况下,是要下很大力气的,也需要两三个人帮忙才行。可张屠夫只要了一个帮手,在畜生还没有高喊出来时,一刀下去,悄无声息,干净利落得连旁人都没回过神来。王寡妇欢喜得就差没在张屠夫脸上亲一口,连忙塞给张屠夫一包好烟,以示奖励。

中饭是在王寡妇家吃的,按规矩,饭点时在哪家干活,就在哪家吃饭,况且王寡妇人客气、热情高,张屠夫就留了下来。刚拿起筷子,张木匠走进门来,王寡妇要张木匠一起吃,张木匠拒绝了。张木匠是来交杀猪手续费的。本来,张屠夫杀完了猪,是要当场收取手续费的,也没有哪个会欠账。可在张木匠家,张屠夫说什么也不肯收,就去了下家。张屠夫又推让了一会,张木匠黑着脸把那票子啪地摔在桌子上,走了。张屠夫尴尬地拿起来,想了想,又放进了口袋。见张屠夫一只手拿着筷子发愣,王寡妇在张屠夫肩上拍了一掌说:“吃饭吃饭啰,莫要想多了,做哪样手艺都有失手的时候,我不相信他张木匠就没失过手?也太小心眼了吧。”张屠夫摇了摇头道:“不,都怪我。怪——”这时,张屠夫忽然想起了那个该死的电话,抽出手机翻看,一看,是个陌生的号码。偏巧,铃声这时异常清晰地响了起来,张屠夫见屏幕上还是那个陌生号码,不由来了气,大声吼叫起来:“有话就说,有屁就放,老子没闲工夫。”

“爸,是我。”一听里面的声音,张屠夫的那口气给堵了回去,在肚子里打着转,终于往下走,在坐着的椅子底下放出来一个很响亮的声音。王寡妇捂着鼻子逃开了。

张屠夫问:“怎么又换了号?”

“没换号,手机没钱,停机了。这是借别人的手机打的。”

“又换单位了?”

“嗯。先前那个公司不太适合我……”

张屠夫有点儿恼怒,他已记不清儿子换了多少个单位,反正每次换单位不久就会打电话过来要钱。这次,他还是忍不住打断儿子的话:“你就不能忍着点,自己去适应公司?你看俺们村的小军他们这几年挣的钱,就不能学学?”

“爸,我一个名牌大学生怎能和他们比呢?你就知道挣钱挣钱,太世俗了吧。”

“我们总是说不到一块儿去。算了,不说那么多了,什么时候回家过年?”

“不去!”

“好了,我知道你是在生爸的气,就当爸没说刚才的话吧。是不是没钱了?”

里面的声音突然小得像个苍蝇的嗡嗡声:“是。你再寄点路费过来,还是那个卡,如果这两天能收到,年三十还是可以赶回去的。”

儿子挂了电话,张屠夫摁在耳边的手机竟然半天没有拿开。

王寡妇已回到桌前,问:“建和打来的电话?”张屠夫点了点头,王寡妇没看他的脸色,自顾自地说:“建和现在也差不多有三十岁吧,也该给他找个女人了。”

听过这话,张屠夫摇了摇头,又点了一下,而后低头扒饭。

提到儿子建和,张屠夫的心头异常纠结。儿子是他的心头肉,在老婆给他接连生下两个女儿后,才有了建和,要不是他当年抡起屠刀与计生办的人员说理,恐怕建和也来不到这个世上,即使来到了,也不可能会睁开眼睛看到这个世界。建和出生后,计生办的人员再次来到他家,张屠夫主动敬烟倒茶,痛快地答应着让他的老婆去乡卫生院结扎。建和的成长没少让他和老婆刘新英费心。建和从小病痛多,有时张屠夫深夜还要抱着儿子赶往医院。好在儿子的学习成绩还可以,顺顺利利地考上了重点中学,没有让张屠夫费钱费精神去求人。而最让全家感到骄傲的是建和应届毕业就考上了重点大学,张屠夫在自家院子里宰杀了一头肥猪,摆了三十多桌酒席。那个时候,张屠夫家成了村民们羡慕的对象,建和则成了村民教育孩子的楷模。

王寡妇看到张屠夫一个劲儿地扒饭,便主动帮他夹菜。张屠夫忽地停住吃饭,说:“给我来盅酒吧。”王寡妇一愣,便说:“你这个人真是怪了,刚才要给你上酒,却死活不肯,现在饭都吃了,还要喝酒。”张屠夫也是一愣神,白了王寡妇一眼说:“怎么,舍不得啦?”王寡妇不说话,进屋里拿出一瓶酒说:“一个人喝酒算什么呀,那叫喝闷酒,不如让老妹陪你喝一盅吧。这两天挺空闲,等过了几天,他们都回家了,还不是身子忙得不沾灰,想喝都喝不了啦。”

酒是个好东西,半杯酒下肚,张屠夫的心头不再纠结,话也多了许多。看着对面这个虽已显出老相但仍然有韵味的女人,张屠夫胸中好像有一串串气泡似的东西在涌出来,越涌越大,渐渐火一样燃烧起来。

一男一女品尝着酒的快乐,把世俗的一切都抛在了脑后。

摇摇晃晃回到家,老婆刘新英说:“喜林家的,茂林家的,还有秋英他们都来问了，问你下午什么时候开工？”张屠夫说：“我累了，歇半天，告诉他们明天一早开工，先从喜林家开始，早上七点要烧好开水，不要耽搁了我的工夫。”刘新英嘴里嘟囔着什么，显然有些讨厌张屠夫嘴里的酒气，可也不敢大声说出来。在家里，张屠夫是说一不二的最高领导者，刘新英是他的忠实部下，一般事情都要报告，刘新英不能随便做什么，一切行动听指挥。刘新英走出门去，听身后喊：“过来一下，还有个事。”返回来后，张屠夫从衣袋里摸出几张钞票，说：“还是上次的账号，现在就去镇街上，抓紧给建和汇去。”刘新英说：“建和又打电话来了？”张屠夫向她挥手道：“问那么多做什么，赶紧给他汇去，要不很难买到车票的。”

下了一场大雪，过年的气氛更浓了。陆陆续续有人回家，几乎每天都有背着大包小包、穿着五颜六色的衣服的年轻人进村，有几个还是开着锃亮的小车来的，他们把喇叭按得惊天响。正在窗台上觅食的鸟儿惊飞起来，落在树梢，树上的积雪纷纷掉下，掉在村口迎接人们的颈窝里。他们随手从地上抓起雪团向上面抛去，鸟儿在树顶盘旋了几下，只好到别处找吃的去了。

王寡妇的儿子也在这几个有车的人中，儿子、儿媳还有孙女，屋中一下便拥挤了。小车就停在门前的院场上，白色的，比周围的雪还要白亮。

张屠夫的年猪杀完了，难得有空闲下来，他嘴里叼着一支烟，像个干部似的背着手在村头走来走去。昨天接到老刘的电话，要他去县城一趟，如果不去的话，算是自动弃权，以后有什么优惠待遇就不要眼红别人了。老刘的话让张屠夫同样纠结着，到底去还是不去，他有些拿不定主意。一抹白光从张屠夫身边擦过，立马停下来，车窗里伸出一张年轻的脸，随即丢出一支烟，说：“三伯，在思考国家大事呢？”后面的窗口传出王寡妇的声音：“我们去县城一趟，买点东西呢。”车轮碾压在残雪上，吱吱声不断，有个夹着泥水的小雪块竟然溅到了张屠夫的裤腿上，立马现出一团污点。

阳光从云层中爬出来，眼睛被刺得几乎睁不开，张屠夫茫然地走在车辙印记上，在心里骂了句：“臭显摆什么，当初穷得叮当响，出门打工的路费都是从老子身上借的，不信建和日后就赶不上你？”

张屠夫没有说假话，当初王寡妇的儿子初中毕业连高中都没考上，是张屠夫借给他 300 元路费跟着村民南下打工，王寡妇那时见了张屠夫，总要热情地招呼他，感激之情溢于言表。没想七八年下来，这小子竟然发了，家里建了楼房还不算，还买上了小汽车，听说还有上百万元的存款。王寡妇不再是愁眉苦脸，整天喜气洋洋，人也年轻了许多，有几个男人竟主动托媒人来说合，均遭到了王寡妇的反对。在这点上，村民们与王寡妇是站在一边的，特别是女人们，她们在暗地里总是说，孙女都有了，还找什么男人？女人总是反对别的女人找男人，而男人的说法则正相反，认为现在条件也好了，王寡妇年纪也不是很大，找个男人是应该的，当然，要找个合适的才是正理。

村子到乡街上不远，有四五里的光景，因为化雪的缘故，张屠夫走了差不多一个小时才到达乡街上等车的地方。车子十分拥挤，张屠夫被挤在一个年轻女子身边，女子身材高挑，加上又穿了高跟鞋，张屠夫的脸几乎贴着了女子的胸部。一刹车，张屠夫的脸便弹在了那柔软的部位，女子怒目而视，但也不敢开骂，毕竟人家不是故意的。再者，张屠夫穿着也算干净，个人卫生也做得不错，撞着也就撞着了，怪不得人家。张屠夫有点不好意思，可又挪不开地方。他想对女子表示一下歉意，可一抬头，发现女子的眉毛是绿的，嘴唇是红的，而头发却是金黄的，满脸痘疙瘩。张屠夫赶紧把脸别向一边，正好对着了一个老头的后颈窝，闻到了一股怪味。

下车后，张屠夫给老刘打了电话，听到里面嘈杂声太多，老刘说："抓紧过来吧，在县政府门口。"张屠夫问："县政府门口？"老刘说："大家都在，快点，打的过来吧。"张屠夫不敢怠慢，拦住一辆的士，不到十分钟就到了目的地。张屠夫拿出五元，司机不接，说："十元。"张屠夫说："涨价了？"司机没好气地说："年底哪样东西没涨价呀？"

老远，张屠夫就看到县政府门口拉上了一条大横幅：我们要生存我们要社保！老刘他们正围住一个人，七嘴八舌，唾沫横飞。只听老刘大声说："你一个小小的主任不管用，说话算不了数，快去叫县长过来。"张屠夫看到了其他几张似熟非熟的面孔，他们在乱喊着什么，张屠夫听不清。索性，张屠夫蹲在院门下，点着一支烟抽起来。

不知什么时候，大家散乱开来，围在中间的那个主任走了，老刘这时也发现了张屠夫，礼节性地握了握手，说："等下县长要出来，你也别光顾着抽烟。"张屠夫说："县长又不认得我，我也不晓得说什么哩。"老刘正要批评张屠夫，看到刚才回去的主任又回来，便挤上前去。主任说："县长现在有点空，可以见大家。"老刘大手一挥，人群一下骚动起来，准备努力往里冲。主任双手一拦，大声说：

"我的话还没说完呢,你们急什么。县长说了,只能派几名代表进去,其他的人在原地不动,你们内部选一下吧。"

张屠夫又蹲在一旁抽烟,看到老刘他们在商议,后来,有四个人走出人群,其中包括老刘。

几个领头的一进去,外面的人们便如一盘散沙摊开来。

参加这样的行动,张屠夫也不是第一次。张屠夫原是有单位的人,单位那时叫公社食品公司,曾红火过。他虽然在单位还是个屠夫,却是领工资的工人。后来单位倒闭,他下岗,工资没了,拿着少得可怜的生活费。但张屠夫不怕,因为他有杀猪这个手艺,在乡街上开了个肉铺,照样可以挣到钱。全县有一百多个像张屠夫这样的食品公司的下岗人员,开始他们都不觉得什么,反正有手有脚,到哪儿都能挣钱。可渐渐他们年纪大了,考虑到了养老的问题,虽然倒闭的单位也想尽了办法给他们解决了一部分的养老保险,可保额实在太低,说才有了一次又一次的上访。

快近中午,才见老刘他们四个人走出来,大家围上前去,老刘对大家说:"我们先去吃饭,边吃边告诉大家。"

张屠夫下午是坐着王寡妇儿子的车子回村的。

县城也实在是太小了,张屠夫从酒店出来竟然碰到了王寡妇儿子的车。本来,两点以后张屠夫还要去县政府的,因为老刘说了,县长虽然答应了给他们分步解决,但没有确切实施日期,显然是在敷衍,下午大家必须一如既往地参加,年关将至,大家都没时间去耗了。王寡妇的儿子不由分说地把张屠夫拉上了车,问他去哪儿,送他过去。张屠夫就是在这时突然改变了主意,他想试一试这个年轻人,便说:"我什么地方也不去,回家。"不想年轻人很爽快地答应了,说:"正好,我们的事办完了,大家一起回去,热闹热闹。"张屠夫不好再说什么,与王寡妇坐在一排,只听王寡妇说"酒气好重",随即摇开了窗玻璃。因为有王寡妇全家在场,张屠夫与王寡妇坐在一起,身子倒有点不自在,他尽量把身子缩紧些,生怕挨着王寡妇那肥厚的大腿。可王寡妇好像有意似的,时不时地靠紧张屠夫,车子转弯时竟然半个身子都倒在了张屠夫身上,张屠夫感觉脸上有汗水流出来。王寡妇说:"热吧,车内开着暖气呢,要不,叫军军关小一些。"张屠夫连连摇头道:"不热,这大冬天的,还是暖和点好。"毕竟是喝了酒的人,虽然开始紧张，后来酒劲袭上来，张屠夫的眼皮儿打架，挺也挺不住，车内渐渐响起鼾声，且一声高过一声。

下车时张屠夫是被王寡妇推醒的，张屠夫眼开眼，看到熟悉的景物，心头诧异道："怎么一眨眼工夫，自己就到了家呢？"

王寡妇的儿子笑道："你眨眼的时间也真长呵，我开车手都开酸了，你的鼾声还险些把车上的玻璃震破啦。"王寡妇给张屠夫打开车门，张屠夫顿感车外的冷气袭来，禁不住打了个寒战。

老远，张屠夫看到刘新英站在门口张望着什么。见了张屠夫和王寡妇同时下车，刘新英鼻子里哼了一声"贱"，转身进了屋。张屠夫不理会刘新英的脸色，一屁股坐在厅堂中的大椅子上，喊："给我筛盅茶来！"刘新英没吭声，茶还是端了上来，不过，没像往常那样送到张屠夫手中，而是重重地放在他面前的桌子上。张屠夫大大喝了一口，问："胖头过来收钱没有？"刘新英简短地说没有。张屠夫还想问什么，却见刘新英向外面走去。张屠夫跳起来道："今天是怎么了，爱理不理的，给个死脸色，是欠揍吧。"

刘新英不作声，继续往外走。一个小村，一丁点儿的事都会像风刮起纸片一样飞得满天都是，张屠夫和王寡妇的刚刚开始的故事也被村民们给染上了桃色，当然，两位当事人好像都没有觉察出什么不对，局外人的看法显然与他们迥然不同。张屠夫哪受过这种委屈，追出门一把揪住刘新英，另一只手抬起来要打人。这时，一阵揪心的呼喊把他的目光转向了另外一个地方，他丢下刘新英，慌张地跑过去，嘴里不住地问："怎么了，怎么了？"

张木匠家乱作一团。

张木匠的老婆人事不省地躺在床上，两个小孩吓得哭了起来，张木匠只急得团团转。张屠夫进去，见此情景，说："快送人去医院呀！"张木匠不理张屠夫，只跟其他两个男人说话。一个男人对张屠夫说："打了电话叫出租车了，车子没那么快，还没有来。"张屠夫说："村里不是有几辆小车吗？王丽娟的儿子刚从县里回来，他在家，我去给你叫吧。"王丽娟是王寡妇的大名，张木匠狠瞪了张屠夫一眼，说："不要她儿子的车。"刘新英也跟了进来，她在安抚着两个孩子。

外面响起车喇叭声的时候，张木匠的老婆竟然醒了过来，女人说什么也不愿意去医院，马上要过年了，女人不想让全家的喜庆淹没在医院里的那种怪味中。生死门槛女人已经历过几次，或者说她已习惯了这样一种状态。女人看到张屠夫时，突然坐起来，恶狠狠地说："是你咒得我过年都不自在，你现在高兴了吧。"在场的每一个人都清清楚楚地听到了这句话，目光从张木匠的老婆身上转向张屠夫。奇怪的是，平常性子暴躁的张屠夫不但没有发怒，而且也不辩解，像个做错事的小学生那样退在一边，慢慢退出门去，直至消失在人们的视线中。

就那么一丁点儿的事，自己怎么就分神了呢？张屠夫又想起了那个该死的电话。

大雪过后天气转晴，暖融融的气氛令回家过年的人们倍感亲切。大年三十上午，建和终于出现在小村的村头。几个小孩正在玩烟花爆竹，他们把爆竹装在一个玻璃瓶里，爆裂后玻璃四散飞落，建和偏巧正赶上一块小碴子飞来，他还算机警，用手一挡，立马感觉手背热辣辣的，血沁出来，渐渐往外涌出。建和只好用另一只手使劲压住那个部位，血顺着指缝滴下。孩子们此刻早不见踪影，狗倒是急急地跑过来冲着建和吠叫，建和冲狗骂了几声，把张屠夫给引了出来。

一年没见，儿子好像又瘦了点。本来个子不高，人一瘦，越发显得没有精神，头发半年没理似的，活脱脱一个流浪汉。张屠夫没有说话，帮建和把背上的包给放下来，这时，他才发现建和的手背上还在流血。刘新英对儿子那血迹斑斑的手背惊讶不已，待弄清楚情况后，刘新英出门要去找那个几个孩子，被张屠夫给拦下了。如是往常，刘新英不找人家张屠夫也绝不会放过那几个孩子，但如今，张屠夫像换了个人似的，忍气吞声。刘新英帮建和包扎好伤口，进厨房里去了。建和也不多说话，钻进房里，从包里拿出电脑摆弄着。一时间，张屠夫站在那里，不知该做什么才好。

屋里多了个人，本来应该充满喜气和活力。可建和几乎不愿和张屠夫说话，只闷头待在屋里玩游戏，亲戚朋友来家也不接待，弄得张屠夫很没面子。他忍不住说了几句，儿子也是当作耳边风。刘新英一开口便遭顶嘴，女人常在背后抹眼泪。先前可不是这样，那时的建和乖巧听话，读书认真，而且性子温顺。张屠夫也知道儿子心中的苦闷，一个重点大学的毕业生，几年过去了，竟然还找不到一份体面的工作，说什么也是一件不光彩的事儿。所以，这几年来，张屠夫一直没有过分去责备儿子，没钱的时候寄钱，没工作的时候让他回家，从不在外人面前提儿子的不是，毕竟张屠夫在村里也是有面子的人。

正月初五那天，建和接到一个同学的电话后异常焦躁，冲出房门在厅堂中走来走去。张屠夫小心地问儿子有什么事,建和没有说话,但张屠夫分明从他那慌张的眼神中看出端倪。建和不理会爸妈关切的目光,转身进去把自己关在房中,任刘新英敲门就是不开。倒是张屠夫冷静下来,刚才同学打电话来他听到了,肯定事情与同学有关。张屠夫对着房门喊:“开门吧,同学的事,爸可以帮助解决。”房门啪的一声打开了,建和半个身子倚在门旁,目光紧盯着张屠夫,开口道:“你有什么办法?”张屠夫说:“你不说什么事,我怎么想办法哩。”建和想把门关上,张屠夫挡住了,建和说:“明天同学聚会,我这个样子你说我能参加吗?”张屠夫心里一紧,怪不得儿子如此烦躁,以儿子现在这样的情形去参加同学聚会,那当然是很没有面子的事情。但是,混得再不怎么样,同学聚会不能不参加呀,说不定同学们在一起交流交流,会有很多收获,坏事变好事,能改变建和的命运。张屠夫力劝儿子明天一定要参加,建和不耐烦地对张屠夫说:“好了,好了,不要再烦我。”然后,他不理张屠夫,坐在电脑旁,玩开了游戏。张屠夫本来还要多说几句,看到建和这个样子,知道说也是白搭,关上门走了出来。

第二天那个同学到了张屠夫家,建和闭门不见。张屠夫当时那个气啊,恨不得一脚踹开门狠狠地抽他几巴掌。碍于情面,张屠夫只好对那个同学说儿子身体不舒服,今后有机会一定让他参加。

这个年张屠夫过得很压抑很不舒服,往年的建和好像还没有怪到如此地步,有时也会帮着刘新英做些家务事。如此发展下去,张屠夫心里有点害怕。

当然,春节过得不愉快的另一个原因是杀年猪的一次失手,这个阴影一直罩在张屠夫的头顶上,而且还在扩大。张木匠的女人到底还是抵不过病魔的纠缠,就在大年初一那天住进了县医院。对于张木匠来说,新年伊始便有一块沉重的石头压在了心头,想放也放不下来了。张木匠的女人依然没有改变对张屠夫的看法,甚至加剧了对张屠夫仇恨。过了正月初七,农村的习俗是过了上十日,张屠夫特地把刘新英也带在身边去县医院看望张木匠的女人,病床上的女人精神好像有了好转,但张屠夫一碰上她的目光,赶紧避开了。女人的目光中有一把冰冷刺骨的利剑,那剑光能一刀斩人于瞬间,让人没有招架之力。刘新英安慰女人的时候,张木匠使劲在抽烟,被查床的护士一把给夺了下来,非常不高兴地说:“你以为这是你自己家哟。”

回来的时候,张屠夫看到王寡妇在村口送儿子出门,阳光照射在车子玻璃窗上，反光把张屠夫的眼睛刺得灼热，张屠夫上前和他们打招呼，刘新英先走了。

村里的年轻人像候鸟一样飞走了，与候鸟不同的是，年轻人只顾自己飞了，而把老的小的给留在了原地，然后逢年过节打个电话问候，或者寄几张汇票过来。这样年复一年，他们也都习惯了。年轻人一走，村里倏地冷清下来，晚上的灯光更是早早地熄灭了，有几户屋前的爆竹纸屑还在，但人去楼空，一入夜就漆黑一片，与过年的时候真是天壤之别。过了元宵，张屠夫也要离开村子去乡镇上的店铺里经营杀猪卖肉的生意了。当然，农忙时节或者闲下时他也要来小村帮刘新英侍弄田地。

建和还没有要走的意思，只一个劲儿地在屋里玩游戏，吃饭都是刘新英喊上几遍才出来。

张屠夫忍耐了几次，有点看不下去了。往年的这个时候，建和早和其他年轻人一样出门远行，不管找没找到好工作，总比窝在家里强。张屠夫终于在一个晚上把他的不满发泄出来，奇怪的是建和一点也不反驳，任由张屠夫数落，完全没有一点儿年轻人的血性，像一个随人拿捏的面团。等张屠夫训完了，建和倒是开口了，但说出来的话，差点把张屠夫气晕。建和说："爸，骂累了吧，先歇会儿，我要睡了。"张屠夫举手要打儿子，被刘新英拉住了。建和一边脱衣一边冷笑道："要打就打你自己吧，爸，跟你说实话，我现在恨死了你，是你把我教育成现在这个样子，是你把我送上大学让我学了那么多无用的东西，是你整天要我诚实做人老实做事。爸，我现在很后悔，当初就不该读那么多的书，当初就该读完初中后在社会上混，那么今天也决不会比现在混得差，受人耻笑还要受你们的辱骂。"

说完，建和一头钻进被窝内，随着被子的抖动，丝丝缕缕的抽泣声一点儿一点儿钻出来，像一把钢刀插在张屠夫的心尖上。刘新英上前去安抚儿子，张屠夫呆立在那儿，半天不得动弹。

那天晚上，张屠夫睡在床上翻来覆去地想着这样那样的事情，一直折腾到天亮。

第二天，张屠夫在村里碰到王寡妇，王寡妇把张屠夫拉到一边说："听说建和还没有出去呵。"张屠夫不知王寡妇说这话什么意思，口里只"哦哦"着，没点头也没摇头。王寡妇说："我娘家村庄上有户人家的女儿，我看蛮适合建和的，要不要去说合说合？建和的年纪也不小了，再不给他张罗婚事，以后他会怪你做老子的。"要是往年王寡妇说这话，张屠夫准会冷冷地拒绝人家，会说恋爱是年轻人自己的事，相信建和自己会在外面找一个满意的、合适的，怎么会要家里给他在乡下相亲呢？可现在，张屠夫没有说这话，对王寡妇的热心肠，也没有显出有多感兴趣的样子，而是顺坡下驴地点点头道："听说如今外面的姑娘家也没有多少正经的，在家里找一个实在点，这事我还得问问建和哩。"王寡妇显然有点儿失望，她本以为张屠夫会很热心，不过，王寡妇还是想把好人做到底，把那户人家的简单情况告诉了张屠夫。如果建和同意了，后天就可以去相亲。

给建和找对象，首先张屠夫和刘新英要统一意见，这样才好向儿子提出来。刘新英早急着想给儿子找对象，可每次不是建和不同意，就是张屠夫不热心，事情也就耽搁下来。现在有人给建和提亲，刘新英是一百个同意，美中不足的是提亲的人不该是王寡妇，她对这个女人有想法。张屠夫与刘新英的想法当然不同，或者说张屠夫不甘心他心目中的计划破产，这个计划从儿子一考上大学就在他心里生了根，只是迟迟不开花结果，让他很是焦躁。张屠夫看过许多古装戏，那些进京赶考的书生虽然遭遇到这样那样的困境，最终还是高中皇榜，喜结良缘，夫荣妻贵，光宗耀祖。可以这么说，建和未来的婚姻是不能和乡下相亲联系在一起的，不说攀龙附凤，也要找个"吃皇粮"的才有面子。现在形势所逼，建和要工作没有工作，要钱没钱，要求不能再高了，俗话说三十而立，再要不立，恐怕就难了。

儿子对相亲并没有什么反对，但也没有多少热情，像个局外人一样在电脑上边玩游戏边对刘新英说："你们叫我去就去吧。"张屠夫看不惯他的这种态度，一把抓住电源线的插头，说："整天玩什么游戏，你就不能好好准备准备？"建和嘟囔道："准备什么？"张屠夫被儿子这句话给噎住了，是呀，要儿子准备什么呢？做父母的总该告诉他吧。张屠夫心头有气，对刘新英说："你好好跟他说说，到别人家不要给我丢人。"说罢，他走出屋外。

张屠夫来到王寡妇家，手里提着刚在村头小店里买的礼品。王寡妇喜笑颜开，双手接过张屠夫手中的东西，说："看看，还买东西来做什么，空着手过来跟我说一声就可以了。"张屠夫说："乡俗民情的事一样都不能缺，我张秋山也不是吝啬之人，事成之后，肯定还要重谢。"话说到这个份上，张屠夫算是正式聘请王寡妇做媒人了。王寡妇把女方的一些具体情况告诉给张屠夫，张屠夫感觉并不怎么满意,主要是女方的年纪大点,二十八岁了。虽说这样的年纪正好与建和相配,可在农村,这么大年纪还没嫁人的女人大多有点某方面的缺陷,但王寡妇没说明,也许是她真的不清楚,也许是她想瞒着不说。不管怎样,张屠夫还是想让儿子试试,建和现在的这种状态,亟待有个来自外部的东西来刺激一下,而给他相亲找个女人,是目前一个合适的方法,成败与否,对建和来说都会有作用。

王寡妇给张屠夫煮了一碗荷包蛋,还要拿酒,被张屠夫拦住了。

准备走出王寡妇的屋门时,王寡妇拉了一下张屠夫的手,并暧昧地在他的屁股上拍了一掌,说:“也不多坐一会儿,我屋里的椅子上长了刺?”张屠夫赶紧走出来,他实在没有心情和王寡妇调笑。

相亲的那天下起了雨,尽管到王寡妇娘家村子只有四五里路,可张屠夫还是特地租了辆车子,一来显得有诚意,二来也有些气势。下雨天,村里走路满腿都是泥巴,张屠夫在村里来回走着,一条大黄狗跟在他身后摇着尾巴,像个巡查队员似的。村里的狗对张屠夫大多有感情,每逢杀年猪时,狗们总是很兴奋地围在张屠夫的身边,间或张屠夫丢给一块碎骨,便会引起它们的一场争斗,没抢着骨头的就舔着地下的血水。村里有十多户人家的屋门都紧锁着,张木匠的屋门也上了锁,他的女人在县医院还没出院,听说病情有了好转,过几天可以回家了。喜林的屋门开着,喜林的老婆正在旁屋里喂猪食,看见张屠夫,便走了出来。张屠夫问:“商量好了没有?”喜林的老婆说:“喜林打电话说卖是肯定要卖,价格上还是要高一点。”张屠夫进了旁屋里的猪栏,一头油光水滑的黑色大肥猪正在摇头晃脑地吃得欢快,那吧唧声把雨声都给盖住了。张屠夫一看心里有了底,对喜林的老婆说了一个价。女人不好意思地笑了一下,点头同意了。去年底杀年猪的时候,张屠夫就看好了喜林家里的这头猪,准备一上班就拿它开刀问斩,卖个好价钱。张屠夫喜欢在村里走着,在别村也一样,周围村子里的人都认识他,所以张屠夫对许多村子里的猪们了如指掌,定下的价格也都没有多少争议,生意做得还不错。现在出外的人多,有的整户都不在家,养猪户也越来越少。而那些个养猪场出来的猪,都是经过精食饲料喂养,肉味当然与农户传统喂养出来的有天壤之别,价格上也有区别。在这点上,张屠夫也从不掺假,信誉度很高。

张屠夫几次想拿手机给建和打个电话,想想还是放弃了。出门时刘新英把该交代的事都交代了，再说儿子早已不是小孩了，又在外面混了些年，他应该懂得怎样去做吧，况且还有王寡妇呢，相亲的事她经得多了，会照顾到的。

果然，张屠夫的担心是多余的，这次相亲是成功的，从建和的表情上就可以看出来。王寡妇坐在张屠夫家的椅子上也很兴奋，刘新英放弃成见，亲热地与王寡妇拉着手，像姐妹一样。张屠夫接过王寡妇递过来的一张女方的照片，上面的女孩还真的很漂亮。接下来，王寡妇与张屠夫和刘新英商量着下一步的行动，张罗着把彩礼送出去再准备几桌酒席把女孩子接回家来，定下这门亲事，让亲朋好友前来认识一下，算是一桩好姻缘正式开始。

再过几天就是元宵节了，烧了元宵纸，大家都要正经地上班做生意了。张屠夫就把定亲的日子定在正月十六，定亲过后，让女方和建和一起出门做事，自己也要到镇上的店里经营了。

一切安排就绪，张屠夫和刘新英露出了这些日子以来难得的笑脸。

可笑脸还没有完全展开，张屠夫就被建和的怒吼声给撕破了。

那天晚上，张屠夫照样和刘新英在厅堂看电视，建和在自己的房间里玩电脑。忽然房门砰的一响，建和气势汹汹地跑出来，责问张屠夫怎不早告诉他女方在南方某某城市打工。张屠夫被这话给问蒙了，女方在哪个地方打工跟他相亲有关吗？见张屠夫还是不明白的样子，建和问："难道你们不看新闻吗？年底那个城市发动了前所未有的一次大扫黄，做那些事的女子都被赶回了家，你们能保证她就不是？"原来，建和在电脑 QQ 上跟女方聊天，聊到了这些事，女方一怒之下把他拉入了黑名单。

刘新英还是不明白儿子的话，平时他们几乎不怎么看新闻，电视基本上都是刘新英掌控着，看那些个哭哭啼啼的电视剧。倒是张屠夫明白了什么，惊讶地问："你是怀疑她会干这种事？呸，亏你说得出口！"

那天晚上建和坚持己见，认为女方一定有问题，要张屠夫把亲退掉。张屠夫顾不得是晚上，与刘新英一起跌跌撞撞地来到王寡妇家。王寡妇开门一见是张屠夫，喜上眉梢，可看到身后还有刘新英，立马换出另一张笑脸，说："你们的心也真是急，这么晚了，明天过来商量不是一样的嘛。"

张屠夫没敢把建和的怀疑说出来，只是来证实去年女方是否在某某城市打工，做什么工的，每月多少钱，等等，问得非常详细。王寡妇被问烦了，也恼了，说："你们这是来调查人家呀，有本事你自己问去。"王寡妇生气后脸上的皱纹像张开的鸡爪一样扑向张屠夫，张屠夫抵挡不住，败下阵来。

由于建和的固执，加上张屠夫也暗地里去女方那边进行了调查，还真有些闲话，正月十六定亲酒没有摆成。

张屠夫的心彻底凉了下来。

经这么一折腾，建和对张屠夫有了些想法，并警告他以后不要随便什么人都给他介绍。当然，最让张屠夫难受的还是王寡妇的态度，王寡妇算是与张屠夫断了交，看见他就啐口水。

正月十八，张屠夫要到镇街上的店里去，他把喜林家的猪称好正赶上三轮车，看见建和背着电脑包走了过来。建和口气淡淡地说："爸，我跟你同去。"张屠夫"哦"了一声，以为儿子搭他的车子去乡街上等车，忽觉儿子的眼神不对，猛然问："你去哪儿?"建和说："给你做帮手，杀猪!"

张屠夫一下子刹住车，盯着建和看了半天。建和没有躲闪张屠夫凶狠的目光，往后一甩头发，说："不认识啦?"张屠夫生硬地说："不认识!"

（原载《天津文学》2014 年第 11 期）

闲人老何

老何对自己退居二线一点思想准备都没有，本来这种事情上级组织应该提前找他谈一次话，或者对他有所暗示吧，可偏偏没有。这让老何很生气，尽管老何是从不喜欢发脾气的人。事情来得突然，老何有点不知所措，还有点下不来台。望着高副书记那张圆圆的光洁得有点不太真实的脸，老何的嘴巴张了张，说出了一句连自己也深感意外的话：搞错了吧。说出这句话后，老何就后悔了，这话也太低级了点，组织怎么会搞错了呢？高副书记倒没有理会老何这话的轻薄，而是微笑着说："何从同志，组织是经过慎重考虑的，有什么想法等下我会找你单独交谈。"老何不敢看高副书记的目光，而是将视线转向接待室的天花板。上面的吊灯全部打开了，地上掉根针都可以寻见，老何无处躲藏，耐着心听完高副书记宣读文件后严肃的讲话和重要指示。

散会后，办公室主任周期请老何去小会议室，说高副书记找他谈话。老何白了周期一眼，骂道："高潮算个什么东西，老子当干部时他还穿开裆裤哩，不让当领导还不让老子清静些？"周期的脸色立马难看起来，说："何主席，是高书记请你，你让我怎么回复人家？"老何说："你就说我牙痛，不能说话！"周期离去后，老何又骂了一句："谈话，有什么好谈的！宣布前把人家蒙在鼓里，宣布后找人谈话，那还不都是废话！"

老何没去乡食堂吃中饭，走进了乡街上的小康酒家。按照县里出台的文件规定，中午是不能吃酒的，但现在老何不是领导了，况且他正要发泄呢，便叫了两个菜，开了一瓶白酒，一个人低着头喝开了。老何的酒量很大，可今天酒还只喝了个大半，就已感到力不从心，后半瓶没有喝下。结账时，老何叫酒店老板拿账单来签字，老板只拿来菜单，为难地说："何主席，要不你给周主任打个电话吧，要不你就付现金。"老何的酒劲一下子往上冲，问："什么意思？"往常，老何吃饭是可以签字走人的，账统一由办公室定期来结算。老板无奈地摇了摇头说："周主任已打电话吩咐过了，从今天开始，我们店你就不能签单了。"酒劲潮涨潮落了几回，老何到底还是将火压了下去，从口袋里掏出了票子，丢在桌上，一言不发而去。

接替老何任乡人大主席是个年轻人，白白瘦瘦，还戴着眼镜，像个文弱书生。

事后老何才知道，这个文弱书生的来头不小，据说是省里有人打了招呼。按照本县的惯例，老何的年龄是完全可以把这届任满的，因了这个突然而至的文弱书生，才使老何的仕途结束得一点也不完满，留下了太多的遗憾，说严重点，会影响老何后半生的生活质量。

老何便成了乡里的一个闲人。

当个闲人也不好过。先前忙前忙后的总觉得工作太紧张，现在整日无所事事又觉得很无聊。老何的家在县城，离此有近百公里的路程，自己又没私家车，来去坐班车，不是很方便。虽说是退居二线，又没有退休，乡里的补助奖金照样享受，老何也不好意思常往家跑。其实呢，老何也不喜欢长时间待在家里，自己不会干家务，老婆没个好脸色。当然，老婆不给他好脸色还有其他因素，老何曾经有一次疑似出轨，老婆为此纠缠不休，常耿耿于怀。在乡里，因为他曾经是主要领导，书记、乡长也不好安排他去做什么具体的工作，人一闲下来，反倒没了精神。

老何觉得没意思透了，就常去酒家喝酒。不过，他不愿上小康酒家，他去其他的酒店，他老何是自己掏腰包付现金的，不用看人家的脸色。

酒是好东西，喝了酒的老何可以大摇大摆地走在乡街上发脾气骂人，可以高声在书记、乡长午休时间喧哗，甚至还可以盯着办公室小向的裙子细看。

中午小向在办公室值班，轻言细语地对老何说："何主席，别那么大声说话，大家都在午休呢。"老何狂笑起来，然后盯着小向的裙子看。这个时候别以为小向会脸红或者害臊，现在的年轻人可泼辣得很。小向故作无知地问："何主席，你在看什么呢，难道我裙子上有什么好看的东西?"老何反倒一愣，嬉笑道："当然有，一只大蝴蝶嘛。"小向道："何主席眼花了吧，那是一只大毛虫，还是一只雄的色虫。"遭了女孩子的嘲讽，老何是不好发火的，讪讪地走出来，正好这时酒劲儿上来了，倒在床上大睡一觉，醒来，天已昏暗。

也许是老何的行径被有关人员报告给了乡大院的领导，再说老何的放荡和闲逸也暴露在他们面前，他们觉得有碍乡干部的形象，有必要做个什么决定，来收一收老何的心。那天，书记没有让办公室主任周期去找老何，而是亲自把老何找到自己的办公室来，据说语重心长地与老何谈了半个小时。老何由开始的高声争吵渐渐变成了连连点头，最后走出书记办公室时，好像还面带微笑。显然，书记的与老何的谈话是成功的，老何的生活将要掀开新的一页，组织要让他焕发出新的青春光彩。

没两天，乡政府下达了一个文件，任命老何担任乡街道办主任。当然，老何最看重的是他又可以在小康酒家签单了，虽然是有限量的。

由主席转换成主任，老何进入了一个新的角色，但对老何来说，新老都一样，难不倒的。就像戏剧舞台演出，对一个经验老到的演员，都是些熟悉的程式化套路。况且街道办主任，虽是一个新增的职位，谁都知道是一个可有可无可大可小的头衔，全靠老何的兴致。乡街不长，街头到街尾，一泡尿工夫，如何要在这一泡尿的时间里出彩出成绩，其实也让老何费神。书记要他发挥余热，把一个新兴的乡街管理得让领导满意让群众满意。老何当时就在心里回应了书记的话："让领导满意，那么群众肯定不很满意。相反，群众满意了，领导也不一定会高兴。"书记早已读出了老何心底的话，书记笑容满面地说："鱼与熊掌不可兼得，这是句古话，我看放在现在也不一定适合。事在人为，你工作比我经验老到，我就不多说了。"其实老何知道，书记多说也说不到哪儿去，书记有许多事都忙不过来，哪还有时间和精力去管街道的事？把这个事托付给老何，老何也清楚领导的意图，无非是要给他这个闲人找个事儿做做，不然怕他生出什么不好的事情来。在官场混了这么多年，老何心里并不傻。

别以为老何真的要履行书记指示的两个满意，他才不会再那么傻了。当领导当到老何这种地步，别人不说，他自己也感觉窝囊。从小何到老何，从办公室秘书到乡人大主席，走了漫长的三十多年的历程，用退休回家的黄书记的话说，就是比蜗牛还慢半步。现在不明不白地突然退了，有些人还以为他犯了什么错误呢。有一个曾经的同事、现在深圳早已是千万富翁的朋友，前几天还打来了电话问他是不是老毛病又犯了让人家给撸下了台，弄得老何哭笑不得。朋友指的老毛病是多年前老何的一次疑似出轨事件，曾被他的老婆闹得沸沸扬扬，险些让他受了处分，后来调到了这个乡，总算把那些纠缠给摆脱掉了。老何工作中一直是中规中矩的，唯独那个事件让他出了一次彩，也留下了后遗症。老婆一直不能走出那道阴影，以至性格变异，让老何一直生活在那种半死不活的夫妻生活中。老何平常把主要精力都放在了工作上，很少回家去，乡政府年年的先进个人名单上几乎都有何从同志的大名。

老何走到乡街上小康酒家的门前，高喊："刘小军，出来一下！"里面有人回应："等一下。"老何再喊一遍，见刘小军满手血污地走出来，说："是何主任呀，快进来坐吧，你看我正在杀鸡呢。"老何皱了一下眉头说："杀个鸡也搞得满手血污，没点技术含量。噫，刘老板消息真灵通呀，我当主任都知道了。"刘小军嘿嘿地笑着说："不知何主任有什么吩咐？"老何指了一下门前那堆木柴说："看看，都把门前搞成了什么样子，赶紧搬进去，把门前清理一下，过两天乡街要搞个检查，不达标的要罚款。"刘小军把老何上上下下地打量了个够才说："新官上任三把火啊，第一把火就烧到我身上来啦。"老何严肃地说："刘老板，你是乡里定点的单位，你说不烧你烧哪个？"

刘小军说："何主任，先不要烧了，进来坐坐，马上到吃饭时间了，我给你弄两个下酒菜。"

老何说："我不饿。"

刘小军说："现在你可以签单了。"

老何说："签单我也不吃。"

老何看不惯刘小军的势利眼，所以整顿街道他先要拿刘小军开刀。

老何在街道上巡视了两天，拿出了一个计划，给书记、乡长做了汇报。县里正要来领导，乡领导对老何说："你也不要那么详细汇报，只要不出乱子，要人我给你安排。"乡领导说话算话，第二天安排了四个年轻干部听老何调遣指挥，乡领导知道老何工作稳重，能力也强，便放心地把人交给了他。老何也动了真格，从东到西从南到北依次清理。没想一泡尿工夫的街道硬是花了三天的时间才搞完。街道上先前总是乱堆着东西，大家心里都清楚这样不好，可看到你堆放了，他也要放，反正大家都不想干净，靠一个人维护是没用的。现在老何一吆喝一清理，还真管用，街道上宽敞了许多，大家都觉得老何做得还算是公平公正，公开就更不用说了。

有了这次街道整顿，老何好像一下子回到了先前的工作中去了，很有成就感。

老何那天晚上就在小康酒家请了四个年轻人吃了顿饭，自然也喝了酒。老何没有喝多，四个年轻人却喝高了，走出门时竟然唱着歌跳着舞，无拘无束，自由奔放。老何正在刘小军的账单上签字，慢了一步，出门见有几个女人站在街道旁指指点点，便大喝一声："看什么看，没见过帅哥呀。"女人们嘻嘻笑道："还帅哥呢，鬼哭狼嚎成了牛鬼蛇神吧。"老何没醉，兴致很高，便指着其中一个年轻的女子说："宋晴，要不要我给你介绍一个？任你选一个怎样？"叫宋晴的女子嘻嘻笑道："何主席你老不正经，以为我没有见过男人似的。"其他几个女人则说："何主席你是在做缺德事想棒打鸳鸯吧，宋晴的男朋友可比他们帅多了。"老何停住笑，问："宋晴真有男朋友了，我怎么不知道呢？"女人们说："何主席管街道也管得太霸道了，难道街道上的女人也要管？你又不是宋晴的老子，她找男朋友要你知道干吗？"老何便呵呵笑着，不再理会女人们的话，摇头晃脑地走了。

关于宋晴这个女子，有必要多讲几句。

宋晴的父母很早就在街道上开了一个百货店，那时候乡政府的很多东西都在他们的店里购置。宋晴那时读完初中后没有考上高中，父母让她在店里帮忙，一来二去，她与乡政府当时的办公室秘书小李混得很熟。后来，便有人说宋晴与小李谈上了。老何也常见两个年轻人在一起散步，交谈得甚为融洽。老何相信两人是真谈朋友了，不久的将来便可以吃到喜糖了。没想事情的发展却不是这样，小李换届时被提升为副乡长，调到了离此很远的另一个乡镇任职，而宋晴依然守在乡街上的店里。没人知道他们的关系发展到哪一步，反正小李走了也就没有再来找过宋晴。后来有许多人给宋晴介绍过男朋友，不知为什么一个都没成功，有人说宋晴还念着小李。一眨眼，宋晴成了乡街上的一名大龄女子，她的婚姻一直是乡街上许多人关心的热点话题。

不想宋晴的事了。

老何要回一趟家，休两天假。老何是搭乡长的车去县城的，晚上没有班车，正好乡长要去县里办事，顺便。

老婆见到老何没什么反应，老何也习惯了。儿子和媳妇在外地工作，一年也就回来一两次，幸好老何的外甥女在县里读书，住在老何家，老何的老婆才有了忙上忙下的事情，不至于那么孤单寂寞。老婆先前也是有工作的，所在的厂子倒闭后，在家拿着生活费。和她同时下岗的女工大都在县城开了个店什么的，如今也有火红的，也有亏得一塌糊涂的。不管结果如何，她们好歹也是干过事业的人，只有老何的老婆一直那么清心寡欲地做一个家庭妇女。这也是老婆对老何的不满之处，当初老婆也跃跃欲试准备干一番事业，可老何嫌麻烦，加上那时老何正在走向一条疑似出轨的道路，根本没有将心思放在老婆的创业上。

出轨事件发生后,老婆的雄心壮志倏然烟消云散。有时老何捂着良心想想,对老婆还真有点歉意。不过,如果不是那次事件被老婆闹得沸沸扬扬的话,老何也就不是今天的何主席、何主任了,老何对老婆的最大的记恨的也在于此。

外甥女小燕在房里做作业,还只上初中呢,作业总是那么多。老何给了她一张票子,说:"缺什么东西就跟舅妈说。"小燕很甜地笑了一下,点了点头,便低下头做作业。小燕文文静静的,这点老何很喜欢,不像她母亲那么泼辣,性格相貌都与她父亲相似。老辈人都讲,女孩子像父亲好,至于哪方面好,老何不知道。

洗了个澡已是晚上十点了,老婆还没睡,躺在床上也没看电视,见老何进来了,只把眼光冷冷地盯着他看。老何感觉有点异常,一般来说,老婆习惯在九点半之前睡觉。再说老婆那目光,陌生而冷峻,盯得他心里直发毛。老何掀开被子的另一头要躺下,老婆发话了:"过来睡吧!"说完这话,老婆躺进了被窝。老何一时呆愣着,灯光里老何看到自己那映在墙壁上夸张了的身影,觉得自己像一件被人脱下的衣服,皱巴巴地扔在那里,突然又被一个流浪者捡了去,随随便便地穿在身上,显得那么不合时宜。

这时候的老何的内心深处有了一种想哭的冲动。

睡在老婆身边,老何没有半点激情。老婆说:"回到县城来吧,待在那个破乡下当个什么破主任,也不怕别人笑话?你的脸皮厚不怕丢脸,我的脸皮薄。"老何说:"劳碌的命,过不得清闲日子,脸皮厚怎么啦,就让别人笑去吧,笑死了才好!"后一句话老何是咬紧牙关才说出来的,要不他的眼泪就会掉下来。

在家刚休了一天假,书记就打了电话过来,要老何赶紧回乡去。

乡里在召开乡干部会,老何迟到了一步,只赶上书记最后的总结性讲话,从讲话内容中老何才知道这是个专题会议,内容就只有一个,迎接省、市领导的检查。不要以为老何所在的乡做出了什么重大的成绩引起了省市领导的重视,事实是省、市领导只是路过一下,要去看的是另一个乡。别看路过一下好像是一笔带过的事情,但在乡领导看来,却是当前工作的头等大事,必须全力以赴来对待,否则,会出大事的。会后,书记、乡长专门召见了老何,安排了两项工作:一是从明天开始把街道的卫生搞得干干净净,清掉所有的路障,让省、市领导的车队从干净宽阔的街道上顺顺利利地过去;二是要注意一个女人的动向,不要让她跑到街道上来,最好是不能让她出门,让她安安静静地在家待着。对于后者,乡领导反复交代,一定不能掉以轻心。他们还给老何安排了两个帮手。书记拍着老何的肩膀说:"何主任,这个事情就拜托你了,由你负责,我们还要忙其他的事情。"

老何也是一个有政治觉悟的人,一点也不敢马虎,连夜把两个帮手找来开了个短会,然后行动。因为事情急,而且重要,搞卫生清路障的事只有花钱请人,不能由着各个店主自己打扫清理。一切安排妥当后,已是深夜,抬头看天,星光点点,一弯月正在西山的黑影上滑落,老何对身边的两个助手说:"我们到朱桂英那儿去看看,不知她在不在家。"

没了月影,街道有些昏暗。老何拿出手机照明,他们都没有说话,各人的鞋与水泥地的摩擦声被黑暗放大了,显得尤其清晰。

朱桂英住在街西,也就是说,与乡政府在同一条街上,只不过一个在头一个在尾。朱桂英先前是有一个店面的,自从她的儿子死后,店面关闭,也没有出租给别人。关于朱桂英的儿子之死,坊间一直有多个传说,也是一个颇多争议的事件。朱桂英的儿子因参与赌博被派出所给抓了进去,可第二天竟然莫名其妙地死了。法医解剖说是心脏病发作,可朱桂英说儿子根本没有这种病。闹了十多天后,政府出面强制了结此事,发给了朱桂英十万元的精神补偿费。朱桂英的丈夫是个老实巴交的人,什么事情都是朱桂英抛头露面。为了给死去的儿子讨个说法,她年年上访,有一次还到北京去了,县里把电话打到了乡里,乡里派人专程赶往北京把她接了回来。每当上面有人来乡检查工作,领导最怕的就是朱桂英的行动,她披头散发往车头上一扑,大喊冤枉,把上级领导的好心情给破坏了,乡里的工作无形中就打了折扣。

老何他们停住脚步,乡街上立刻死一般寂静。都后半夜了,除了做贼的,哪个还能像老何他们一样来关心街道上某个人屋里的动静呢?朱桂英的房屋像个可怕的定时炸弹一样安插在乡街上,害得老何他们小心翼翼地围着屋墙转了几圈。忽见头顶射出一束灯光,接着某扇玻璃窗开了,"哗啦啦"天上下起了瓢泼大雨,淋得老何他们三个人目瞪口呆。片刻,有人清醒过来,喊了句:"尿臊!"老何顾不得两个年轻人的呕吐,疯狂地跑了起来,一直跑到乡大院,急急冲进浴室,一下扒了个精光。虽已入夏,气温尚属温和,但已深夜,浴室没有热水,冷水一冲,老何的上下牙磕得咯咯响起来。

第二天起床时,老何感到鼻子不通畅,看样子感冒病毒正在自己的体内不断成长。明天省、市领导要路过乡街，老何说什么也不能怠慢，打扫卫生清理路障的事可以让两个助手去督促，但朱桂英的事必须由他亲自去处理。朱桂英在这个乡现在不是代表一个名字，而是一个事件，乡里一般都把她称为朱桂英事件。老何在给助手分工时，两位一听朱桂英都连连后退，劝何主任还是不要打草惊蛇。老何也心有余悸，但老何不能退缩，说什么也要去先探明情况，牢记乡领导说的话，做到万无一失。

朱桂英正在门前晒一件迷彩服，老何知道那是她儿子曾经穿过的，只要是晴天，朱桂英就会拿出来晒一晒。乡街上的人说，朱桂英的脑子有问题，儿子都死了七八年了，她好像只做两件事，一是在家里晒儿子的迷彩服，二是出门上访。家里的一切事务都是她丈夫去做，难为了这个瘦小的老实人。别看朱桂英的丈夫胡子皱纹满脸都是，可年纪也只有四十来岁，精神上的衰老比肉体上更厉害。老何装作漫不经心的样子，朱桂英看到老何，急急地跑过来，问："何主任，明天又要来什么大领导吧，街道上的卫生前几天大搞过一次，怎么又要来一次？"老何的心里一沉，暗想这个女人的脑子一点也没坏，精明着哩，嘴里却说："没有呀，街道建设也是个重要的工作嘛，几天就得大搞一次。再说，我这个主任刚上任，总要给领导做出成绩来吧。"朱桂英笑笑，没说话。老何没敢笑，朱桂英分明是一种嘲笑。老何说："正好走累了，在这儿歇一会儿吧。"朱桂英说："我知道，你是来做我的工作的。"

话已挑明，老何索性进屋里坐下。说实话，老何对朱桂英是有偏见的，加上昨晚的尴尬，老何心里非常厌恶这个总给政府惹麻烦的女人。女人四十来岁，身材要比她丈夫高大许多，如果不是心里有成见，老何自认为朱桂英还是一个有姿色的女人。女人没有给老何倒茶，倚靠在大门旁，警觉地望着街道上过往的车辆，一副随时随刻就要跑出去的样子。看女人这种情形，老何把要说出来的话给咽了回去。一切劝导的话可能都是多余，许多年来，女人或许已经习惯了这种谈话，经历了许多场合，对这些政府派来的说客厌烦了、麻木了。女人收回目光看了一下老何，说："你说吧，说完了就完成了任务，可以回去了，省得我碍你的眼。"老何尴尬地站起身，说："我真的不是来做你工作的，只是随便走走，今后有什么困难可以找我，我这个街道办主任当然解决不了什么事情，但可以向上传递反映的。"

老何走出门，女人忽喊住了："何主任，你真的不是来做我工作的？"

老何回过头来,看到女人眼里闪烁着一丝光亮,老何张了张口,终于还是点了点头。

女人走过来一把抓住老何,说:“何主任,进来喝口茶吧。”

喝着女人递过来的热茶,老何的心里总感觉得有点不对劲。女人打开话匣子,唠叨着那些重复多少遍的故事。女人动了感情,一边陈述一边哭泣,让老何心里咯噔咯噔地乱跳。女人还说老何是第一个不是来做她工作而是关心她的政府来的人,非常感激老何能瞧得起她。诉说完心中的故事,女人的手在胸口长抚了一下,然后竟然粲然一笑。老何发现,女人笑起来眼角两边的鱼尾纹拉得老长,干瘦瘦的脸上像被谁乱画了几笔,破坏了一个面容姣好的女人形象。

女人的哭与笑,让老何如坐针毡,让经历过许多非常事件的老何竟然无语应对。好在这时老何的手机响了,是手下的年轻人打来的,问要不要他们去帮着做工作。老何连说了几个不字,站起身来对女人说:“我还有些事情,有空再来坐吧。”女人显然有点失望,不过,她还是很高兴,因为心中的那团发酵的东西倒了出来,身心轻松了许多。

晚上又接着开会,各位乡干部都汇报了沿线各村的卫生呀,信访摸底呀,人员安排呀,等等工作,老何自然也做了汇报。领导指示他明天工作的重点放在朱桂英事件上,说什么也不能发生拦车告状的事情。

这一夜,老何没睡好,脑海里老是浮出朱桂英那长长皱纹的笑脸。

吃过早饭,乡干部各就各位投入了紧张的工作状态。据说上级领导的车子是十点钟左右经过,整个车队有十六辆车。

老何和两个年轻干部同时站在了朱桂英门前的大街上,他们发现朱桂英的大门还没有打开,门前也没有晒出她儿子那件迷彩服。老何说:“人家还没起床呢,我们先到对面的修理店里坐坐。”

可九点钟了,朱桂英的大门还没有开。老何有点慌神了,他们绕到屋后,发现门从外面上了锁。不好,朱桂英跑了。

“跑了正好,我们没责任了。”一个年轻干部说。

老何想了想,没错,跑了好。可是,要是她仍然在这个乡街上呢?那可是自己管辖的地方,责任还是他老何的。老何没有多想,便对手下的两个人说:“搜!”

搜的过程中还发生了一个戏剧性的故事。有人说朱桂英好像进了宋晴的店，老何他们进去的时候，宋晴不在店里，里面只坐着一个十多岁的小女孩子。两个年轻人说肯定是朱桂英藏在了宋晴的屋里，跟宋晴在一起。小女孩一直拦着他们不让进去，这就使他们更加相信自己的猜测。在这非常时期，老何也顾不得私闯民宅的后果，硬闯了进去。屋里有几个房间，老何也不知自己打开了哪扇门，一下子让他看到宋晴与一个脸上长满痘子的男子正缠在一起。那男子受惊吓过度，脸色苍白。倒是宋晴圆睁杏眼，怒道："何主任呀何主任，我们正正当当地交朋友，又不是卖淫嫖娼，让你们这么兴师动众？"两个年轻人赶紧走了，老何连声道歉，解释说是寻找朱桂英。宋晴的脸色绯红，丢下一句话："何主任，我们之间要是有个三长两短，你可要负责。"

两个年轻人出来后要去寻找骗他们进去的人，老何摆摆手道："算了，这个账以后再算。"老何的脑海里显现出宋晴那个长痘的男朋友，心想宋晴现在也是病急乱投医，还帅呢，不说猥琐就对得住他了。

继续搜寻的结果还是没发现朱桂英。两个年轻人说："这下我们该轻松歇息吧。"老何心里没底，朱桂英那张长满皱纹的笑脸老是在眼前浮现。他不相信朱桂英会走掉，她的信息灵通得很，省里领导要来这样的机会她是不会错过的。以老何的猜想，朱桂英肯定是躲藏起来了，乡街虽然只有一泡尿工夫的长短，可一个人要藏匿起来也是难以找寻的，况且时间不允许他们再去搜寻，唯一的办法只有他们三人分路段加强巡视，一旦有异常，即刻采取措施，确保不发生领导不高兴的意外之事。

尽管老何费尽心机做了精心的安排，可意外还是不可避免地发生了。不，那应该不是意外，是意料之中的事情发生了。领导的车子从西往东通过，也就是说先从朱桂英的门前经过，很顺利，朱桂英没有出现。可车子在东街尽头却忽地被一个披头散发的女子给拦住了，众人猝不及防，太突然了。他们甚至没看见女人是从哪个地方跑出来，好像是从地上冒出来的一样。车上的大领导下来了，大大小小的领导都下了车，女人被众多领导围在了中间，老何没有近身的资格，只有远远地踮着脚尖望着那一排排车队和一个个硕大的脑袋。

老何此刻心里不住翻腾着什么，涌出来的滋味老何也说不清楚。老何木然地往乡大院走去，两个年轻的助手在后面喊他，老何好像没有听见。

事发的当天，书记、乡长把老何狠狠地批评了一顿，他的两个年轻的助手则被骂得狗血喷头。事情远没有结束，过了几天，书记、乡长都被县委、县政府通报批评,老何的街道办主任自然也干不了了。

后面的事老何更没有想到,朱桂英这次告状还真给告准了,省里的有关领导指示县相关部门重新查处当初的案子,县里十分重视,组成了专门的小组,乡里积极配合,不到半个月工夫,案子水落石出,还真是另有隐情。派出所果然打了人,当然,人不是被打死的,是上吊自尽的。从上到下一路隐瞒,从而使冤案不得昭雪。相关人员都得到了处理,朱桂英的赔偿也到了位。本来这个乡现任领导在这个案子中没什么责任的,当初他们都在外乡呢,可他们还是受到了党纪处分,主要是他们的工作方法不对、态度恶劣,在对待朱桂英的上访事件中只是粗暴地阻挠,而从没有帮她寻求解决的途径。

发生了这样一种大事,老何感觉颜面丢尽。不过,在内心自责的同时,他又为朱桂英感到高兴。不管怎样,冤案得到昭雪,天地良心,相关人员受到处分也是应该的。

那天老何又到小康酒家喝酒。

走出酒店,没想前面还真有个人挡住了去路,一看,是宋晴。老何尴尬地说:“宋晴姑娘近来可好?”宋晴狠狠地说:“好,好事都让你给破坏了,你说怎么办?是公了还是私了?”老何喝了酒,不怕宋晴的纠缠,他故作细语道:“小宋,过几天我给你介绍一个真正的帅哥,保证让你满意。”宋晴道:“又是酒话吧,到时没有怎么办?”老何说:“没有你找我老何。”宋晴骂道:“找你有什么用,要是年轻二十岁差不多。”老何一边笑着一边开溜,宋晴在后面说:“何主任,你可要赔我青春损失费。”

（原载《四川文学》2016 年第 7 期）

幕后

第一次下村放映，师傅推出一辆半新的自行车，问我："你骑还是我骑？"我红着脸低声说："我不会骑。"师傅稍愣了一下，便轻声一笑，自个儿踏上自行车，见我还愣在那儿，喊道："上呀！"

车子行走在乡间小路，师傅显然有点吃力，双脚蹬动踏板时腰身便扭来扭去，薄褂子从裤腰里面松出来，风一吹，拍打在我的脸上，让我闻到了一股儿时记忆中的某些气息。不多时，有汗水从师傅的后颈窝里流出来，慢慢洇湿后背。有几次我都想对师傅说自己下来走路，可不知为什么就是开不了口。遇上平直大道，师傅一下又轻松自如，竟然还哼起了歌。那歌我听过，也就是今晚放映的《少林寺》里面的插曲《牧羊曲》。师傅的声音甜润，很适合唱这样的歌。正听得入神，师傅忽一扭头，停住车说："你来试试？"我以为是要我来唱歌，可师傅却把车子让给我说："这段路比较平，你来学学。"

接过车把，尽管心头很兴奋，但我还是有点心慌。虽说先前也学过一会儿，在院子里由人扶着走过几圈，但离真正上路还很远。师傅把我扶上车后，紧跟车尾小跑，有几次车险些倒下，师傅急忙上前扶住，热腾腾的胸部一下子挤在我的臂膀上，我的脸上更加火热。师傅并没在意这些，只认真地教我怎样端正身子，怎样扶住车把，直折腾得面红耳赤、气喘吁吁才停住。

那晚放完映后我们回公社住宿，月亮高挂天空，露水铺满田野，四处蛙声一片，多么美好的夜晚啊。第一次下村放映一切都很顺利，虽然换影片时我还是不太利索，但由于师傅事先打过招呼，观众对我这个新手没有过多的责怪。回来依然是师傅用车子带我，凉爽的空气中有一种亲切柔和的气息。

那天晚上我睡不着觉，第一次放映的那种兴奋还在我的心头久久不肯离去。银幕下那片黑压压的人群发出的嘈杂声还在耳边回荡，打杀声和《牧羊曲》混在一起，在我的脑海里重放着一部奇特的电影。

睡不着，干脆起来练车吧。

电影队就只有一辆车子，我怎么能让师傅带着我呢，这多么不合适，说什么也要把车子练熟，我带着师傅下去放映那才顺理成章。

外面的月光依然很亮，到车棚推出车子时，感觉好像楼上哪个房门传来一声响动，尽管很轻，但我还是听到了，准确地说是感觉到了。那时我们住的都是中间有走廊的宿舍楼，我住楼下，师傅和其他领导住楼上，不会有贼吧？这半夜三更地起来做什么？我停好车子，轻轻地踏上楼梯。楼道里静静的，悄无声息，借着窗外的月光，没有看到任何阴影。走下楼来时，我相信是自己的听力出了毛病。

那天晚上我就在公社大院里练了两个小时，自认娴熟才罢手。

当第二天下午师傅再推出车子时，我主动上前抢过车把，大胆地说："师傅，我来带你。"师傅看了我半天，迟疑着没有上车。我腼腆地笑笑说："放心吧，师傅，我会保证你的安全。"师傅这才坐上去，见我双手把握得很稳，便说："还真行呵。"我故作轻松地说："昨晚我在院子里练了。"这时我感觉到身后一动，师傅的身子乱扭动了几下，我喊："师傅，坐稳啰。"

黄泥村是个大村庄，村里的人与师傅都很熟。那个时候，我们那里大多村子没通高压电，放映都是靠一个两马力的汽油发电机发电。我们两个人，一个守发电机，一个放映。今晚场子上的人太多，师傅怕我不熟练，自己去放映，留着我在屋子里发电。一般来说，发电机正常，守着没有什么事情，我便坐在屋门口就着电灯看书。二十世纪八十年代，我曾是个狂热的文学爱好者，不管什么书，只要是文学书籍和杂志，我都会捧着一字不落地读完，有时走路都看，有人便喊我书呆子。在隆隆响声中看书，我还是有点不适应，便夹着书本走出来透气。

场子上的人群把每个角落都挤满了，四周散落着一些卖瓜子之类的小贩，我来到场子的边缘，顿有凉爽的风轻抚过来。黑暗之中仿佛前边有什么响动，我傻里傻气地摁亮了电筒，光柱之下，前边有两个黑影迅速从那个柴草堆边消失。我把电灯光又射向另一个方向，传来一个男子的粗嗓门："照什么照，拉个尿也要曝光啊？"我急急地熄灭电筒，面红耳赤，幸好夜色太深，没有谁注意。人们都在聚精会神地盯着银幕，谁还会去关注银幕后面的事呢？

晚上回公社时，有个瘦高个儿男人站在公社大院门口，师傅见了，对男人说了声"来了"，便跳下了车。男人跟在身后，没有说话。我知道那是师傅的丈夫，一个民办教师，姓黄。让我不明白的是，他为什么要站在公社大院门口等师傅呢？况且这么晚，在房间等不更好吗？事后我才知道，师傅没有拿钥匙给他，黄老师进不了门，只有在外面等了。当我再次放映回来看到黄老师深夜站在公社大院门口时，我讨好地对身边的师傅说："师傅，你可以给黄老师一把钥匙。"师傅冷静地说："只有一把，没多的了。"我多嘴道："可以配一把呀，明天去县城拿片子时，我给你配一把吧。"师傅这时扭过头看着我，鼻子哼了一声，大步走了。黄老师也扭头看了我一眼，他的表情被月光的阴影所覆盖，一片模糊。

那段时间师傅的心情不太好，对我也是爱理不理，我想难道是我那次不该说配钥匙的事吗？也不至于吧。在进电影队之前，我对师傅不甚了解，进来后才略知一些情况。师傅不是本地人，是下放到我们这儿的上海知青，由于工作出色，被调到电影队任放映员。那时黄老师还不是老师，只是一个上过初中的农民。至于和黄老师的婚姻，据说是在一位领导的撮合下完成的，作为一个扎根农村的典型来宣传，当时的省报都做了报道，有非常大的影响。

黄老师隔三岔五地来，我基本上是晚上见到他。他也不跟我说话，只默默地跟在师傅身后进房。有一天晚上，我听到了师傅房间响起乒乓声，我的房间正在师傅的房下面，隔着层楼板，在深夜里，响声虽然不是很大，但我还是感觉到了那种类似摔东西的声音。没有争吵，也没有人起来劝架。当我轻手轻脚地走近师傅的房门时，我看到房门紧闭，里面黑暗一片，才知自己的鲁莽。里面的动作更大了，我几乎可以清晰地感觉到里面两人的拉扯和摩擦。我不知道怎么来劝阻或者说消除这场战争，这方面我实在太没有经验。转身回去吧，我对自己说，这是师傅的私生活，做徒弟的更不可多管闲事。正走在楼梯间，差点撞在一个人的身上。那人严肃地对我说："干什么去了，怎么跑到楼上来了呢？"我吓得差点把魂都丢了，还算脑子反应快，忙说房间里有只老鼠吵得睡不着觉，被我赶得四处乱跑，跑到楼上来了。那人问："打死了没有？"我摇摇头说没有，便慌乱地跑下来，直到躺在床上，心还在怦怦地乱跳。

那个人就是公社的最高领导——张书记。

直到许多天以后，我突然想到了一个问题：张书记那天晚上起来干什么呢？

天气渐渐转凉，但群众看电影的热情依然没有减，有时甚至一夜还要到两个地方放映。上半场是师傅放映，下半场由我来放映，师傅守发电机，可以稍做休息。下半场的露水太重，头发上总是湿漉漉的。那天下半场转场至黄泥村，我坐到放映的位置不到十分钟，头上忽地被扣上了一顶帽子，转身一看，四周的人们都在全神贯注盯着银幕，有个人影正匆匆往外挤去。借着银幕的反光，我看出是个年轻的女孩子。我的心头一暖，一股说不出的滋味涌出来。帽子是用毛线织的，是当时作兴的一种式样，扣在头上正合适。送帽子的女孩再也没出现，也许她就在我身边不远的地方，但我看不到，黑压压的人群中哪个才是她呢？散场时，我想把帽子还给人家，可除了几个帮忙的男人，连女人都没有。

夜宵是在队长家吃的，队长的老婆非常客气，我们每人碗里都有三个荷包蛋。端碗上桌来的是队长的女儿，她好像与师傅很熟，跟师傅说笑的时候，眼光不时飘移过来，我感觉到她的眼光里的独特。

吃过夜宵，师傅并没有要走的意思，说："小陈，今天我有点累了，要不在这里住宿吧。"我不太喜欢在村里住宿，我曾听师傅说过，一般来说，她很少在下面住，除非天气太冷。但现在天气还不是很冷，师傅却不回去了。当然，她不回去自有不回去的道理，我也不便问什么，我还是要回去的。师傅见我执意要走，便说："路上骑车小心点。"走时，我对师傅说："明天上午我来接你吧。"队长的女儿笑着对师傅说："你的徒弟还真体贴呵。"师傅只笑笑，告诉我不要来早了，都这么晚睡觉，多休息会儿，否则身体吃不消。

刚进大院，一个人影飘了过来，是黄老师，头上身上全是湿漉漉的露水，没有月光，看不清表情。他看了看我的车后，空空如也，我赶紧说师傅在下面住没回来。我感觉到黄老师的胸腔里有呼呼风声响起，但很快便消失了。黄老师的脊梁一下子断裂开来，腰一下子佝偻下去。看着他转身向院外走，我忙说"黄老师，我送你回去吧"，却听到他的一声吼叫："不要！"

放电影最怕的就是下雨天，当然，如果雨老早就下来我们也可以放弃放映，怕就怕中途突然下雨，这个时候停也不好不停也不好。那次又临到在黄泥村放映，傍晚还是晴朗的天，可放映了近三分之二时，天却忽然下起了雨，这个时候，观众正看得津津有味，好在雨下得不是很大，谁也没有挪动一步。我正考虑要不要找把雨伞时，旁边却挤进一个人来，一把花雨伞遮住了我的头顶，同时也把机器给罩住了。那人说："我爸让我给你打伞呢。"正是队长的女儿。她站在我身边，长长的辫梢飘在我的额头上，我忙把身子让开一些，说："坐下吧。"可她却说："不挤你了，再说，坐着也不好打呢。"不知为什么，我的心有点慌乱，以至于换片时手脚没有先前麻利，不满意的年轻人便喊："快点呀，换个片也不利索，叫你师傅过来放。”

雨下得大了点，有观众开始穿雨衣或打伞看，黑暗之中我感觉到她的身子慢慢靠近我，甚至贴紧我。我感受不到雨点的冰凉，相反，身子却热气腾腾，热气顺着放映机的灯光冒出去，似乎把银幕都给模糊了。散场收拾东西时，队长的女儿一直打伞跟着我，直到进她家吃夜宵。在队长家的灯光下，我才发觉，她身上的半边衣服都湿透了，散发出一丝丝的水汽，使我一下感觉到了凉意袭来，心头很是愧疚。

因为下雨，师傅决定我们都在黄泥村住宿。

队长早准备好了一盆旺火，队长老婆说：“夜晚绵长，这个鬼雨天，先烤烤火再睡也不要紧的。”队长的女儿没过来，师傅便喊：“宇红，快过来烤一下，你看你衣服都湿透了。”这时我才知道队长的女儿叫宇红，宇红很听师傅的话，果然坐在师傅旁边。师傅上前一把把她那湿透的外衣给脱下来，说：“这样才能干得快。”宇红有些不好意思地望了望我，我只傻笑一下，而后低头烤火。脱下外衣的宇红身材不错，辫子不知什么时候已散开，像银幕上出现的一道瀑布，脸色在火光中红通通的，伸出的那双修长细白的手一点也不像一个农村姑娘的手，胸前的曲线尽显。我这才发现，宇红真是一个不错的女孩子。

后来师傅告诉我，宇红是个读了高中的女孩子，那个时候在农村中确实不多。

那天晚上，我们坐在火旁聊了很久，队长的老婆对我问这问那，问了许多问题，归纳起来也就是一个大问题：有关家庭的情况。开始我倒配合她，一问一答，后来我发现这个女人问这些问题时的动机和目的显然是有所指，我的内心十分不满。我不喜欢人家用这种方式来解决我的有关情感或者婚姻，也许是文学作品看得太多的缘故，我总希望我未来的爱情充满着浪漫色彩，未来的婚姻是爱情的结果，至少要摆脱农村中的那股俗气。后来的谈话中，我连连打着哈欠，师傅看出我的情绪，提议结束这场交谈。

我看到宇红怨恨地看了母亲一眼，余光掠过我身边时，我扭转了头。

那天我正在食堂吃饭，张书记走过来说：“吃完饭到我办公室去一下，有事。”张书记的表情不严肃也不轻松，我也不知是好事还是坏事。匆匆吃过饭，我来到张书记的办公室，心里忐忑不安。书记室在一楼的尽头，安静，不大，和住房一样。我是第一次进他办公室，才发现里面其实很简陋，只有一张办公桌和两个文件柜子，桌上有一个摇把电话，张书记正坐在办公桌旁。见我进去，他和蔼可亲地对我说："小陈，要喝茶自己倒。"我连连点头，侧身坐在他对面的一个长条椅子上。张书记先是问了一下我工作上的情况，有什么困难等，后来又问我和师傅工作配合怎么样。我说："很好，师傅非常照顾我，我们工作配合得好，群众都满意。"张书记呵呵一笑，说："你师傅是个好人，但她有点不安心工作哩。"说到这里，张书记好像思索了一下，见我诧异的样子，张书记解释说："知青大都已回去了，你师傅虽然在这里落了家，可她还是有走的意思。"张书记说这话，我更诧异，他为什么要对我说这些？确实，师傅也曾经感叹过，记得有一次她接过一封什么信后，情绪低落，我看到她偷偷抹眼泪。

张书记向我招招手，意思叫我坐过去。我没敢坐，只走近他身边，张书记拍了一下我的肩膀，说："你很年轻呵，又有文化，好好干，放电影也不是长久之计，等有机会的话我会向上推荐你转到行政上来。"我受宠若惊，从进公社电影队起，我还真没有这个奢望，起码说目前还没有，只想老老实实把电影放好。张书记这时压低声音说："你师傅近期有点变化，如果她有什么举动你要及时告诉我，这也是公社党委交给你的任务。"我连连点头，张书记又从抽屉里拿出一封信交给我说："今天中午你就辛苦一趟，交给你师傅的丈夫黄老师，当然，这事不能让你师傅知晓。明白我的意思吧？"

"明白。"我很坚定地说，但浑身冒出了冷汗。

但我还是碰到了师傅。师傅正从外面回来，我们在院门一照面，立即下车。师傅问我中午去哪儿，我谎说回家一趟，给母亲买点东西。师傅上下打量了我一眼，说："回家也不用慌里慌张的呀，路上小心点。"

沿湖小学我去过一次，那次还是在旁边的沿湖村放电影，趁着机会在旁边转了一下。当时放了学，学校没人，更显得破败而没有生气。虽说现在已是初冬，可中午的太阳竟然有点热，骑车到学校时，我还是出了一身汗。中午学生不多，许多学生回家吃饭还没有回校，老远我就看到黄老师那瘦个子身影，他站在操场边上吹口琴，我听出来了，是《牧羊曲》。那吹出来的曲子没有技巧，有点儿生硬，更不流畅。也许，别人根本听不出来是什么曲子，但我还是完全听出来了。这支曲子不但我放映了多少遍，而且师傅也哼过多少次了，难道黄老师也听师傅哼过这曲子吗？或者说师傅会在黄老师面前哼这支曲子？以师傅对黄老师的冷淡态度，我想师傅绝对不会在他面前哼的。

我来到黄老师身边时，他竟然没有发觉。一曲终了，他才突然看到身边多了个人，而且竟然是我，脸上惊讶的表情凝固了很久。

我不好说什么，对于这个男人，虽然见过几回，但我们之间还是非常陌生的。我只把那封信亲手交到他手上，说了句："公社张书记让我交给你的。"黄老师不肯接信封，脸上好像有些恼怒，可又不敢发作出来。我硬塞给他之后，立马骑上车，跑出了校门。

回来的路上我轻松了许多，不由吹起了口哨，竟然也是那支曲子。

对于张书记交给我的任务，我真的不敢怠慢，比如师傅哪次去县城了，哪次收到什么信，哪个人找过她，什么时候心情不好，等等，我都一一向张书记汇报，张书记很满意我的汇报，每次都是温厚地拍着我的肩头，说："好好干，年轻人，有前途啊！"我满怀信心，感激涕零，能高攀上公社的最高权力人，我在梦中都笑醒。

但是，一件事情彻底改变了我的态度。

那晚本来要放两个村庄的，因下半夜那个村庄突然死了一个人，下半场的放映就取消了，我和师傅提前回到公社大院，这次我没有看到守候在大门旁的黄老师。天气转冷了，黄老师那么瘦弱的身子肯定吃不消，肯定不会来了。进房歇息时，我感觉楼上师傅房里有两个人。一个轻盈，那是师傅的脚步声，我太熟悉了。另一个脚步很沉，显然是个男人。黄老师来了吗？或者师傅给他配了一把钥匙让黄老师早就进了房等她？我一时竟有点乱想起来。好在脚步声很快消失了，我的瞌睡也上来了。

迷糊中，我的房门突然被敲响，虽然很轻，但在深夜里就是个扩音器，惊心动魄。我小心地打开门，没想到门外竟然是黄老师。

黄老师问："你师傅回来了吗？"

我张了张嘴，还是回答出："回来了，我们一起回公社的。"

黄老师的声音开始发颤："我敲了门，没人应呀，难道不在里面？"

这时，我突然明白了什么，我感觉到要出大事了。情急之下，我脑中一闪，嘴里就蹦了这样一句话："哦，我想起来了，师傅可能是去了县里，我们回来不多时，乡里的车子去县城，师傅可能是搭车走了。"

黄老师张大着嘴巴看着我，仿佛要从我嘴里探出虚实。我接着补上一句：

"师傅白天接过一个电话,好像是县里的一个知青打来的。"

黄老师这才吁出了口气,转身就走。我跟着他走出屋门,看着他瘦小的身影慢慢消失在公社大院中。

这样一折腾,我的睡意全被打消了。返回房中,我再次听到上面那个沉重的脚步声,接着便听到开门的响声。我头脑一热,走出房门,轻轻地走上楼梯,想要看看到底是哪个从师傅房里出来。在转角处刚一探出头,就看到了一个高大的黑影在移动,我一慌神,脚下弄出了响动,急速溜进房中。

虽然我有了思想上的准备,但还是感到惊讶,甚至还有了愤怒。

我有很长时间没有向张书记汇报师傅的行踪,张书记却找到了我。

中午时间我正准备休息,昨晚放映很晚,一般白天是要休息的。张书记竟然走进了我的房中,不说话,而是四处望了望,说:"公社有许多杂物没处放,你这个房间也太破旧了,改做个杂物间。小陈,搬到对面食堂里面去住吧,有间房,还比这大哩。"

我说行,我没有抬头看他,但我能感觉到他眼光里的东西和他心中没有说出来的话。张书记走出去后,我立马去食堂那儿收拾房间。这个房间其实并没有张书记说的那样比原来的房间大,也没有我想象的干净,还经常有油烟钻进来,房门上到处都是油污印记。

师傅好像有点儿意外,问我为什么要搬房,当我说是张书记的意思后,师傅不作声了。师傅帮着我整理新房里的东西,其实也没有什么,只不过是书报杂志多了点,被我弄得到处都是。在整理中,师傅忽地捡起地上的一本《上海文学》,认真翻了翻,把上面的灰尘掸清,才放回。我说:"师傅你要喜欢看就拿去看吧。"师傅摇了摇头,叹了一声气。

这个时候,宇红来找师傅,原来她给师傅送手套来了。手套是用毛线织的,两双。但奇怪的是一双大一双小,师傅先试了大的,脱下来说了声"大了",接着试了那双小的,正合适。宇红这时有点不好意思地说:"我也不知你的手大小,所以就打了两双,哪双合适你就戴哪双吧。"师傅把那双大的还给宇红,宇红没有接,而是把眼睛向我这儿瞟来,师傅递过去的双手就停住了,对我说:"小陈,你来试试。"我把手上的灰尘拍干净,一戴,大小正好。但我还是赶紧脱下来还给师傅,想说这双给黄老师戴也可以。宇红不等师傅和我说话,先开口了,说:

“小陈师傅要是戴着合适，就送给你吧。”宇红说这话时，脸儿有点发红，我看到她立马把眼睛看着门外。我一时不知说什么好，倒是师傅一锤定音：“小陈，你就戴着，宇红不是别人，跟我是好朋友呢。”

宇红走时借走了几本杂志。

整理房间时翻出了那个毛线帽，我拿出来与毛线手套一比较，吃不准是不是同一人之手。这个帽子我很少戴，就一直放在箱底。如果真是宇红送给我的话，那么她三番五次地接近我，显然是对我有点意思了。可是，我目前还不想在这方面有什么进展，或者说我的心还飞在高高的蓝天上。况且我还有点讨厌她母亲那种世俗的态度。平心而论，宇红确是个不错的女孩子，虽不是那么漂亮，但含蓄之中总给人一种温馨的甜蜜，长这么大，我是第一次有这种感觉，朦朦胧胧的，扯不清说不透。

宇红还真的喜欢文学，她来还杂志的时候又借走几本，有时我们还能在一起谈论起来。来公社这些日子，还真的没有人和我谈过文学，宇红是第一个。但她每次都是在师傅的陪同下一起来，在我房间也不多坐就匆匆地走了。有一次让张书记看到了，他问那个姑娘是你女朋友吧，我赶紧辩白说不是，是师傅的朋友。张书记笑起来：“现在的年轻人真是搞不懂。小陈你十九还是二十？差不多可以谈了。”

季节一转换，就到春天了。在这个春天的某个夜晚，发生了一个故事。或许这个故事触动了师傅的某根神经，也许，没有这个故事师傅照样会踏上她的回城之路。师傅的婚姻从一开始就是个悲剧，可怜的黄老师更是这个悲剧的最大受害人。我不会评判师傅的道德和为人，因为她是我的师傅，不管她走到天涯海角，我还是叫她师傅。

那晚放映《白蛇传》，露天场上的人虽然多，但大家都很有秩序。我的身边挤着好几个女孩子，她们的心思好像不在电影上，叽叽喳喳地说个不停。夜幕下的她们没了白天的害羞和矜持，他们甚至用放荡的语言来挑逗旁边的男人，当然也包括我这个放映员。这样的场面我也见得多了，青年男女就着夜幕这块黑布，就着这样的机会，过过嘴瘾也不算出格。

就在电影快要终场时，人们忽然朝银幕后边涌去，那边的吵闹声几乎盖过了电影中白娘子的优美唱腔。我不敢离开机子，只踮起脚尖往银幕后边那儿望，看不见什么，只有人头晃动和手电筒的光柱乱射。

那种疯乱直至电影散场才慢慢消散。究竟发生了什么事，事后有几个版本的故事，但主要的情节只有两个字：捉奸！

这种故事几乎都是千篇一律，没有多少新意，但发生在这样一个野外，这样一个大众场合下，似乎给人们的传说上又添加了一种新奇，而当场把赤身裸体的男女抓住，被成百上千个电影观众看了一场银幕之外的电影，不能不说是一次难得的机会，所以，那些参与的观众不厌其烦地向别人讲述着那个故事，仿佛就是他亲手抓住的一样。

故事的结局远不止于此，大概不到一个礼拜，就传出了那对男女双双跳进鄱阳湖殉情而轰动全公社的大新闻。

那天我和师傅几乎是同时听到这个消息的，我显得非常震惊，在我所处的环境里竟然会发生在文学作品中才会发生的悲剧故事，而且似乎还与我们扯上了一点关联。师傅像见过世面的老人，她一点也不激动，相反倒很冷静，说了一句我日后琢磨了半天的话：

在这个世界上，幕前只是表演，幕后才是真实的生活。

此后的不久，师傅在我生活中消失了几天，公社新派了一个比我还年轻的后生做我的帮手。我们配合得不协调，他守的发电机出了几次故障，愤怒的观众把甘蔗皮、花生壳朝我脑壳上丢。第一次受到这样的待遇，我惊慌失措之余满是委屈。

师傅回来的那天是个阳光灿烂的日子，暖春的到来，使师傅那张略显沧桑的脸上恢复了漂亮的神色。师傅这张脸曾经风光过，可以想见，师傅那时的模样一定让许多人痴迷，也让许多人在幕后蠢蠢欲动。师傅最后陪我去放映的地方是黄泥村，那晚师傅破例没有回乡，而是让我把她送回了山村的家。开门的是黄老师，身影后面有一个半大的女孩子，看见我，立马缩进里屋。师傅说："海心，叫叔叔。"女孩怯懦地站过来，看了我一眼，又退了回去。灯光下女孩子很瘦小，和黄老师一样，但我从她脸蛋儿看出了师傅的模样，特别是那眼神，过早地有些忧郁。

而后师傅又是一连几天不见。

其间，宇红来还了杂志，又借了几本书回去。一个季节的转换，宇红出落得更有女人味了，我们坐在食堂旁嘈杂的小房间里，讨论着文学的话题。我们都不敢触及另外的字眼，生怕那彩色的泡沫一旦破灭，我们将重新跌回现实中。就像前台的戏剧，我们都沉浸于表演的享受中，不愿被台下柴米油盐所浸染。说到底，我还没有做好自己今后生活的准备，但我又无法阻止自己的内心深处伸出的情感之爪，在那时，我们就这样清清白白地交往着，谁也不敢越雷池一步。

师傅终于还是离我们而去，终于从幕后走向了幕前。我知道这一天迟早会到来。

师傅走的那天没有告诉任何人，只悄悄地把我拉上了，坐上了去县城的班车。在县城长途车站的那个四面透风的候车室里，师傅第一次拉着我的手，我感觉了冰凉，尽管已是初夏时分。师傅说："小陈，在黄泥乡，你是我唯一的一个朋友。"这时候的师傅，像个大姐一样抚摸着我的头，我的眼泪几乎要掉下来。我不知道说什么话好，我原本就是个不善于表达的人。这个时候，我顾不得许多，觉得有些话还是要说出来："黄老师呢，还有海心怎么办？"师傅抬起头看着外面，说："黄老师是个好人，我们的缘分已尽。"接着她突然双手抓住我，说："海心，我还真有点不放心。小陈，有空时你要去学校看看她，她在乡中学上初中，正是成长阶段。"我紧握住师傅的手，她手心里的汗水沁出来，我看到了她双眼射出的两道目光。我使劲地点了点头。

开始进站验票了，师傅松开了我的手。这时，憋在胸中的那句话像个水中的气泡冒了出来："师傅，难道张书记也不是你的朋友吗？"闻听这话，师傅吼出一句："他不配！"

我一直为最后那句话后悔，师傅好好的心情一下子叫我给破坏了，只是我还有许多不明白，既然如此，师傅为什么还要一直顺从于他？多年后，我似乎有点儿明白了。

车子开出了好一会儿，我还愣愣地望着那尘土飞扬的公路。阳光有些烈，我得找阴凉处躲一会儿，抬头一望，却见不远处的一棵树下早站了一个高大的身影。

那个人影也一直在看着尘土飞扬的公路，后来，他蹲下了身子。

我急忙逃离开，却听到身后传来女人般的哭声。

张书记会哭？怎么会哭呢？而且还是那么尖细那么伤心？

后来我到学校找海心，女孩子显然比那天晚上要胆大点，我当时买了一些学习用的纸笔，还有一些吃食。提起她的母亲，海心好像并不怎样伤心，相反有些仇恨。她早已习惯了和父亲在一起的生活，小小年纪，关于母亲的一切，她当然不会明白。出学校门时，正好碰见了黄老师，黄老师警觉地看了我一眼，转身进去了。他的背更佝偻了，阳光洒在他的后背上，不知他是否感受到了温暖。

宇红再也没有找过我借书，我也从电影队出来到乡办公室工作。这时我们已由公社改为乡了，一切都在变化着，我发现自己也变了，整天迎来送往，变得都不像自己了。这期间我升任副乡长，张书记已退休了，有时他也会到乡里转转，总想找机会跟我聊点什么。可我却总是借机离开，一看到他我就会想到那变态的女人般的哭声，我非常反感他。

我许久没有读文学杂志了，那一摞摞旧杂志塞在我新搬进的房间里，成了尴尬物品，我准备卖掉。在整理时，忽然从一本旧杂志里掉出一张纸条，纸条已发黄，但上面的字迹秀气清新：

我们可以到公社后面的树林里谈谈吗？时间在后天中午。一定要回答我！

没有日期，没有署名。我一下子蒙住了。我发疯似的把那些旧杂志全部推翻，满屋子弥漫着一股曾经熟悉的气息。我把所有的杂志重翻了一遍，一本杂志里面竟然又掉出一张照片。一寸的黑白照片，一个女孩甜甜地看着我，没有了现实中的含蓄和顾忌，眼神甚至还有点热辣辣的，像《少林寺》中的那个牧羊女。

我轻抚着照片。

照片已沉睡多年，经不住岁月的抚摸，脱了色，最后只剩下模糊的一张卡片。

庆幸的是，我至今还保存着毛线帽和毛线手套，冬天时我甚至还拿出来戴上。尽管遭到一些年轻人的嘲笑，但我依然能感受到远去岁月中传递过来的那一抹温情。

（原载《滇池》2016 年第 2 期）

喊　魂

一个黑影跃上院墙，轻巧地落进院中。如水月光下，黑影朝屋中走来，一推屋门，如入无人之境。刘九如想喊喊不出声，反击却没有能力，逃跑已来不及，绝望之中只感觉到恐惧如大山般压过来，眼睁睁地看着黑影手中的那把利剑直指咽喉——

“啊呀！”刘九如大吼一声，汗如雨下。他眼一睁，一下子跳下床来，顺手拉开了电灯。

一只硕大的老鼠正从床上蹿出来，顺着墙壁往上爬，一点也不在乎刘九如瞪眼发狠，一转身就钻进了天花板中。厅堂里的老式座钟刚指着四点，这个钟早已不报时了，也难为它，已为刘九如服务三十多年了，还是黄菜花陪嫁过来的。父亲房间的门虚掩着，刘九如轻轻推开，听到父亲粗重的鼾声，刘九如转身便把房门关上了。

大门竟然是虚掩着的。

刘九如大吃一惊。他摸摸自己的咽喉，感觉还真有点痒痒的。难道刚才真的发生了什么？刘九如恍惚了，心想自己真的忘了关上大门，让窃贼光顾了？院内一片黑暗，他拉开屋外的电灯，见院门紧闭，白天留下的农具还靠在墙角睡觉，风把纸屑卷在四周的角落里，有小草从水泥地缝隙里生长出来，小青蛙们慌乱地从灯影下跳过。一切正常，院内依旧杂乱无章。

再次躺在床上，床板被翻得嘎吱乱响。刘九如打开手机，上面的时间显示4时30分，离天亮还有一个小时呢。这时，手机的短信铃声响了一下，刘九如打开一看，是提醒有一个未接电话，号码却是黄菜花的。昨晚他在九点就睡觉了，把手机也关了。这是他的习惯，睡觉就关手机，除了与老婆黄菜花和儿子定期打打电话，平常很少和外界联系了。刘九如心头忐忑不安，那么晚了黄菜花还打电话来做什么？莫非孙子有什么事？刘九如最担心的就是孙子胖胖，大毛病没有，小毛病不断，一年不知要上医院多少回。儿子和媳妇在南方打拼，终于在那边买了房子和车子，黄菜花顺理成章地去了那边帮他们带孩子，他们偶尔通个电话，唯一的话题还是胖胖。

刘九如赶紧回拨了那个电话，多时无人接听，刘九如的头皮发麻，听见自己心跳如鼓。忽听里面吱嘎一声，响起黄菜花发火的声音："发什么神经，这么早打电话把胖胖都吵醒了。"刘九如赶紧压低声音说："昨晚你打电话做什么，胖胖没什么事吧？"黄菜花说："我打什么电话，没事浪费钱。"刘九如说："明明是你的号码呀。"黄菜花这才"哦"了一声，说："可能是胖胖玩手机时乱拨的吧，好了，挂了，昨晚陪胖胖玩得太晚了，困了。"

话筒里面的黄菜花哈欠连连，刘九如只好挂了电话。他抓起床头柜上的烟盒，抽出一支烟，点着，烟雾弥漫了整个房间。他一边咳嗽一边穿衣起床。天还没有亮，刘九如在洗漱时真实地感到咽喉痒痛，张开口对着镜子想探视个究竟，可除了满嘴黄牙和一条大舌头，什么也看不见。

难道真的梦中中了黑影大侠的一剑？

吃早饭时，刘九如把他昨夜的梦境讲给父亲刘八仔听，没想老爷子听后哈哈大笑起来，让刘九如摸不着头脑。老爷子好半天才止住笑，说："你做了你爹年轻时的梦了。"刘九如不明白父亲的意思，刘八仔便不再说，继续吃早饭。刘八仔在村里年纪最大，88 岁，走路要拄着手杖，不过他头脑十分清醒，年轻时在外闯过，见过世面。他最瞧不起的就是儿子整天窝在家里，把人生时光都白白浪费了。父亲脾气怪，年纪越大越怪，他从不在刘九如面前多说话，但与村民闲聊时却可以忘记回家吃饭。

早饭后，刘九如想到村委会的诊所去看看。

诊所里已经人满为患，大都是小孩子在吊点滴。医生姓周，他的老婆是护士，这是一家夫妻店。周医生用压舌板压住刘九如的舌头，另一只手拿电筒往里面照，叫他喊"啊啊啊"。然后，周医生问了一些日常饮食和生活习惯问题，在处方纸上写着什么，说："咽喉炎，打两天点滴吧。"说完，他进药房配药，拿出三瓶输液交到老婆手中。刘九如本想说不打针带点药回家吃，可人家不看他脸色，更不听他意见，女人走过来撸起刘九如的袖子，针头扎下去，由不得你再去想说别的什么了。

一个上午就在诊所里度过，回家的路上刘九如跟病人似的趔趄而行。

刘八仔在院中的树荫底下翻看着一个手抄本，据说这是他年轻时从一位高僧那儿得到的，上面有图有文字，他从不给别人看，包括自己的亲儿子刘九如。

但对于孙子,刘八仔却网开一面,亲自把书送到孙子手中,那时孙子刚考上大学。孙子是否看懂了这本书,别人不得而知,刘九如只听到儿子把手抄本还给刘八仔走出门时小声嘟囔了一句:乱七八糟,不知所云。

刘八仔的视力非常好,看书不用戴眼镜。刘九如进来时,他只当没看见,一副沉浸其中的样子。

夜晚再次来临时,刘九如突然心慌气短。

遵照医嘱,他暂时不能抽烟了,晚上只有正襟危坐在电视机旁,总感觉身上缺少了什么。缺少了什么呢?刘九如仰起脸望着天花板想了半天,脑中一团糨糊。灯影把身子放大刻印在墙壁上,像一个入侵的怪物,把天花板上的蜘蛛吓得躲藏进了丝网中不敢乱动。刘九如的手不由向桌子上的烟盒摸去,抽出一支,叼在嘴上,不敢点火,使劲吸了两口,放下了。电视里还在放着广告,刘九如站起身,走向刘八仔的房间。

刘八仔从不看电视,除了看那个手抄本就是听收音机。先前用坏了一个收音机,县城都没有卖,乡下更没有,刘九如还是托人从市里买了一个,老爷子看得很重,生怕摔坏了,用一个布袋子装着,随身携带,很少离手。刘九如坐在老爷子的床沿上,说:“又在收听国家大事。”刘八仔说:“你就只晓得看这个剧那个剧,没有一点儿男人气概。”刘九如心头不快,近来老爷子老是看他不顺眼,说他没出息,整天窝在家里。其实,刘九如何尝不想去外面打工呢?只是老爷子年纪大,让他一个人在家,一则自己不放心,二来村民也要说闲话的。老爷子不但不领情,反而瞧不起自己,刘九如真是委屈极了。

收音机里面的节目播完了,又在播广告,而且还是性病广告。刘八仔并没有把声音扭小或者换个台,他靠在床头边,闭目静听。刘九如忍不住了,说:“爷,这样的广告有什么好听的,吵死了,换台。”刘八仔睁开眼睛,看了儿子一眼,挥挥手说:“不愿听就出去吧,我听个收音机还要你安排呀,走开。”

刘九如没有生气,老爷子快九十岁的人了,在这世上是做客,怒骂都由他去吧,让他开心多活几天就是对他最好的孝敬。他走出来,轻轻地把房门关上。昨晚忘了关上大门,今晚他没立即回自己的房间,而是来到大门旁,打开电灯看看大门关严实了没有。大门闩全部上了,想必贼想进来也要多费些工夫,除非像梦中的侠客那样功夫了得。这时,刘九如想应该看看院门关好了没有,打开大门,看见星光满天,微风吹拂,体内陡然升起一股精神之气,越升越高,直冲脑门。

打开院门，刘九如梦游一般飘进了乡村的夜色中。

晚上九点钟，城市的夜生活还没有开始，乡村中却是沉寂一片。不知不觉中，刘九如走出了自己的家园，走进了一个白天熟悉、晚上陌生的村庄。有几十户人家的村子，现在却很少见到光亮，即使传来几声狗吠，也只是例行公事般做做样子。那狗被人断喝，乖乖地溜回主人家屋前。刘九如知道，别看整个村庄有几十幢房屋，其实有一半是空着的无人居住，只有在过年时才派得上用场，热闹一回。在一户窗前，刘九如猛然停住了。

女人："明天，你把牛早点带过来嘛，把那块田整完，好早点播种下去。"

男人："今晚我把田也耕了种也播了，明天还要吗？"

女人："死相！"刘九如听见一点声响，好像是巴掌拍在了男人的屁股上。

男人："今晚我在这住算了，省得明天又要来。"

女人："不行。明天是我请你来的，要算工钱的。"

男人："算不算哪个晓得，你我的账能算得清？"

女人："表面上的事要做到，不要让人家说闲话。"

男人还要说什么或者还要做什么，女人已把门打开了。刘九如立即往旁边的小屋躲避，看着黑影消失，女人的屋门轻声关上。这时刘九如才发现自己竟然躲进了人家的茅房里，一股难闻的气味直冲脑门，刘九如急蹿出来。此时忽听屋门又是一响，刘九如看到女人竟然向着茅房走来。这时要向前走显然是不可能的了，向后退也更不行，情急之下，刘九如靠近墙角蹲下身子双手抱头把自己蜷缩成一团泥似的，气都不敢喘。女人打开了茅房里的电灯，正痛快淋漓，刘九如再也忍耐不住，站起身就跑。身后传来女人一声尖叫。刘九如不敢回头，一口气跑出了村子，跑上了大路，直到本村头的大枫树旁才停歇下来喘气。看看身后，黑雾蒙蒙，连天上的星星都躲藏起来了。

刘九如推开屋门，听见刘八仔鼾声如雷，收音机还在沙沙地响着。刘九如顾不得擦一下汗水，进去把收音机关了。刘八仔翻转身，猛然醒来，说："做什么去了，满身汗水。"刘九如并不回答老爷子的问话，却说："睡觉的时候要关收音机，跟你说过多次了。"刘八仔说："关了睡不着。"说着，他又把收音机打开了。刘九如懒得再理他，出来看了一下厅堂里的座钟，时针还只指向十点。睡不着，做什么？打开电视，又无心看，关上。许是刚才发生的事刺激了刘九如沉静的心，他突然像个年轻人一样热血沸腾起来，不由拿起手机给黄菜花拨了一个电话，里面声音嘈杂，黄菜花说她和儿子一家在吃夜宵呢，要不要同儿子说话。刘九如说："那就算了，也没什么事，你们吃吧，这么晚了，别吃多了。"

挂了电话，刘九如愣了半天神。同在夜色中，却是两个世界。刘九如本来想单独和黄菜花说说话，夜深人静的时候，又睡不着，他想和老婆聊聊天。哪想老婆那边热热闹闹，根本体会不到刘九如的寂寞，更不要说什么安慰的话了。想至此处，刘九如的心渐渐冷却下来。汗水早已阴干，身子也懒得擦，他翻身上床。黑暗里，刘九如的脑海中老是播放着外村那对男女的对话，渐渐感觉到了身子里有了另一种温暖。

日头每天都准时起落，白天还好，刘九如有干不完的田地活，还要给自己和父亲做饭，可以端着饭碗来到村头的大枫树底下跟村民们一起唠叨。一到晚上，刘九如就心跳气短，烦躁不安，守着电视机发愣。刘八仔看不得他这个样子，说他丢了魂，要叫屋前边的三叔婆来喊魂。刘九如最看不惯三叔婆的那张嘴，能把死的说成活的，能把唾沫当成香水，能把月亮当成脸盆。刘九如记得小时候姆妈（妈妈）回娘家后，三叔婆总喜欢来找父亲刘八仔，三叔婆总要拿出好多糖果来给刘九如吃，叫他去外面跟小伙伴儿玩。那个时候刘九如最喜欢的人就是三叔婆了，直到有一天姆妈和三叔婆在村头的大枫树底下干了一仗，姆妈把三叔婆的裤子都扒了下来，害得三叔婆在众目睽睽之下光着屁股跑回了家，好多天不敢出门。姆妈还无故把刘九如的屁股打了一顿，问他还馋不馋嘴。姆妈是当着刘八仔的面打儿子的，她边打边骂着一些刘九如根本听不懂的话，那时刘九如恨死了姆妈，无数次在心里咒骂她早点死去。

后来姆妈真的死了，是刘九如上初中的那一年。姆妈是在水库里淹死的，有人说是她故意寻死，也有人说她是不小心溺水身亡。姆妈的身子被水泡得圆鼓鼓的，她的娘家来了许多人逼着刘八仔跪在那遗体前，要刘八仔承认是他害死的。事情闹得沸沸扬扬，最后还是大队张书记出面才解决。刘九如那时不敢靠近姆妈的遗体，生怕姆妈是自己在心里咒死的，怕她在另一个世界报复自己。多年后，刘九如才真正懂得了当年父亲和三叔婆是怎么一回事，刘九如买了一捆冥币和火纸到姆妈坟前烧了，在姆妈的坟前忏悔。

不管医嘱了，刘九如猛吸起烟来。刘八仔在房里不住咳嗽，大喊："你是想呛死你爹还是自己想死啊？吸烟跟烧窑一样，半点节制都没有。"

刘九如没有理会刘八仔，吸完烟后，感觉身子轻飘飘的，他打开院门，飘了出去。

这次，他没有去外村，而是像个巡逻队员一样在本村游走。村子从南到北一溜儿有一百多米，建房没个规则，都是随意乱建。刘九如在心里默算了一下，全村六十多户人家，有三十多户全家外出，也就是说，全村有一半房子是空着的。而居住在屋里的，大多是老人与小孩子，偌大的一个村庄，一到夜晚，完全没有了生气，沉寂无声，偶尔小孩哭叫几声，便可传遍整个村庄。

在水生的屋门前，刘九如被一个东西绊了一下，拿出手机一照，是一个小童车。肯定是白天水生的孙子丢在门前没有拿进去。屋里没有灯光，显然他们早已睡下了。刘九如把童车放在屋前的门槛上，免得让一清早上学的孩子拿走。前面的房子是寡嘴的，三层，上面盖了琉璃瓦，门窗全部是铝合金，院内可以停下好几辆小汽车。这是一幢全村最好的房屋，寡嘴不但把家里的房子建得很有气派，而且在县城也买了房。不过，他们全家都出去了，这么一个好屋就空着，一年也住不着一二回，让人觉得怪可惜的。

一个念头一闪而过，刘九如心跳了一下。接着这个念头像电影似的来回放映，把刘九如的心头弄得非常亢奋。深沉的夜空下，没有谁去关注刘九如的举动，也没有人能去阻止刘九如的行动。屋院外有棵泡桐树，刘九如轻巧地爬上去，接着纵身一跳，稳稳地落在院中。大门上了锁，后门从里面锁上了，刘九如转了一圈没有收获。但很快，刘九如找到了一个突破口，厨房只有一层，而且紧挨着大屋。借着旁边一棵桂花树的弹力，刘九如像个年轻后生一样敏捷地爬上了厨房屋顶。屋顶上有一个侧门可以进到大屋二层楼内，让刘九如感到意外的是侧门竟然没有锁上，外面的把手一扭，竟然打开了。

难道是寡嘴走时疏忽大意忘了锁上？

其他各个门上的钥匙都插在锁孔上，刘九如兴奋地登堂入室，他甚至还把寡嘴卧室里的床头灯打开了，仰靠在那松软的被子上小憩一番。墙壁上挂着一个大彩电，刘九如上前打开电源，没有信号。柜子上有一台 DVD 播放机，刘九如把电源插上后，屏幕立马有了画面，可看了不到几秒钟，刘九如浑身的血液就沸腾起来。

刘九如口干舌燥，卧室里当然不会为这个不速之客准备茶水，但卫生间里有自来水，刘九如对着水龙头猛喝了几口，又把头埋在水龙头底下淋了个湿透。

但这并没有缓解刘九如浑身的燥热,后来他干脆把全身的衣服脱了个精光,痛痛快快地淋了个冷水浴。

从寡嘴家出来时,月光竟从云底透了过来,刘九如这才感觉到了一丝凉意。夜已深,村庄几乎很少看到灯光了,整个村庄沉睡在一片月光中,朦胧而又神秘。

到家后,刘九如照例去刘八仔房间,看看老爷子睡了没有。他打开电灯,见刘八仔已蒙头大睡,没有鼾声,也没有收音机的沙沙声,房间沉寂如水。刘九如感觉有点不正常,一丝慌乱先从脸上显现出来,接着脚下一使劲,"嗖"地蹿到刘八仔的床前,掀开被子一看,大出他的意外——床上没有刘八仔的影子,里面只有一件棉袄卷成人的形状蜷缩在枕巾上,睁着乌黑的大眼看着刘九如。刘九如一拳打在棉袄上,大喊:"爷! 爷——"

深夜里的声音像瓷器破碎般尖锐,颤悠悠的穿透墙壁拐着弯儿冲向夜空,更像三叔婆喊魂时恐怖而怪异的话语。没容刘九如再喊出第三声,他的后脑壳被一个物件砸了一下,不重不轻,又痛又痒。接着,刘九如听见收音机的沙沙声,还有刘八仔的一声轻喝:"老子又没病,叫魂啊?"

刘九如揉搓着脑壳转过身来,苦着脸问:"你刚才去哪儿了?"刘八仔不回答儿子的问话,而是脱衣躺上床,然后反问道:"我要问你呢,逛到哪里去了?"

许是受到寡嘴家 DVD 剧情的影响,刘九如忽然想到了另一个问题。他匆忙跑出门,刚近三叔婆的屋前,只见屋里一下暗了下来,也就是说,那房间刚刚还亮着灯。刘九如双腿灌了铅般沉重,再次来到刘八仔的床前,说:"你从三叔婆屋里出来?"

刘八仔哼哧了两下,说:"是又怎样?"

"你还不死心。"刘九如的眼睛望着别处,他看到墙壁上有只蚊子在乱飞,一不小心,被墙角的蜘蛛网缠住,挣扎了几下,不动弹了。

"我让她给你叫魂呢,你真是不知好歹。"刘八仔已把头缩进被子中,声音嗡嗡响着,就像刚才乱飞的蚊子。

"我不相信!"刘九如摇着头,慢慢踱出门来。身后传来刘八仔凶恶的声音:"我的事不要你乱管,先管好自己吧,半夜三更出去游魂,要不是我找三叔婆喊魂,你还不知道在哪个角落里蹲着哩。"刘九如走出去的步子想转回,想想又止住了。自己的魂儿丢了,难道父亲刘八仔的魂儿也丢了吗?

明天去找三叔婆去。

又是一个艳阳天。吃过早饭后的刘九如感觉身子有点慵懒,田畈里也不想去了。可能是昨晚浑身燥热被冷水一冲,身体有了感冒的迹象。他无精打采走出门,脚不由自主地走向三叔婆的屋前。三叔婆在院墙下晒尿布,红红绿绿的在竹竿上挂了一长溜,迎风招展。

三叔婆的孙女也快有一岁了,还要用这么多尿布片做什么?

刘九如进去时,三叔婆早已停下手中的活儿,睁大眼睛看着他,直把刘九如看得心慌意乱。三叔婆的脸很瘦,皱纹当然就越发深刻了。许是刚掉了牙,嘴巴瘪下去了许多,但这并不影响她说话:“怪不得今天这么闷热,原来是日头从西边出来了。”刘九如咂巴着嘴巴,说:“日头从西边出来不好吗?有的地方还没有日头哩。”三叔婆说:“那是阴间,阎王爷管的地方,阴冷得让人发抖。”刘九如说:“三叔婆这么清楚,想必去过吧。”三叔婆哼了一声:“人到头来都要去那个地方,你不想去阎王爷会派人来抓。”说着,她不理会刘九如,扭着瘦小的身子进屋。刘九如也跟着进来,忍不住捂着嘴巴偷偷笑了一下,因为他看到三叔婆披在背后的长发。三叔婆的头发虽然称得上长,但只有稀疏几缕,且已花白,却总像个青春少女一样披肩而下。在刘九如的记忆中,早年三叔婆的头发剪得短短的,前面有一只彩色蝴蝶发夹卡着,显得人精精神神的富有朝气。三叔婆大眼盈笑,满脸春风,男人们总喜欢多看几眼。

三叔婆的屋里刘九如不记得有多长时间没来过,屋是个老屋,有点潮湿,但被整理得井井有条。三叔婆有两个儿子,大儿子已盖了三层的楼房,全家外出后,楼房就空在那里。这旧屋归小儿子,夫妻双双出门打工挣钱,准备在近年内要把旧屋翻新。三叔婆带着小孙女,日子也够忙的了。刘九如不坐下,站在堂屋里四处张望嗅着什么,三叔婆不管他,进里面把坐着童车的孙女推出来,逗着她玩。刘九如说:“这屋中有一种气味。”三叔婆笑了:“我知道你是说有刘八仔的气息吧。”

刘九如被噎住了。

“你也该去刘十生那儿去住些日子啦。”三叔婆忽然一本正经地对刘九如说出这话。刘十生是刘九如的儿子,远在千里之外的大都市。黄菜花就在那儿给刘十生带儿子。

刘九如一时竟然不知如何回答。在进这个屋之前,刘九如设想了几个话题来警告三叔婆，让她不要再跟老爷子亲近，免得村民说闲话。三叔婆就是厉害，不但把话题转移了，竟能一语中的地说出刘九如潜藏在心底的话，这个女人真的像个巫婆一样洞察了刘九如的内心，像梦中的那把利剑一样直指他的咽喉，让他先行败下阵来。

"刘八仔那儿我可以帮着照顾一些日子。"三叔婆说这话时目光紧盯着刘九如，里面似乎充盈着温柔敦厚的光亮，慢慢地浸染进刘九如的魂魄之中，让他心头痒痒地。

刘九如几乎要缴械投降。

忽然，有个影子跳了出来，只一闪就不见了。刘九如轻喊了一声："姆妈！"

这一声喊，把刘九如的魂儿给招了回来，同样也把三叔婆惊回到了现实中。

"三叔婆，你真是个老巫婆！"清醒过来的刘九如生硬地说出了这句话，没有看老太婆一眼，急走出门。

刘九如没有回家，而是去了村诊所。

里面还是人满为患，小孩的哭叫证明着乡村旺盛的生命气息，留守的小孩子基本上是老人带着，孩子只要有一点小毛病，他们便立刻送到诊所来，生怕耽误了时辰出现意外，无法向外面的儿女们交代。挂点滴的皮条和瓶子排了一长溜，有的还挂在了墙壁上，把小小的空间挤得热气腾腾。刘九如这次没有让周医生看病，而是直接向他要了一盒感冒药。周医生的老婆过来说："吃药见效慢，还是吊两瓶吧。"周医生也停住要去拿药的脚步，望着刘九如说："我老婆说得不错，还是吊针好得快，感冒看似小病，要拖长了时间，也会变成大病哩。"刘九如笑笑，连着摇头，说："我只要一盒感冒药就够了。"周医生便沉下脸来拿给他一盒药，刘九如急急地走出来，生怕周医生老婆来撸他的袖子。

那天晚上，刘九如服下药后早早睡了，倒是刘八仔起来了两次，在刘九如房前站了会儿才回去。

白天浑身倦软，接连三天，刘九如晚上都是早早地上床休息，没敢出屋门。直到把那盒药吃完，感冒的症状才渐渐消失，浑身上下的劲儿好像又回到了身上。

吃晚饭时，儿子刘十生的电话打了进来。刘十生隔个把月会例行公事般打个电话给刘九如，无非是叫他在家干田地活儿不要太累，问一下他和爷爷的身体情况啦，当然这次也不例外。简单说过这些后，刘九如问："你妈在吗？叫她接个电话吧。”刘十生说：“妈带着胖胖出去啦，要不我叫她晚上给你打过去。”刘九如忙说：“那就算了，又没有什么事，别浪费了话费。不过——”刘九如后面的话还没有说出来，就听到里面传来“嘟嘟”声，挂了。刘九如感觉嘴巴好像被人打了一巴掌，热辣辣地痛起来。

这天晚上刘九如的心情并没有前几天那样平静，他不时地看看手机上的时间，或者看看有没有未接电话，好像生怕错过了约会的时间。他来到院子里，看到天上月亮高挂，地上自己的身影如破碎的树叶般渺小，心头压着一块沉重的砖头，非常难受。

自然而然地，刘九如的身影飘出了村外。

他随心所欲地来到了一个小村庄。

刘九如记得这个村庄的名字，距离自己的村子有七八里地，刘九如为自己一下子走了这么远的路而感到惊讶。本来就小的村子，灯光更少了，月光照在沉寂的村落里，倒增添了不少生气。刘九如的脚步停在一个只建了一层的毛坯房前。屋墙边堆了好几码砖，显然，是屋的主人准备在屋上加层用的。刘九如“嗖”地蹿上了砖堆，顺手一扒，轻松地跳上了屋顶。站在屋顶上，借着月光他可以看到村前银光闪闪的池塘，还有远处一条灰色的简易公路。那是小村唯一的出路，许许多多的后生们就是从那里走向村外，走向他们谋生的都市，谁也阻挡不住他们通往外面的脚步，那是全村的希望所在。

楼面通向屋里的楼梯前只有一块编织袋遮掩着，刘九如点着一支烟，就着烟火的光亮，刘九如顺利地走下楼，走进了这个简陋的屋子。让刘九如想不到的是厅堂中的桌上还有饭菜，这让他感到吃惊，想退步回去。这时，隐约间从后面一个地方传来人的哼哼声，让刘九如更觉慌乱，双腿发软，不能动弹。

“做个好事吧，帮我打个电话，你要拿什么东西尽管拿去吧。”

声音从厅堂左侧那个门缝中传出，是一个老太婆在说话。

刘九如屏住呼吸，还是不敢动弹。

“我晓得你在厅堂里，做个好事，给我儿子打个电话吧。电话机在角柜上，上面的墙壁上有他的电话号码，求求你了。”

如梦初醒般回过神来，刘九如轻轻推开那扇门，里面竟然有灯光，5瓦的灯泡上满是黑烟和蜘蛛丝，前面又没有窗户，外面几乎看不到里面的光亮。这是一个厨房，一个老人倒在地上，面前有摔碎的瓷片和饭粒。可以推想，老人是在盛饭时摔倒了，而且可能骨折了，爬不起来。刘九如本能地向前走了一步，又退了回来，先退至黑暗之处，让怦怦的心跳平静下来。这时，他感觉到手指一痛，原来是烟燃尽了。他踩灭烟头，悄悄退至楼梯前，转身抬腿向上走。

身后的哼哼声变成了大声的呻吟，伴着那绝望的声音："好人啊，帮我打个电话吧，我知道，你不是贼，你是菩萨派来保佑我的。"

刘九如再次点着了一根烟，转身停住，烟火明暗间，他再次看到了桌上的饭菜，儿时熟悉的场景浮上来，一股说不出的滋味涌上心头。刘九如重回到厅堂，借着烟火光，看到角落里的柜子上果然有部电话机，上面的墙壁上用黑笔写着一个手机号码。刘九如拿起电话筒，并没有拨出那个手机号，而是按了 120 三个简单的数字。

打完电话，刘九如把厅堂里的电灯打开，大开屋门。他不敢继续停留，急急地跑了出去，跑出了村庄，跑进了浓重的夜色中。

汗水一层层地冒出来，坎坎坷坷的小路让他跌倒了几次，但依然没有阻止刘九如奔跑的脚步。直到夜空中传来悠长的呼喊声，像一堵从天而降的墙壁拦住去处，奔跑的脚步才戛然而止。

"九如哎，回来哟——"

三叔婆喊魂的声音穿透月光在夜空中回旋。

"回来了——"

刘八仔的跟音略显沙哑，但同样悠长而执着。

"九如哎，回来哟——"

"回来了——"

这时，手机铃声骤然响起，刘九如一看那个熟悉的号码，不由蹲下身子，抱头大哭。

（原载《滇池》2017 年第 1 期）

播种

雾气是从山坳里慢慢往村子扩散的,迷迷蒙蒙,遮天蔽日。春雾雨,冬雾晴,这是俗语。雾气在不经意间化为小雨,霏霏烟雨,好一幅江南水墨画!水琴不喜欢这水墨画,湿漉漉的屋里到处生霉,还没到梅雨季节呢,天气就这样了,有些反常哩。婆婆更不喜欢这个鬼天气,婆婆心里藏着事,嘴里不住唠叨着:要再不晴,早稻种子都怕是播不下去了。水琴倒是奇怪,往年婆婆是从不记挂着播种之事,总是自己一人慢慢去操作,婆婆最多也就是帮她在家做做饭,田地的活儿婆婆从不过问。水琴发现,今年婆婆对播种的关心程度还不仅仅是在嘴上,已渗入她的生活中,比如她每天关注着中央台和本县台的天气预报,双眼紧盯着屏幕,生怕错过了时间,爬满皱纹的脸颊在屏幕的映照下像个变了形的老丝瓜。婆婆的身体一直不太好,水琴没有随丈夫外出打工,在家照护着她,婆媳关系还算和谐。

水琴终于看到婆婆露出了笑脸,那是在晚间天气预报后,水琴也舒了口气。

第二天天才蒙蒙亮,婆婆就起了床,拄着拐杖笃笃地出了门。其时太阳还没有出山,东边已露出红彤彤的光亮,云彩像柴灶里的草木一样燃烧起来,渐渐和村庄里屋顶上的炊烟一起化为灰烬。水琴已做好早饭,在做播种前的准备,拌种,装袋,准备农具、肥料,等等。太阳露出通红的脸蛋,才见婆婆进屋吃早饭,边吃边看厅堂里的挂钟。水琴吃得快,这么好的天气,她要抓紧时间抢着播种。家里有三亩水田,靠她一个人要两三天工夫才可播完。现在村里的人们种田都懒散,不像先前那样精耕细作。那个时候种水稻时要先在小田播好种,等秧苗长到大概一个月后再到大田移栽。现在他们都是直接播,省去了移栽这道工序,播种下去后等着成熟时收割,化繁为简。

收拾好东西,水琴要出门,被婆婆拦住了,说等会儿,她请了人帮忙。水琴说:“妈,要请人做什么,我一个人慢慢播,不会误季节的。”婆婆的眼神往水琴这边瞟了一下,把脸转向门外,说:“你一人太累了,请个帮手也花不了多少钱,给我烧壶水吧,那人差不多要到了。”水琴说:“妈,水早烧好了。”她只好放下手中的农具,一屁股坐了下来。这时她发现婆婆的表情有些忸怩,眼睛一直盯着门外。

让水琴意想不到的是婆婆请来的帮工竟然是个陌生男人,还是外地口音。婆婆的解释是,这个人是她的远房表侄,叫来福,正空闲没事,叫他来帮忙。来福生得高大魁梧的,皮肤有点黑,看样子应该有力气。水琴叫他来福哥,问他吃早饭没有,来福说上车时就吃过了,双手不住地搓着,神情有点不自然。

播种虽不是体力活,但做工得精细。先要把水田分好畦,再用耙子来来回回整平,如果有坑洼的话,一遇下雨会藏水,会影响种子的发芽率。做好基础工作后,双手把稻种均匀地撒在平整的畦面上,因是直接播,其密度得稀疏适当,得花费大量的时间和精力。来福干活不是很在行,撒播种子时疏密不匀,水琴不得不弯下身子一粒粒地重新捡好,水琴穿着的上衣有些短,一弯腰,半截雪白的身子露在太阳底下,直晃得来福的眼发亮。水琴的身材不错,在村里的女人中鹤立鸡群,可带来的不是羡慕,而是人前人后的私语。在村子里,人们习惯了挺着大肚子往来晃悠的孕妇和袒胸露怀扯着奶头给孩子喂奶的女人,如果一个女人结婚三年了还是那么好的身材,那么就打破常规成了村民们不习惯的女人,水琴就是这样一个女人,在村里不太合群。

一天下来,水琴累得不行。往年,她一个人播种,似乎还没有今年累。多了一个男人,本来她该轻松许多,但来福笨手笨脚,有时反倒帮了倒忙。不过,有个男人在身边,听着那粗重的气息,水琴心底感到无来由的兴奋,耐下心来帮他整改,教他如何摆布。身边有个男人,多少还是有些尴尬,有时弄得不好,水琴的屁股碰到了来福的身体,来福一声不吭,可水琴还是"哎呀"一声赶紧挪远一点。

婆婆站在门槛前望着,看见两人进了屋,热情地帮着水琴接过东西,招呼他们吃饭。晚饭是婆婆做好了的,水琴记得刚嫁过来时,都是婆婆做饭,婆婆的菜烧得好,很合水琴的口味。一年后,婆婆不做饭了,任务落到了水琴的头上。水琴在娘家没做过饭,一时不知如何下手。好在她不心高气傲,虚心请教婆婆,总算把煮饭烧菜这门手艺学到,不用看婆婆绷紧的脸色。

吃饭的过程中来福心神不定,总朝水琴看,等水琴的目光射过来时又躲避开。婆婆的眼光大多盯在来福身上,还与来福拉起了家常,水琴这才知道来福生有两个儿子,是双胞胎。说到来福的儿子时,婆婆双目放出光亮,转向水琴说:“来福真厉害,一下子弄出两个男崽俚。”婆婆说这话时根本没有半点羞涩,倒是水琴把头低下,端着饭碗要走开,婆婆喊住她:“去给来福盛碗饭来。”来福站起身要自己去盛,婆婆拉下他把碗转手交给水琴。

晚饭把时间拉长了,水琴赶紧躲到厨房里洗碗,听到厅堂里婆婆不住对来福说着什么,来福一直没说话,只听到“嗯啊嗯啊”的应答声。

婆婆来到厨房,对水琴说:“碗筷我来洗,你去把家树穿的衣服找出让来福换一下,他要洗澡。”家树是水琴的男人,个子没有来福高,水琴翻找衣服时费了很多工夫才找出一套宽松的内衣。她记得,这套衣服买来后男人只穿过一次便没有再穿,嫌太宽松了。

来福已进了洗澡间,磨砂玻璃上映出他扭动的身影,哗哗水声伴着欢快的口哨,让水琴不由自主把脚步停住。婆婆侦探似的把头从厨房伸出来,说:“快点把衣服送过去,你让人家光着身子在里面冷着等呀。”见水琴还没有动身子,婆婆便停住活儿,急急走到水琴身边,拉着她的手往前走,语气坚硬地说:“快送过去!”水琴的脚步跟着婆婆移动,里面的水声和口哨声还在继续,水琴轻轻地把衣服挂到洗澡间的门把上,正要转身回去,婆婆却一把打开浴室门。里外的人几乎同时大叫一声,婆婆趁机把衣服塞到来福手上,来福慌乱得不知所措,婆婆却像个没事人一样对来福说:“没事,你继续洗。”她说着轻轻地关上门。

水琴已逃到了自己的房间,心口还在怦怦地乱跳。她实在没想到婆婆会在突然之间把门打开,刚才的一幕还在她脑海里重放,挥之不去。直到婆婆喊她洗澡,她才走出房门,看见来福早已穿着自己男人的内衣坐在厅堂里喝茶,婆婆喜气洋洋地同他拉家常。水琴没有勇气进那个洗澡间,也不敢洗澡,她放了一盆热水端到厨房里,锁好门,将就着洗了一下身子。

说来奇怪,虽然水琴意念中一直抵触着来福在洗澡间里裸露的身体,但睡在床上,脑海中却不断重播着那个画面,甚至连那哗哗的水声和口哨声也在床的周围响起来,折磨得她无法入睡。懵懵懂懂中,她仿佛听到房门一声响,接着有两个人影移到自己的床前。水琴想爬起身,浑身却没有一点儿劲,身子软绵绵的,失去了重量。水琴心里明白,自己不能束手就擒,只有拼命地挣扎,终于,成功了,她感觉到了身体中的力量,便一下子坐起身,拉开了床头边的电灯开关。

婆婆站在自己的床边,脸上笑眯眯地说:“醒过来了,快睡下,不要着了凉。”

婆婆身后跟着来福，水琴看不清来福的神情，因为他的脸一直埋在婆婆的背影中，水琴只能看到他的半个身影。水琴紧紧地抱着被子，惊恐万状地看着婆婆，一句话也说不出来。婆婆也不再说话，身子退后一步，把来福推到床前。之后，婆婆一溜烟走了，水琴听到房门啪地一响，关上了。

婆婆不敢走远，她靠在房门上，刚才由于走路快了点，嘴里还在不住地喘气。老了，真的老了！喘气的同时她自言自语，仿佛在向谁诉说着心中的不快。她想拿把椅子坐下，来慢慢恢复心中的平静，可刚挪开身子，身后的房门被狠劲打开，带来的一股凉风差点把她推倒。

水琴衣衫不整地冲出来，带着哭腔对婆婆说："妈，你怎么能这样对我？"

婆婆反倒镇定下来，她朝房内喊了一声来福，对他说："你过去吧，今晚睡在我的房里。"转身拉住水琴说："来，今晚陪妈睡一晚，俺娘儿俩好好说说话。"

夜已深，水琴要想出门显然也是不可能的。水琴的娘家父母都已过世了，两个哥哥也成家立业，嫂子总嫌水琴对娘家花钱不大方，平常都不太走动。虽说水琴至今没有生个孩子，婆婆也从没在别人跟前说她什么，而且听到别人的闲言时总要为水琴辩解，说年轻人的想法跟他们老人不同，他们想晚点要孩子。其实婆婆也知道，是自己的儿子出了问题，她带着儿子偷偷去医院检查过，结果没有告诉水琴。当然，婆婆一辈子都不打算告诉她。

重新跟婆婆睡在一起，水琴很不习惯。这些年除了和自己的丈夫在一起睡，总是一个人默默望着天花板出神。春夜里还很凉，婆婆的身子挨着水琴时，使她感觉到了冷。婆婆受了风寒，不住地咳嗽，水琴心中的怒气和怨气在婆婆的咳嗽声中渐渐消散了。说良心话，婆婆平常对她还是不错的，不像有的婆婆那样人前人后总要说自己媳妇的坏话。婆婆先忍了一阵没有说话，后来推了推水琴，问她睡着了没有。水琴"嗯"了一声，婆婆干脆坐起身，水琴只好跟着坐起来，把自己的外衣给婆婆披上。婆婆抓住水琴的手，摩挲了几下，说："有些话，妈是想跟你说，可又不知如何说起。今晚妈是做得有些过了，可你要知道，妈是为你好。"

婆婆絮叨着她的陈年往事，这些故事水琴听过多次了，但今晚婆婆的语气特别不同，感情色彩更浓。婆婆三十岁时就守寡拉扯大家树，没有再嫁人。婆婆长得有几分姿色，人也非常聪明，媒婆来来回回多次，都没有把她的心说动。婆婆不是不想找男人，而是怕后爹不待见自己的儿子。婆婆也曾接纳过两个男人,但没过上一个月都被她赶走了。后来她就死了这份心,一心把家树养大,上学,结婚。如今七十多岁了,身体越来越差,不能亲手抱着自己的孙子,她是死不瞑目。

在婆婆唠唠叨叨中,水琴竟然睡着了。清早醒来,婆婆早已起了床,水琴发现,枕巾湿了一大片。婆婆昨夜哭过了?水琴心里涌出一阵酸楚。

吃早饭时,水琴发现婆婆的眼眶还是红红的,心里越发慌乱。

昨天的种子没有播完,今天还得继续。

来福比昨天要熟练多了,两人都没有话说,但在干活上配合默契,终于在太阳落山前就把任务完成了。从泥田里起来时,水琴不小心让泥巴给滑了一下,要不是来福及时拉住,没准摔倒在泥田里。水琴不好意思地看了来福一眼,来福松开手,说:"你的手皲裂得这么厉害,买瓶护霜搽搽吧。"水琴的手每到冬天就会皲裂,一直要等到夏天才好转,她也不当一回事,婆婆也从来没有关注过她的手的皲裂,甚至连自己的男人都从来没有叫她买什么护手霜。水琴当时心里有了一丝感动,不由再看了一眼来福。这个男人五大三粗,心却很细。直到如今,来福没有伤害过她,就是在昨晚,婆婆把门关上后,来福也只是一直站在床前没有任何行动,绅士般很有礼貌。

水琴的脸忽然一热,昨晚洗澡间的影像又开始放映。

婆婆在村头跟村民们聊天,见两人干完活回来,大声地对乡亲们说:"我这个大侄子干活就是快,我得赶快回家做晚饭啰。"水琴把外面晒着的衣服收进来,把来福的衣服挂在洗澡间上面的衣架上,来福先进去洗了。水琴站在门外看着落日,心情一会儿沉重一会儿飘浮,今夜将会发生什么呢?她无法自己给出回答。

来福洗完澡清清爽爽地走出来,对水琴说:"你进去洗吧,我刚才试了一下,里面可以反锁的。"

等水琴洗完澡,婆婆已把菜做好端上了桌。

来福要去盛饭,婆婆拦下了,说:"等一下吃饭,先喝点酒。"

酒?来福和水琴几乎同时发出这样的疑问。

婆婆变戏法似的从桌子下面的抽屉中拿出一瓶白酒,半天打不开,还是来福帮忙开了瓶。婆婆事先发表演讲,大概意思是说播种是一件大事,一年之计在于春,而这一春就在于播种,没有播种就没有收成,就会饿死。播完种是件值得庆贺之事,每个人都要喝一点酒,但一定不能多喝,适可而止。说罢,她在每人面前放了一个酒杯,她让水琴在每个杯子里面倒上半杯。水琴知道,婆婆年轻时能喝,自己结婚酒席上婆婆喝了很多,把自己给灌醉了。后来,她再也没见婆婆喝过酒。水琴是滴酒不沾,婆婆也应该知道,所以水琴没有倒自己面前的杯子。婆婆叫水琴把酒拿给她,立即给那个空杯里倒了小半杯。水琴愣愣地看着婆婆说:“妈,我不会喝。”婆婆说:“你不喝怎么知道不会喝,这么一点酒,喝下去不会有问题的。”

婆婆自己先喝了一口,说:“酒是好酒,就是我这个老太婆不中用了。”婆婆大概想起了年轻时喝酒的风采,有了这样一种感慨。饭桌上的气氛很特别,一老一少两个女人陪着来福喝酒,来福感到有了一定的压力。其实来福也不会喝酒,但今晚他必须要喝,他要借着酒的力量去完成一项契约,做人不能言而无信,况且来之前已收下了人家的定金。水琴矛盾的心情不仅表现在脸上,而且在行动上已有显现。她坐下去又站起来,好像椅子上有钉子。婆婆稳如泰山坐在那儿,眼光一扫,发现水琴的异样,便大声喝道:“水琴,给我好生坐下来喝酒,别在我眼前晃得头晕。”有了婆婆这一声喝问,水琴的心里忽地平静了,水琴也感到奇怪,难道自己刚才的表现都是忸怩作态,是一种假象,专等婆婆这句话来给自己找一个台阶下?

来福的表现不佳,一口喝下去便咳嗽不止。倒是水琴喝下去没有半点反应,只感觉口中有股辛辣味,婆婆亲自过去给来福拍背,说:“酒要慢慢喝,急不得。”后来,水琴反客为主,喝得痛快淋漓,还要给自己的酒杯再倒,婆婆给拦住了:“适可而止,不能再喝。”电灯下水琴的脸色泛起潮红,把外衣都给脱下来,薄薄的内衣里两个奶子在来福面前晃荡,婆婆拉着来福的手说:“去给水琴倒杯茶来。”来福走路已有些摇摆,婆婆对水琴说:“来福真是个好男人,不会喝酒,不抽烟,身体高大,而且还生了双胞胎男崽俚。”婆婆说这话时,手一直捏着水琴的手心,直到手心里冒出一股汗来才放手。

这是一个特殊的场面,气氛神秘而又放肆,明朗而又隐匿。

接下来的场景是婆婆期待已久的也是她精心策划之作,来福顺利地跟着水琴走进了房间,婆婆在外面把房门给关上了,婆婆沉甸甸的心往下一落,人一轻松,身子竟有点飘飘然起来,婆婆想,难道自己真的不胜酒力?

这晚,婆婆睡得非常踏实。

翌日起床,婆婆发现太阳都升得老高了,没想自己竟然睡过了头。水琴下厨做早饭,来福在厅堂里扫着地,见了婆婆,来福显出一丝慌张,但很快平静下来,对着婆婆嘿嘿一笑,说:“播完种了,今天我得回去了。”婆婆没有回答他,走到厨房,把水琴上上下下看了一遍,水琴被看得不好意思,脸色早已通红。婆婆这才笑逐颜开地来到厅堂,对来福说:“种子是播下去了,但还得要保住质量,今天还得去田地检查一遍,明天回去吧。”

吃过早饭,婆婆安排来福去田里看看,水琴要跟着动身被婆婆拉住了。婆婆说:“你给我好生在家歇着,不要乱走。”

田野无人。雾气还是很浓,鸟儿的鸣叫声穿透浓雾扑面而来,自由而快活。昨天播种的农田还算平整,畦上没有明显的水洼,仔细一看可看出密密麻麻的种子撒播在泥土上,正吸收着养分准备生根发芽。来福知道,再过些日子,这片田野应该是翠绿一片,会让播种人感受到成功的欣慰和快感。再过些日子,又是金黄一片,收获的喜悦会写在每个收割人的脸上。农作物也像人类一样,一茬又一茬,世世代代,循环往复。

田沟里有个泥块,来福用锄头推开了,积了一小部分的水顺畅流出。这个泥块肯定是昨天水琴差点滑倒时留下的,由此他又想起了昨天晚上的水琴,来福的心口感觉出浓浓的暖意来。来福坐在田埂上,想摸出一支烟来抽,才想起来烟被水琴的婆婆给收缴了。

手机铃声这时突然响了起来,来福一看,赶忙接了。里面的声音问:“钱筹到了没有?”来福说:“有了,明天回去给你。”里面的声音说:“那好吧,不要再失信了,要不后果你知道的。”手机里传来“嘟嘟”声,电话挂了。

因了这电话,来福的心情骤然冷下来,眼前的景物如过眼云烟,只有那一片迷蒙的浓雾。

整个白天,来福像个游魂似的在田野里飘荡,他不想再见到水琴,可又不得不要再见,他还有最后的那笔酬劳在婆婆那里没有领取。

夜晚如期而至,来福没有昨晚的激情,例行公事一样,倒是水琴比昨晚主动多了,弄得来福很被动。

起床的时候,来福从一沓钞票中抽出几张,说:“拿去买瓶护手霜吧。”水琴没有接,来福将钱丢在了枕头上。

来福一走,婆婆把水琴叫过来说:“晚上给家树打个电话,叫他来家里一趟。”水琴的心中一慌，说：“妈，什么意思？都是你安排好的事，怪不得我。”婆婆厉声说：“水琴，你说什么呢，我安排了什么事？你又做了什么事？咱们家只不过是花钱请了个小工来帮忙播种，什么事都没有发生。我叫你打电话，是让家树回家来看看我，我病了。”

水琴还是不明白：“婆婆你不是好好的吗？家树那边工地上正忙着呢，再说离过年还远着，来来回回又是耽搁工又是花车费。”

婆婆立马躺上床，说：“我病了，你不打，我打！”

水琴的脑子没开窍，水琴此刻最怕见的就是自己的丈夫。

婆婆当着水琴的面给家树打电话，声称自己病了，要他立即回家一趟。

很快，家树的电话打到了水琴的手机上，婆婆嗅觉灵敏地来到水琴身边。家树问水琴，母亲的病重不重，水琴看着身边的婆婆，顺着婆婆的意思说了，家树说他请个假，叫水琴好生照顾好婆婆，治疗的事等他回来再说。

家树真是孝顺，第二天中午他就风风火火地赶到了家。水琴刚吃过中饭，正在厨房洗碗。婆婆躺在床上，是水琴端着饭喂给她吃的，婆婆的嘴里不住哼哼着，眼神儿却转得快，饭也没少吃。家树进屋直扑母亲的房里，听见母亲不住“哎呀”的叫声，心一下子提到了嗓子眼。待到跟前一看，老人家的脸色还好，摸了摸她的手，没有发烧。母亲要撑着身子坐起来，家树给压住了，说：“妈，你好生歇着，我去请医生过来看看。”

水琴这个时候也进了婆婆的房间，她发现家树瘦了，也黑了。家树把目光转向水琴，水琴只说了句“回来了”，便把目光别向婆婆，顺势坐在婆婆的床沿上，抓住被单不敢松手。

家树要请医生，婆婆给拦住了，说昨天已请医生打了吊针，现在好多了，老毛病犯了，没有大的问题。水琴也帮着说话，才阻止家树的决定。

水琴在厨房给家树弄吃的，灶里的柴半天烧不着，烟气上来，直呛得她咳嗽。家树不知什么时候来到水琴的身边，一把将她抱住，浑身上下摸了个遍。水琴不敢拒绝，也没有停下手头的活，锅铲在锅底拌动的声音掩蔽着家树的动作。只是水琴的身体有点儿僵硬，让家树猴急。

吃过饭后，婆婆把水琴和家树都叫到床前，说：“前几天把种子播了下去，你们也该出去看看。再者家树回来了，也要在村里走动走动，大老远回来，给乡亲们装个烟问个好。”

又没有什么喜事,要向乡亲们装什么烟?家树把这句话闷在了肚子里没有说出来。不管怎样,母亲的话总是对的,很小他就没有父亲,是母亲一手带大教导过来的,母亲的话是不可抗拒的。

村头的墙根下有老人聊天晒太阳,家树和水琴走过时,都一一向他们问好并装上一支烟。田野里一片空旷,播好种的田块光秃秃地暴露在太阳底下,没有生机,与两旁山上生命旺盛的树木正好成了一个鲜明的对比。走在自家田块旁,水琴蹲下身子,惊喜地发现田里的种子正冲开谷壳露出小小的苞花,在阳光的照射下闪着亮光。生命是如此简单而又如此神奇,水琴的眼里差点要涌出泪水,一看身边的家树,轻轻擦掉了。家树只是很茫然地跟着水琴,对于田畈里的农事,他已荒废多年。这些年打工在外总是忙于挣钱,连过年回来也住不到几天就走了,对于家乡对于这个山村,他渐渐有了陌生,更不屑于这些田里的收成。每次回家里他总是叫水琴不要再种那么多田了,在家种点蔬菜做好家务照顾好婆婆就可以,田种得再多,除下成本,收成太少,有时还要亏本。可水琴口头虽然答应,开春播种时又忍不住下田。常年照料着婆婆,身边又没个孩子,不到田畈地头干农活,她实在不知如何打发日子。

夜晚如期而临,水琴的心情紧张起来。

婆婆是在家树回来后的三天才下床的,婆婆的病全好了,拄着拐杖还在村里走了几个来回。本来家树还想住几天再走,可母亲开口叫他回去,家树只好恋恋不舍地走出门。尽管家树觉得这次回家母亲的言谈举止有点怪异,可他不敢对母亲说什么,只在水琴那儿露了个意思,被水琴给挡了回去。

家树一走,生活又应该平静下来。

对水琴来说,生活没有平静,婆婆也是,甚至全村都没有平静下来。

早稻收割的时候,水琴的肚子已日渐隆起。婆婆带着水琴坐在田头边指挥着收割机,水琴穿着的衣裙像面旗帜在田野中飘扬。婆婆不让水琴干活,专门请了邻村一个哑巴男人来帮工。

接着是播种晚稻,一直是那个哑巴男人在干活,水琴只负责做饭烧茶,有时还是婆婆主动代劳。

由夏入秋,又一次收获的季节来临。这时的水琴已是一个挺着大肚子的孕妇了。当邻村的哑巴男人帮着她们把收获的谷子全部进仓后,一年的主要农活也接近尾声了。再过两个月,水琴也要生了。

而这个时候，来福出现了。

来福的出现很突然，那天晚上水琴正准备关门睡觉，一个高大的身影闪了进来，着实把水琴吓了一跳。一看是来福，水琴把高喊的叫声换成了轻声的质问："你怎么来了?"婆婆的耳朵比老鼠还要灵，闻声赶了过来，看见来福，气得用拐杖向他砸去，嘴里不住说："我不认识你，你是哪个？打死你个贼!"来福一边躲一边说："我只是路过，顺便来看一下水琴，没别的意思。你们要是喊起来让村里人知道，大家都不好。"婆婆这才噤声，哆哆嗦嗦从身上摸出一个皮包，从里面拿出几张票子说："请你立马就走，永远都不要回来。"来福把那票子摔到地上说："你也太小瞧人了，我又不是来讹你。真的是路过，忍不住想来看一下水琴。"

水琴这时发话了，说："妈，你就让人家坐下喝口茶吧。"

婆婆口气冷淡地说："不行!"

来福一进来就发现了水琴的大肚子，来福的心头突然有了一个冲动，真想在水琴的肚子上摸一下。下意识之中，他想靠近水琴被婆婆拦住了。婆婆把身子隔在两人之间，斥责道："你不要靠近水琴，别让你的脏身子给俺的孙子带来霉气。"

如果没有这句话，也许来福不会再坚持。来福被这句话给灼痛了，他也犟起来，说什么也要走近水琴。婆婆死活不让，拉扯之间，婆婆一不小心撞着了水琴，水琴没防备，一个趔趄，身子便倒了下去。

接着，传来水琴一声刺痛的尖叫，划破了小村沉寂的夜空。

（原载《太湖》2018 年第 6 期）

请把刀子还给我

锄头入土时,财宝听到土层下传来轻微的一声响,同时感觉到手臂被什么东西给撞了一下。财宝朝手掌吐了口唾沫,搓了搓,抽出锄头,蹲下身子扒开土块。他没有看见什么,除了在日头下闪光的锄头,还有一条被挖断的蚯蚓在翻滚。财宝继续挖地,手臂又被震了一下,这一下比刚才要生硬许多,财宝这下没有把锄头抽出来,而是双手顺着下去把土块扒开,终于看到锄头的快刃顶在一块长条的东西上,财宝试着用手去拿,没拿动,便用锄头刨开,一个生锈的铁块样的东西重见天日。财宝往地上吐了口唾沫,骂了句:“什么玩意儿!害得老子费了许多功夫。”

财宝继续挖地,那生锈的铁块被他丢弃在地沟里,丑陋无比。回家时,财宝还在上面踩了两脚,再吐了口唾沫。

重新想起那个东西是一个月以后,读初中的儿子小宝正在看着本地的电视新闻,忽然高兴地对正在钉椅子的财宝说:“爸,你快看,俺们村也有新闻了。”财宝懒得回头,小宝继续说:“毛巴上电视了!”一听此言,财宝才把目光转向屏幕,这才看到了那个丑陋熟悉的东西,财宝大叫:“那东西是我的!”

财宝把钉着的椅子往地上一摔,听见响声的财宝老婆桂花在房间里高叫着什么,财宝充耳不闻,大步冲出门。

出门后才知现在是黑夜,而且是小半夜,天上不见月亮,倒是有晚风徐徐吹来,把财宝胸中的那口火气吹得更旺,他更加快了脚步。毛巴的屋上面正在加层,建筑物堆满了空地,黑暗中就像设下了许多陷阱,让财宝跌跌撞撞摸不着门路。财宝嘴里骂着,用脚去踢毛巴的大门。不想,门却开了,财宝的身子一歪,扑通一声栽进屋里,头碰在了桌角上,立马肿起了一个大包。与此同时,屋内的电灯大亮,毛巴冷静地站在那儿,大声说:“我还以为来了贼哩,原来是你这个老鼠精作怪。”财宝不说话,而是到毛巴屋内四处寻找,毛巴说:“来搜家呀,也轮不到你吧。”财宝伸出一只手掌,说:“拿来!”

“什么?”毛巴把眼睛转向一边,盯着屋梁上的一只飞进来的蛾子。

“那个东西。”财宝转动着身子，想瞅着毛巴的目光，可硬是看到他光溜溜的下巴。见毛巴没有回答，财宝便说：“电视上放的那个东西。”

毛巴这才回过头来，轻轻一笑道：“那是我挖的东西，凭什么要给你？”

财宝跳起来：“你挖的？哪儿挖的？”

“自家菜园地里，前几天才挖的，你又不是村主任、乡长，要向你汇报吗？”毛巴轻蔑地对地上吐了口唾沫。

财宝狠劲扑过去，毛巴一转身，反倒把财宝推出了门外，快速地把大门给关上了。任凭财宝拳打脚踢，门如铁桶一般牢固。财宝试图爬上屋顶，可地下乱糟糟的水泥砖块什么的让他无处得手，再说他也没有那么矫健的身手，能蹿上屋顶。财宝那个气就像汛期湖里的水一样上涨，一直涨到最高点，终于慢慢回落下来。他身子一软，蹲坐在地。

第二天一早，财宝就来到了村主任的家门口。郭主任正在吃早饭，看见财宝慌里慌张的样子，淡定地问：“昨晚家里失了贼吗？”财宝把嘴巴张得老大，半天才吐出一个字：没。郭主任又问：“家里失火了？”财宝这下没有张开口，也没有回答，而是把目光紧盯着郭主任那张沾着粥沫的嘴唇，摇了摇头。郭主任把碗放下，生气地道：“这么大早过来做什么，没看见我在吃早饭吗？有事等下到村部说去。”

财宝丧气地退出门，刚刚肚子里的火气就像升起来的迷雾那样渐渐消散开去。太阳露出来了，鸟雀叽叽喳喳地叫着，在树梢上跳跃。一只黄狗警惕地看了财宝一眼，嗅了嗅他的裤管，慢悠悠地转身走了。财宝也转身向村部走去，心里在想：郭主任今天怎么了，好像谁欠他的钱似的，这么大的火气。

就在回村部的途中，财宝看到毛巴也在向村部走去。毛巴走得很慢，歪歪扭扭，没睡醒似的，财宝便把脚步放缓了一些，怕两人在路上碰面引起尴尬甚至言语不和动手动脚。在村干部没来之前，他不再想和毛巴说话，有话他要对郭主任说，要郭主任为他主持公道。毛巴先到村部，看见财宝便把眼睛往天上瞧，财宝蹲在村部的门槛上，抽出一支烟来吸，烟气老往毛巴的脸上缠，看上去好像是要把他的脸蒙住，让他变成一个听人指挥的傀儡。

郭主任还没有来，两人的四只眼睛碰了一下，又闪开了。后来，财宝到底忍耐不住，又看了毛巴一眼，自语了一句：“郭主任是要骗我们。”毛巴的眼睛仍盯着天上，却接上财宝的话茬："你以为人家就当你一人的主任？全村这么多事都要找他，他是你的看门狗，你什么时候唤他他就过来？"说完，他朝天空吐了一口唾沫。一只黑色的鸟儿正从头顶上飞过，掉下一根羽毛，落在毛巴的鼻梁上，那口唾沫没有吐出去，一下子糊在毛巴脸上。毛巴用手抹了一把，双手搓了搓，一转身，便看见郭主任大摇大摆地走了过来。

郭主任的脸不但黑着，而且脖颈上还有几条血痕，在郭主任家里，财宝因为激动和慌张，没有注意到这一点。现在早上阳光灿烂，反射过来，连郭主任裸露部位的毛发都瞧得清清楚楚。他和毛巴几乎同时喊了一声"郭主任"，几乎同时递上一支烟，郭主任甩开手，开了村部的大门，说："进来吧。"

毛巴大大方方地坐在郭主任对面，财宝说不清为什么，心有点儿乱跳，好像自己倒成了被告似的，在郭主任那个干净的办公室里局促不安。好在郭主任先把脸转向了财宝，说："你是原告你先说。"财宝仍没有坐下，把那天挖地的情境再现了一遍。当然，财宝没有好口才，有点啰唆，说到激动时还溅了许多口水，郭主任便把身子挪开了，把脸转向了毛巴。于是，毛巴开始说起他在菜园里挖地的经历，得到那把刀子后，他是如何擦洗干净，如何参加鉴宝才知这把刀子不同寻常等等，有条有理。如果不是和自己相关，财宝都相信毛巴的话是千真万确的。

两人叙述完毕，郭主任便问财宝："你说刀子是你的，你可记得清楚模样，上面有什么标记没有？"财宝愣住了，当时一看到那个黑乎乎生锈的刀子，他连多瞧一眼都不愿，哪还记得上面有什么标记？毛巴不等郭主任开口，倒先说了："我挖出来时还没发现，但在擦洗时我发现刀柄上刻有一个＊形记号，刀刃上也有一个同样的标记。"财宝虽然无理可驳，但还是要死死咬定那刀子是他在自家地里挖的，毛巴菜园里不可能挖出来。郭主任很不高兴财宝的这种死缠不讲理，他打住两人的争辩，对财宝说："你说你家地里能挖出刀子，你去给我再挖一个试试？要是能再挖一个，我让毛巴把那把刀子还给你。"

财宝已争得脸红脖子粗，气昏了头，听了郭主任的话，就说："挖就挖。"

风风火火回到家，财宝也没正眼看一下老婆桂花，扛起一把大锄头就往外跑。桂花吓坏了，紧追着喊："千万不要做傻事呀。"财宝对老婆吐了口唾沫说："我去挖地，要你啰唆着跟在后面做什么。"桂花这才停住，说了句什么话，财宝没有理她，继续走。

财宝开始挖地，挖了一会儿腰就酸疼了。坐下歇息时，财宝突然想明白了，骂了一句："郭主任这是耍我哩，为什么不要毛巴挖而要我挖？"财宝气冲冲地来到郭主任家，郭主任不在家，正好他的老婆出来倒洗脸水。财宝来不及躲闪，被浇了个正着。财宝的热身子一激灵，心头的火气蹿起老高，可只一会儿就被郭主任老婆的一个笑脸给滋灭了。女人说："是财宝兄弟呀，真是对不起，进屋来我给你擦擦。"财宝只好抹了一把脸上的脏水说："做主任的老婆就是好，日头都当顶了才起床。"听过这话，女人的脸立马黑了下来，说："什么破主任，都是你们这些人给惯的，像土皇帝一样，想做什么就做什么。"财宝说："皇帝有三宫六院，到时可就没你的份了。"女人丢下脸盆，拿起一把扫帚朝财宝挥打过来，财宝落荒而逃。

财宝在村里找了一阵郭主任没找着，便回家吃中饭了。

吃晚饭的时候，郭主任不请自到。桂花赶紧用自己的衣袖把椅子抹干净让郭主任坐，问郭主任吃没吃饭，没吃话的话就在这儿吃。财宝没停下自己的筷子，哼了一句："别热脸碰人家的冷屁股啦，主任会在这儿吃饭？"郭主任一屁股坐下来，说："还真没吃饭，要不在你这儿吃一口吧。"财宝和桂花都愣愣地看着对方，事情有点突然，也不合乎情理，郭主任怎么会不打招呼要在这儿吃饭呢？刚才桂花只不过是说了句客套话，郭主任还当真了。饭是现成的，菜桌上也有几样新鲜蔬菜，添一双筷子完全是可以的。桂花要下厨炒两个荤腥菜，被郭主任给拦下了。见郭主任真要在这儿吃饭，财宝松下绷紧的脸面，放下碗筷把郭主任拉入上席，说："郭主任真肯赏脸，那还得要喝两盅。"说着，他进里屋拿出一瓶白酒，说："这酒还是女儿过年时带来的，一直舍不得喝，今晚是个好机会，把它给干了。"他把脸又转向桂花："傻站在那儿做什么？下厨，快点给我炒几个下酒菜来。"

喝了酒的财宝和郭主任称兄道弟起来。借着酒胆，财宝问郭主任脖颈上的伤痕是怎么回事，郭主任不回答这个问题，却问财宝在他老婆那儿说他三宫六院是什么意思，财宝说那是你老婆说你是土皇帝我才这么说的。郭主任说："没别的意思，比如听到了什么？"财宝说没有。郭主任问财宝他像土皇帝吗，财宝只"嘿嘿"地笑了两声。

"干一杯！"郭主任大喊一声，把一杯酒倒进了肚子里。财宝也不示弱，干了。

一直喝到桂花连着打哈欠两人才罢休。除了那瓶酒，他们还喝了自酿的两瓶糯米酒。

不过，财宝的这顿酒也没有白花，郭主任走出门时答应一定会帮他把刀子要回来。

郭主任没有直接回家，借着酒兴，他推开了村里的另一扇门。

毛巴在屋顶上砌墙，老远看到郭主任过来，停下手中的活计，把郭主任迎进屋。毛巴的老婆在广州给儿子带孩子，家里就他一人，屋里很乱，建筑材料挤得满满的。毛巴要给郭主任倒茶，郭主任摇手说算了，说要耽搁他几分钟时间，陪他同去菜园地里看看。毛巴的精神一下紧张起来，说郭主任这是什么意思。郭主任说没什么意思，只是想看看。毛巴跟在郭主任身后，好像那个菜园地是郭主任家的。郭主任熟稔地来到菜园里，看到满园的蔬菜绿的黄的白的，生机勃勃。毛巴指着一处间隙处说，刀子是在这个地方挖到的。郭主任不说话，拿出手机拍了照，而后说："这个刀子真是怪得很，好像是专为你埋进来。"毛巴不说话，在揣摩着郭主任的意思。毛巴递上一支烟，郭主任摆了摆手，说："你这刀子挖得就是怪，明天我把照片拿给刑警队里的王队长看看，或许他能解开我的难题。"

一听王队长的名字，毛巴慌了神，他记得前年村里失窃，派出所的李所长和乡里的余公安花了半个月的时间也没有破案，后来郭主任把王队长请了来，不出三天就把案犯给查了出来，一时间王队长的名声大噪。

郭主任背着双手走出菜园子，毛巴紧跟在后，有点气喘吁吁的。在屋门口，毛巴拉着郭主任的袖子说："郭主任在家吃饭吧，家里还有块野猪肉。"郭主任头也不回，只摆了摆手。毛巴又说："进屋喝口茶吧，是女婿上次送来的新茶，自己还舍不得喝呢。"郭主任停住，回头对毛巴说："没有空喝你的茶，我还得给王队长详细汇报呢。"把毛巴甩在身后，郭主任用手梳理了一下被风吹乱的头发。

日头底下的毛巴越发汗水淋漓，看着郭主任渐行渐远的背影，心里七上八下的。

从床底下找出那把刀子，毛巴忽觉得有些烫手，丢下了又拿起来，反复几次。刀子还有许多锈迹，本来毛巴是要磨光的，那样寒光闪闪才好看。可鉴宝的专家说不能磨，只要稍做清洗就可以了，说是要保存原貌和古物的完整性。

看上去这把刀子是有点丑陋,长不过一尺,宽不过两指,有点像杀猪刀,又有点像短剑,反正,不是能让人眼前一亮的东西,怪不得财宝把他丢在地沟里。其实,毛巴当初把它捡起来,完全是偶然。那天毛巴在追赶一只野兔,眼看着快要追到,却被脚下的东西一绊,野兔早跑得没有影儿。他把脚下的东西一踢,脱下一大块锈斑,才知是把刀子。本来,毛巴生气地要把这个东西丢进水塘,可他拿在手中的时候,感觉握得挺顺手,便拿回了家。后来,他去县里买建筑材料,正好听说市里有鉴宝的专家来录节目,顺便就把刀子带上了,没想还真是个古物。专家说这把刀子有上千年的历史了。毛巴赶紧问能不能卖个好价钱,专家只含糊地说不好说,刀子终究只是刀子。

不过,有句话说得好,是金子总会发光的。已有好几拨人来询问这把刀子,虽然出的价钱不高,可让毛巴心里清楚,刀子终究还是有价值的,肯定会比那只跑掉的兔子值钱。现在郭主任要从中插上一杠,毛巴心里慌乱的同时又很不痛快。不痛快是隐藏在心底的,而慌乱则完全表现出来,因为听到了王队长的名字,确实让人害怕。

夜色又一次笼罩着小村,看似沉寂的村庄因为一把刀子又掀起了风浪。

因为有郭主任撑腰,财宝这次找毛巴讨要的决心增大了,也更理直气壮。毛巴还是来个闭门不理,可财宝把门捶得如山般响,在夜晚显得惊心动魄,也招来了村里许多人。毛巴招架不住,只好把门打开。财宝直闯进去,看客们则散落在门外两旁的灯影里。财宝这次辩驳得很顺畅,口才让村里的人们都感到吃惊,这家伙怎么一下子变得这么有气势这么志在必得?毛巴的嘴巴像被人把胶布封住了半边,说出的话没有力量,连村民们都觉得那把刀子应该就是财宝的。

在两人唇枪舌剑的时候,郭主任正走在路上,边走边接一个电话,哼哧声听不出什么名目,但从其神态上可以看出是件高兴的事。郭主任走到毛巴的屋前,村民们让开了路。毛巴和财宝的口舌之争已快上升到武力之争了,郭主任看到他们已纠缠在了一起,互相拉扯着对方的衣服,郭主任上前一声断喝:“还想打架不成,我让你们打,把派出所的叫过来给你们评判?成何体统,让大家都在看你们的笑话!”毛巴首先松开了,财宝看到郭主任来了,反而越发把毛巴抓得紧了,说:“郭主任,毛巴今晚要不把刀子交出来,我是坚决不放手的。”

郭主任坐下来,就坐在两人的中间,财宝的手臂几乎要挨到郭主任的后脑勺。

“我已给王队长打过电话了。”郭主任说话的声音很小，甚至财宝都没听清，更不要说旁边的其他人。但毛巴听清了，毛巴的双腿软绵绵的，如果不是财宝抓得紧，双腿可就要跪下了。郭主任大声对财宝说：“不要过激，快松开手。”他又对外面看热闹的人们说：“回家睡觉吧，没有好戏看了。”

说完话，郭主任站起身，砰地把毛巴的大门给关上了。外面的看客这才散去，有的人一抹头发，喊叫道：“呀，下露水了，夜深了。”

财宝是和郭主任一起离开毛巴家的，其时外面已有月亮升上天空，月光照在两人身上凉飕飕的，让他们都打了个冷战。今晚的较量显然是财宝占了上风，而且郭主任已经让他们两人协商好了刀子的归属问题，刀子肯定是物归原主，但财宝是要破费的，人家毕竟不是偷的抢的，又花了那么多的精力，总要给点补偿才说得过去。明天上午由郭主任当面，一手交钱一交货，从此就两清，谁也不能再反悔胡闹了。这应该是个不错的结局，谈不上皆大欢喜，但也不至于结下仇怨，财宝觉得稍不满意的就是钱出得多了点，五百元，财宝的心口上有点儿疼。一把锈刀子，况且本来就是他挖的，却要花五百元钱去赎回来，自己是不是有点傻？当下他只肯出到二百元，而毛巴则要一千元，两人拉大锯一样争来争去。后来郭主任一锤定音：五百元，两人都把眼睛睁得大大的看着郭主任。毛巴要说话，郭主任摆手制止了，财宝开口，郭主任说：“财宝你要认清形势看准问题，要不我出一千元，你把刀子让给我怎样？五百元算什么，还抵不过有钱人家几包烟钱。”

分手的时候，财宝不放心地说：“郭主任，毛巴不会反悔吧？”郭主任轻咳一声道：“笑话，他敢！”

可第二天一早，财宝却反悔了，原因出在他的老婆桂花身上。

昨晚回到家财宝把赎金一说，桂花跳下床指着财宝的鼻子骂他是糊涂虫，自己挖的东西还要花这么多钱去赎回，说不定这样一把生锈的刀子都不值这个钱呢，说财宝让郭主任和毛巴给骗了。桂花在别的事情上都可以让财宝做主，唯独钱的问题上要听她的，钱的口袋子在桂花那儿，财宝想不反悔都不行。

看着一脸晦气的财宝，郭主任只有连连摇头。郭主任掏出一支烟，随手给了财宝一支。财宝说郭主任不是戒烟了吗，怎么又抽上了，郭主任喷出一口烟气，说：“不戒了，不受娘儿们的拘束啦。”财宝问：“你老婆怕你的烟气吗？”郭主任哈哈一笑："她呀，下辈子吧。"

清早，两个男人站在村口的枫树底下吞云吐雾。财宝发现，郭主任的脖颈下又添了两道新痕。

财宝这两天不好意思再去毛巴家讨要刀子，桂花只要口袋里不出钱，刀子对她来说缓两步不急，但自己的东西还是要找来的，去毛巴家讨要决不松口。财宝去田畈干活时看到毛巴的身影，奇怪的是毛巴只是冷眼看了他一下，竟然没有提刀子的协议，财宝想过去打个招呼说明一下他并没有放弃自己的行动，可毛巴只给了一个远远的背影，一溜烟似的消散了。

后来桂花天天在家唠叨财宝没有去毛巴家讨要刀子，财宝赌气不去，男人是该有面子的，虽然财宝的面子不值多少钱，但总还还有点。三天过后，桂花再次说这话时，财宝回了一句：要去你去试试。桂花把财宝的耳朵拎起来，说："一个大男人说这样的话，也不怕让别人听见笑话。"桂花说过这话后，松开财宝的耳朵，说了声："老娘去就去，毛巴能吃了我？"

村里的日头底下晃动着桂花宽大的影子，那影子一直飘向毛巴正在加层的新屋。毛巴刚下屋顶正蹲在地下喝水，一团黑影压过来，毛巴便看到桂花肥胖的身躯在自己的头顶摇晃。毛巴急忙站起身，说："刀子都给了，你又过来做什么？"

"给你个头，想骗老娘，没门！"桂花双手叉腰，指着毛巴便骂。

"是真的，郭主任当面定的协议，一手交钱一手交刀。郭主任转交了财宝五百块钱，刀子已转交给了郭主任了。"毛巴说完话，径自上屋顶干活，又随风飘过来一句话，"有事叫财宝来，一个女人家乱蹿什么。"

桂花要跟着上屋顶叫板，可转身踩到一块红砖上，脚下打了个趔趄，险些摔倒。桂花改变主意，向郭主任家走去。

郭主任不在家，连他老婆都不在，大门上了锁。时近中午，天气变得有点热，桂花人胖，浑身上下出了汗，肚子里的怨气也跟着升了起来。回到家里见到财宝坐在厅堂里看电视，她走上前把开关关了，紧紧地盯着财宝的脸上说："你有钱哦，把五百块钱给了毛巴？"财宝说："你不给我钱，哪有钱给他？你听哪个说的，毛巴吧，他说这样的话是在耍赖皮哩。"桂花拍了一下自己的脑门说："对，肯定是他故意这么说的，这事还要找到郭主任才清楚。"财宝说："晚上我去找郭主任问问，毛巴要是玩花样，看我不把他的新屋给扒了。"桂花嘴巴一歪，说："在自己家里说大话,有什么用?”

村里的夜来得早,村里房屋虽有许多,但没有几盏灯是亮的,且零乱散落。屋子大都是空屋、闲屋,门前长满了茅草,主人不是在外打工就是在县城和集镇买了新房,没有人心疼这些曾经用他们的心血砌成的房子,任由雨水侵袭和树木荒草的占领,热闹的村庄渐渐远去,破败相一年比一年严重。

桂花的饭菜还没有端上桌,就见郭主任夹着一个纸包走进屋来。财宝心中一喜,以为纸包里是郭主任把他的刀子给送回来了,却没有想一打开,是一瓶价格不低的白酒。桂花说:“郭主任,你这是——”郭主任笑道:“上次喝了你的酒,这次还礼来了。”说着,他一屁股坐在上席,径自打开酒瓶,顿时有股酒香直冲财宝的鼻孔,财宝立即坐下来,喊道:“桂花,多炒几个菜。”

还未等一杯酒下肚,桂花到底还是忍不住把毛巴说的话倒了出来,财宝在旁边说毛巴这是在要郭主任呢。郭主任听了,哈哈一笑说:“毛巴没要我们,他说的话没错,刀子我先替你赎回了。”财宝停住筷子惊望着郭主任,想从他的嘴里套出点什么来证明这话的真实性。桂花的脸色有些变化,放下菜盘子谁也没看一眼转身离去,女人舍不得那五百块钱。如果事情真是这样倒也没什么,郭主任替你交了那还是帮助你,刀子回来了还可以跟贩子们讨价还价。问题是刀子还只是个影子,郭主任并没有马上交给他们的打算,这样一来,财宝和桂花心里不舒服了。桂花也不是不讲道理的女人,再心疼那五百元也是要拿出来的,没等两个男人喝完酒她就把折得齐整的五张票子交到郭主任手上,郭主任接住票子后却一把抓住桂花的手。不要以为郭主任喝醉了图谋不轨,说实话,郭主任暂时还真没有看上桂花这样的女人,郭主任抓住桂花的手是要把那几张票子塞回她的手中。

郭主任主动拍了一下财宝的肩膀说:“协议违约,就要追究违约方的责任,另一方有权自己处理了。”

财宝听不懂这些话,问:“刀子呢?我的刀子呢?”

郭主任说:“哪有你的刀子,现在只有我的刀子了。哈哈,哈哈。”

酒劲往上冲,增加了财宝的力气,他挥手一拳打在郭主任脸上,郭主任一下子栽倒了。桂花上前扶起郭主任,见他满脸是血,吓得浑身打起冷战。

第二天在村委会门前,财宝看到乡里的余司法员和蹲点的老张正在笑话缺了两颗门牙的郭主任,但见了财宝,他们立马停住,脸色一下凝重起来。他们把财宝带进会议室,还关上了门,财宝的心里开始慌乱。不管怎样,打人是不应该的,打村干部更不应该了,财宝知道问题的严重性,所以一接到通知他就及时赶到,表明自己认错的态度。

走出来时,财宝的心情十分沮丧,他求助地看了一下郭主任,郭主任把目光转向别处,财宝只看到他的后颈脖,还有下面领子上的斑斑血迹,财宝的神情绝望。

桂花在半路上等着他,桂花问:“要多少?”财宝说:“五千。”桂花跳了起来:“两颗牙这么贵?”财宝低下头说:“他们说这还是便宜的,还没算误工什么的。三天之内没有拿钱给郭主任换牙,那还得要拘留。”桂花对财宝说:“张开你的嘴给我看看。”财宝问:“嘴有什么好看,什么意思?”桂花恶狠狠地说:“我要把你的牙敲下来还给郭主任。五千块钱,那是要老娘的命!”

不管怎样,财宝和桂花现在面临一个很难解决的问题。他们真的是舍不得五千块钱,而且也确实拿不出来。那天财宝提了刀子的事,但余司法员说先要解决打人的事情然后再来说刀子的事,一码归一码,不能含混。

桂花去郭主任家找了两次,都没有见到人。桂花找郭主任时还特意打扮了一下,当然,所谓的打扮也只是区别于平时的下地干活,只不过是把衣服穿得鲜亮一点,把头发梳理得光滑一点。郭主任老婆倒是注意了这些变化,她十分警惕地盘问着桂花的来龙去脉,在桂花离开时还朝那儿吐了唾沫和瓜子壳,以示鄙视。找到郭主任的电话,桂花约郭主任来家喝酒,郭主任一听便生硬地拒绝了。桂花又说晚上去他家说说,郭主任说他没空,后来桂花说请郭主任定个地方谈谈。郭主任说他很忙,晚上都要在村委会加班。

挂了电话后,桂花在心里纠结了一会儿,终于下了一个决定。

吃过晚饭后,桂花问财宝:“你的手机能不能拍照?”财宝说不知道。桂花又问:“能录音不?”财宝说不清楚。桂花发起火来:“真是废物一个。”财宝不明白,问桂花这是做什么,桂花说她本来要他跟她一起去办个事,现在看来,只有自己一人前往了。桂花说这话时口气非常冷漠,好像要把财宝给活吞下去。

村部离村子虽然不远,但桂花还是花了近半个小时才到。村部旁边是学校,晚上已是漆黑一团。学校没有老师住校,再说现在一个班也没有几个学生,全校也不过几十个学生,大都挤到县城里去了,老师基本上是本村本乡的,没有人在学校住宿。村委会有一个窗口亮出灯光,桂花知道那是郭主任在里面加班。桂花推开门进去了,灯光下的郭主任竟然戴着一副眼镜,手上拿着一支笔,写写画画很像一个很文雅的书生。桂花从未见到过郭主任这种样子,一时心头犹豫不决。而这时郭主任已回头看到了桂花,由不得桂花再改变主意了。

一切按计划进行,正如桂花想象的那样,没想到的是郭主任口里的烟味儿太重,比财宝口中还要难闻,害得她干呕了一阵。

事情结束后,桂花换上一条新短裤,把那条脏内裤小心地折好塞在腰间。

跌跌撞撞回到家,桂花给郭主任打电话。

郭主任说:"你讹我?设圈套?"

桂花说:"那是你自愿钻的。"

"哼,没那么容易!哪个作证我是强奸你的?"郭主任的口气依然强硬。

"我有你身体里的东西作证,我愿意吗?呸,就你那两下子,就你那口臭气,我想躲还来不及哩。退一万步来说,即使算不上强奸,通奸也是要处理的,现在比不得先前了,你的主任肯定要下台。"桂花口气也不松。

郭主任没有说话。

桂花以为郭主任一生气把电话给挂了,半晌过后才传来郭主任无奈的声音:"两颗门牙老子认了,以后咱们走着瞧。"桂花没想事情就这么简单,对着手机还要说什么,可郭主任已把电话挂了,桂花这才感觉到浑身冒出了许多冷汗。看到一脸惊讶的财宝时,桂花一脚踢在财宝的小腿上,又给了一拳,把财宝给打蒙了。

再也不用交那五千块钱,桂花也不提那刀子的事,可财宝心有不甘,向郭主任讨要了几次,郭主任总是以这样那样的理由给拖了下来。财宝在家心情大坏,桂花劝慰说:"一把破刀子,又是你丢的,人家捡了去,就是人家的了。再说,今后还有许多事要郭主任经手,算了。一把锈刀子,你把毛巴得罪了,又得罪了郭主任,再闹下去,村里人都在看笑话,今后还要在村里生活吗?"

财宝突然蹦出一句:"你不是还留有一手吗?"

桂花变脸骂道:"你是还要让我有脸在这世上活吗?你我在田地里日晒雨淋挣五千块钱容易吗?遇上你这个没用的男人,还好意思说这话,呸!给我死远点。"

某日,郭主任在电话中联系了一个人,第二天夹着一个大包去了县城。在一家茶楼，郭主任和一个陌生人在一起喝茶。当郭主任把那把锈刀子拿给陌生人过目时，陌生人仔细看过后，摇了摇头说："锈蚀得太厉害了，又不是什么名人用的，且年代太近了，没有多少价值。"郭主任说："不是说有一千多年的历史吗?"陌生人问："哪个讲的?"郭主任就把市里来的鉴宝专家抬了出来，陌生人一听名字，就说："他呀，就业余水平而已。"郭主任不信，反问道："你说是哪个年代的?"陌生人轻轻一笑道："太平军知道吧，太平天国时期，距今还不到两百年，这是他们遗弃的东西，你这刀子品相不好，值不了几个钱。"

郭主任当然不肯就此罢休，他又联系了几个人，都没给出好价钱，有的人甚至说送他都不要。郭主任只好来到县博物馆，工作人员见到这把刀子，把他带到一个柜台面前说："应该和它差不多，不过，你的这把锈蚀得太厉害了。"郭主任一看上面的说明，果然是太平军的。那个刀子完好光亮，是在几十年前被人挖出来上交的。工作人员问郭主任是来捐献还是来鉴定，郭主任慌乱地走了出来。

回到村里，郭主任找到毛巴，要退回五百元钱。毛巴说这都是说好的，你可以找财宝要，说什么也不肯。

那天晚上，郭主任又提着酒来到财宝家，财宝没有让位，桂花也没下厨房炒菜。郭主任把刀子拿出来，说："刀子我给您赎回来了，五百块钱也该还给我了。"财宝看桂花的眼色，桂花说："郭主任做好事把刀子给找了回来，我们都十分感激。这样吧，刀子我收下了，这段时间手头紧张，先欠着呵。"

郭主任尴尬地站在厅堂中，只好对财宝说："今晚我们再来喝两盅。"

财宝说："郭主任，我戒了酒。"

郭主任抽出一支烟，要递给财宝，桂花说："烟也戒了，口臭，俺受不了。"

郭主任想要发作，看到桂花的眼神，火气儿顿时泄了下去。

那把刀子丢在财宝厅堂里的八仙桌上，在昏暗的灯光下，越发显得丑陋无比。

（原载《四川文学》2019 年第 4 期）

无人喝彩

刚到单位,办公室秘书小朱说:“早上有个老头来找你,我问他有什么事,他没说,神情怪怪的。”我知道,一般人找我小朱是不会给我打电话的,除非领导找。签完到,我看到小朱看我的眼神有点奇怪,便摸了摸自己的脸,怕是吃早饭时脸上或胡子上留下了什么纸巾之类的东西。小朱这时扑哧一笑,说:“是一个盲人老头呢,你找他算命?”

原来是老吴找我。小朱是新来的,公务员考进来的小姑娘,她当然不清楚老吴与我的关系。我急着问:“他走了多长时间啦?”

小朱说:“快有一个小时吧。”

我风风火火走出单位,赶到乡街上,可找遍了应该找的地方,也没有见到老吴的身影。一个盲人,不会这么快就走出乡街的,除非他坐车走了。对,老吴可能是去县城了,前几天他曾对我说过,县城要搞个鼓书大赛,他要去报名。

一般来说,没事老吴是不会找我的,但他的事对我们来说也不是什么大事,只不过是帮他抄写鼓词什么的。老吴是一个盲艺人,会盲文,自己创作,用盲文记录,有空时找我帮他誊在一个大本子上,那个大本子上面基本是我的手迹,虽密密麻麻,但全是一色的清秀行楷,看着挺舒服。老吴为此常拿给人家看,以此博得人家的赞赏。

中午的时候想休息一会儿,手机响了,是个陌生号码。当里面的人自报家门时,我吓了一跳。

老吴出了事,在县里的医院抢救。

我在坐上去县城的班车时给小林打电话,里面的声音提示通话中,过了一会再打,还是通话中。我放弃了,想闭目养神,可哪有那种境界,眼前老晃动着老吴拄着盲杖的矮小身影。身旁坐着一个年轻女子,她不停地在微信上和不同的男人聊天,因为是语音,整个车厢的人都可以听到,女子无所顾忌,有些话我们听着都耳红,可她依然游走在一大帮男人之间,脸上溢满了幸福。我只好再次拿起手机打电话,以此抵消钻进耳内的肉麻的话。

电话通了，小林只是淡淡地问："怎么这样不小心，撞人的车子跑了没有？"

"我不清楚这些情况，当时也来不及多问，只急着赶紧过来。你抓紧来吧，在县医院的五楼。"

小林说："我现在没空，晚上过去吧。"

没容我再说什么，小林挂了电话。我朝电话中狠骂了一句粗话，旁边的女子愣愣地看着我，说："你那么大声做什么，影响了我的微信语音。"我这才仔细看了一下女子，假眼睫毛几乎要把眼睛给遮盖住，差不多和老吴的双眼一样，大声说话时脸上的纹路全都活动起来，原来并不年轻。我没有说话，懒得说。

我没想到小林这么冷漠。不管怎样，老吴好歹也算是他的养父。小林三岁时父亲就因病过世了，那时老吴的鼓书很是红火。小林四岁那年，老吴在小林村庄说了三天三夜的《薛刚反唐》，也把小林母亲的心给说动了，一桩姻缘修成了正果，小林也有一个可以挣到钱的父亲。小林还有一个姐姐正在上中学，因了老吴的加入，使她可以继续留在学校，后来考上大学，功劳自是有老吴的一大份。虽说小林没有考上大学，初中辍学，可并不是老吴不供，而是他不愿上学，而且经常闯祸的小林还把老吴折腾了好几回。

如果不是小林母亲的突然过世，老吴也许不会沦落到今天这个地步。半路夫妻，没生养儿女，女人一走，老吴就如断了线的风筝，四处飘摇。小林早成家，并且有了孩子，媳妇嫌弃老吴碍眼，老吴看不见她的脸色，可灵敏的感觉让他明白了自己尴尬的处境。而这时老吴的鼓书没人听，只好靠算命维持生计。算命这碗饭也不好吃，串乡走村讨不了几个钱，一空闲下来，老吴的嘴痒，不管有人无人，照例要说上一段鼓书，虽无人喝彩，但老吴自得其乐。

因为非物质文化遗产普查之事，老吴才真正与我结下了朋友。鼓书是当地的一种传统的文化表现方式，原来全县很多艺人从事这门行当，老吴应该算得上里面的佼佼者。老吴的说书不同于其他人，他自己会创作，古今中外的故事他都可以借过来发挥，给过去岁月里村民们的文化生活带来了乐趣。县里有两个鼓书传承人备选对象，到底选哪个向上申报呢？大家都认为老吴在技艺上更胜一筹。可老吴的运气太差，市里来人考察时，老伴过世了，老吴在女人停丧期间夜夜用他独特的方式——鼓书表达，为女人献上自己最后也是唯一能安慰她灵魂的歌唱。因为鼓书让他与女人结缘，现在他要用鼓书为她送别。整整七天七夜，老吴的嗓子说哑了。县里打电话让他去见市里的专家，老吴自愿放弃了，鼓书的传承人自然就落在了另一个人的头上。

到达县城时，天空下起了毛毛细雨，在这个初秋的时节，还是让人感到一丝寒意。

医院里四处晃动着白大褂，老吴还在手术室抢救。外面的医生问我是老吴的儿子吧，我摇了摇头。医生奇怪地说："老吴出事时的意识有些模糊，但很清晰地对交警说出了你的单位和名字，按说应该是他最亲的人或者最信任的人。"医生让我赶紧去交住院费，我问交多少，医生说先预交一万块吧，撞人的车子逃逸，没办法。

我身上没这么多钱，卡里也没有，大概只有一半。我再给小林打电话，一直没人接听。我和医生好说歹说，先交了身边的钱，其他的等晚上小林来了再交。这时，老婆打了电话过来，问我在哪里，家里来了人，村里修路要集资，我们家要交八千元。家里的钱基本上是我管的，大钱还得从我这儿开支。我只好告诉她老吴出车祸之事，让村里缓交几天，先把老吴的事处理了再说。老婆抱怨了几句，而后感叹加疑问道："老吴的命真不好，自己会算命怎么就不能改变一下自己呢？"

其实老婆并不知道，老吴原先是不会算命的，后来因为鼓书没人听，才打起了这个主意。他的算命书还是从我这儿出的，由我口述，他转记到盲文上，再移植到脑海里。可以说，老吴后半生唯一的朋友应该就是我了。

前半生的老吴活得快活而光彩，鼓板一响，钞票到手，手头比当时的公社干部都阔绰。儿时我也见他经常在我们村子里说书，是生产队请的，给大家解决精神食粮。老吴还可以享受干部一样吃派饭的权利。有一次在我家吃晚饭，母亲忙活了一整天，生怕饭菜没做好不合他的口味。老吴那时的口味特刁，派头大，一不对劲，拂袖而走，害得队长又是请又是重新派人做饭。还好，那顿晚饭老吴吃得高高兴兴，母亲的脸上也绽开了花朵。后来老吴来到我们村，便指定在我家吃饭，我们全家都感到很光彩。

老吴终于从手术室出来，被推进了病房。看着护士忙上忙下的样子，我想帮点忙也帮不上，只好坐在另一张空床上。我抽出一支烟，刚叼上嘴又拿了下来，病房是不能抽烟的。我本没什么烟瘾，只不过遇到事情时抽一支解闷，再就是在写作中间或抽一支提神。一切安静下来后，我才认真地看了一眼老吴，他头上缠着绷带，身上和手上贴满了电极片，导联线连接着旁边的一台仪器，上面的数据不时闪动，代表着老吴生命体征的平稳与好坏。

我靠在床背上打了个盹，睁开眼睛时天已昏暗，室内电灯大亮。我急忙给小林打电话，小林说正在路上，语气里有些烦躁。

半个小时后，小林探头探脑地走进了病房，他没看老吴一眼，而是把我拉到门外说："不好意思，我没带钱来。"我说老吴可是你的养父，现在他这个样子了你还好意思拖拉。小林低下头说："不是我不拿，是桂圆不让拿。"桂圆是他的老婆，是个势利眼。我真想揍小林一顿，在这么个救命关头，竟然想分文不出，世上也绝没有这个道理。小林看见我发怒，嚅动着嘴巴小心地说："要不你好人做到底，先给我垫上吧，反正出院时老吴的新农合也可以报销大半。如果找到肇事者，一切都可以解决了。"

没有办法，总不能让老吴停药吧。我让小林在病房里守护，走出医院的大门。

我在小县城里有几个朋友，可以找他们借钱，但他们听说是给一个盲人垫医药费，都表示难度很大。我突然想到交警留下的电话号码，便打过去想问问情况，说不定逃逸的车子找到了，那事情就好办了。电话响了多时才接听，电话那头现在下班了，明天到单位再说吧。我问到底有没有线索找到肇事的司机，那人说目前还没有，有了再给我打电话。费了一通电话费，没有半点效果。一个盲人，自己看不到，当时旁边也不知有没有其他目击者，想要找到逃逸者，难度是很大的。我再给小丁打电话，他是非遗申报小组的。一个月前省市文化部门要来县里调研传统文化，作为县里唯一非物质文化遗产的鼓书，理应要在领导和专家面前表演一番。不想县里的那位鼓书传承人刚刚过世，情急之下，他让我找到老吴配合。老吴那次的精彩表演让省里的领导和专家们连声喝彩，老吴也像个孩子似的，脸上乐开了花。自那次演出之后，县里也有让老吴接班的意思，让老吴认那位逝去的传承人做师父，好让鼓书传承后继有人。可老吴一直不肯认人家做师父，事情就耽搁下来。

小丁在电话中满是同情和惋惜，满口答应明天一定向领导汇报，看看能不能先支点钱应急。我连连向小丁称谢，说明天上班后去单位找他。

我一个人走在热闹无比的大街上,心里空荡荡的没有着落。街道上的车子和人流真是应验了那两个成语:车水马龙,川流不息。这些年县城在扩大,街道在拓宽,房子在建高,政府在拆迁,小小的县城经常发生着这样和那样的变化,新闻、娱乐、车祸,充斥在手机网络、公共场所和酒肆坊间。老吴每次到我办公室喝茶闲谈时总要谈论着他的看法和不理解,他感到这个世界越来越陌生,也离他越来越远。当然,不要说一个盲老头,就是我这样一个也曾经行走在潮头的文化人,何尝不是茫然不知所措?有次出差从市里坐班车回县,车上竟然鸦雀无声,我抬头一看,满满的一车人全都在低头玩弄着手机,唯独我一人东张西望,浑身不自在。

或许是我与老吴有着共同的感受,让我们成了一对忘年交。

回到医院的病房,我发现小林不在,老吴似乎睡着了。我给小林打电话,小林说他在街上买东西,马上就到。当他拎着大包小包的衣服出现在我面前时,我还以为他是为在这儿陪护做准备,哪料到那些衣服全都是为他老婆买的。小林说,明天他得回去,他给人家刷的墙还只干了一半,屋主人催着他完工,已看好日子进屋。

“老吴的护理怎么办?住院费呢?”我实在火大,接连反问他。

小林不作声,沉默了半晌,细声说:“要不,你回去给桂圆做下工作,我说服不了她。”

我转身走出病房门,说:“今晚要好生看着老吴,我走了。”不等小林说什么,我急忙冲下楼,生怕小林拉住不让我走。

本来我要回家,因为明天还要见小丁,我在县城找了一家便宜的旅店住下了。

第二天我先没去医院,而是去小丁的单位找他。小丁给我泡了一杯茶,满脸歉意地说:“老吴的事我向领导汇报了,领导说这事他做不了主,要向上汇报请示。这样吧,老吴的事我一定记着,有消息我再给你电话。”话已至此,我也无话可说,默默地喝完那杯茶,走了出来。我正在犹豫不决是去医院还是交警大队时,小林的电话打了进来,说医院在催交钱,问我想到办法没有。我大声喝道:“老吴是你的老子还是我的老子,你自己想办法吧,我得回单位上班去。”小林不住地向我哀求,我的心一软,只好坐上了去县医院方向的那辆公交车。

找到院长,我把情况向他说明,并保证在三天内一定把钱交上去。说实在的,院长也很同情老吴,一个小小的县城,见人都面熟,说来我和他还曾在一个场合下喝过人家的喜酒。因我是有单位的人,院长也不怕我会跑掉,总算答应了我的要求。再去病房见小林,我要他和我一起去他家做桂圆的工作,早点把钱交上来。可小林死活不肯同我去,说自己在这儿照顾老吴,让我一个人去。我没想到小林这么怕老婆,小时候那个调皮捣蛋的劲儿都上哪儿去了?看着小林可怜巴巴的样子,我也没有再劝他同去的兴趣,叮嘱他好生照护好,不要乱跑。

我走到电梯门口,小林追了过来,把几个大包小包拿给我,说:“帮我把这个带给她。”

因身边带了许多东西,不好先回单位,我只好直接来到小林家。桂圆看到我时一愣,再看到我手上拎着的大包小包,立马笑眯眯地说:“陈主任这是走错了门吧?这么多东西送给哪位相好的吧?”我没有心情跟她开玩笑,把东西一股脑儿地往沙发上一扔,活动了一下酸软的手臂,直截了当地说:“坐下吧,找你谈个事。”

桂圆依然装聋作哑,嬉笑着说:“瞧陈主任那个严肃的样子,像个纪委来的人,我可没有什么账让你可查哟。”

女人显然知道我的来由,虽然脸上无事人似的笑着,心里却在思考对策。她转身去给我倒了杯茶,身子飘过来时竟然带给我一股香水味。平时也听过传闻,桂圆在外打工时曾和一个老板好过,后来不知什么原因让她灰溜溜地回到了小村,而且从此不再外出。桂圆的衣着学着城里人的样子,上身是白色羊绒衫,下身是短裤丝袜,一白一黑,分外惹人眼目。无论从外形上还是性情上,小林和桂圆都是不相配的,可偏偏两人走到了一起,只能用缘分来解释了。我不看她的脸色,先把老吴遇车祸的情况简要地说了,而后转到实质性的问题上来。桂圆一直耐心地听我说,不插半句话,等我表达完意思后,又给我添了一道茶。看她的态度,好像没有什么排斥反应,我暗暗地舒了口气。

其实我的想法错了。

桂圆靠近我身边坐下,我想移动一下椅子,她把我拉住了,说:“我又不会吃了你的,怕什么?”大概她看到我尴尬的样子,自己主动挪开了一点,说:“你以为我想腐蚀干部呀，我才不干那傻事呢，坐近你一点，是想细声跟你说句话。隔墙有耳，别人听到影响不好哩。”

我盯着她那薄薄的嘴唇，不知她葫芦里到底卖的什么药。

桂圆果真放低了声音，轻轻拍了一下我的肩膀说：“据我了解，老吴还有个亲生儿子。”

我一下子站起身来，说：“真的，在哪？”

桂圆把我拉下来坐下，说：“不要激动，这事虽是道听途说，可我估摸着八九不离十。陈主任，你说，老吴要是有了自己的亲生儿子，那么医院里的事小林就可以不用再管了，是吧？”

“老吴的儿子到底在哪儿，我们可以找到吗？”我实在不想跟她兜圈子，再次站起身。桂圆只呵呵地笑着，看着我不说话。

“你老看着我什么意思？”

“没意思，你心里明白。”

我终于明白桂圆的用意，没想到这个女人竟用这种恶毒的方式来攻击我。见我点破了她的话题，桂圆更得意了，说：“你不是老吴的儿子，那这么多年来你和他来往亲切，一个瞎老头子需要你那么巴结他吗？乡间早就有传言，那个时候老吴经常在你家落脚，你娘把他伺候得像皇帝一样，舒舒服服，他们之间能清白？骗别人容易，我可不是那么容易骗的。老吴住院，尽人道主义帮着照护一下是可以的，但要我们出钱，我决不答应。”

一股怒火从胸腔里冲出来，我挥起巴掌向她打去，落下时却没有半点力气，反而被她给接住了。女人说：“干部打人可是违法的，老娘放你一马算了，要不可有你的麻烦啰。”我的怒火在胸腔里反复燃烧，终于被理智给抑制住了。对于这样的女人，她巴不得你把事儿闹大，一个男人和一个女人在屋里闹，到时自己浑身是嘴也说不清。桂圆仰靠在沙发上，双腿叉开，哈哈笑着：“有种你就上吧，让你试试老娘的厉害功夫，这儿没外人，大门一关，我不嚷叫，谁也不知道。”

我恶心地朝地上吐了口唾沫，一摔大门走了出来。

身后传来桂圆开心的笑声。

回到单位，我到财务上预支了即将发的工资，随后给交警小刘打电话，情况还是和昨天一样，没有找到肇事者。小刘叫我不要老打他们的电话，有消息他会告诉我的,他们那儿有我的联系电话。处理了办公桌上的一些公文,我忍不住给小林打电话,了解一下老吴的情况。小林说老吴的情况有所好转,身子可以动,也可以说话了。小林要我回去换他,我没好气地说:“单位没空,你才一天就烦了?”说完不管他还想说什么,我便挂了电话。

下班回到家,老婆又提到村里修路集资之事,村里来电话催了,再要不交,村里会说闲话的。我不敢把预支工资的事告诉她,我说明天就去村里交,决不让她回村里没面子。当然,我说这话也不完全是哄老婆,因为我想到村里的一个人,他是我的发小,如今可是一个小老板了。从小学到初中我们一直同住同吃,关系不错。只是他初中没毕业就出了校门,那时他也没有什么事情可做,便学了一门石匠的手艺。后来,我考上了大学,然后分配工作,结婚生子,联系得少了,只是过年时才见上几面,相互交流着各自的情况。没想一转眼,他就成了一个小老板。那年我陪同乡长去南方招商,他热情接待了我们,一顿饭,就吃掉了八千多元,还安排了我们的住宿。我有他的微信,但我不习惯用那玩意儿,我用手机短信给他发了一条信息,很快就收到回复,称他这两天正要汇钱回村交集资款,这样正好,他把我的一起汇过去就是。我又回了一条过年还钱的短信,等半天他也没有回,夜深了,我也不好给他打电话。

第二天我回了一趟村里,跟村主任交代了集资款之事,之后我来到自家的老屋前。屋里没住人,显出破败相,先前这青砖红瓦屋在村里算是不错的,父亲和母亲常为此而自豪。父亲是一位篾匠,走村串户,在当地也有一定的名声。有了父亲的这门手艺,我们的家境在村里算是较好的。后来父亲的活儿慢慢减少,渐渐到无人问津,父亲很是失落了一阵。手艺没有了用武之地,父亲突然之间就老了。倒是母亲开朗一些,常常劝慰父亲。有时老吴到村子上来算命,父亲便陪同老吴在我家的老屋中说上一段鼓书。两人和孩子似的兴高采烈,母亲则给他们做好服务工作,兼做一个忠实的听众。父亲过世后,我要把母亲接到镇街上去住,母亲说什么也不去,坚持一个人住在空旷的老屋中。直到她老人家去世,这屋才空了下来。

村里变化很大,我家的老屋被周围的楼房给包围了,越发显得丑陋碍眼。

下午我坐班车去县医院,补交住院费时又出现了情况,医院根据老吴的病况,至少目前要补交一万元,而我带去的只有一半。我去找院长求情,院长问:

“老吴的新农合报销没有问题吧?”我说当然没问题,我在乡农医所查了,有他的名字。院长没有再说什么,破例给我宽限了日子。去病房时,看到小林靠在床边呼呼大睡,老吴醒了,他感觉到了我的到来,嘴巴动了动,我轻声问:“感觉还好吧?”老吴轻点了下头,要从被子中伸出手来,我赶紧压住,安慰说:“好好休息吧,医院里的一切我们会安排好的。”

小林醒来看到我,像抓到救命稻草似的抓住我的手说:“总算把你盼来了,这医院里可真要把好人弄出病来。”我把他叫到门外,告诉他桂圆不肯出钱,只有让他在这儿照护了。小林哭丧着脸说:“我就知道她是那样子,这个女人,心肠太硬了。”对于小林来说,他对老吴不能说没有一点儿感情,毕竟把他养大,人心再硬也不是铁打的。

我们就在老吴的病房前达成了一项临时协议,那就是老吴的护理由小林负责,医院里的费用由我负担,包括对肇事者的追查。有了这项协定,我的心总算定了下来,不管怎样,老吴的住院费用有新农合那块可以报销,在县医院住院报销的比例还是比较高的。如果找到了肇事者,自然还有赔偿问题。我现在最大的顾虑是老吴的康复程度,要是留下什么后遗症,老吴可就惨了,依靠小林显然不可能,我也不能从根本上解决这个问题,政府的低保虽可以勉强维持生活,但那是在老吴生活可以自理的前提之下才有用。

唉,不想这些了,只希望老吴好起来。

生活重又回到了先前的状态,我隔几天便去看望老吴一次,老吴的情绪时好时坏,本就深陷的双眼更是乌黑黑的没有生气,有时他会紧紧抓住我的手,半天不说话。这次车祸,把本就对生活失去信心的老吴拉向了黑暗的深渊。我只有不住安慰着老吴,说他大难不死必有后福,姜子牙不是到老了才转运嘛。老吴这时会呵呵一笑,把我的手抓得更紧了。安慰了老吴之后,我又要到医院的院长面前说番好话解释一番,并请他吃了一顿饭,干了两瓶酒。

老吴的情况渐渐好转,医药费也在日益减少。小丁也没有打过我的电话,我也不好意思再打,知道那方面没有希望。交警队的电话我也不敢打,亲自跑了一趟,得到的消息让我大失所望。这期间我又上了一次小林的家,我心里十分不情愿见到桂圆,可又不得不见。我承认,自己不是这个女人的对手。

桂圆满面春风地接待了我,好像我与她是久别重逢的亲人。有了上次的交手，我显得小心翼翼，不敢多走一步路，不想多说一句话，我只想快点拿走老吴的户口本和新农合卡。老吴出院时需要这些手续，要不就不能报销了。女人看着我的样子忽然大笑："想不到上次一句玩笑话就把陈主任给吓倒了啊，看样子你太胆小了。"我不想理她，又怕她不肯帮我找出自己想拿的东西，只好随着她的话说："你的玩笑也开得太大了，哪个可以承受得起？"桂圆一拳打在我的肩膀上，说："看你也像个堂堂男子汉，就这样不堪一击？"我赶紧躲开了，这个女人不寻常，我真的怕她。桂圆这才指着楼梯口一间小房说："老吴的东西都在那里，你自己进去找吧，我也不知道他放在哪里。"

这是一间没有窗户的小房，其实也就是楼梯间，老吴的生活中没有光明，对住在这样一个屋子里当然也没什么挑剔。打开灯，黑暗中才显出昏黄的光亮，一股难闻的气味扑面而来，使我忽略了门头上的蛛丝，竟抹了满脸，扒下来费了一番工夫。屋墙边放着一张床，床上的被子被卷在一边，旁边是一张用砖头垫着桌脚的木橱，上面凌乱堆放着日用物品，而且在这狭窄的空间里还放着一只尿桶，难闻的气味由此而发出。我东找西寻，终于在木橱的某一角落里发现一个油纸包，打开，里面有户口本、一卡通、医疗卡、早年的还贷凭证等，惊奇的是还有一张年代久远的黑白相片，上面是一家四口端坐在一起，前面是一男一女两个孩子，后面就是老吴和他的女人。女人笑得很自然，女孩子的头靠在母亲胸前，而男孩子则做着一个鬼脸，伸出的一只手把老吴的半边脸给遮挡住了，所以根本看不出老吴的表情。

我犹豫着要不要把这张照片拿走。可以看出，这是老吴最珍贵的东西，也是他过去岁月的一份见证。最后，我还是决定先借走，把照片扫描进电脑保存，必要时复制出来交给小林和桂圆，或许会改变他们对老吴的看法。

临走前，我特地把那几样东西交给桂圆验看，桂圆捏着鼻子连着摆手说："老吴的东西，你要拿走就拿走，值钱的他也不会放在那儿，别靠近我，闻不惯那气味。"我狠狠地瞪了她一眼，大步走出屋门。

老吴总算幸运，住了两个月院后回到了家。医院里的费用扣除新农合报销，差不多把我一个半月的工资给搭了进去。这期间的护理以小林为主，我也间或换一下班，我老婆也去过两回，老吴感动得不行。

后遗症多少还是有的，出院后的老吴要迟钝许多，说话有些颠三倒四，身体自然是衰老了，本就瘦小的身子更佝偻下去，竹棍敲在水泥路上的响声有气无力。老吴变成了另一个老吴，再也不能给人算命打卦。好在生活尚可自理，走乡串村时饿了就在哪家随便吃一顿，但睡觉是一定没人敢收留他，老吴只好回到楼梯间的黑屋中过夜。

对于鼓书，老吴的记忆却丝毫没有减退，鼓板是他唯一不会忘记带在身边的东西，在别人家吃过饭后，照例要说上一段鼓书。不管有无听众，那干劲依然不减，嗓音依然洪亮，在田间劳作的人们都可以听到，有时也正好就此歇下抽烟，顺便听一番老吴的说书。

奇怪的是，老吴再也没有到我办公室找过我。

先前不是这样的，他经常到我办公室讨茶叶，喝茶，发表一下自己对这个世界的理解和评论。所以单位上的人一看到老吴，就知道是找我，主动告诉他我在不在单位。

天气一天天冷下来，我想带给老吴一件棉衣，打听到他在黄泥村时，我骑着车子赶了过去。村民听说我找老吴，指着一幢有院子的老屋对我说："正在墙底下吃饭呢。"

其时，太阳直射在院子里，让人感受到一天来最温暖的时刻。我果真看到老吴一个人蹲在太阳底下的墙角下抹着嘴巴，显然是刚吃完饭。屋里走出个老妇人，她把老吴拉到一个凳子上坐下，又找来一个杌子倒放着，将老吴身边的鼓放在上面。老吴端坐身子，一手鼓一手板，开始了他的说书鼓板头：

一字写来一条龙，三国出了个赵子龙；二字写来隔条河，杨家出了个杨令婆；三字写来三横三，昭君娘娘去和番……

等他唱完这段鼓板头，站在院门外的我忍不住鼓起了掌。老吴停住鼓点，说："是陈主任来了吧。"

老吴真是敏感，他竟听出我的掌声来。我把棉衣给老吴披上，又从衣袋里拿出一包东西说："我带来了新茶叶，给你放包里吧。"没想老吴连连摆手道："不要了，我现在不喝茶。"见我没有作声，老吴怕我不高兴，又说："是真的，陈主任，这后半生麻烦你太多了，特别是在医院里——"我打断老吴的话说："别说那么多了，这包茶叶带来了难道叫我带走？天寒冷了，早点回家，不要着凉了。我回去了，以后有什么事还是老样子，可以找我。"

我这才看到旁边那个老女人愣愣地望着我,我只好微笑着对她说:"麻烦您了。"老女人脸色很苍白,她搓着双手,没有说话。当走出院门时,我听到她轻声问老吴:"他是你儿子?"

老吴摇了摇头,又点了点头。

老吴还是没有来找过我,后来听说他家也不回了。我打电话问小林是怎么回事,是不是桂圆把老吴给赶了出来。小林连说太冤枉桂圆了,虽说桂圆讨厌老吴,可也不至于会把他赶出家门,是老吴自己不想回家。这时我听到话筒中传来桂圆的声音:"陈主任,老吴不再要这个家了,他自己另外有家。"

我以为桂圆又要恶毒攻击我,正要挂电话,桂圆在那边也感觉到了,赶紧说:"陈主任不要挂电话,老吴是真的另外有个家,要不你去黄泥村刘寡妇家去看看就知道了。"

还真有这事?打死我也不相信,我向黄泥村的黄主任打听,黄主任说老吴这些日子是在他们村的刘寡妇家,不过,这个刘寡妇在世的日子也可能不长了,因为她身患恶疾,儿子去年在外打工时摔死了,媳妇带着孙子长住在娘家,一个人在家也蛮孤单的。

同病相怜。我只能想到这句话,我不想去打扰两位老人的生活,只有祝福着他们相互慰藉着能开心地多活些日子。

大概是临近年底的某一天,老吴忽然找到了我,我被老吴呆滞的神情吓了一跳。老吴不但胡子拉碴,连原先半白的头发也全白了。刘寡妇终于走了,老吴再次成了流浪汉。老吴此次找我不为别的事,他异想天开要在小镇说一次鼓书。当然,只要他愿说,小镇的街道上也曾留下过他的身影,从未拒绝过他的鼓书。问题是他要我请来听众,不要冷落了他说书的场面。临近年关,天寒地冻的,每个人都是忙忙碌碌的,不会有闲人来听他的鼓书。老吴见我为难,哆哆嗦嗦着从内衣里拿出一个纸包,里面有一沓钞票,说:"这个你拿去请人吧,多少是个意思。"我坚决地把那些钞票推了回去,答应了老吴的要求,并定下日子。

我先把这件事向单位领导做了汇报,领导听了哈哈大笑起来:"听说这个老吴脑子不正常,还真的是啊。"我本意是想取得领导的支持,干脆在单位的会议室里开展一个说书活动,把各村干部都召集来参加。看着领导根本没这意思,我只能给街道上的熟人朋友们打招呼,让他们尽量去听老吴的说书,不要冷落了场面。我把这事也告诉了小林，让他也组织一些人。

那天的天气还好，晴朗无云。老吴早早来到街道上的广场上，我帮他把鼓架子支好，他正襟危坐，双眼漠然地望着空旷的场地。还好，陆陆续续来了一些人，虽说是晴天，可冷风把来的人们逼得缩在角落里，有人一跺脚，走了。又来了些人，他们同样用奇怪的目光打量了一眼老吴，走了。我请的熟人朋友们也大都来了，他们都挤在有阳光照射的墙壁下，饶有兴致地看着端坐在那儿的老吴。我带来一条烟，逐个给他们装烟，他们嘻嘻哈哈地接住，说："老吴这是要搞演唱会吗，有没有电视台来？"

小林也来了，他手里提着一个音响，我责备道："没有麦克风，光带着这个也没有用。"其实，老吴说书时是从来不用音响的，他的声音和鼓点穿透力极强，原汁原味，无人能及。小林摇了摇头说："你不要管，等下有用。"

老吴的鼓板在手机铃声和一片嘈杂声中响了起来：

日出东方一点红
秦琼打马过山东
怀抱一对金装锏
五湖四海访英雄
程咬金访了王伯当
尉迟恭访了白袍将
赵太祖雪夜访赵普
刘备关张访卧龙
张良背剑访韩信
文王访过了姜太公
只有小弟无处访
怀抱鼓板访宾朋
五湖四海皆兄弟
人到何处不相逢
山相逢来水相逢
朝朝暮暮在心中
有朝一日心烦闷

提起了鼓板响咚咚

一为大家解忧愁

二为自己度秋冬

要问家财有多少

万贯家财都在这鼓板中

千里不带柴和米

万里不带点灯油

一不怕强盗把它抢

二不怕小人把它偷

到了晚上歇住店

还可把它当枕头

老年人喜欢唐朝传

年轻人喜欢宋朝文

道士喜欢封神榜

和尚喜欢唐僧去取经

小孩子喜欢哪吒去闹海

作法人喜欢孙悟空

王金龙喜欢玉堂春

玉堂春喜欢王金龙

谈不尽唐来表不尽宋

一脚来到书房中

扯开了书头来观看

从头至尾表从容

鼓板头一唱完,我带头鼓起了掌,可周围无人响应,一看身边,有在接电话的,有在玩微信的,还有在手机上看视频的,他们都没有闲工夫让手指做点别的事情。我正要提醒他们,忽听身边响起了热烈的掌声,经久不息。

小林蹲在那个手提音响旁边,向我投去友好的一笑。我的手指触到口袋里面那张翻拍的照片,眼睛突然之间湿润了。

老吴的那场说书演出持续了近三个小时,除了小林身边不时发出热烈的掌声外，没有耐心的人们早已散去，在他们看来，老吴像个怪物似的张牙舞爪，他们甚至还把他的形象发在朋友圈里，让朋友分享自己的“杰作”。

我紧紧握住小林的手，没有说话。

老吴没有跟着我去吃饭，也没有跟着小林一起回家，老吴拒绝了我们要对他做的一切，一个人背着鼓板拄着竹棍踽踽独行。

从此一去，再也没有老吴的消息，四处打听也是枉然。

老吴和他的鼓书在乡村人们的视野中消失了。

我把那张黑白照片翻拍出来，亲手交到小林手中，说：“这是上次老吴住院要报销手续时翻出来的东西，你和桂圆好好看看吧。”小林接过来，认真地看着，忽然号啕大哭。

桂圆接过照片看了看，又看了我一眼，拉起小林说：“找个镜框装好，挂在厅堂做个纪念吧。”

有一天，县非遗小组小丁打电话来找老吴，我没说话便挂了。

老吴，你难道真的不知所终了吗？

（原载《作家天地》2019 年第 4 期）

月光的尽头

母亲瘦削的身影在我的眼前晃来晃去，我烦躁地吼叫：“妈，你坐下好不好！”母亲一怔，停住走动，站在厅堂当中说，立马就要耕田了，在这节骨眼上如何是好呢。我无心听母亲的唠叨，走出门，再次来到村南边的牛棚，大黄牛卧在牛栏里还没断气，几只苍蝇开始在它的鼻子和嘴巴旁嗡嗡乱飞，大黄双目无神，大嘴巴不再咀嚼。九爷说，牛的嘴巴总是要不停地咀嚼，除非到了生命的尽头。李兽医刚才也看过，说完全没救了，趁着大黄还有一口热气，赶紧杀了吧，或许还可以卖点牛肉。三年前，生产队里分田到户，我家很幸运地分到了大黄，据说大黄在生产队里是一头数一数二的好牛，又听话又有力气，虽然到我家已成为一头老黄牛，但还是可以满足我家农田的耕种。我几乎和它天天相处，忙时农耕，闲时牵着它，带它到水草丰盛的地方吃草，每晚看着它撑得滚圆的肚皮，真比自己吃饱了还高兴。

我一转身，母亲已站在身后，母亲不住地抹眼泪，说：“崽俚啊，别犟了，我去叫财宝过来吧，牛肉卖多少算多少。”我瞪了母亲一眼，摇了摇头。财宝是村里的屠夫，逢年过节给村里人杀猪，当然，杀牛的营生也干，但机会极少。因为在村里只要是耕田的牛，病死也好老死去罢，没有谁忍心请财宝杀牛剥皮吃肉，都是把它深埋掉，没有哪个会贪图那几个钱。牛对我们来说相当于半个家当，一旦它倒下了，我们的家也塌了半边，由此可以想见母亲的焦急。我返回家里拿来一把铁锹，在离牛栏不远的公山上选好一块平地，开始给大黄挖坑，让它有一个最后的归宿。坑不能挖小了，牛的身子很长，尽管已瘦得皮包骨头，但它的骨架子还在，不能让它到另外一个世界里伸不直腰。

正值阴历三月底，本来是雨季天气，可老天连续十几天晴朗，气候有点儿反常。山里面的土质坚硬，脚板踩在锹把上，震得半边屁股酸痛，汗水一层层地冒出来，我干脆脱掉上衣甩开膀子干。不一会儿，母亲跑过来告诉我，大黄已没了气息，眼里竟流出了泪水。我知道大黄像我们人一样舍不得离开这个世界，毕竟它在这世上活了几十年，虽然它劳动了一辈子，但我想它也有自己的快乐和幸福。我一边擦汗一边对母亲说："妈，你去叫几个人来帮忙，让大黄入土为安吧。"母亲站在那儿没动，也不说话，只呆愣地看着我挖坑。我又催了母亲一句，母亲还是站在那儿不动，叫我歇一会儿。实在是有点累了，我一屁股坐在坑沿上，甩掉两臂上的汗水。母亲理了理乱发，慢慢移到我跟前，蹲下身子轻声在我耳边说："财宝刚才跟我说了，如果我们把大黄给他，他可以给100块钱的。"我本想对母亲发火，但忍住了。一百块钱对我们家来说确实是一种诱惑，大黄死了，我们立马就要买牛，按照当下的价格行情，一头可耕田的牛最少也要千元以上，家里的积蓄离这价格还有很大的距离，多一百元钱就多了一丝希望。可大黄跟我朝夕相处三年，我如何忍心让它被剥皮剔骨进入别人的肚子？我不理会母亲，跳进土坑继续干活，我感觉到了母亲的一声叹息，而后悄然而退。

不一会儿，母亲领着九爷和几个壮汉向牛棚走来，我身子一软，疲惫地跌坐在土坑中。

我给九爷他们一个个递烟，九爷上前扒开牛的嘴巴，认真看了看它的牙齿说："老了，真的老了，想当年它曾夺得过全大队耕田比赛的第一名，转眼间竟成了这副模样，人畜一样，我们也老了。"九爷的感慨我能理解，想当初他当着生产队的队长是何等威风，现在分田到户了，没有哪个再去求他，各做各的事，各吃各的饭，忙着侍弄自家的责任田。九爷朝手心里吐了口唾沫，双手抱住牛头，其他人立马上前，只听九爷大喊一声，大家一同把大黄扛起来，走向我挖好的土坑。

母亲站在牛棚的门口没有动，目送着他们一步步走向我已挖好的土坑。

埋葬好大黄，太阳已快落山，火烧云映红了西天，让我看到了那天尽头的灿烂辉煌。我仍然打着赤膊，尽管有凉风从池塘的水面上吹过来。我体内燥热，不由一头扎进池塘的水中，水面飞溅起许多金色的碎片，不断撞击着我的身体。这时，我看见眼前的水面一片红艳，天边的云彩掉了下来，如梦似幻，要不是母亲在岸上的呼唤，我想我会漂浮在多彩的水面上做个真真实实的美梦。

回到塘岸上，重新又回到了现实中。

现在，摆在我们面前最要紧的事就是要买一头耕牛，春耕生产早已开始了，没有牛，拿什么去翻耕责任田。母亲把谷仓底下的布包翻出来，那是每年积攒下来留给大弟上学的。大弟即将上高中，在县城读书的开支比不得乡下，弟弟的成绩不错，总不能让他辍学吧。我和母亲算来算去也只有500多元，只能买半头大黄牛，更不要奢望买一头大水牯了。我去找九爷拿主意，九爷的屋离我家近，平时遇上什么大事我总是找他商量，九爷逢人就夸我懂事，并指桑骂槐地说现在有的人就是各顾各，一点也没有大家互相帮助的意思。我知道，九爷的思维还停留在生产队当队长的历史中不能自拔，对现在的所有事都有点看不惯。我进屋时九爷嘴里正含着一支竹烟管，吧嗒吧嗒地吸着旱烟。我把白天装剩的烟抽出一支递给九爷，九爷点着香火的手摆了摆，说吃不惯那个纸烟，还是自己做的旱烟叶过瘾。没等我开口，九爷就知道来意，他指了指桌旁的一把椅子示意我坐下，又狠吸了口烟，然后吹出烟屎。不知是气力小还是烟管不通畅，烟屎就是不出来，九爷只好把烟管在桌脚上猛敲，才把烟屎敲出来。九爷先是用手抹了一把烟管的吸口，然后又抹了一下嘴巴，把烟管挂在身后的墙壁上，才对我说："石头，你现在想买一头什么样的牛，如果是牛崽，资金上节省，可今年就不能耕田啰。要想买一头大牛，不知钱够不够。"我低着头对九爷说，资金还差一截，在这青黄不接的时候，借钱比较难。九爷问有多少，我伸出了五个指头，九爷没作声，好半天才说，买个半大的牛崽都不够，再想想办法吧。我点了点头，九爷说如果钱凑够了再告诉他，他可以跟我介绍一个牛贩子，绝对会给我买头好牛。我知道九爷说的那个人是他的老庚，九爷当生产队长时结下的交情。那时生产队里经常要做耕牛的交换买卖，九爷和他的老庚经常打交道，慢慢地，九爷对牛的品相也可以说出个子丑寅卯来。

从九爷家出来，我只好叫母亲出去借钱。说实在的，我脸皮薄，实在难开口。看着母亲趔趄着走出门的背影，我心里慌乱乱的。

晚饭时分，母亲回来了，从母亲的神情中，我已猜到了结果。

离早稻插秧的日子越来越近，村子里闹哄哄的满是春耕的气息，田头犁耙水响，秧田里的青苗绿成一片，在沉寂的夜色里我都能感觉到它们唰唰生长的声音。早上九爷过来问话了，说他老庚已物色好了一头大牛崽，今年是肯定不能驮轭，明年才可以耕田，只要挨过了今年，往后就是一头使不完劲的好牛。不过，价格上要七百多元。当然，大牛也有，价格都在千元以上。九爷要我回个话，他好回复老庚，这个时候做牛的生意是牛市，打定主意就给他回个话。

我对母亲说："妈，你去九爷家回个话，牛肯定是要的，问问是他们过来还是我们到那边去。"

母亲说："崽俚，差的钱到哪里去借？"

“我去想办法吧。”我只有这样回答母亲,不能说村里这么一丁点钱都没有借,问题是找谁借,我们家上有老下有小,两个弟弟读书就是个无底洞,人家怕我还不上,所以不敢借。大弟上初中时,九爷就向我提出,叫他一毕业就出来给家里帮忙,那样的日子也就好过点。我知道九爷这是好意,可是我不能这样做,当初自己正是因为家里困难而辍学,我不能让弟弟再走一次我的老路,弟弟是我的希望,也是九泉之下父亲的希望。

吃过晚饭从家里出来,我在村里游荡着。或者说,我一直在犹豫不决。

村里目前唯一的一幢二层楼房是财宝家的,财宝不但杀猪,还做着一些收购农产品的生意,家境自然不错。灯光从高处的窗户里射出来,我知道,那是他女儿小莲住的。小莲是目前村里唯一上过高中的女孩子,听说高考分数出来后,小莲竟大哭了一场。后来又复读了一年,还是没有考上,小莲就回到了村。初中时我和小莲是同学,还同桌,后来父亲去世,两个弟弟都太小,家里没有个男劳力,我只好回家帮着母亲种田。记得那个时候小莲反复多次到我家要我和她一起上高中,甚至她还把自己的零用钱拿出来给我去学校报名。可我哪有条件去上高中呢?家里的几亩责任田由母亲一个人瘦小的肩膀怎能支撑起来,况且母亲体弱多病,我不帮着母亲,让她和两个弟弟去喝西北风?那个时候,我十六岁了,可以承担起男人的责任了。

夜风吹过来,我闻到了田野里的泥土翻动过来的气息。

我不再犹豫,咬紧牙关朝那大院门走去。

院门是小莲打开的,我推门的手还没有抬起来,门就开了,好像她等在那儿似的。小莲甜甜地喊了声“石头哥”,我迈进的一只脚停住了。我问:“你爸在家吗?”小莲说爸出去了还没回来,还没吃晚饭哩,一家都在等着爸回来。我揪紧的心一松,便大踏步走进去,看见小莲妈正从厨房里出来,见了我,笑容满面地说:“稀客呀,石头来了,吃夜饭没有?”我连说在家吃了,忸怩着不知说什么好。倒是小莲一把把我拉进屋,我的身子靠近了她,一股淡淡的香味飘过来,一时倒把我的思绪打乱了。小莲拉过一把椅子让我坐下,她则倚靠在我对面的桌子旁,光影中只见她笑靥如花,时尚的牛仔裤把她的大腿绷得紧紧的,我不敢直视她,只低着头看着她的鞋尖。几年不见,她的身上有了很大的变化,有了一种缠绵的媚气。但我还是喜欢原来那个清清爽爽的她,一笑,两颗虎牙露出来,无比亲切。小莲问我找她爸有什么事,我当然不好把借钱的事告诉她,我说也没有什么事，等你爸回来再说吧。小莲说去门前望望她爸回来没，说着走出门去，不一会儿就回来了，说："爸还没回来，你再等等吧。"

我无心与小莲聊天，小莲似乎兴致很高，见我魂不守舍的样子，小莲再次问我找她爸有什么事，我还是坚持要等到她爸回来。

小莲妈催着小莲吃晚饭，说她爸这么晚了还没回家，一定是在外面吃了饭，不再等他了，她们先吃。我不能再坐在那儿尴尬地等了，只好站起身来准备出门。小莲说："石头哥，你再等等吧，还早呢。"我知道时间还不晚，可我鼓起的勇气已渐渐散失，我害怕财宝叔拒绝我，因为我昨天也拒绝了他的要求。我决定不等了，走出门，小莲送我出屋，问："石头哥，你到底找我爸有什么事呢，看你愁眉苦脸的样子，不会是找他借钱吧。"我的心头一跳，像是被人点了穴，脚步停下来，抬起头来认真地看了小莲一眼。小莲反倒有点不好意思，生怕说错了话，解释道："石头哥，我是乱说的，别往心里去。"我对她点了点头说："你说对了，还真是借钱，真的要急用。"小莲双眉一皱，焦急地问："石头哥，发生了什么事？"我说是件大事，家里的耕牛死了，现在急着要买牛耕田啊。小莲听了扑哧一笑，说："这个事呀，着什么急呢，借我家的大水牯给你耕田也可以呀。"我说你做不了主，再说借人家的牛毕竟有次数，解决不了问题。小莲问我要借多少。我说差200，小莲说你怎不早说，我给你去拿吧，你等着。不等我说话，她急匆匆地跑进屋去。我听到她妈问："石头走了吧？你不吃饭跑楼上去做什么？"小莲说："我去找本书给石头哥。"她妈说："石头现在又不考大学要借什么书呢？"

我紧靠在院墙边，一会儿听到小莲咚咚回来的脚步声，接着她气喘吁吁地到了我跟前。借着门外漏出的灯光，我看见小莲光洁的额头上冒出了细细的汗珠。我接过小莲递过来的20张纸币，很想上前握住她的双手，哪怕是抓住一根手指都行，可我不敢，当我接过钱的手指刚一碰到她的手掌时，立马缩了回来。

身后传来小莲妈的喊叫："死女娃子，饭都冷了，送本书就生了根吗？"

外面白晃晃一片，原来是月亮出来了，白光映着池塘里的水波，给我一种眩晕的感觉。那钱还捏在我的手心，还在传递小莲的体温，似乎要把我的心给融化。我一时不想回家，想在村里走走。我不是一个感性的人，但今晚我要好好想想，对小莲的过去、现在和未来，我真的被她所感动。一个小女子，竟然轻松地解决了我的难题，让烦忧一下子随风散去，我不得不对她另眼相看，真心地对她说一声：小莲，你真好！这样一想，我就对着夜空中的月光轻喊了一声，又对着池塘的水面喊了一声,还对着她的住房喊了一声。喊了三声过后,我感觉到脸皮发烫,心跳如鼓,脚底生根,呆愣愣地站在月光底下,梦魇了一般。

是谁的一声咳嗽把我拉醒,那声音就在村头传过来,有一个高个子人影一步步走进村。

是财宝叔。他走路的姿势与众不同,八字步,双手摆动大,好像总要抓着什么。抓什么呢,难道是长年抓猪杀猪养成的习惯?他的肩膀上扛着一个蛇皮袋子,里面有铁器碰撞的声响,显然是杀猪的用具。渐渐近了,我正要叫他,却见他转身回头,而且越走越快,消失在月光的尽头。

好生奇怪呀,财宝叔为什么看见了我要躲呢?

我在村里漫无目的地走着,走出了村,走到了大黄的牛栏旁。里面还有大黄的气息,我记得前年冬天,大地结了冰,我把冒着热气的水端给大黄喝,大黄喝完后竟然伸出舌头舔着我的手,那是它与伙伴们亲切友好的表示,而在此刻,我觉得人和牛没有半点隔阂,我们的心意相通。

大黄,我的兄弟!

想到大黄,似一道闪电劈中了我,让我清晰地联想到了财宝叔奇怪举动的背后发生了什么。我发疯似的跑到埋葬大黄的那个土堆旁,果然有了异常,昨天堆起来的土堆今天就凹了下去,四周还留有许多细碎的肉骨。我蹲下身,双手扒开土层,手指出血了,我不管,只拼命地扒,终于我看见了埋在土中的大黄,仅剩一具没有肉体的骨骼。

显然,这是财宝叔干的。昨天拒绝了他的要求,没想他会卑鄙到如此程度。走在回村的路上,我又想到了小莲,想到了自己身边的200元钱,难道小莲是以这样一种方式来帮助我?怪不得小莲妈笑脸相迎,怪不得小莲如此爽快地借钱,怪不得财宝叔一见我就回头藏躲,原来埋藏着这样一个肮脏的理由。

我几乎是跑回村的,一口气到了财宝叔的院门前。

楼上的灯光亮得很远,把月光全盖住了,使得屋子下面反倒显得黑暗。有灯光的窗户是小莲住的地方,我拿出那20张钱币,真想狠狠地朝那个有灯光的窗户摔过去,最好是摔在小莲的脸上。可我没有这样的能力。手上的钱像团火,烫得我皮肉生痛,我要急于丢掉。

楼上的灯光突然熄灭了,月光再次铺泻下来,露水也跟着漫天挥洒,身上的汗水变得冰凉,我像个孤魂,在村里游荡。

第二天是母亲叫醒我的。我一看天气,外面下起了小雨,母亲已把早饭摆上了桌,小弟已吃完正背上书包出门上学,母亲赶紧拿过一把雨伞给他,叮嘱路上小心之类的话。记忆让我重回到愤怒之中,我漱了口随便擦了把脸就往外跑,母亲在后面喊:“崽俚,再要紧的事也要吃了早饭走哇。”

雨点打在脸上,让我无法睁开眼睛。许久未下雨,对于急于春耕的村民来说无疑是一种恩赐。财宝叔的院门敞开着,我贸然闯进去,差点与小莲妈撞在一起。小莲妈笑骂道:“死崽俚,慌里慌张做什么,又来找小莲借书看吗?”我抹了一下脸上的雨水,沉着脸问:“财宝叔呢?”小莲妈大概看出了我的异常,立马换出冷脸说:“早出门了,什么事?这么凶找他打架呀。”我不相信财宝叔这么早就走了,肯定是躲藏起来了,我硬着头皮走进里屋搜寻,弄倒了案桌上的一个竹篮,咣当一下里面的东西全倒了出来,大大小小的屠刀炫耀地躺在地上。我气不打一处来,狠劲地踩着,吐着口水。我没防备,外面的女人一个竹竿打来,我的手臂上挨了一下,女人再要打第二下,我接住了。女人的脸色乌黑,气得不住骂道:“你来造反吗?你来造反吗?”

“石头!”猛听得楼上一声大喝,小莲披散着头发下来了。我松开手,小莲妈也丢下竹竿,一下子静寂无声。小莲站在台阶上,居高临下,身上还是穿着睡衣,显然,她还没有起床,是被我们给吵醒了。

小莲瞪眼看着我,问:“到底是怎么回事?”

我鼻孔里哼了一声:“你爸做的好事。”

“我爸做了什么?”小莲的声音颤抖着。

“你自己问他吧。”我说完这话,从裤袋里摸出昨天她给的钱,往她身边一丢,转身跑了出来。

身后传来小莲的痛哭声,我终于把胸中的怒气发泄出来。好了,你财宝再有钱,我也不求你了。

回到家,我没有吃早饭,蒙着头睡觉。母亲来来回回地问我怎么回事,是不是生病了,我不想告诉母亲事情的真相,我只想痛痛快快地睡一觉,一觉醒来,所有的事情都过去了,一切重新开始。

事实并非如此。接连下了两天雨,天气一转晴,田坂里又活跃起来,春耕的人们快活地吆喝着自己的耕牛,尽管牛尾巴不时地把泥巴点子甩在他们身上、脸上、嘴里,但他们依然不会停歇,只不过是亲切地骂一声“给我好生走着”,接着啪的一声，鞭子并没有打在牛的背上，而是在泥土面上擦过。

我的脑海里老是出现这样的画面，越发焦躁不安。

没有了耕牛，等于是失去了一件难以替代的种田工具，机械化的操作还是一种奢侈的想法，再说，大家都在用耕牛，你一个人用机械的成本那是得不偿失的。昨天我已给九爷回了信，不打算买牛崽了，等下半年收成上来之后或者明年春上，买一头大牛。九爷似乎有些失望，没有给老庚做成生意，有点儿不高兴。

母亲说："借头牛吧，水田再要不耕，到时插秧的季节就要误了。"我数落母亲，当下都是用牛的高峰期，哪个会有牛借给你呢？除非自己的哥兄老弟骨血亲戚。母亲理了理乱发，说："要不我去娘家走一趟，看看能不能借到。"外公外婆早过世了，我们与舅舅家平时往来不密切，母亲没有信心。我给母亲鼓劲，不管怎样，不去一试，怎会知道成与不成。

母亲坐在一个只有镜框没有镜子的梳妆台前梳头。这是她娘家的陪嫁，在当时，应该算得上是挺风光的。母亲的头发稀疏了，白发已从两边冒出来，我上前想给母亲拔掉，母亲推开了，说让它长吧，老都老了，怕什么白发。小时候，我记得母亲的头发很长很黑，梳理的时候瀑布似的披在后背，母亲照着镜子编成辫子，粗黑油亮，我要是抓乱了，母亲会打我的屁股。母亲非常看重自己的长发，谁也不敢动，除了父亲。草草地梳理好，母亲翻箱倒柜地找东西，好半天，才看见她寻出一包酥糖，又从油缸里打出菜油，用罐头瓶子装了，盖子用油纸系紧，放在一起，用红手巾包好，打个结，挽在手臂上。

太阳的光线照在母亲身上，压得她的身体越发瘦小，一转过墙角，母亲的身影消失了。一只蝴蝶从墙那边飞过来，一条黑狗兴奋地蹿上前去，把正在地下觅食的鸡们惊得咯咯乱飞，蝴蝶往高处飞去，歇息在一棵枣树上，黑狗兴奋难耐，便转头追赶一只老母鸡，母鸡扑棱着翅膀飞上了院墙，抖落一地的鸡毛。我走过去踢了黑狗一脚，黑狗没留神，惊慌地回头看了我一眼，汪汪地叫着逃跑了。

我在村里走动，冤家路窄，迎面碰上了小莲妈。女人在菜园里摘菜回家，她把头歪向一边，身子一扭，身边带过一阵风，凉飕飕地向我扑来。对于昨天发生的事，今天回想起来，我略有悔意。不管怎么说，小莲和她妈不是主要的责任人，我的火气是不是太大了？特别是对小莲，我做得绝情了，没有对她说清楚。

财宝叔我是无法原谅的，一个大男人做出这样一件龌龊事，我为他感到羞耻。

天一晴，村里忙的不光是男人，女人也忙，洗衣服被子，晾晒屋里满是霉气的家什，还要做米粑。歇了一冬没下水田的男人，乍一到水田，还是感觉到了寒意。尽管地面上太阳高照，可水底下的凉气直钻入男人的体内，老人们说其实这很伤男人的身体，在这样的季节里，村里的女人便要给男人改善生活补一补，做米粑，做豆腐，买肉，喜欢喝酒的男人晚上回来还要喝两盅。所以，男人女人都很忙，村里几乎没有什么闲人。当然，九爷是个例外，他有两个儿子，一个在县里农机厂工作，一个在公社当干部，分给他的责任田给转给了自己堂弟去种，每年分给他 200 斤稻谷。九爷在村里是个闲人。我看见九爷在训斥一个小孩，小孩手里捏着一个小石头，往池塘里丢，溅射起来的水花正落在在池塘的石桥上洗菜的女人身上。孩子哈哈大笑，被九爷一训，立马就哭。洗菜的女人站起身，见是九爷，便不好说什么，丢下洗的菜，反身抱起孩子，给他抹了一下鼻涕，说："乖，姆妈还有一会儿，九爷是逗你玩呢。"九爷摇了摇头，说："现在的孩子太惯了，由着他的性子去，将来要吃亏的。"我上前喊了九爷一声，九爷"嗯"了一声，别过身子走开了。

九爷不理睬我，我心里还是有点不痛快。

母亲还没回来，我只有自己动手做饭了。大弟在学校吃住，小弟还要回来吃中饭。母亲肯定是在娘家吃中饭，这么一想，我觉得借牛的事情有了几分把握。

母亲果然是吃了中饭回来的，红手巾包中是舅舅拿给母亲的一罐蜂蜜，舅舅村里有人养了蜜蜂，人家送给他的，他转送了给母亲，可见他们兄妹还是有感情的。我不敢开口问牛的事，倒是母亲主动说："真不凑巧，哥哥家的牛前几天生了一场病，还没有复原，他也正等得焦急，没办法。如果借给俺家的话，最少也要等到二十天后牛才有空闲。"

"二十天？早稻秧苗都栽下去了，我们再来耕田，岂不是误了季节？"我大声吼叫起来。

母亲直愣愣地望着我，而后低下头，又在抹眼泪。

不行，我得想办法，季节就像流水，一转眼就溜过去了。都说一年之计在于春，对于农民来说，一年的真正开始正是现在。耕田难道除了牛，就没有别的办法吗？有，肯定有，而且人家早些年也干过，那就是挖田。不过，挖田是一项十分吃力的苦活，累且慢，不到万不得已没有哪个去这样干。现在，对于我来说，唯有这条路可走了。

吃过晚饭我对母亲说了这个想法，母亲说："你正是长身体的时候，累伤了是一辈子的事，明天再想办法吧。"我坚定地对母亲说："没事的，我会慢慢来，先挖那块斗丘。"

我不再焦躁，反倒兴奋起来，我把锄头磨得像一把闪光的刺刀，在小屋里乱蹦乱跳做着热身运动。小弟拉着我的手说："哥，你这是去打擂台吗？带我去看看。"没想竟把母亲给逗笑了，我知道小弟星期六经常到同学家去看电视，大都是武打片，小弟入迷了。我在小弟的肩上一拍，说："大哥晚上要去大战牛魔王，等你睡了一觉后再带你去。"小弟说："吹牛，孙悟空都打不过牛魔王，你的锄头还不如猪八戒的九齿钉耙呢。"

母亲说："你要晚上去挖田？"我点了点头，说："今天十七，正好有大月光。晚上做事专心，又凉爽。"其实，我内心里还是怕白天人多，我不想看到别人另类的目光，晚上神不知鬼不觉，多好。

俗话说，十七十八，月从更发。还有一段空余时间，我靠在床上半躺着，蓄积着精力。忽听窗台上有什么东西响了一下，我抬起了身子，随便望了一下，没有什么，又躺下。这时，窗台上的玻璃又响了两下，我感觉奇怪，打开大门一看，外面黑黢黢的一片，好像有个影子往墙角边跑了。我赶过去，什么也没有。我反身来到窗台边，看见上面有个信封，抽出一看，是一封信：

"石头哥，我把事情问清楚了，我真的没想到爸会做出那事，我也是真的不知道。如果要买牛的话，那200元我随时都可以借给你，不管什么时候还都可以，那是我的私房钱，爸妈都不知道。如果不买牛，我去跟爸妈说说，看看这几天能不能借牛给你使。"

小莲！我在黑暗中喊叫了一声，无人回应。

我追出村头，星星点点的电灯光亮散落在每个屋里，小莲家二楼的灯未亮，我站在村头凝视了一会儿，忽见楼上亮光一闪，一丝灯光映照过来，我急忙躲在暗处，直到月亮升起来。

母亲也要跟着我去，我发了火。小弟早已进入了梦乡，母亲送我到村头，叮嘱我不要挖太久，饭要一口口吃，慢慢来。我连连点头，催母亲回家，春天的晚上，风还裹挟着寒气，母亲的身体经不住。

我肩扛着锄头大踏步向田野走去。

月亮慢慢爬高，田野里的水面上不住地闪烁着银光。田里有些许水，锄头挖下去有泥巴点子溅起，我的脸上、衣服上全是泥点子。我干脆脱下上衣，光着膀子，让月光洒在肉体上，痒痒的，凉凉的，消除了体力上的疲劳。脚下被翻转的泥土像云层一样铺开，像山花一样绽放，像供销社里琳琅满目的商品，更像微风吹拂的稻浪。

月光是无穷无尽的屏障，把人间的一切全笼罩在里面：远处的山脉河流，近处的沟渠池塘，还有大大小小的村落。

我不知道自己挖了多长的时间，反正，我下田的时候月亮刚从田东边的树梢上升起来，现在已过中天，影子又开始被拉长。我现在连长裤都脱下，只穿着一条内裤，汗水伴着月光一起泻落在田里。我伸直腰，抬起头望着月光的尽头，只见一片迷蒙，什么也看不清。

当我再次抬起头来时，突然看到月光的尽头处，慢慢走出一个娇小的身影，后面是一个庞然大物——一头大水牯。我想飞奔过去，脚下却像着了魔，一动也不能动。

（原载《天津文学》2019 年第 8 期）

写作的惊喜（代后记）

首先，我承认自己不是一个学者型的写作者，书读得少，高中毕业后便走上了社会，写作时完全靠的是生活积累，不会弄什么这主义那流派，老老实实地写作。记得作家傅太平先生在1995年第2期的《创作评谭》上评论我的小说《旧作坊》时曾说过："小说叙述采取的是平铺直叙、纵向单线的传统方式，这在各种现代创作流派都已在中国泛滥的今天，显得老实了。现实中的老实人总要吃亏，小说也一样。"的确，我那篇小说写得太实，傅先生一针见血。评论家施战军先生在评论我的小说《游走于乡村与小城之间》时说："作者有敏锐的观察力和相对厚重的关怀意识，但是缺少的是提炼或者说是对内在的挖掘。"总之一句话，理论上不去，作品也就缺少深度和高度。我喜欢这样的评论，就像一个长者对后辈的教诲。

可以这么说，文学不但改变了我的生活，还拯救了我的灵魂。

1979年的夏天，父亲的去世一下子改变了我的生活，同时也改变了我的命运。家里上有八十多岁的祖母和体弱的母亲，下有几岁至十几岁的弟妹们，生活的重担一下子压在我这个十六岁少年的肩上，几乎使我喘不过气来。我放弃了高考的机会，放弃了多年的梦想，回到家乡，成了生产队里的社员，成了家里的顶梁柱。空寂的夜晚，一个人默默站在村头流泪，精神几近崩溃。这个时候，是文学接纳了我，是古今中外的文学作品把我从悬崖上拉了回来，给了我精神上的依靠，抚慰着我的心灵。在高中读书时，我报的是文科，班主任老师给我们布置了很多作文，正是因为有了那些练笔的机会，才为后来我走上写作之路打下了坚实的基础。那年，我进入了农机站，当了一名拖拉机手，每每在机器的轰鸣声中开始无聊而又紧张的一天。第二年，在当时公社的一位徐姓领导极力举荐下，我被安排到公社电影队当了一名放映员，从而改变了我的命运。由于对文学的爱好，公社领导让我担任了文化站站长，一进去正好赶上了全省的录干考试，百分之五十的比例让我有幸成为一名文化干部。感谢命运在给我关闭了一道门的同时，却给我打开了一扇窗。

无缘踏进大学的校门，只有靠书本知识去补充，这样很不系统，也是零碎的，甚至还有走火入魔的危险。好在我这个人没有那么远大的理想，没有要当中国的托尔斯泰的奢望，心态很平稳，想写什么就写什么。稿件发表出来，那当然是件快乐的事。稿件没有人要，放在抽屉里睡大觉，有一天想起来，再投出去，竟然发表了，那便是意外的惊喜。2002 年，滕王阁文学院面向全省招聘 9 名特聘作家，我抱着试试看的态度寄去了资料，没想还真的被选中，省文联给了我一次学习提高的机会。

没有惊喜就没有激情，而写作恰恰需要的就是激情。写作中的惊喜总是不断出现，而最大的惊喜莫过于 1991 年小说处女作的发表。

那年的 9 月，一个阳光灿烂的日子，我送大弟去东北上大学。在北京的一个书报亭，我看到了一本第 9 期的《女子文学》。我心里不免有点忐忑，因为在 1990 年我就接到短篇小说《情殇》被《女子文学》留用的信件，对封面上的几个字十分亲切。我立马买了一本，翻看目录，真的见到了自己的名字。这是我的小说处女作，旅途的疲惫被突然而至的喜悦一扫而光，且这种喜悦一直陪伴在旅途的左右。回到单位，我很快收到了样刊和稿费，特别是那笔稿费，可以抵得上我四个月的工资。我那时工资很低，为此曾兴奋了好一段日子。可惜这份河北石家庄市文联创办的文学刊物后来销声匿迹，但我永远记住了责任编辑的名字：姚彩霞。

2004 年的某一天，我突然接到新加坡一家出版社的一位女士打来的电话，想把我的小说《八月的阳光》选入新加坡中学华文课本，请我先口头同意授权，然后亲笔签字寄授权书。我暗暗惊喜，满口答应。过了些日子，我收到新加坡寄来的授权书，签好字寄了过去。2005 年的新加坡《中学华文课本》上便有了《八月的阳光》这篇课文。

一路走来，我前前后后发了 200 余万字的作品，它们虽不怎么伟大，但毕竟都是自己多年心血的结晶，就像自己的孩子，俊与丑都不会嫌弃。这些书稿装订成册，有十几大本。前两年，我花了很少的钱在印书网印了三本小说选集，作为资料保存。

我很羡慕别人的好作品，有时自己很纳闷，同样是方块字，同样是排列组合，为什么他们写出来的作品给人的感觉如此强烈？或许，这就是写作者的笔力吧。我梦想自己有这样的笔力，不知老天能否再给我一个惊喜？

写作的过程孤独寂寞，但内心深处无不激荡翻腾。当活生生的人物被创作出来后，他们的命运便同写作者息息相关起来，他们甚至跳出来与写作者对话，要改写或者转变他们的命运。直至作品完成，写作者不由惊奇起来：里面的人物并非先前的模样了，他已被里面的人物左右。这时，写作者不由喜出望外，一不小心还真弄出一个精品？

写作在给自己带来惊喜的同时，也给读者带来惊喜，希望有这样的结果。

文学是崇高的，创作是寂寞的。在寂寞中奋发，在寂寞中歌唱；在孤独的深夜里独自跳舞，在喧嚣的大街上一个人流浪；默默无闻地工作，老老实实地写作，我喜欢这种状态，也适应了这种状态。

我很幸运认识了小说。它一直充溢在自己的精神里、内心中，就像一朵洁白的云彩，带着我在虚构的天空中自由飘荡，让我看到了色彩斑斓的世界，让我感知到灵魂深处的歌唱，并由此给我带来了惊喜和快乐。

（原载《创作评谭》2012 年第 4 期）